무너지는 성
일어서는 폐허

무너지는 성
일어서는 폐허

백조평론선
002

김정배
평론집

작가의 말

범선이나 증기선을 발명한다는 것은 곧 난파를 발명한다는 것이다. 마찬가지로 열차의 발명은 탈선의 발명이며, 자가용의 발명은 고속도로 위에서 일어나는 연쇄 충돌의 발명이고, 비행기의 발명은 곧 추락의 발명이다.

—폴 비릴리오

두 번째 비평집을 묶는다. '무너지는 성, 일어서는 폐허'는 언젠가 비평집을 묶는다면 책의 제목으로 삼으려고 염두에 둔 문장 중 하나다. 좋은 비평의 정신은 누군가 견고히 쌓아 놓은 '성'(城)에 귀속되는 것이 아니라 그 경계를 무너트리고자 하는 '폐허'의 정신에서 발생하고 있음을 믿는다. 또한, 아무것도 구해 낼 수 없는 폐허라 할지라도 그 풍경 안에서 뿌리를 내리고 싹을 틔워 낸 비평의 생명력을 극진하게 보살피는 마음도 여기에 속한다. 그래서 비평은 늘 까닭 없이 분주하고 홀로 더듬거리며 상대 없이 사랑하고 스스로 패배를 자초하기도 한다.

고백하자면 내 글쓰기의 내구성은 '실패' 그 자체에서 발생한다. 사뮈엘 베게트가 전한 위로의 메시지처럼 "시도했고, 실패했다. 상관없다. 다시 하기. 다시 실패하기. 더 잘 실패하기."에 맞닿는다. 특히 나에게 있어 시인들의 시를 읽고 비평문을 쓰는 일은 더욱 그랬던 것 같다. 시인들이 발표한 시를 읽을 때마다 시가 무척 쓰고 싶었고, 그런 마음으로 책상에 앉을 때마다 나는 결국 한 줄의 시도 쓰지 못하고 좌절하는 내 모습만을 확인하곤 했다. 그때마다 나를 위로했던 것은 시 읽기였다. 그러니까 내 비평의 출처에는 시인들이 애써 허락해 준 일어서는 폐허가 자리하고 있는 셈이다.

이 책에 실린 글들은 2014년부터 시작해 최근 2023년까지 근 10년 동안 문학잡지에 기고했던 결과물이다. 처음부터 글의 체계를 생각하고 쓴 비평문이 아니기에 두서없어 보일지도 모르겠다. 하지만 폐허 속에서도 다시 일어서는 게 비평의 역할이듯 문학의 의미와 존재 양식에 대해 제 나름의 해명과 문학 주제별 특징을 정리하다 보니, 나름대로 비평집의 모양새를 갖추게 되었다. 폴 비릴리오의 전언처럼 이 비평집은 다양한 발명보다는 '난파'와 '탈선'과 '충돌' 그리고 '추락'에 더 큰 관심을 두고 쓴 글일지도 모른다. 그 폐허의 감정을 꽤 오랫동안 관찰하고 습득하면서 나는 이내 그것들을 다시 사랑하게 되었음을 고백하지 않을 수 없다.

1부에 실린 글들은 시인들의 개인 시집에 붙인 발문 혹은 해설이다. 첫 독자로서 미적 모험의 임무를 흔쾌히 허락해 준 시인들에게 감사의 마음을 전한다. 2부에 실린 글들은 문학잡지에서 특집으로 다룬 내용이다. 글을 쓰면서 아름다운 시인들의 삶과 고색창연한 시 창작의 원리를 다시금 깨달을 수 있었다. 3부에 실린 글들은 시집에 관한 서평의 모음이다. 몇 년 동안 시와 내외하고 있을 때 시와의 끈을 놓치지 않게 도움을 준 고마운 기억들이다. 4부에 실린 글들은 2022년과 2023년 사이 문학잡지에 수록된 시인들의 시를 읽고 쓴 시평들이다. 모두가 한결같이 자신만의 굳건한 시의 영토를 구축한 작품들이다. 내 파편 같은 글들이 해당 시인들에게 누가 되지 않기를.

언제나 그렇듯 비평문을 쓴다는 것은 내게 젠가 놀이의 하나처럼 여겨지곤 한다. 이 비평집이 젠가 놀이의 몇 번째 조각으로 기억될지는 나도 모른다. 무너지는 성의 마지막 벽돌일지 아니면 일어서는 폐허의 첫 새싹이 될지 사실 가늠조차 하기 힘들다. 분명한 것은 시가 머문 자리마다 비록 폐허일지라도, 비평이 끝내 기억해야 하는 지번은 결국 사랑이라는 것. 내 곤궁한 글쓰기의 여정에도 그런 사랑의 조각들이 깃들길 바랄 뿐이다.

2023년 겨울
글마음조각가 김정배 씀

목차

1부

사무치는
소리의 변증들

치명적으로 붉은, 검정(어둠)의 세계
—박완호 시집, 『누군가 나를 검은 토마토라고 불렀다』

1. '모르는 척'하는 주체들

나는 행복한가? 스스로 묻곤 한다. 사실 행복한 사람은 이 질문을 하지 않는다. 이 질문에는 불행이 내재해 있기 때문이다. 바꿔 질문해 본다. 시인은 행복할까? 이 질문 또한 어딘지 어색하다. 개인적인 생각이지만, 시인은 본래 불행하니까. 그 불행을 통해 자신의 행복을 입증하는 존재니까. 박완호 시인의 신작 시집 속에서 무심코 시 한 편을 꺼내 읽는다. "삶이든 죽음이든,/ 불행이든 행복이든,// 뭐든 처음부터 한 몸이었을 거라고/ 모르는 척,/ 그냥 속은 셈 치면 될 테니까요"(「셈 치기」)라는 구절에 오래 머문다. 무엇이든 처음에는 한 몸이었을 것이라고 모르는 척 믿는 시인은 이 세상에서 과연 어떤 질문을 던지며 살았던 것일까. 우연인지 모르겠지만, 그는 이번 시집에서 '행복'과 '불행'이라는 단어를 단 한 번씩만 썼다. 어쩌면 박완호 시인은 그 두 단어를 '모르는 척' 이번 시집 속의 씨앗 혹은 열매로 슬쩍 묶어 놓았을지도 모른다.

궁금했다. 처음부터 한 몸이었을 행복과 불행이 이 시집의 텃밭에서 어떻게 자라는지. 시인이 경험하는 세계와 기억하는 세계 사이에서 지금껏 어떤 질문을 파종하며 살았는지. 궁금증과 호기심을 해결하기 위해서는 우선 그의 시작품에서 읽어 낼 수 있는 '경험하는 주체'와 '기억하는 주체'에 대한 환기가 필요하다. 행동경제학자인 대니얼 카너먼(Daniel Kahneman)은 인간의 행복을 논하는 자리에서 '경험하는 주체'와 '기억하는 주체'를 구분하여 언급한 바 있다. 또한, 그는 인간이 좀 더 행복해지기 위해서는 경험하는 자기(Experiencing self)보다는 기억하는 자기(Remembering self) 쪽에 무게 중심을 옮겨 놓아야 한다고 말한다. 인간은 순간을 기억할 수 없고, 모르는 것을 경험할 수 없기 때문이다. 카너먼의 말에 동조한다면, "기억과 경험은 다르며, 미래란 기억을 예상하는 것"이 된다. 행복은 곧 기억하는 주체의 몫으로 작용한다.

하지만 박완호 시인은 경험하는 주체와 기억하는 주체 모두를 하나의 시상으로 모르는 척 묶어 낸다. 어떤 하나의 의미나 개념으로 환원되기를 꺼리는, 그래서 "녹슨 출입문처럼 삐걱거리는 신호 대기음"(「오늘의 당신」) 같은 시편들을 그는 우리 앞에 내어 놓는다. 우리가 박완호의 이번 신작 시집에서 마주하는 시적 생성의 지점은 바로 그런 것이다. 시인 자신도 모르는 사이에 순간의 경험에 붙들리고, 자신도 기억하지 못하는 기억에 호명되어 "모르는 쪽으로 툭하면 고개를 돌리는"(「모르는 쪽으로 고개가 돈다」) 그런 불행과 행복의 순간 말이다. 이를 통해 누구도 시인을 호명하지 않아도 그의 무의식 속에서 '경험하는 주체'와 '기억하는 주체'는 하나의 신호 대기음에 맞춰 "눈길 가닿는 자리마다 낯익은 이목구비와 처음 마주하는"(「모르는 쪽으로 고개가 돈다」) 곳에서 시의 자장을 형성한다. 박완호 시인의 신작 시집 『누군가 나를 검은 토마토라고 불렀다』와 만나는 독자는 "생판 모르는 동네"(「안녕, 가세요?」)에 온 듯, "어딘지 모르는 길을 각자 걸어가는"(「허무답보(虛無踏步)」) 방식으로 그의 작품과 조우하게 된다. 시인 또한 "훗날 새로 돋아날지 모르는 사랑의 실낱같은 가능성을 두고"(「사월 초하루」) 이 시집을 천천히 읽어 나가는 독자의 시 독법을 '모르는 척' 허락할 것이다.

2. 치명(致命)에 가닿는 편린들

불행의 경험과 행복한 기억은 때로 치명(致命)에 가닿기도 한다. 박완호 시인에게 치명은 "붉은 생각"(「토마토 베끼기」)을 품고 있어, 한 번 손에 쥐고 나면 놓치고 싶지 않은 것들로 채워진다. 혹은 "모래 속에 몸을 숨긴 채 꼬리만 살짝 내놓은"(「치명적인,」) 존재(들)로 받아들여진다. 그 치명적인 유혹을 감내하는 것은 시인만의 몫이 아니다. 무방비로 서 있는 수많은 '나'와 '너'다. 이때의 '나'는 '경험하는 주체'에 가깝다. 시인은 그 시적인 장면을 "적막의 자궁을 제 손으로 찢어 가며 울음도 없이/ 홀로 태어나는"(「별책부록—K」) 현재의 순간으로 환원시킨다. 그 울음이 '너'라는 존재의 '기억하는 주체'로 인식되기 위해서는 보다 유기적인 이해의 관계망이 필요하다. 우선 작품 한 편을 읽어 보자.

> 토마토의 불안을 본다, 는 문장을 쓰고 있을 때 그가 문을 열고 들어왔다 마침표를 찍기 전이었다 마침표를 찍을까 말까를 고민하던 순간이었는지도 모른다 토마토는,

치명적으로 붉은 생각을 품은, 손바닥으로 살짝 감싸기에 알맞은 크기의, 한번 손에 쥐고 나면 놓치고 싶지 않은, 말랑말랑하고도 질긴 근육질의, 처음인지 마지막인지 자꾸 되묻는 연애처럼 비릿해지는

식물성의 혈통으로 붉게 출렁이는 생즙, 마시고 나면 아무것도 남지 않을, 벼락 맞은 나무처럼 창백해지는 유리잔, 피톨처럼 묻은 알갱이들, 엄마, 라고 하면 상투적인 것 같아 다른 발음으로 부르고 싶어지는

한 사람을 본다 사랑, 이라고 쓰면 그게 누구야 하는 질문들 비좁은 틈바구니를 가까스로 빠져나온, 토마토와 나의

낮빛이 짙붉게 포개지는 순간, 누군가 나를 검은 토마토라고 불렀다 나는 문득 낯부끄러운 꿈을 꾸다 들켜 버린 토마토가 되고 말았다

—「토마토 베끼기」 전문

왜 토마토일까? 시인이 마주하는 토마토는 "치명적으로 붉은 생각을 품고" 있는 자기 기억의 편린 중 하나이다. 이때의 토마토는 순간(경험)의 존재라기보다는 어떤 기억의 과정에 놓인 관계의 사물로 인식할 필요가 있다. 이에 대해 시인은 "왜 토마토냐고요?/ 사과는 많이 건드렸으니까요"(「토마토 기분」)라고 고백한다. 토마토와 사과를 비교하는 과정에서 우리가 확인하게 되는 것은 시인이 현시하는 단순한 시적 언술

이 아니다. 그 시적 언술 안에 내재한 경험과 기억에 대한 불안이다. 기본적으로 그 불안은 사과의 느림과 토마토의 빠름이 대비되면서, 하나의 존재 가치를 기억하고 경험하는 복합적인 방식으로 증언된다. 시인이 토마토의 기분을 지향하는 것도 이 때문이다. 현재 토마토의 기분을 느끼고 있는 시인은 토마토를 토마토로 보지 못하는 많은 자아와 고투 중이다. 정확히 말하자면, 빨간 토마토가 되지 못하고 파란 토마토로 머물러 있는 시인의 불안한 심리가 내재한 것이다. 그런데도 시인은 조금은 파랗고 탱탱하기까지 한, 빨개지기 직전의 어떤 감정을 경험의 시적 순간으로 농축해 낸다.

시집의 표제작이기도 한 「토마토 베끼기」는 그 연장선상에서 이해할 수 있다. 「토마토 기분」에서 표출되는 감정을 스스로 유지하고 싶지만, 시인에게는 그것조차 만만찮은 일이다. '너'로 대변되는 치명적인 존재들이 끊임없이 '나'라는 존재가 지닌 기억과 경험의 순간을 복잡하게 와해시킨다. 그 지점에서 파생되는 불안을 단순히 타자의 탓으로만 돌릴 수 있을까. 그렇지 않다. 토마토의 불안을 생성하는 것은 바로 시인(나) 자신이기 때문이다. '불안'이라는 문장에 마침표를 찍느냐 마느냐에 따라 그 의미는 언제든지 달라질 수 있음을 환기한다. 이 지점에서 문득 문인들 사이에서 회자되었던 마침표, 다시 말해 시 문장 뒤의 유점과 무점에 대한 에피소드가 떠올랐다. 요지는 '시인은 왜 마침표를 찍지 않는가.'이다. 답 또한 흥미로웠는데, 이에 대해 시인 진은영은 시에 마침표를 찍으면 시인이 그 자체를 갑갑해한다는 점에 주목했다. 마치 마침표를 찍으면 문장이 완성되었다고 선언하는 것 같아 어색하다고도 말한다. 반대로 마침표를 안 쓰면 문장들이 깨진 채 아슬아슬하게 붙어 있는 듯 보여 강의 얼음판 같은 느낌이 든다고 이야기한다.

박완호 시인이 포착하고 있는 토마토 또한 마침표를 찍지 않은 강의 얼음판 같은 감정으로 전이시켜 볼 수 있다. "마침표를 찍을까 말까를 고민하던 순간"의 불안은 어쩌면 "처음인지 마지막인지 자꾸 되묻는 연애처럼" 시인에게는 비릿하고 불안한 감정으로 자각되기 때문이다. 자꾸 되묻고 규정하지 않는 과정에서 시인의 기억은 과감히 상투성을 벗어 버리고, "구름 뒤편 행성의 산책로를 홀로 서성거리고 있을 한 시인"(「어떤 달이 소식을 물어 왔다」)의 모습으로 변모해 간다. 이 과정에서 시인은 "혀가 딱딱하게 굳어 버린"(「당신의 발음」) 자기 자신에 대한 파편을 긍정적으로 회복하려 든다. 문제는 아직 덜 빨개진 토마토에서 "치명적으로 붉은" 토마토가 되기 직전의, 나를 경험하거나 기억하고 있는 다른 타자에 의해 "누군가 나를 검은 토마토라고" 마침표를 찍는다는 점에서 찾을 수 있다. 시인은 "시라는 이름으로만 부르고 싶은 맘에/ 아무것도 되지 않으려는 것들과 씨름하다가" 결국 토마토가 환원하는 검정(어둠)이라는 세계에 꿈을 꾸듯 붙들리고 만다.

3. 이름 없는 세계의 바깥

박완호 시인은 "이름 없이도 한세상을 가득 채우는/ 그런 순간"(「꼭 시가 아니라도」)을 꿈꾼다. "세상에는 닮은 이름을 지닌 길들"(「오늘의 나는,」)이 많지만, 시인은 그 경험과 기억의 편린을 모아 자기 존재를 완성하는 소실점으로 불러들인다. 그러기 위해서는 시인조차 자신의 삶에 마침표를 찍지 않는 시적 도정에 머물러야 한다. 이런 다짐은 "난 아직 내 이름을 모르는"(「당신의 발음」) 존재로 우리 곁에 다가선다. 과연 시인은 그런 존재를 다시 회복될 수 있을까.

나의 새들은 종(種)이 없다

본가 없는 선천성 떠돌이처럼

주소 불명의 꽃씨들처럼

나의 새들은 날개가 없다

아무 데도 못 가면서 먼 곳을 바라보는 나무처럼

나면서부터 눈먼 타고난 소리꾼처럼

엄마도 없이 세상에 내동댕이쳐진 아이처럼

나의 새들은 부리가 없다

날지도 못하고 노래도 못하면서

끝끝내 새이기를 꿈꾸는 나의 새들은

어제의 새다 내일의 새다 아니

오늘의 새일 뿐이다

나의 새들은 얼굴이 없다

이목구비를 못 가졌으니 더는 버릴 게 없다

긴 꿈에서 깨어날 일도 없다

나의 새들은 이름이 없다

무언가가 되려 할 뿐

애초부터 아무것도 아니었던

나의 새들은 그림자가 없다

팔다리를 세게 휘저어 봐야 텅 빈 허공뿐,

그들처럼 나도

그림자를 지운 지 오래다

나에게는 이제 새가 하나도 없다

—「나의 새들」 전문

시는 바깥과 안의 마주침을 통해 진정한 시적 사유의 지점을 창조해낸다. 이때의 마주침은 독자나 시인에게 어떤 보편적 사유를 강요하는 것이 아니라, 경험과 기억의 마찰에 의해 생성되는 감응의 주파수에 실감을 맞춘다. 이 감응은 시인과 세계를 소통하게 하며 서로를 이항의 영향 관계 안에 놓는다. 중요한 사실은 시인이 감응하는 바깥의 사유는 늘 비자발적이며, 항상 어떤 외부적 상황과의 영향 관계 속에서 새로운 창조로 이어진다는 점이다. 이 과정에서 모든 동일성은 사라지고, 그 밖의 모든 근거는 와해되기도 한다. 프랑스의 철학자 질 들뢰즈(Gilles Deleuze)는 이 지점에서 우리가 발견해야 할 시적 진실은 오로지 비자발적 사유를 통해서만 가능하다고 진단한 바 있다. 이 전언에 빗대어 그가 기가 막히게 비유해 낸 절지동물이 바로 거미다. 거미는 아무것도 보지도 지각하지도 기억하지도 못하는 비자발적 사유를 통해 생명 같은 창조성을 확장시킨다. 자신이 알아야 할 진실이 무엇인지에 대해 알 수 없기에, 거미는 그 어떤 계획도 세우지 않는다는 점에서 시인의 형상을 닮는다. 오직 거미줄 같은 텍스트에 걸린 시적 기호를 단서 삼아 시인은 영영 모르는 쪽으로 고개를 돌릴 뿐이다.

박완호 시인의 시에서 거미와 같은 단서를 제공하는 매개는 바로 '새'다. 그는 인간이 습관적으로 반복하는 자발적 능력을 '새'라는 매개로 환기한다. 마치 "시인은 바람과 새의 또 다른 근친"이거나 "족보"(「시인의 근친」)를 가졌다고 말하기도 한다. 자발적 기억은 기억하고 싶은 것만을 기억하게 하며, 자발적 사유는 사유하고자 하는 것만을 사유한다는 시인의 경험적 시선이 맞물려 있는 것이다. 이러한 과정에서는 이미 알고 있는 현상만이 반복적으로 도출된다는 점을 시인 또한 자각한다. 거기에는 어떤 낯섦도 없고, 감응도 없으며, 시인이 새롭게 발견하고자 하는 시적 진실이나 삶의 진정성 또한 담보받지 못한다.

따라서 이번 시집을 통해 시인이 회복하고자 하는 또 하나의 모습은 규정되지 않는 비자발적 존재로의 회귀이다. 이것은 시인에게 존재의 시원으로 작용하는 동시에 경험이 반복되어 기억으로 환원되는 과정에서 나타나는 이 시집 전체의 시적 기투이기도 하다. 「나의 새들,」에서 묘사되는 새들은 그래서 '종(種)'이 없다. 그 어떤 의미에도 구속되지 않음으로써 자유롭다. 본가가 없고, 주소가 불명인 탓에 "나면서부터 눈먼 타고난 소리꾼처럼" 원초적인 추억을 욕망할 수 있다. 비록 시인의 기억과 경험 속에서 '어제의 새'와 '내일의 새' 그리고 '오늘의 새'가 불안하게 교차하지만, 시인이 바라보는 새들은 이미 얼굴이 없어서 버릴 게 없고 이름 또한 없으니, 그 무엇에 규정당하지 않아도 되는 원초적 존재이다.

박완호 시인에게 이름의 바깥에 선다는 것은 일종의 축복처럼 여겨진다. 마치 "누군가 멋대로 휘갈겨 놓은 내 이름처럼"(「허무답보(虛無踏步)」) 규정당하지 않음으로써 자신을 규정할 수 있는 시인만의 자기 갱신적인 개별성을 회복한다. 이러한 시인의 시적 인식은 시집 전반에 걸쳐 두루 나타나는데, 가령 "꽃도 별도 되지 못한 이름들"(「블랙 코드」)

이나 "하늘이, 땅이, 구름이, 온갖 풀과 나무와 새와 물고기들이 한목소리로 제 이름을 부르는/ 최초의 음악"(「별책부록—K)으로 형상화되기도 한다. 시인이 사유하고 있는 그 모든 이름은 반드시 시가 아니더라도, "시라는 이름으로만 불리길"(「꼭 시가 아니라도」) 희망하는 시인만의 절실한 실존 자각인 동시에 시인이 끝내 도달하고자 하는 시원이기도 하다. 그래서 시인은 "오늘은 시라고 부르지 않아도/ 스스로 반짝이는 것들과/ 한바탕 어울리는 중"이며, 그 이름들과 "외길이라는 이름의 세상 한가운데"(「외길」)에서 자신이 끝내 마주하고 싶은 검정(어둠)의 세계를 다시 그리워하듯 호명하게 된다.

4. 검정(어둠)이라는 세계의 그리움

'그리움에는 출구가 없다.'라는 말이 있다. 문장을 그대로 빌려 온다면 시인은 자주 '그리움'에 갇혀 스스로를 헤매는 존재다. 안에 갇힌 자는 밖을 그리워하고, 밖에 갇힌 자는 안을 그리워한다. 시인은 안과 밖 어디에 갇혀 있든 간에 일부러 출구를 찾지 않는다. 박완호 시인의 이번 시집을 곰곰 살펴 읽으면서, 그가 지닌 그리움의 근원지에 대해 오래 생각해 본다. 시인이 지닌 원초적인 그리움이나 혹은 경험하지 않은 것, 그가 지금껏 모르는 척 써 내려간 다양한 시적 이미지와 시의 감각을 읽어 낼 때마다 우리가 맞닥트리게 되는 것은 검정(어둠)으로 점철된 세계의 '거대한 침묵'은 아닐까.

검은 라벨이 붙은 술 하나를 선물 받았다

도무지 속을 들여다볼 수 없는
어둠 속에 잠긴 발자국 같은
찰나의 침묵,

소란스럽게 짖어 대는 개들의
당당한 비겁 너머
는개 나부끼는 새벽이
소리 없이 다가서고 있었다

별을 그리는 사람은 별이 되고
꽃을 노래하는 사람은 꽃으로 태어난다는 소문을
그대로 믿는 사람은 아무도 없었지만

검은 라벨이 달린 술병에 든
달콤한 낙담을 거푸 들이켜 가며
때로는 삶을 때로는 죽음을 꿈꾸는
이곳에서의 기억은 곧 새까맣게 지워질 것이다

새까맣게 된다는 건
가장 깨끗해지는 일,

꽃도 별도 되지 못한 이름들
하나둘 스러져 가는 이곳에서

당당한 비겁보다도 못한

정의는 얼마나 눈부시던가?

검은 꿈을 꾸는 정신 속을 파고들지 못하는 빛, 빛들이

검은 라벨을 달고 거대한 침묵으로 태어나는 밤, 나는

더는 어떤 꿈도 꾸지 못할 것이다

어떤 꿈도 더는

나를 가두지 못할 것이다

—「블랙 코드」 전문

시인의 말처럼 "새까맣게 된다는 건/ 가장 깨끗해지는 일,"이다. 이 말에 동조한다. 검은색의 모순 개념은 흰색이 아니라 검지 않은 색이기 때문이다. 다시 말해 검은색과 검지 않은 색 사이의 중간에는 그 무엇도 존재하지 않는다. 박완호 시인은 검정(어둠)이라는 세계에서 "별을 그리는 사람은 별이 되고/ 꽃을 노래하는 사람은 꽃으로 태어난다는 소문"을 곧이곧대로 믿지 않는다. 다만 "도무지 속을 들여다볼 수 없는/ 어둠 속에 잠긴 발자국 같은/ 찰나의 침묵," 속에서만 그 모순을 확인한다. 만약 세상의 많은 그리움이 어떤 사유의 대비를 통해 형상화된다면, 시인은 검정(어둠)이라는 세계를 절대 그리워하지 않고 오히려 그 반대

를 찾아 침묵할 것이다. 하지만 시인은 알고 있다. 어둠 속에는 이미 "빛 반 어둠 반"(「구부러진 골목」)의 세계가 내재하거나 "검정빛 환한 무늬들"(「간절곶」)이 도사리고 있다는 것을. 그래서 시인은 검은 혹은 검지 않음의 모순적 상황 속에서도 자기 그리움의 서정을 안정적으로 되짚어 갈 수 있게 된다. 그 서정의 힘은 지금껏 시인이 궁극적으로 탐색해 왔던 "무늬의 말들, 사랑이라는 발음을 가진 사랑들, 삶이라는 죽음이라는 빛깔을 지닌 순간들,"(「경계를 서성이는 동안」)로 집약된다. 이러한 이유로 시인은 "검은 꿈을 꾸는 정신 속"에 그 어떤 자발적 사유도 파고들지 못한다. 설령 그것이 빛이라도 말이다. 시인은 오로지 "어둠이 깊어 갈수록 맑아지는 눈빛"(「한 무정부주의자의 기억」)을 희미하게 기억할 뿐이다. "어둠의 환한 모퉁이에 갇혀/ 어디로 가야 할지 모르는" 이들에게 "무작정 앞으로만 나아갈"(「한낮을 헤매다」) 방향을 점지할 뿐이다.

> 종점이 가까워지면 바퀴는 집요하게 달라붙은 흙덩이를 투덜투덜 털어 내기 시작한다. 공회전의 타이어에 튕겨 나가는 돌멩이들은 여태껏 말로 풀어내지 못한 울화. 마지막까지 자리에 앉아 있던 반백의 사내가 쥐기 찌든 한쪽 발을 바닥에 마저 내려놓는 순간 내일과 어제오늘이 복권 구슬처럼 한꺼번에 뒤섞인다. 숨 가쁘게 뛰어와선 고달픈 할당량을 들이밀던 작업복의 땀내와 손잡이에 매달려 한참을 졸아 대던 긴 생머리, 짧은 눈인사와 함께 새빨간 구두코를 다짜고짜 올려놓던 파마머리와 방금 떠난 사내의 뒤통수가 식어 가는 엔진 소리를 따라 조금씩 흐릿해진다. 바퀴가 구르기 시작할 때마다 손을 흔들어 대던 기사식당 옆 은행나무도 새벽녘까지는 지친 팔다리를

풀어놓고 있을 것이다.

—「막차」 전문

시집의 마지막에 수록된 「막차」는 지금까지 시인이 경험한 모든 삶의 불가피를 통섭해 낸다. 마지막(종점)을 향해 가는 버스 안에서 취기에 찌든 사내가 한쪽 발을 바닥에 마저 내려놓는 그 순간, 시인은 '경험하는 주체'와 '기억하는 주체' 모두를 한 공간으로 불러 세운다. "내일과 어제오늘이 복권 구슬처럼 한꺼번에 뒤섞이듯" 시인이 지금껏 증언해 왔던 '경험'과 '기억'은 이곳에서 한데 뒤엉킨다. 한통속이 된다. 시인이 할 수 있는 일이라곤 '검은 라벨'이 붙은 술을 마시고, "때로는 삶을 때로는 죽음을 꿈꾸는/ 이곳에서의 기억"(「블랙 코드」)을 새까맣게 지우는 행위뿐이다.

사실 나는 시인을 모른다. 하지만 막차에 몸을 실은 취기 가득한 반백의 사내에게서 시인의 모습을 본다. 어둠 속에서 "제 속의 꺼져 가는 불씨를 되살려 가며 스스로 길을 만드는 이의 걸음"(「파꽃」)을 마주하게 된다. 그 막차에서 취기처럼 쏟아 내는 시인의 곡진한 목소리와 사물의 감정을 꿰뚫은 어둡고 다정한 목소리가 새삼 깊고 검고 심오하게 들리는 이유는 "앞서거니 뒤서거니 우리는/ 똑같이 신기루의 꿈"(「허무답보(虛無踏步)」)을 꾸고 있기 때문인지도 모르겠다. 막차에는 세상의 질서와 이 삶을 살아 내고자 하는 박완호 시인의 비자발적이고도 다양한 무질서가 공존한다. 이 지점에서 다시 시인에게 묻는다. 시인은 행복한가? 이 질문에 대해 시인은 모르는 척 오늘도 치명적으로 붉은, 검정(어

둠)의 세계를 펼쳐 보인다. 시집이라는 막차에 우리 모두의 경험과 기억의 불가피를 싣고 떠난다.■

반듯하고 작고 아름다운 시의 모듈

—김늘 시집, 『롤리팝을 주세요』

1.

영국의 동화 작가 콜린 웨스트는 『핑크대왕 퍼시(Percy the Pink)』를 통해 인간 세계의 관점이 어떻게 형성되고 그 내면의 작동 원리가 어떻게 되는지 알기 쉽게 구현한 바 있다. 내용을 간추리자면, 동화 속에 등장하는 핑크대왕 퍼시는 자신이 소유한 모든 사물과 세계를 핑크색으로 물들이길 원하지만, 불가역적인 하늘만큼은 끝내 물들이지 못하고 좌절하게 된다. 이 문제를 쉽게 해결한 사람은 그의 스승이다. 스승은 핑크대왕 퍼시에게 핑크색 안경을 쓰게 함으로써, 문제 상황에 맞는 '적절한 맥락'을 형성해 준다. 인지심리학자는 이러한 '적절한 맥락'을 프레임(Frame)이라고 말한다. 관성적으로 이해하면, 프레임은 그리스 신화에 나오는 프로크루스테스의 침대를 떠오르게 하기도 하고, 다른 사람의 생각을 자신의 일방적인 기준에 억지로 끼워 맞추려는 부정적인 믿음을 상기하게도 한다. 그러나 문학 작품에서의 프레임은 적절한 맥락을 수시로 탈피함으로써 발생하게 되는 정보와 그 정보 사이의 우연하고도 우발적인 결합 구조를 지향한다. 다시 말해 계획된 프레임(Prototypical Context)에 실제로는 예기치 않은 프레임이 적용됨으로써 세상은 새롭게 이해되고 다양하게 세분된다. 김늘의 시가 지닌 시적 프레임은 이러한 연장선에서 이해할 수 있다. 그의 시는 일반적인 인지 과정에서 생성되는 지식과 정보를 단순하게 답습한다기보다는, 자기만의 독특한 모듈(Module)을 유기적으로 활용함으로써 시 작품에서 얻을 수 있는 최대한의 복선을 활용한다. 그 복선은 시적 화자가 전하는 심리적 모놀로그와 다양한 방식의 스포일러를 타고 들며 시의 긴장감을 유지한다. 얼핏 단순한 정보를 시의 맥락 속에 숨기는 듯하지만, 김늘의 시는 "모눈종이처럼/ 꽃마리처럼"(「Nobody」) 반듯하고 작고 아름다운 'Nobody'의 세계를 하나의 시적 프레임으로 제공함으로써, 시의 이면에 도사리는 의미를 끊임없이 재해석하도록 유도한다. 그 과정에서 시인은 '쾌락중추'라 불릴 수 있는 자신만의 시의 쾌락과 모듈의 시신경을 발견한다.

너는

꽃의 얼굴을 한 부엉이

구름의 탈을 쓴 잠

거룻배의 노래로 하는 약속

사과에 담긴 명랑

연필로 그린 냄새

우산에 묻어 온 기차 소리

물거품이 튕기는 얼굴

바다를 녹인 아이스크림

꽃향기와 노는 여우

비를 굽는 오븐

낙엽을 밟는 바이올린

호수를 들어 올린 소금쟁이

바람을 모은 수족관

뿌리가 자라는 손바닥

수국 잎에 고인 동그라미

별을 깨무는 사탕

어둠을 바른 달

봄을 삼킨 웃음

나를 지우는 나

—「쾌락의 중추」 전문

인간은 본능적으로 쾌감을 추구하기 마련이다. 그 쾌감은 외부 기제로부터 가시화되기도 하지만, 근본적으로는 뇌의 한 지점을 통해 개방된다. 뇌과학자는 인간의 뇌 속에서 쾌감을 관장하는 장소를 '쾌감 중추' 혹은 '쾌락 중추'라고 부른다. 1954년 미국 캘리포니아 공과대학의 생물심리학자 제임스 올즈는 캐나다 맥길대학의 심리학자 도널드 O. 헵의 연구실에서 쥐의 뇌에 약한 전류를 흘려보내다가 뇌의 특정 장소에서 쾌감을 관장하는 부위를 우연히 발견하게 된다. 이 실험은 1978년

개량된 실험법을 통해 뇌내의 A10신경이라는 특별한 보수계(報酬系)로 발전한다. 즉 인간의 감각(신경)에 보수를 줌으로써 쾌감을 발생시킨다는 인간의 심리를 알아차린 것이다. 플러스 강화라고도 불리는 이 보수의 개념은 인간의 마음과는 다소 동떨어지기 때문에, 흔히 '쾌감' 혹은 '쾌감쾌'라는 말로 쓰인다. 사담이 길었지만, 김늘의 시에서 쾌감 또는 쾌락을 관장하는 대상은 '너'라는 대상이다. '너'는 하나인 동시에 여럿이면서, 전체이면서 부분이다. 아울러 시의 사건과 장면을 연결하고 나아가 시의 내적 논리를 연결하는 중요한 기제로 작용한다. 인용한 작품에서 '너'는 맨 처음 "꽃의 얼굴을 한 부엉이"로 묘사된다. 꽃과 부엉이의 상관관계를 떠올려 봐도 좋지만, 아무래도 상관없다. 시인에게 '꽃'이라는 대상은 마치 '모눈종이'나 '꽃마리'와 같은 대상이기 때문이다. 재미있는 것은 '부엉이'이다. 부엉이는 대부분이 야행성이어서 저녁에 활동한다. 역설적이지만 부엉이는 어두운 밤이 되어서야 더 큰 시야를 확보한다. '바라봄'을 뜻하는 볼 관(觀) 자는 부엉이의 모습을 본떠 만든 상형문자이다. 만물이 보이지 않는 때에 보는 것, 보이지 않는 것을 보는 것, 볼 수 없는 것을 보는 것 모두가 부엉이가 지닌 상징이자 은유이다. 그런 관점에서 볼 때 시인이 연속적으로 제시하는 이미지는 우발적인 듯 보이지만 매우 정교한 시적 논리를 갖는다. 동시에 직관적이면서도 인지적이다. 따라서 "너"로부터 발생하는 "꽃"과 "부엉이", "구름의 탈을 쓴 잠" 나아가 "낙엽을 밟는 바이올린", "호수를 들어 올린 소금쟁이", "바람을 모은 수족관" 등의 묘사는 시인이 지닌 쾌락 중추의 시적 부산물이자, 이 시집 전체를 통독하는 시적 프레임으로 작용한다.

2.

김늘의 시에서 모듈의 시신경은 시의 이면에 숨겨져 있는 의미를 끊임없이 재확인시킨다. 이는 기본적으로 시의 모듈이 '전체를 다루는 부분'이면서, 동시에 그 자체로 하나의 완전한 기능을 수행하는 독립된 실체라는 점에서 그 가능성이 타진된다. 상황에 따라서는 최소한의 정보가 담긴 모듈과 색다른 모듈이 접촉하여 김늘의 시만이 가진 시적 모듈러(Modular)를 형성한다. 이때 인지되는 모듈과 다른 텍스트의 결합 방식은 최소 단위의 시적 레이어(Layer)이면서 '아무것도 아닌' 혹은 '아무것도 없음'의 의미를 점철해 낸다. 이를테면 「쾌락의 중추」의 시편 마지막에서 포착되는 '나'의 이미지는 "나를 지우는 나"로 묘사된다. 이때의 '나'는 주체이면서 동시에 타자를 뜻한다. 따라서 지워지기 전의 '나'의 모듈과 지워진 후의 '나'의 모듈은 한꺼번에 존재하면서 동시에 사라지는 부정적인 모듈러로 작동한다. 그렇다면 시인이 말한 쾌락의 중추는 결국 긍정이 아닌 부정으로 점철되고 있었던 것일까. 이는 앞서 언급한 바 있듯 시는 계획된 프레임에 예기치 않은 프레임을 작동시킴으로써 그 우발성을 무기로 삼기 때문이다. 김늘의 시는 이를 통해 "나를 지우는 나"를 'Nobody'의 대상으로 밀어 올린다.

귀퉁이가 필요해요

검불을 태운 재의 농도가 필요해요

쌀쌀맞지 않은 의자, 시간을 요리하는 상상이 필요하죠

넉넉한 어둠은 밤의 이불처럼 편안해요

딱딱한 등을 가르고 그림자가 태어나기엔 안성맞춤이죠

날마다 백 개의 블라우스

천 개의 구두 굽

만 개의 표정들이 방문해요

거만한 고객들은 신권 지폐처럼

나날이 당당해지죠

별의 운항을 구현했다는 작품 곁에

정연한 이진법이 빛나는 계산대 곁에

설원 빛 변기 곁에서

그 모두를 돌보며 후원하는 나의 구역은 그래서,

모눈종이처럼 단아하고 꽃마리처럼 소박해요

때로는 전설 속 늑대마냥

보름달의 울분을 매달고

걸음을 풍자하는 춤을 추고 잡담을 변주해요

그러나

Everybody, Nobody

모눈종이처럼

꽃마리처럼

우리는 반듯하고

작게 아름다워서

결코 보이지 않아요

―「Nobody」 전문

일반적으로 'Nobody'는 부정의 의미를 담은 주어로, '아무도 (~않는다)'라는 뜻을 지닌다. 고대 그리스 신화에서 'Nobody'는 긍정보다는 부정의 의미를 담을 때 자주 사용한다. 대표적으로 『오디세이아』의 주인공 오디세우스가 외눈박이 거인 부족으로 잘 알려진 키클롭스를 제거할 때 사용했던 말이기도 하다. 오디세우스는 자신의 이름을 'Nobody'에 해당하는 그리스어 '우티스(Οὖτις)'라고 말한 뒤, 포도주를 마신 후 취해 잠든 키클롭스(폴리페모스)의 하나뿐인 눈을 가격한다. 이에 다른 키클롭스가 급히 찾아와 '누구의 짓이냐.'라고 묻자, 오디세우스는 "아무도 아니다."(Nobody did.)라고 대답함으로써 자신의 존재와 안위를 지킨다. 김늘의 시에서 「Nobody」는 하나뿐인 눈(프레임)을 잃은 키클롭스의 심리적 상태를 상징하지만, 시인은 한발 더 나아가 프레임(나)이 사라진 프레임(나)의 세계를 더욱 더 세밀하게 세공한다. 이 시에서 가장 중요하게 목격되는 모듈의 프레임은 "작게 아름다워서/ 결코 보이지 않는" 대상으로 장착된다. 시인은 키클롭스처럼 외눈박이 거인 부족이 아니라, 최소한의 모듈이 우리에게 필요하다고 강조하고 나선 것이다.

이번 시집에서 그 최소한의 모듈은 '모눈종이'와 '꽃마리'로 장착된다. 인용한 작품의 접근을 돕기 위해 잠시 '모눈종이'와 '꽃마리'에 담긴 일차적인 설명에 주목해 볼 필요가 있다. 우선 모눈종이는 일정한 간격으로 여러 개의 세로줄과 가로줄을 그린 방안지(方眼紙)를 뜻한다. 편집의 성격에 따라 다양한 그리드(격자)가 활용되지만, 특히 사각형의 방을 만들어 나열하는 방식의 모듈 그리드(Modular Grid)는 지면 위에 몇 개로 나누어진 정보 공간을 설정하는 최소 단위로 활용된다. 김늘의 시는 이 모눈종이가 지닌 표면적 특성에 대해 "좌우가 닮은 모양들"(「그림자를 낳은 사내」)로 지칭한다. 이 지점에서 시인은 고대 그리스 신화의 거인 부족의 모듈뿐만 아니라 안데르센 동화 속에 등장하는 '그림자'의 모듈과도 교류시킨다. 이 지점은 이번 시집이 지닌 특이점을 매우 잘 대변한다. 따라서 독자는 김늘의 시를 읽으며, 모듈과 모듈이 형성하는 다양한 모듈러 속에서 시가 지닌 중의에 빠져든다. 가령 안데르센의 동화를 모티프로 쓴 작품 「그림자를 낳은 사내」는 "불멸하는 그림자"와 "화려한 이름의 그림자", "자신이 낳은 그림자의 그림사"와 같이 인간 존재에 담긴 무의식과 정체성에 대한 다양한 진화를 보여 준다. 동시에 '그림자'에 등장하는 다양한 존재(들) 또한 프레임(눈)을 상실한 우리 모두의 모습이며, 인간이 지닌 무의식과 욕망을 여과 없이 드러내는 장치가 되고 있음을 강조한다. 그런 이유로 인용 작품 속 그림자에는 "날마다 백 개의 블라우스/ 천 개의 구두 굽/ 만 개의 표정들이 방문"하게 된다.

거만한 고객으로 대표되는 그림자는 이제 "신권 지폐처럼/ 나날이 당당해"지기도 한다. 그러나 그 그림자의 당당함은 김늘의 시가 선도하는 일종의 반어적인 표현으로 선회한다. 예컨대 「반어법의 실패」를 보면, 시인은 덴마크의 화가 페더 세버린 크뢰이어를 위시하면서 "그는 반어법을 사랑했고/ 반어법의 반향을 사랑했으나/ 삶이 저 혼자 반어로 완성되어 갈 줄은 몰랐다"고 언지한다. 그러면서 "빛을 사랑할수록 빛을 잃게 될 줄을/ 가슴에서 퍼 올린 밀어가 폭군의 말이 될 줄은/ 괴물 같은 자신이 잊힐까 꽃잎처럼 연약해졌을 때"에 주목한다. 이러한 존재의 모습 속에서 시인은 결국 "Everybody, Nobody"를 선언하기에 이른다. 이는 늘 자기혐오와 불안 그리고 주객이 전도되는 삶에 대한 허구성을 반어법처럼 달고 살았던 세상 사람들에 대한 성토이면서, 자기중심적이고 자기 과시적인 무의식과 심미적 불편함을 완곡하게 드러내는 표현이다. 따라서 「Nobody」와 「그림자를 낳은 사내」와 「반어법의 실패」 등으로 이어지는 프레임과 프레임의 상실은 결국 "그 모두를 돌보며 후원하는 나의 구역은 그래서,/ 모눈종이처럼 단아하고 꽃마리처럼 소박"하기를 소망하는 시인의 염원으로 연결된다. 김늘의 시는 비록 우리가 모두 아무것도 아닌 존재로 인식될지라도 "모눈종이처럼/ 꽃마리처럼/ 우리는 반듯하고/ 작게 아름다워"지기를 바란다.

3.

시인이 천명하는 정체성에 관한 물음은 '나'에 대한 시적인 모듈을 회복하려는 관성에서 출발한다. 이는 자기만의 시선(프레임)을 갖춘 개체이든 아니든 간에 시인이 인정할 수밖에 없는 중층적인 레이어이자 모듈러이다. 그런 관점에서 바라볼 때 김늘의 시에서 중요하게 언급되는 '꽃마리'는 그의 자의식을 이해하는 데 매우 중요한 시적 기제가 된다. 일반적으로 꽃마리는 우리 주변에서 흔히 볼 수 있는 식물임에도 불구하고 사람의 눈에는 잘 띄지 않는 봄꽃이다. 지치과의 두해살이 풀로 작고 섬세하면서도 청초한 아름다움을 가진 꽃으로도 정평이 나 있지만 육안으로 식별이 불가능해 그 아름다움을 쉽게 포착하지 못한다. 줄기는 10~30cm 정도로 작게 자라며, 꽃잎 또한 2~3mm로 깨알처럼 피어나는 탓에 카메라의 접사 렌즈를 통해 확대하거나, 신경을 곤두세워 들여다보지 않으면 꽃마리의 실체는 분명 존재하지만 존재하지 않는 대상처럼 여겨지기도 한다. 앞서 살펴본 'Nobody'로 대변되는 존재의 아무것도 없는 상태, 맥락에 따라서는 보잘것없는 존재의 의미를 그대로 각인하기 때문이다.

하지만 이 세상은 명확하게 드러나지 않는 표식에는 그다지 큰 관심을 갖지 않는다. "당신과 내가 악수하며/ 같은 혈족임을 확인해도 좋을 분명한 표식"(「흉터」)을 보여 주어도 모듈의 유기성은 제대로 작동하지 않는다. 그래서 시인은 "아무 데나 부려 놓을 수 없이 넘치게 핀 꽃을 사세요/ 투박한 손이 직접 기른 섬세한 향기를 사세요"(「꽃상수」)라고 외쳐 보기도 하고, "얼마나 많은 별똥이, 얼마나 많은 천둥이", "얼마나 많은 바람이, 얼마나 많은 그늘이"(「느티 그늘 아래」) 이마 위를 흘러가고, 겨드랑이에 머물다 가는지를 이야기하며, 주객이 전도된 인간 존재의 모습을 회복하려 든다. 하지만 그 누구도 끝내 알아채지 못한다. 김늘의 시는 그런 세상을 향해 다시 한 번 "작고 못난 눈들이/ 놀림받아 풀죽던 그 '새우눈'이/ 얼마나 반듯한지 한 번 보시라구요"(「새우눈이랍니다」)라고 성토한다.

김늘의 시에서 자기 존재 가치에 관한 물음은 '나'에 대한 새로운 인식이면서, 자신을 새로운 동일성으로 회복할 수 있는 밑거름이 된다. 시인은 "다가올 시간의 냄새를 잘 맡는 노파처럼"(「자귀나무 꽃 피어나는 집」) 반짝이는 전율을 상기하기도 하고, "괘종시계의 시침 같은 깨알의 시간”(「거북아, 거북아!」)을 건너 세월을 늠름하게 버티기도 한다. 스피노자는 이러한 마주침의 과정에서 인식의 변화와 감정의 변화를 동시에 겪게 됨을 상기시킨다. 이는 ‘변양’(變樣)과 ‘감응’(感應)의 감정으로 몰입된다. 이 변양과 감응에서 오는 차이 생성은 이번 시집 전반에 등장하는 시적 화자를 지속해서 타자화하면서도, 시간 속에서 변해 가는 정체성을 끊임없이 ‘나’라는 존재로 존립해 나간다. 시인은 그러한 이율배반적인 상황에서 ‘밀고자’의 이미지를 떠올리기도 하는데, 이는 “어제와 다를 것 없는 오늘에, 어제와는 다른 오늘에,/ 내일이면 달라질 것에, 내일이 와도 변치 않을 그것에/ 안달하는 그자를 유리병에 가뒀어야 했다”(「밀고자」)라는 말로 집약된다.

그렇다면 왜 시인은 “밀고자는 ‘나’라고 쉽게 발설해 버리는/ 가벼운 그 입을/ 그리지 말았어야 했다”라고 말하는 걸까. 타자(밀고자)에 의해 자신의 존재가 규정되는 그 상황이 불편했던 것은 아닐까. 물론 추측만으로는 확언할 수 없지만, 시 작품 속 화자는 끊임없이 “발아되지 못한 철 지난 사랑의 발성법으로/ 혹은 서툰 복화술로 중얼”거린다. 강조하자면 이러한 시적 이미지는 “전할 수 없던 어떤 전언/ 미처 와닿지 못한 미결의 기억처럼” 김늘의 시 세계를 끊임없이 자전시킨다. 나와 타자되기가 반복됨에 따라 결국 시인에게 포착되는 주어는 「Blind」에서 보이듯 “얼음처럼 파랗게 녹아”내리거나 “흘러내리는 윤곽들”과 “이름들”만 남게 된다. 동시에 그 보얗게 웃는 얼굴을 보며 “웃음을 만져 보려 해도” 소용없는 존재들로 귀착된다.

그런데도 김늘의 시에서는 “오늘이 며칠인지 안다면 당신이 누구인지 밝혀 낼 수 있을” 거라고 자조한다. 하지만 이마저도 쉽지 않다. 시인은 "나, 어디서 왔나요?" 혹은 "나는 무엇이 될 수 있나요?"(「봉지」) 라며 자기 삶의 근원에 관한 물음과 무의식에 담긴 최소한의 심리적 모듈을 작동하려 노력한다. 이 모습은 「그림자를 낳은 사내」에서 보았던 '나'와 '당신'의 자리바꿈의 연장선인 동시에 자기 정체성의 회복 과정으로 그려진다. 따라서 「Blind」에서 상징적으로 표출되는 "당신은 누구인가", "그 이름은 나의 것인가?", "여보세요!/ 혹시 내가,/ 누구일까요?" 같은 문장은 사실상 시인의 다분화된 모듈이면서, '침묵'을 향한 시인만의 심리적 모듈러로 인지할 수 있다.

침,

묵,

나의 본명입니다.

삐걱이는 의자 위에 내려앉는 저녁처럼

몇 알 밥풀이 남은 그릇에 떨어지는

한밤의 정적처럼

읽다 만 책 위로 쌓여 가는 부연 망각처럼

나의 장기(長技)는

표정 없는 표정

말없는 이야기

그림자의 그림자

어쩌면

얼룩이 토해 놓은 울음

거울에 남은 짧은 응시 같은 것

기울어 가는 빈집 처마에

가볍게 살랑이는 적막 같은,

끝내

기억나지 않는 어떤 꿈

어쩌다

몸이 떠난 곱게 낡은 옷

—「침묵」 전문

이제 김늘의 시에서 '침묵'은 어쩌면 당연한 수순이자 결과로 여겨지기도 한다. 다만 침묵 그 자체가 시적 화자의 본명이라고 선언하는 부분에서 미처 제대로 해결하지 못한 시적 의미의 부산물이 부유한다. 우선 이 작품에서 "나의 장기(長技)는/ 표정 없는 표정/ 말없는 이야기/ 그림자의 그림자"로 집약됨을 확인할 수 있다. 말하지 않고도 말을 하는 방식의 모듈은 앞서 살펴본 '모눈종이'나 '꽃마리'의 모듈 특성과 맞닿아 있으며, 시적 사유 또한 그 인식의 프레임 선상 안에 있다고 추측된다. 따라서 시인은 이 작품에서 침묵의 주체 또한 '그림자'로 설정한다. '그림자의 그림자'가 지닌 침묵은 반듯하고 '작고 아름다운 세계'를 넘어, 울음과 같은 내면의 음성을 포함하는 대표적 표지로 작동한다.

「Nobody」에서 언급한 모눈종이에서의 평범한 직선이 이 지점에 와서 침묵을 통해 모듈의 입체감을 형성하고, 나아가 꽃마리를 접사 렌즈로 바라보기 시작한 어떤 시적 세밀함이 더해진다.

이는 「Nobody」에서 인간 존재의 외형적인 모습이 단순하게 묘사되고 포착되었다면, 「침묵」에서는 그 외형의 사건뿐 아니라 그림자의 그림자가 지닌 내면과 심리 상태를 시인의 존재와 접촉함으로써 시인이 상기하는 모든 시적 사유를 실존적 맥락으로 끌어당기는 역할을 한다. 이는 현재 시인이 경험하고 있는 다양한 시적 화자의 모습을 반추시키면서, 하나의 침묵으로 다양한 의미의 침묵을 이야기하는 효과를 발생시킨다. 예를 들면 덴마크의 화가 빌헬름 함메르쇠이를 떠올리면서 "당신이 아니라/ 당신의 침묵을 붙들게요"(「먼지의 바깥」)라고 말하기도 하지만, 다른 쪽에선 "눈물처럼 시든 잎에 매달린 침묵"(「울울한 날들」)과 "촘촘한 침묵의 실타래 속"(「거북아, 거북아!」)을 번갈아 드나든다. 결국, 김늘의 시가 지향하는 삶에서의 침묵은 그 누구라도 자기 삶의 진정성을 깨닫지 못하면, 인간은 "끝내/ 기억나지 않는 어떤 꿈"처럼 침묵할 수밖에 없는 존재임을 각인시킨다. 그런 이유로 시인은 자신의 본명을 침묵으로 택하기도 하고, 동시에 침묵의 바깥에 놓인 대상으로 인지하기도 한다. 마치 "시로 잉태되지 못하고 가까스로 태어나/ 멀뚱히 앉아 있는/ 깨어진 밤의 tl"(「tl」)처럼 어쩌면 자신의 삶을 오타로 인지함으로써, 자신의 침묵에 내재한 자기 동일성의 중층적이고 우발적인 모듈러를 자기 탄생의 인식으로 되돌려 놓는다.

4.

그렇다면 시인이 암묵하는 자기 탄생의 배경에는 어떤 의미가 숨겨져 있을까. 이미 시인은 자신의 본명을 침묵이라고 말한 바 있다. 또한 "나는 사막을 품은 사내에게서 태어난 모기"(「모기」)이거나, "때로 나는/ 물마루를 내다보는 바닷가 언덕의 빈집"이자 "허물어진 담 아래 빗물 고이는 슬리퍼 한 짝"(「때때로 나는」)으로 정의하기도 한다. 시적 화자의 위치를 단 하나의 관점으로 규정할 순 없지만, 어림짐작해 보자면 종국적으로 시인은 자신의 심리적 탄생 배경을 '여행'이라는 모듈로 집약시킨다. 김늘의 시에서 여행이라는 프레임은 크게 예술가에 대한 사유와 이국에 대한 장소로 모아진다. 예술가의 경우 '안데르센'이나 '페더세버린 크뢰이어' 혹은 '빌헬름 함메르쇠이', '레오 리오니', '백남준' 등으로 집약되고, 여행 장소에 관한 이미지는 크게 「홋카이도」, 「La Paz」, 「Where are you from?」, 「사팔눈 소녀」, 「여행가」, 「엽서」 등으로 정리된다. 시인은 왜 여행이라는 모듈을 자기 정체성의 본연으로 확보하려는 것일까. 「물끄러미」라는 작품을 통해 살펴보자.

> 엄마 롤리팝을 주세요
>
> 해를 굴리는 지평선처럼 평평한 혀에
>
> 유월의 칸나를 굴리게요
>
> 혀를 물들이며 다리를 까딱이며
>
> 소음 같은 음악도 씹어 보게요
>
> 누구에게나
>
> 공터 하나씩은 있는 거잖아요

밀림의 게릴라처럼 몸을 낮춰

초록 덤불 사이를 질주하다

외발 위에서 굴리던

둥근 하루에

분홍 하품이 찾아들면

누렁이처럼 몸을 말고

처마에 매달린 빗방울을 보게요

빗방울에 맺혀

거꾸로 세상을 구경하게요

—「물끄러미」 전문

물끄러미의 사전적 의미는 우두커니 한곳만 바라보는 모양을 뜻한다. 시인은 이제 침묵하는 존재에서 자신의 유년에 대한 기억을 '물끄러미' 관조하는 방식의 존재로 전환한다. 그 과정에서 자기 존재 혼란의 인과를 확인하게 되는데, 그것은 "누구에게나/ 공터 하나씩은 있는 거잖아요"라는 매우 인상 깊은 문장으로 나타난다. 그런 의미에서 이 작품에서 시적 화자가 엄마에게 요구하는 롤리팝은 단순한 막대사탕의 의미를 넘어선다. 어쩌면 롤리팝은 사탕이 녹는 동안 기다려야 하는 자기 고뇌의 개념일 수도 있다. 화자는 엄마에게서 받아든 롤리팝을 입에 물고, "소음 같은 음악"을 씹는 기분으로 스스로의 마음을 다스려 나간다. 자신의 정체성에 대한 혼란 또한 '물끄러미' 세상 풍경 속에 맡겨 둔다. 하지만 그 시간이 지속될수록 화자의 불안은 커지고 존재에 대한 상실감은 더욱 아슬아슬해진다. 마치 "처마에 매달린 빗방울"처럼 세상에 매달리기도 하고, 오히려 담담하게 "거꾸로 세상을 구경"하는 법을 몸과 마음으로 체득하기도 한다.

처마에 매달린 빗방울처럼 거꾸로 세상을 구경하는 방식은 시인에게는 새로운 프레임의 시작이자 귀결의 모듈이 된다. 이러한 시적 관성은 "나는 여기가 아닌 거기에 있어야 해요// 분명히 말하지만,// 내가 원한 것은// 이것이 아니라 저것이란 얘기예요// 이렇게 웃고 싶었던 게 아니라// 그렇게 울고 싶었던 거라구요// 그저 그런 것에 붙들려// 오직 이것만은 낭비하고 싶지 않았을 뿐이라구요"(「몽유 2」)라는 문장을 통해 가장 빨리 확인된다. 이제 그 감정은 마치 "무엇도 아니면서/ 그 모두인 어스름"(「늪의 마음」)의 오랜 열망으로 완성되는 무늬가 되기도 하고, 시인이 궁극적으로 지향하고자 하는 시적 본향에 대한 안부가 되기도 한다.

'지금 어디야?'라고 당신이 묻는다면
한 번쯤 나는 이렇게 답할래
'La Paz'

먼 바다 먼 산맥 너머에 있어
달려가는 꿈만으로도 숨이 턱에 차는 곳
그래도 꾸역꾸역 눈맞춤하고 싶은 곳
부신 태양빛에
중절모의 여인들이 아득하게 눈을 뜨고

하늘이 가까워 욕심 없이 웃게 되는 곳

옹기종기 모여 앉은 마녀시장 구멍가게 가판에

물기 잃은 라마와 약초가 흔들흔들 경쾌한 박자를 맞추는 곳

우유니, 티티까까, 우로스

마법의 주문 같은 이름들이 있어

하늘로 오르는 나무가 자라고

바다로 통하는 별이 뜰 것 같은 곳

곰방대 닮은 봄빌라로 마테차를 마시며

세월아 네월아 하냥 시간도 잊고 싶은 곳

많은 것이 귀하지만

모자랄 것도 없는 곳

바람이 까딱까딱 빨랫줄을 흔드는 날이면

푹신한 구름 베개에 기대

청포도알을 머금듯

그렇게 말해 보고 싶은 이름

'La Paz'

—「La Paz」 전문

시인이 언급한 여행지는 세계에서 가장 높은 곳에 있는 도시 '라파즈'(La Paz)이다. 라파즈는 볼리비아의 수도이면서, 무려 3,600m의 고지에 위치한다. 작품 속의 화자는 '당신'으로 대변되는 누군가가 "지금

어디야?"라고 묻는다면 라파즈라고 답할 것이라고 말한다. 여기에서 표명되는 '당신'은 지금까지 언급한 '당신'일 수도 있고, '나를 지우는 나'일 수도 있다. 중요한 점은 라파즈라는 공간에서 시인은 자기도 모르게 자기 정체성의 프레임과 모듈의 시신경을 재확인하고 있다는 점이다. "달려가는 꿈만으로도 숨이 턱에 차는 곳", "하늘로 오르는 나무가 자라고/ 바다로 통하는 별이 뜰 것 같은 곳", "세월아 네월아 하냥 시간도 잊고 싶은 곳", "많은 것이 귀하지만/ 모자랄 것도 없는 곳"에서 자기 존재의 가치를 회복하는 것이다. 지금까지 시인은 다른 여행길에서 한국의 어느 도시에서 왔냐는 외국인의 질문에 "나는 당연히 서울에서 왔다고 했고 이 낯모를 파란 눈을 경계하며 한국의 거리에서처럼 도를 아느냐고 묻는 상상을 했다"(「Where are you from?」)라고 이야기한 바 있다. 이때 화자는 파란 눈의 남자와 서로의 이름을 통해 소통하지만, 결국 서로의 이름은 "거리의 소음에 쉽게 흩어"짐으로써 그 정체성은 영영 회복되지 못한다. 하지만 라파즈는 다르다. 라파즈는 "지금 어디야?"라고 묻는 모든 타자의 물음에 "Nobody" 혹은 "Everybody, Nobody"라고 답하지 않고, "La Paz"라고 말해 줄 수 있는 시인만의 '쾌락중추'이다. "많은 것이 귀하지만/ 모자랄 것도 없는 곳"에서, 김늘의 시는 오늘도 모눈종이와 꽃마리와 같은 반듯하고 작고 아름다운 모습의 시적 모듈을 '결코 보이지 않게' 구축하고 있다. ■

사무치는 소리의 변증들
—권달웅 시집, 『휘어진 낮달과 낫과 푸른 산등성이』

1. 청명하고도 간결한 시의 장단

가까운 지인의 국악 공연을 보러 간 일이 있다. 타악과 판소리가 어우러진 공연이었다. 평소 봐 오던 판이라 별 뜻 없이 자리 하나를 차지하고 있었는데, 그날은 이상하게도 무대 위 연주자들의 시선에서 소리가 읽혔다. '보이지 않는 소리'의 리듬이 보였다. 말을 더 하자면, 그 소리는 타악기로 연주되는 소리의 것들이 아니었다. 억지로 무엇을 하지 않고 순수하게 연주되는, "이제 막 태어난 아가가 내지르는/ 첫울음 소리"(「함박눈」) 같은 자연 본령의 소리였다. 연주자들은 가끔 보이지 않는 그 소리를 들으며 고개를 끄덕이기도 하고, 무릎에 놓인 가느다란 손가락을 가만가만 두들기면서, 어떤 희미한 장단에 자신의 첫소리를 맡겼다. 그 형상은 마치 보이지 않는 소리를 듣고 있는 시인의 모습과 흡사했다. 나중에 안 사실이지만, 연주자나 소리꾼은 자신이 내야 할 첫소리의 장단이 시작되기 전 이미 보이지 않는, 그리고 관객에게는 들리지 않는, 그 소리의 장단을 듣고 첫소리를 내야 한다고 한 소리꾼은 전했다. 소리와 소리 사이의 기운 자국이 보이지 않을 때까지, 주변 사물의 소리 풍경에 귀를 열어 두어야 한다고 그들은 하나같이 입을 모았다. 그 소리에 온전히 집중하다 보면 때로 연주의 장단이 틀리기도 하는데, 결국은 모두 틀린 장단을 치고 있어 끝내는 모두가 하나의 소리로 연주된다고도 말했다.

공연을 보고 온 날 저녁, 권달웅 시인의 신작 시집 『휘어진 낮달과 낫과 푸른 산등성이』를 읽었다. 우연인지 몰라도, 그의 시 몇 편을 입 안에서 궁글리자, 낮에 본 국악 공연의 장단이 청명하고도 간결한 시어를 타고 되살아났다. 이번 시집에 깃든 시인의 전체적인 표상은 "아득히 먼"(「휘어진 낮달과 낫과 푸른 산등성이」, 「해 질 녘」) 기억의 장단과도 같아서, "길들여진 일상에서 깨어나 굽이치는"(「청보리의 힘」) 은은한 서정의 죽비가 되기도 하고, 때로는 부드러운 직유가 가득 찬 소리의 울울창창이 되기도 하였다. 그랬다. 권달웅 시인은 이 한 권의 시집을 매개로 시의 첫 장단을 치기 위해 세상의 모든 사물의 소리를 가만 듣고 있다가, 그제야 자신의 첫소리를 얹어 내는 전통 서정시의 소리꾼과 같았다. 말의 현란한 속도보다 잔잔하고도 함축적인 소리의 비움과 채움을 통해, "아무것도 때 묻지 않은", "순수가 스민", "자연 그대로 자란 품성"(「달빛이 머무는 자리」)의 내면 풍경이 담긴 곡진한 삶의 관조(觀照)를 실감 어린 장단으로 풀어내고 있었다. 그가 이번 시집을 통해 전하는 시의 장단과 소리 풍경의 깊이를 이미 경험한 독자라면, 그가 귀로 읽어 내는 내면의 소리에 휘휘하고, 그립고, 적막하게 사무치는 소리의 변증을 통해 잠시 귀를 열어 두어도 좋을 것 같다.

2. 휘휘하고, 그립고, 적막하게 사무치는 것들

한 번쯤 자연의 소리에 천착해 본 사람이라면, '소리 풍경'이라는 말을 들어 보았을 것이다. 소리 풍경은 소리(Sound)와 경관 혹은 조망을 의미하는 스케이프(Scape)의 복합어로, 시각적인 이미지(Landscape)를 귀(소리)로 파악하는 풍경의 의미를 담는다. 이 말에는 소리를 통해 계절의 변화와 시간의 리듬을 느끼기도 하고, 때로 그 소리를 통해 어떤 내면의 울림을 체감하는 인간의 모든 감각과 활동을 내포하는 개념을 담기도 한다. 권달웅 시인은 이 소리 풍경을 통해 내면의 경험과 기억을 덧입히고자 노력하는 청자(聽子) 중 하나이다. 다양한 사물과 풍경에 깃든 그 소리에 귀를 열어 두고서, 그는 전통 서정시가 지닌 순수한 심상의 세계를 조향한다. 그 과정에서 파생되는 곡진하고도 청명한 소리들을 따라가다 보면, 어느새 자연이 주재하는 무위자연(無爲自然)의 세계와 주체가 합일되는 시적 사유의 근원에 도달하게 된다.

그런 의미에서 권달웅 시인의 『휘어진 낮달과 낫과 푸른 산등성이』는 눈으로 읽는 시라기보다는 귀로 듣는 시에 가깝다. 말 그대로 자연과 사물의 '소리'를 듣고 받아 적은 시다. 조금 더 편하게 부연하자면, 그는 이번 시집 전반에 걸쳐 "나의 내면과 사물의 풍경이 등가적으로 유추된/ 청명하고 간결한 시"(「시인의 말」)를 옮겨 적길 희망한다. 글을 써 본 사람은 누구나가 아는 사실이지만, 역설적이게도 책의 서문은 가장 늦게 쓰이는 글 중 하나이다. 어느 철학자의 말을 빌려 말하면, 저술이 전부 끝난 뒤에 글의 의도를 재창조하는 것이 바로 서문이다. 뱀이 자기의 꼬리를 물고 빙빙 도는 것처럼, 글을 다 쓰고 난 이후에야 맨 마지막에 고백하는 것이 바로 '서문'인 셈이다. 권달웅 시인의 「시인의 말」을 등불 삼아 전체의 맥락을 살핀다면, 이 시집은 그가 전하는 다양한 청각 이미지를 통한 내면의 고백이자 시의 전언이라 할 수 있다.

시가 써지지 않는 날이면
햇살이 바글거리는
과수원 복사꽃 받아쓰고

시가 써지지 않는 날이면
숲에서 자욱하게 우는
풀벌레 울음소리 받아쓰고

시가 써지지 않는 날이면
소슬한 가을바람에 지는
장독대 붉은 감잎 받아쓰고

시가 써지지 않는 날이면
약속한 첫눈처럼 날리는
밤하늘 별똥별 받아써라

—「받아쓴 시」 전문

의도한 듯 의도하지 않은 듯, 권달웅 시인은 이번 시집의 서문 격인 「시인의 말」과 시집의 마지막 시로 수록한 「받아쓴 시」를 수미상관의 형식으로 묶고 있다. 처음과 끝의 그 시적 간극은 이번 시집의 시원(始原)이 바로 자연의 본원인 '소리 풍경'을 시로 받아 적는 것으로부터 시작됨을 말해 준다. 그 소리는 자연과 사물의 풍경 전반에 걸쳐 묻어나는데, 예를 들면 '풀벌레 울음소리', '파도 소리', '개구리 떼 울음소리', '빗소리', '아기의 첫울음 소리', '보리 잎과 보리 잎이 부딪치는 소리', '누에가 뽕잎 먹는 소리', '새소리', '물소리', '피아노 소리', '어머니의 바디 소리', '바람 소리', '기침 소리', '만세 소리', '음식이 익는 소리', '연필 깎는 소리' 등등이다. 특히 시인의 내면을 가장 크게 대변하는 '바람'의 이미지는 자연과 사물의 소리를 더욱 내밀하게 변주하는 이 시집의 근원적인 대표 심상이 된다. 권달웅 시인은 다양한 바람의 표상을 통해 자기 삶에 내재한 은은한 그리움과 삶 전체를 환유할 수 있는 실존적 자각을 드러내기에 주저하지 않는다. 가령, "대숲을 흔드는 바람 소리"(「너 없으면」)나 해 질 녘 듣는 "바람 소리"(「해 질 녘」), "바람 소리만 가득한 허공"(「까치집에 불 켜고」)과도 같은 이미지를 통해 자신의 기억 속에 있는 순수한 '바람'의 주체를 타자(독자)의 영역으로까지 변증해 나가기도 한다. 이제 그 바람 소리는 시인이 "아무리 그리워해도 가슴을 후비는 바람 소리뿐"(「복사꽃 흩날린다」)이거나 "빈집에 몰려가는 바람 소리가 또 나를 배웅"(「배웅」)하는 내면의 쓸쓸한 기억으로 자리하면서 자신이 견뎌야 하는 삶의 페이소스로 인식하게 된다.

이처럼 권달웅 시인은 다양한 청각 이미지, 구체적으로 말해 '바람 소리'에 자주 귀를 기울임으로써, 시인으로서의 포착할 수 있는 소리 풍경과 그 속에 담긴 실존적 자의식 그리고 자기 갱신의 의미를 더욱 공고히 확보해 나간다. 기본적으로 시인이 인지하는 "바람은 귀가 크며", "계절의 순환"을 다 듣는 표지이다. 심지어 "보이지 않는 풍경/ 천 리 밖 세상까지 내다보는/ 바람의 귀"(「바람의 귀」)로 인식되는 실존적 자의식이다. 그래서일까. 시인은 세상의 모든 소리가 들리지 않거나 멀어지면, 그리움과 불안으로 더욱 사무치는 존재로 전이된다.

그제는 산골에 들어가
외딴집 낙숫물 소리에 이끌려
너에게 편지 썼는데
그 빗소리 그치고 나면
휘휘해서 어쩌지

어제는 대숲 그늘에서
내숲을 흔드는 바람 소리를 따라
너에게 편지 썼는데
그 바람 소리 그치고 나면
그리워서 어쩌지

오늘은 달빛 아래서
달빛에 반짝이는 귀뚜라미 소리에 이끌려
너에게 편지 쓰는데
그 귀뚜라미 소리 그치고 나면
적막해서 어쩌지

이제 아득히 눈이 내리고

모든 것들이 흔적도 없이 묻히는데

아무리 너를 불러도

아무 소리도 들리지 않으면

사무쳐서 어쩌지

—「너 없으면」 전문

휘휘하고, 그립고, 적막하고, 사무치는 권달웅 시인의 이 곡진함을 우리는 어떤 감정으로 받아들여야 할까. 시인이 전하는 이 모든 감정은 어쩌면 자연의 소리가 불러주는 우리 정신의 근본적인 원형에 다름없다. 그 원형에는 '편지'처럼 정겹고 아득한 감정들이 스며 있어서, 시인은 "외딴집 낙숫물 소리에 이끌려/ 너에게 편지"를 쓰는 행위를 통해 소리 풍경에 계속 천착하게 된다. 그 편지는 때로 "사과하는 편지"(「해 질 녘」)이거나, "써 놓고 부치지 못한 편지"(「방년」) 혹은 자연의 소리를 옮겨 적는 시인의 사명쯤으로 읽힌다. 하지만 그 소리들을 손수 옮겨 내지 못할 때 시인은 여전히 불안한 존재가 된다. 이 모든 내면의 불안을 타계하기 위해, 시인은 편지(시)를 쓰게 만드는 힘을 오래 그리워한다. 그 힘은 다름 아닌 '빗소리'와 '바람 소리' 그리고 '귀뚜라미 소리' 같은 청각 이미지를 통해 파생된다. 그런 이유로 시인은 패잔병처럼 자신을 둘러싸는 소리의 침묵에 대한 불안까지도 껴안는다. "모든 것들이 흔적도 없이 묻히는데/ 아무리 너를 불러도/ 아무 소리도 들리지 않으면/ 사무쳐서 어쩌지"라며 말이다. 이렇듯 권달웅 시인에게 휘휘하고, 그립고, 적막한 것들의 사무침은 내면의 그리움과 시작에 대한 욕망에서 비롯된 것이라 할 수 있다. 시인은 자신이 시를 이끄는 주체가 아니라, 그저 자연 본령의 다양한 소리에 귀를 기울이는 존재자로 인식하면서, 작은 생명이 내는 그 청각적인 이미지, 나아가 내면의 소리에 오래 귀를 열어 두길 희망한다.

사실 권달웅 시인의 소리 풍경과 관련한 시편을 읽다 보면, '휘휘하고', '그립고', '적막하고', '사무치는' 소리의 감정이 이렇게도 단순하고도 간결한 언어로 표현될 수 있구나 하는 새삼 낯선 생각이 스민다. 근래 젊은 시인이 구사하는, 화려하고도 난해한 시적 언술과 불확실한 관념의 정 반대편에 서서 그는 오늘도 소리 풍경의 낯선 장단을 밀고 당기며, 자신의 시를 새롭게 변증해 나간다. 마치 "한 마리가 울면/ 따라 우는 개구리 울음소리" 같은, "연줄로 와글거리다가/ 일시에 뚝 그치는"(「개구리 떼 울음소리」) 그런 시의 공명을 그는 이번 시집 전반에 녹여 낸다. 그 곡진하고도 청명한 소리 풍경을 점지하다 보면, 사물의 풍경과 내면을 굳이 등가적으로 유추하지 않아도, 누구라도 그가 전하는 시의 사무침에 어느새 귀를 활짝 열게 된다.

3. 시적 관조를 통한 소리의 변증

권달웅 시인의 시를 통독하다 보면, 그는 견자(見者)이기 이전에 청자(聽子)라는 사실을 금세 알아차린다. 주지하다시피 그는 헛것으로 가득 찬 현실 세계의 명멸에서 애써 눈을 돌리고 사물의 풍경이 전하는 다양한 소리에 귀 기울이는 존재이다. 단순하면서도 간결한 이 시집의 소리 풍경은 마치 자연과 시인이 즐기는 무위의 숨바꼭질마냥 정겹기도 하다. 그런 시선으로 시인이 자연에서 얻는 질문의 근원을 애써 헤아리다 보면, 처음에 가졌던 질문은 어느새 종적을 감추고, “빽빽이 들어찬 나무들만 더 무성하게 우거”(「숲속의 새들」)지거나 “종달새가 높이높이 날아오르는”(「청보리의 힘」) 모습으로, 그 정신이 형상화되기도 한다. 때로 “눈을 덮어 쓰고 자란 어린 자작나무의 표정”(「마트료시카 목각 인형」)으로 우리 삶의 ‘소란’과 ‘번잡함’을 피해 바라보기도 한다. 점층적으로 전이해 가는 권달웅 시인의 소리 풍경의 이미지들은 이렇듯 다른 질문들을 통해 우리 삶의 새로운 깨달음의 전경을 몰고 온다. 자연의 풍광과 순수한 자기 기억의 흔적을 더듬거리면서, 그 변증된 이미지와 소리의 근원을 옮겨 적는 일은 결국 서정의 근원을 탐색해 나가는 시인의 시적 구도이다. 기본적으로 소리에 대한 그의 천착은 현실 세계의 집중된 주의력을 쏟는 것 그 이상의 의미를 양산한다. 그것은 사물들 자체에 귀 기울이려는 시인의 내적 사유 속에 끼어드는 어떤 완고한 ‘믿음들’이 작용하는 변증의 과정이나 다름없다.

권달웅 시인은 자연의 소리와 이미지를 내면화하고 변증하는 과정을 통해 자신의 기억 속에 조우하는 다양한 사물의 소리를 포섭하거나 혹은 되려 포섭당하면서, 결국 그 속에 담긴 내부(Interiors)의 음성을 자신의 목소리로 받아 적는다. 그 내부의 음성은 ‘비가시적인 것’을 시각적으로 보이게끔 만드는 청각 이미지의 고유한 힘을 받아들이면서, 종국적으로 시인이 추구하는 소리의 시적 구도를 향하게 만든다. 그런 점에서 권달웅 시인의 이번 시집에서 우리가 한 번 더 눈여겨봐야 할 것은 그가 노래하는 소리 풍경의 발원이 단순히 자연의 소리에만 국한되지 않는다는 데 있다. 그는 다양한 소리의 발원지를 통해 인간 내면의 실존적 자의식에도 귀를 기울여야 함을 강조한다. 이러한 특징은 이번 시집의 매우 중요한 요소로 작용한다. 시인이 포착해 낸 소리 풍경이 단순한 청각 이미지의 심상 묘사에 그치는 것이 아니라, 삶의 질곡에서 자신을 해방하는 변증의 역할을 도맡아 주기 때문이다.

파도가 밀려오고 들어갈 때마다
거제 학동 해변 몽돌에는
독경 소리가 난다

돌 속에는 사나운 파도에
곤두박질치고 뒹굴어 온 길이
반질반질하게 나 있다

동글동글한 몽돌 속에는
울퉁불퉁한 것이 매끄럽게
닳고 닳기까지
온갖 고난과 역경에 부딪친
태고 음향이 들어 있다

거칠고 단단한 돌에
길이 생겨나고
오묘한 무늬와 빛깔이 나고
어떻게 달이 되고

날아가는 학이 되는가

거제 학동 해변
파도에 구르는 몽돌이
독경하는 스님처럼 자르르 외는
자신의 소리를 듣는다

—「학동 몽돌」 전문

자연 사물의 풍경과 시인의 내면이 하나의 시적 이미지로 변증되기 위해서는 자연과 내가 동일한 주체로서 그 기능을 다할 때 가능하다. 권달웅 시인에게 소리를 듣고 보는 행위는 일종의 시적 관음(觀音)과도 같을진데, 이러한 관음의 시선은 단순히 소리를 듣는 행위로만 머무르지 않는다. 달리 말해 소리 풍경에 깃든 "자신의 소리"를 들으면서 자기 탐구의 관조를 이어 가는 것이다. 따라서 시인이 '학동 몽돌'의 소리를 보고 듣는 행위는 의미 그대로 시적 구도의 한 관음일 텐데, 이는 단순히 몽돌에서 '독경 소리'를 읽거나 '태고 음향'을 듣는 행위로만 국한되지 않는다. 단순히 자연의 사물인 몽돌에서 소리만을 듣는 것이 아니라, "독경하는 스님처럼 자르르 외는/ 자신의 소리"를 필경 보고 듣는 행위로 이어진다.

이는 때로 "흙을 파려고 삽을 밟으면// 삽, 소리가 나는"(「삽」) 내면의 소리를 기억하는 방식과도 동일하다. 이 과정에서 시인은 "모든 살아 있는 것들의" 종착지를 어떤 시적 여정의 방식으로 무화해 나간다.

이때 시인은 자신의 삶에 "아무것도 해 준 것이 없어/ 미안하다, 미안하다,/ 잘 가거라"(「박주가리 박토」)며 독경처럼 자신의 내면을 긍휼하게 여기기도 하지만, 이미 자연이 건네는 생의 변증은 "먼 산을 남겨 두고/ 그저 바라보아야만"(「먼 산을 남겨 두고」) 하는 또 다른 사무침의 일종이다. 그 시적 경지는 결국 "입으로 고운 실을 뽑아내어/ 자신이 들어가 살/ 작은 비단 집을 짓는"(「누에의 꿈」) 시적 사유와 상통한다. 그렇다면 시인이 이러한 시적 관조와 변증을 통해 무화하고 싶었던 생의 내면은 과연 어떤 것일까.

아버지는 고달프고
산등성이는 가파르다

모두 등이 휘어지도록
무거운 짐을 졌다

가도 가도 멀고 험준한
생의 비탈길

—「휘어진 낮달과 낫과 푸른 산등성이」 부분

그것은 아마도 "가도 가도 멀고 험준한/ 생의 비탈길"에서 시인의 내면을 붙들고 놓아 주지 않는 기억의 회환과도 같다. 권달웅 시인에게 기억 속의 가족은 "캄캄한 막장에서 새까맣게 석탄가루를 뒤집어쓰고 눈만 하얗게 드러낸”(「향학」) 이미지로 각인되거나, “아들이 출가한 그날부터/ 앓아누우신”(「상사화처럼」) 모습으로 기억된다. 특히 아버지라는 존재는 시인에게 소리 풍경의 중심추로 작용하는데, 이는 세상을 떠난 뒤에도 “빈집에 몰려가는 바람 소리”(「배웅」)로 기억될 정도로 고달프고 가파른 존재로 남는다. 이 과정에서 우리는 권달웅 시인이 자기 스스로를 ‘아무에게도 기쁨과 위안과 도움 그리고 희망을 주지 못하는 존재’(「반성」)로 인식하고 있음을 짐작한다. 이 반성은 자신을 오롯이 비워 냄으로써 경험할 수 있는, 마치 “허공이 보이는 것은/ 그리움이 깊어졌기 때문”(「사무치는 이유」)이라고 스스로를 위로하고 나선다.

이제 권달웅 시인에게 소리 풍경에 대한 기억과 변증은 단순히 시인 내면을 살피는 시적 여정의 한 과정이 아니다. 자연 속에서 자신의 삶을 무화하고 싶은 시인의 또 다른 시적 욕망과 직결된다. 그래서 시인은 쉴 새 없이 자연의 소리들과 다시 소통하길 원한다. 남들에게는 쉽게 들리지 않는 자연의 소리와 자신의 내면을 연결 지으면서, 마치 “쉴 새 없이 날개짓을 해/ 공중에 정지한 채/ 동백꽃 꿀”(「헬레나벌새처럼」)을 따는 헬레나벌새가 되기도 하고, “짓밟히면 짓밟힐수록 더욱 시퍼렇게 살아나는 오월의 푸른 힘”,(「청보리의 힘」)으로 재생되기도 한다. 나아가 “하루를 백 년처럼/ 사는 하루살이”(「하루살이」)의 삶을 자신의 심연에 투영함으로써, “아무런 희망없이/ 내일 또 내일이 되풀이되어도/ 오늘을 열심히 살았다면/ 그냥 흡족할 줄 아는”(「내일 또 내일」) 현해(懸解)의 경지를 재확인한다.

4. 터질 듯 투명한 서정의 울림

알랭 바디우는 시란 소통을 거부하기 위해 쓰인다고 말한 바 있다. 참된 시는 소통으로 대표되는 '의견'을 거부하며, 안전하게 교환되는 그 의견의 맥을 끊어 내는 것에서부터 시작된다고 강조한다. 권달웅 시인은 그 의미의 반대편에 서서 더 간결하고 분명한 언어로 자연과 나를 잇고, 소리와 의미를 이으며, 시를 쓰는 시인과 시를 읽는 독자의 관념을 "둥글게 퍼져 나가는 물결"(「은파」)로 동일화시킨다. 불확실하고도 불투명한 관념으로 점철되는 시가 아니라, 도리어 가장 간단하고 명쾌한 방식으로 사물의 속성과 그 의미가 드러나길 희망한다.

그런 관점에서 본다면 이번 시집 전반에 걸쳐 나타나는 '직유'에 관한 적극적인 활용은 일견 납득이 간다. 권달웅 시인에게 직유는 마치 "신의 손길 같은/ 크고 부드러운 손으로/ 연필을 잡고"(「연필로 쓴 시」) 시를 보듬어 내는 '시인의 가슴'으로 표상되기 때문이다. 나아가 "흙 한 줌 움켜쥐고", "무수한 벌레들을 키워 내는 부드러운 마음"(「흙 한 줌」)으로 귀결된다. 그 온전하고 부드러운 삶은 내면의 질곡을 건너는 부드러운 산등성이가 되어, "아득한 산등성이 너머"(「먼 산을 남겨 두고」)의 한 편의 시로 재탄생하게 된다.

이에 덧붙여 그는 자연과 사물 전체를 하나의 용사(用事)로 인식하기를 주저하지 않는다. 용사는 한시(漢詩)에서 주로 쓰이는 시작법 중 하나다. 인용고사(引用古事)라고도 불리는 이 작법은 현대시에서는 일종의 패스티시(Pastiche)로 이해하지만, 전통 서정시의 깊이를 좀 아는 사람이라면, 이 용사의 쓰임이 시 창작에 있어 얼마나 요긴한 역할을 하는지 잘 알게 된다. 고전의 문구나 한 글자가 시인의 시적 사유와 경험에 투사됨으로써 새로운 의미를 파생하기 때문이다. 그게 바로 권달웅 시인이 이 시집에서 바라는 소리에 대한 용사의 쓰임이며, 그의 간결한 시편이 지니는 고즈넉하고 묘한 시의 맛이기도 하다. 이를 대변할 수 있는 시 한 편을 마지막으로 살펴보자.

아픈 이를 뽑고 돌아서는 내 등 뒤에서 의사가 말했다. '강한 것이 먼저 망가지지요. 부드러운 혀보다 단단한 이가 제일 먼저 망가지지요.' 노자의 말이 귀에 쏙 들어왔다.

—「치과에 가서」 부분

시인은 치과에서 노자의 말씀 한 구절을 떠올린다. 그 시적 사유의 흐름을 되짚어 보면, 시인은 이 시집 전반에 걸쳐 자연의 소리와 소리 풍경을 노자의 '무위자연' 사상에 빗대어 인용고사한 셈이다. 더하거나 빼지 않고 자연 그대로의 상태를 통해, 가장 부드러운 삶의 자세를 인용하고 견지한다. 그는 노자의 『도덕경』 제36장 '유약승강강'(柔弱勝剛强)의 한 구절을 빌어, "부드럽고 약한 것이 딱딱하고 강한 것을 이긴다."는 것을 이 시집 전체의 핵심 주제로 다시 되새긴다. 나아가 부드럽고 강한 '곡즉전'(曲則全)의 삶이 결국은 이 시집을 읽는 독자의 삶에까지 전이되기를 요청한다.

이렇듯 '굽으면 온전해지는 것.'이 어디 노자가 말한 삶뿐일까. 돌이켜 보면 우리의 삶 또한 시인의 삶과 별반 다름없이 『휘어진 낮달과 낫과 푸른 산등성이』에 담긴 다양한 소리 풍경의 심상에 등가 된다. 자연 그대로의 본위를 통해, 그것이 전하는 소리를 통해, 그 소리가 전하는 부드러움을 통해 온전히 굽어 가는 곡즉전의 삶을 요구한다. 얼핏 식상해 보일 수도 있는 이 시의 매듭이 도리어 우리 시단의 일침이 되는 것은, 어쩌면 그동안 "터질 듯 투명해진"(「누에의 꿈」) 서정의 시편이 무척 그리웠기 때문인지도 모른다. 만약 권달웅 시인의 이번 시집을 통해 다시 한 번 한국 시단의 간결한 언어와 투명한 서정의 극점을 재확인하게 된다면, 그것은 "철학자(시인)에게 검소함은 도덕적 수단이 아니라 시 그 자체의 '결과'"(들뢰즈)이기 때문이다. 권달웅 시인의 이번 시집이 우리에게 전하는 가장 순수한 서정의 인용고사이자, 시의 울림이기도 하다.■

사랑의 노래가 담긴 함제미인의 약속

—정영숙 시집, 『나의 키스를 누가 훔쳐 갔을까』

1. 함제미인

시는 일종의 척독(尺牘)이다. 시간과 시간이 서로의 마음을 나누는 곁눈질의 서간문이다. 마음을 드러내되 다 드러내지 않으니, 시를 읽는 마음이 때로 애달프다. 간절함은 두말할 나위 없다. 짧은 편지 형식의 글에 시의 진심을 담고, 함축된 메시지를 전하다 보니, 그 간절함 또한 배가된다. 정영숙 시인의 이번 시집 또한 이와 닮았다. 그녀가 시인의 말을 통해 전한 함제미인(含睇美人). 눈길 고운 미인이라는 뜻으로, 수선화가 언제 고운 자태를 드러낼 것인가의 의미를 담는다. 이왕 말을 꺼냈으니, 함제미인과 관련한 황산(黃山) 김유근과 자하(紫霞) 신위의 이야기를 마냥 지나칠 수 없다. 황산이 신위에게 보낸 편지 내용의 서두는 다음과 같다. "매화의 일은 이미 지나가고, 수선화는 아직 꽃을 피우지 않았습니다. 너무 적막하여 마음을 가누기 어려운 아침입니다."(梅事已闌, 水仙未花, 正是寂寥難遣之辰.) 뜻을 풀면, 분매(盆梅)의 매화꽃은 이미 시들고, 구근에서 올라온 수반 위 수선화 꽃대는 아직 꽃을 피우지 않았다는 말이다. 어디에도 마음의 적을 두지 못한 황산의 애달픈 그리움과 갈망이 그대로 전해진다. 그런 와중에 황산은 문득 신위가 생각났음을 고백한다. 김소월 시의 한 구절처럼 "그립다/ 말을할까/ 하니 그리워"(「가는 길」)진 셈이다. 이에 신위는 한 수 더 떠 편지에 대한 답장으로 '수선화'와 관련한 시 세 수를 황산에게 지어 보낸다. 이중 둘째 수의 내용은 이렇다. "얄미운 매화가 피리 연주 재촉터니, 고운 꽃잎 떨어져 푸른 이끼 점찍는다. 봄바람 살랑살랑 물결은 초록인데, 눈길 고운 미인은 오는가 안 오는가?"(無賴梅花 笛催, 玉英顚倒點靑苔. 東風吹縐水波綠, 含睇美人來不來.) 신위는 황산에게 매화는 가고 수선화는 오지 않은 주춤한 정경 속에서, 수선화가 필 때 만나자는 약속을 전한다. 서로 간의 함축적인 약속이 담긴 척독을 확인하는 순간이다. 함제미인에 대한 옛 문헌의 에피소드는 황산과 신위의 것이기도 하지만, 어쩌면 정영숙 시인의 이번 시집을 대변하는 중요한 키워드이자 약속의 상징이기도 하다.

매화 지는 밤
고월(孤月)로 떴습니다

당신이 다니시는 고샅길
비 오면 허리까지 차는 골가실 냇물
밤 이슥토록 푸른 대숲 비추는

매화꽃 흩날리는 밤

타다 만 비파 줄로 남았습니다

달 밝은 밤, 맑은 술 한 잔에

행여 그대 긴 손가락 울릴까

험한 재 굽이굽이 힘들 때

혹여 둥근 음에 쉬어 가라시며

청아한 피리 소리

휘영청 고월에 걸리는 밤

천 년 벼루 속 푸른 달빛 찍어 그리는

흰 화선지 속

함제미인(含睇美人)이고 싶습니다

—「함제미인」 전문

이 시집에서 함제미인에 대한 의미가 가장 직접적으로 드러난 작품이다. 표면적으로는 '나'와 '당신' 혹은 '그대'를 통해 서로를 구분하는 듯 보이지만, 인용한 시에서 함제미인은 수선화의 기본적인 의미를 그대로 수용한다. 수선화는 대표적인 '나르시시즘'(Narcissism)의 상징이다. 자기애적 욕망을 투영하는 꽃으로 불린다. 그리스 신화의 미소년 '나르키소스'가 연못에 비친 자기 미모에 반해 빠져 죽었다는 전설을 함의하기도 한다. 그 자리에 피어난 것이 바로 미소년과 같은 이름의 꽃, 수선화(나르키소스)인 셈이다. 이 작품 또한 앞에서 언급한 황산과 신위의 이야기가 내포되지만, 마지막 부분에서 다른 질감의 의미를 도출해 낸다. 나르키소스가 연못에 비친 자신의 모습을 들여다보듯 시인 또한 "천 년 벼루 속 푸른 달빛 찍어 그리는/ 흰 화선지 속/ 함제미인(含睇美人)"을 갈망해 낸다. 주지하듯 정신분석학 혹은 신화적 관점에서 나르시시즘은 자기애적 욕망으로 규정된다. 하지만 시인은 이를 자신이 지나쳐 버린 미래의 시적 욕망과 앞으로 마주할 사랑의 노래로 치환시킨다. 그런 관점에서 본다면 '매화'와 '수선화'가 피는 그 사이에서의 감정은 이 시집에서 주목해서 봐야 할 부분이다. 함제미인에서 등장하는 매화 또한 그 사이에서 어룽거리는, 일종의 약속의 도정이자 시적 그리움이 되기 때문이다. 동시에 내가 되찾아야 할 과거의 나의 모습이거나 너의 모습이기도 하다. 예로부터 매화의 열매는 남녀의 결합을 상징하는 주화(呪花) 또는 주과(呪果)로 인식되었다는 점이 이를 방증한다.

그렇다면 정영숙의 이번 시집에서 '매화'와 '수선화'는 어떤 모습으로 그려지고 있을까. 매화와 수선화가 시인의 심리 상태를 적극적으로 담보하는 상징물임을 고려한다면, "어느새 눈물 젖은 매화 꽃잎"(「압화」)이라든가, "매화꽃 흩날리는 밤/ 타다 만 비파 줄로 남"거나 "매화꽃 환한 봄날/ 눈부셔 앞이 보이지 않"(「만복사(萬福寺), 봄꿈」)는다는 표현은 시인이 지닌 심리적 기제를 그대로 은유화시킨다. 대표적으로 「만복사, 봄꿈」 같은 작품에서는 조선 전기 김시습이 지은 한문 소설 『만복사저포기』에 스민 양생의 사랑 스토리를 시적 차용하여 기다림과 애달픈 마음을 극대화한다. 시인은 여기에서도 매화를 두고 "눈처럼 새하얀

저 꽃잎은/ 세월의 긴 망치로 하얗게 두들겨 편/ 삼천 년 기다림의 은빛 서간"이라고 묘사한다. 이러한 시의 전개 방식은 마치 황산과 신위가 나눈 서간문의 내용처럼 정확한 의미의 일치를 보인다. 나아가 황산의 척독에 신위가 시를 지어 보냈듯이 시인 또한 그 마음을 함제미인의 뜻에 담아 전하는데, 가령 "검은 나뭇가지 위 눈꽃으로 피어난 매화 꽃잎"(「입 밖으로 날아간 물고기」)은 시인이 갈망하는 시에 대한 애절한 그리움의 변별점으로 작용한다. 이미 시인이 언급한 것처럼 괴테의 시 「첫 상실」의 의미를 빌린 "아, 누군가 그 아름다운 나날들을 되돌려 주오!"(「수선화 웃음으로 그가 오신다」)라는 메시지로 자신만의 족적을 남긴다.

2. 아픈 수박 혹은 불완전한 사랑

정영숙 시인은 매화와 수선화의 시적 형상화를 통해 자신만의 '척독'으로 가득 찬 시적 나르시시즘과 삶의 갈망을 지속하여 선보인다. 하지만 시인에게 그 만남은 그리 쉬워 보이지 않는다. "입도 사라지고/ 매화꽃마저 지고 없는 계절/ 눈길 그윽한 수선화 같은"(「시인의 말」) 함제미인의 이미지는, 일종의 이율배반적인 시인의 고백에 가까워 보이기 때문이다. '먼 당신'과 '내'가 같은 공간에서 서로의 마음을 기별하고 확인할 수 있다면 좋겠지만, 시인에게는 그조차도 아프고 불안한 감각으로 인식한다. 이 시집의 표제처럼 '너의 고백을 파먹은 내 입술만' 남게 되는 주요 요인이 이 부분에서 파생된다. 그 아름슬픈 시인의 시 세계를 상징적으로 가장 잘 드러내는 시적 소재가 바로 '수박'이다.

수박을 먹으며 너를 생각한다
너를 생각하면 수박이 아프다
수박이 붉은 눈물을 흘리며 운다

뜨거운 양철 지붕 밑
이마 맞대고 파먹던 붉은 심장
보랏빛 새벽이 오기 전
무쇠 칼에 베어지던 청춘을 기억하며 운다

술 취한 배처럼 흔들리던 신념
그 무너진 기슭, 어느 무덤가
초록의 인광으로 빛나던 사랑,
그 이름을 불러 보지만
어디에 숨었는지 보이지 않고

너의 다디단 고백을 파먹은
내 입술만 피처럼 붉다

너와 같이 수박을 먹던 한여름 밤도
붉은 눈물을 흘린다

유성이 떨어진다

—「수박이 아프다」 전문

단순하게 생각해, 시인은 왜 수박에 주목하는가. 수박은 과일이 아니라 대표적인 여름 채소로 분류된다. 단맛이 강해 많은 사람이 과일의 한 종류로 오해하고 있지만, 사실은 우리의 인식을 전복하고 있는 대표적인 여름 채소이다. 마크 트웨인이 말한 것처럼 수박은 "세상 모든 사치품의 으뜸이며, 한 번 맛을 보면 천사들이 무엇을 먹고 사는 지 알 수 있을 것" 같은 재미난 상상을 주는 문학적 매개물이기도 하다. 수박의 꽃말 또한 '큰마음'을 담고 있어 여러모로 독자의 입체적인 상상을 돕는다. 하지만 시인은 지금 그 '수박이 아프다'라고 명명한다. 왜일까. 그것은 지금 '내'가 아무리 '너'의 이름을 불러도, 그동안 함께했던 '너(나)'는 이곳에 존재하고 있지 않기 때문이다. 정영숙 시인에게 수박은 단순히 당도가 강한 여름 채소로 한정되는 것이 아니라, 일종의 '나'와 '너(나)'가 함께했던 흔적의 징표로 인식된다. 또한, "뜨거운 양철 지붕 밑/ 이마 맞대고 파먹던 붉은 심장"이면서, "어디에 숨었는지 보이지 않는" 흐릿한 대상이자 심리적 불안으로 각인된다. 이러한 시인의 수박에 대한 감각은 "너무 잘 익어서 쫙 깨진 수박처럼 이미 추억 속에 단물"(「그때 그 여름은 없네」)이거나, "정수리에 칼끝을 대자마자/ 저절로 두 쪽으로 쫙 갈라진"(「반쪽 심장」) 인간의 내면으로 승화되기도 한다. 이제 시인은 그 불안과 그리움의 마음을 안고서 자기만의 '사랑'을 적극적으로 찾아 나선다. 그 사랑을 수선화의 자기애로 읽어도 좋고, 수박의 큰마음이 담긴 그리움으로 읽어도 무방하다. 수박처럼 겉과 속이 다른 서로의 고백만을 파먹는 것이 아니라, "절벽 위에 손잡고 서서/ 절벽 아래로 함께 뛰어내리고자 했을 때"(「반쪽 심장」) 주저하지 않는 그 무언가의 원형을 회복하는 것이 급선무이기 때문이다.

그 지점에 방점을 찍고 본다면, 시인이 노래하는 사랑은 “초록의 인광으로 빛나는 사랑”이거나, “사랑은 시대를 넘어 우리 안에 숨”(「La sete di vivere」)을 쉬는 일종의 삶의 갈망 같은 것들로 읽힌다. “도저히 흉내도 낼 수 없는 사랑”(「잠자는 뮤즈」)이면서, “벚꽃 환한 봄날/ 천진스런 웃음으로 세상을 맴돌게 하는 사랑”(「즈떼므」)의 증표가 되기도 한다. 문제는 시인이 추구하는 그 사랑은 현실 속에서는 마주하기 쉽지 않다는 데 있다. 사랑은 혼자만의 감정으로 공유되거나 형성되는 것이 아니기 때문이다. 시인도 인용하고 있는 에쿠니 가오리의 『냉정과 열정사이』의 한 구절처럼 어떤 사랑도 한 사람의 몫은 반드시 이 분의 일이 되기 때문이다. 그러니 “누가 천 일의 사랑을 예견할 수 있었을까.”(「태양에게 보내는 마지막 편지」) 따라서 이 시집에서 시인이 포착한 사랑에 대한 인식은 그 과정에서부터 불안한 인간의 모습으로 형상화되거나, 완성되지 못한 희미한 사랑의 이미지로도 구축된다. 가령, “잘 익은 사랑은 이별할 때/ 정수리를 찌르는 서늘한 칼날을 예감”(「반쪽 심장」)하게 하거나, “밤의 컴퍼스가 그린 수천수만 개의 겹쳐진 원 속/ 반원으로 남아 있는 반쪽 사랑”(「유월의 바큇살」)으로 완벽하지 않은 이미지 그대로를 포착한다. 또한, “한순간 환히 불 밝히고 사라지는/ 봄꿈”(「봄꿈」)이거나 “뼈만 남은 내 사랑”(「동백꽃이 피어나는 겨울 아침」)의 이미지를 통해 불완전한 사랑의 의미를 형성하기도 한다.

3. 약속을 향한 삶의 노래

다소 우울하고 암담한 현실에서 포착하고 거두어 낸 시인의 이 불안하고 불완전한 사랑의 이미지는 과연 다시 회복할 수 있을까. 우리는 시인이 전하고자 하는 함제미인의 또 다른 의미를 다시 상기할 필요가 있다. 주지하다시피 함제미인은 단순히 수선화의 이미지와 그 상징적인 의미만이 복기하고 함의하는 것이 아니다. 아직 오지 않은 약속의 의미까지도 불러들인다. 달리 말해, 어떤 하나의 약속이 지켜지려면 그 약속은 현재 지켜지지 않은 상태일 때 그 효력이 가장 크게 발생한다. 양가적인 표현이지만, 약속이 완성되지 않은 상태에 머무는 순간 그 약속은 약속으로서의 고유한 가치와 특성을 가장 선명하게 유지할 수 있다. 이에 대해 모리스 블랑쇼는 『문학의 공간』에서 '없어야 있는 것들'에 대해 강조한 바 있다. 보이는 순간 사라지는 것들, 가령 신과 예술과 사랑 같은 것들이 그것이다. 그만큼 보이는 것은 보이지 않는 것을 위해 필수적이고, 그것은 보이지 않는 것 속에서 구원에 이른다. 하지만 그것은 또한 보이지 않는 것을 구원하는 것, 두 극 사이에 가치의 균등을 회복시키는 성스러운 대조의 법칙으로 나타나기도 한다.

정영숙 시인의 이 시집에서도 약속은 지켜지지 않음으로써 빛을 발한다. 「쿠마에의 전언」에서 직접 표현하듯 그 시적 의미는 "갈 수 없는 약속의 땅"으로 상징되기도 하고, 「다음 생에는 무채색 당신을 만나겠습니다」에서처럼 "시냇물도 멈추고, 매일 듣던 노래도 음을 이탈"하기도 한다. 그럼에도 시인이 노래를 멈추지 않는 이유는 "눈에 보이는 것, 귀에 들리는 것만 믿는 사람들은/ 도저히 흉내도 낼 수 없는 사랑의 곡조" 혹은 칼릴 지브란의 시 「아름다움에 대하여」에서 재인용한 구절처럼 "아름다움이란 그대들 눈 감아도 보이는 영상이며/ 귀 막아도 들리는 노래이니라"(「잠자는 뮤즈」)임을 이미 깨닫고 있기 때문이다. 시인은 지난날 자신이 마주했던 모든 노래가 자신을 살리는 일종의 약속이었음을 직감한다.

레나토 제로의 노래 〈L'impossibile Vivere〉는 힘이 세다
주먹을 불끈 쥐게 되고 감겼던 눈이 번쩍 뜨인다
시들시들하던 베란다의 화분에서 생기가 돌고
멈춰 있던 시계 침이 움직이기 시작한다
"산다는 건 산다는 건 두려움을 치료하는 거야"
어긋나 있던 뼈들이 제자리로 돌아오고
현관에 누워 있던 운동화가 끈을 동여매고 바깥으로 걸어 나간다
전장에서 쓰러진 부상자가 일어나 걷듯
불가능한 일들이 가능의 깃발로 펄럭인다
우울하던 찻잔이 종달새마냥 노래 부르고
녹슬어 있던 펜이 종이 위에서 탱고를 춘다
살아야지 Vivere 살아야지 Vivere 긍정의 메시지는
전쟁터 같은 세상에서 우리를 살린다
나를 변화시키고 세상을 바꾼다

—「살아야지 살아야지」 전문

시인이 노래에 집중하는 이유도 바로 여기에 있다. 특히 노래가 건네는 시적 자장에 대해 정영숙 시인은 눈에 띄게 반응한다. "레나토 제로의 노래 〈L'impossibile Vivere〉는 힘이 세다"라고 직접적으로 시의 의미를 전개하기도 한다. 그 의미 또한 시인이 노래 가사에 담긴 은유

의 힘을 믿고 있기 때문이다. 시에서도 인용구를 통해 밝혀 놓았듯이 'L'impossibile Vivere'라는 노래는 전쟁 같은 삶과 불가능한 게임 같은 삶 속에서도 희망을 잃지 않고, 저마다의 삶이 건네는 소중한 가치를 회복하자는 메시지를 담는다. 이 작품에서도 시인은 레나토 제로의 노래에 담긴 가사의 내용처럼 그런 약속의 의미를 불러들인다. 그 순간 "시들시들하던 베란다의 화분에서 생기가 돌고/ 멈춰 있던 시계 침이 움직이기 시작한다."

이제 시인의 심리적 기제를 끝까지 물고 늘어지는 것은 그 노래를 막아서는 현실의 인식들이다. 그 감정은 시인에게 "종일 중얼거리며 콧노래를 부르지만/ 혀 안에 갇힌 말들"(「입 밖으로 날아간 물고기」)로 인식되거나 "어떤 기호로도 옮길 수 없는/ 언어 밖의 소리"((「즈 스위 말라드(Je suis Malade)」)로도 포착된다. 시인이 노래를 듣지 못하는 그 순간 "어제도 들렸고 그제도 들렸던/ 노랫소리가 들리지 않는"(「황금빛 나무를 그리다」) 상태로 치환되기도 한다. 시인은 그 상태에서 순수의식의 소멸(익사)을 체감한다. 나아가 "백발의 에릭 버든이 악을 쓰며 가난했던 우리 젊은 날을 노래한다/ 나도 기타를 다시 잡는다면 그때 그 파란 새를 부를 수 있을까/ 극락역으로 갈 수 있을까"(「그때 그 여름은 없네」)와 같이 다소 상념에 젖는 부분을 노출하기도 한다. 그렇다고 그 감정을 삶의 갈망으로까지 몰고 가지는 않는다. 오히려 "내 마음속에는 늘 당신이 기른 토끼가 살고 있어/ 그 노래 가사처럼 즐겁다."(「이 많은 토끼풀을 언제 다 먹을 수 있을까」)라든가, "노래보다 노래 속 그대를 더 좋아한다네"(「La sete di vivere」) 혹은 "흔들리는 갈대들의 노래에도 귀 기울일 수 있어 좋다"(12월은 나무가 뚝뚝 부러지는 달」)라는 긍정적인 인식으로 곧바로 치환해 버린다. 그 균형감은 '당신'과 '나'의 눈부신 약속이자 시적 아르페지오로 승화되기에 이른다.

잠처럼 파고드는 파도의 리듬

살과 살이 부딪치는 듯한 E현의 떨림

피를 토하듯 스타카토로 뿜어내는 G현의 몸부림

끝 간 데 없이 고조되는 슬픈 메아리

가졌으나 가진 게 아니라고

다시 원점으로 돌아오는 텅 빈 현의 울림

그러나 그냥 보낼 수 없어

마지막 입술처럼 흐느끼며 다시금 긋는 선율

당신과 나의 눈부신 아르페지오

파도가 춤추며 긋는 하늘의 무지개

등 뒤로 뛰어오르는 흰 고래의 노래

눈물방울로 떨어지는 죽음, 생의 극점

수평선 너머 한 점으로 사라지는 당신을 바라보며

노을 진 모래펄에 서서 활을 접고

손끝, 붉은 생을 내려놓는다

—「몰도바」 전문

시인이 지금까지 사랑을 찾아나서는 동안 「희망의 전언」에서 노래하듯 "모든 것을 숨기고 있는 불투명한 흰색에서 오는/ 두려움과 무력감"이 찾아들기도 한다. 당연히 그곳에는 "밥도 시도 내가 찾는 사랑도 없다." 이제부터 시인에게 중요한 것은 사랑의 관념이란 "누군가에게 들은 사랑의 말"(「The Love is something」)로부터 파생된다는 것을 적극적으로 인지하는 것이다. 그것이 시인이 추구하고자 하는 예술이 될 수도 있고, 시가 될 수도 있다. 그 모든 과정이 자신을 위한 하나의 척독이라면 시에 언급하는 노래는 사랑을 가장 빠르게 회복하는 지름길이 된다. 그것은 잠자는 뮤즈의 "노랫소리만 들어도 모두들 사랑"(「잠자는 뮤즈」)에 빠질 만큼 강력하다. "눈앞에 핀 꽃이었으나/ 볼 수 없던 꽃"이며, "먼 데를 볼 수 없는 나이가 되어서야/ 비로소 보이는"(「사랑」)

꽃으로 승화되기도 한다.

마지막으로 인용한 작품은 '몰도바'라는 지명을 담고 있다. 엉뚱한 말이지만, 한 유명 선수는 이 '몰도바'라는 지명을 '몰디브'로 잘못 인지하여 중요한 경기의 약속을 지키지 못한 적이 있다고 한다. 이 에피소드가 이 작품을 읽고 동시에 떠오르는 이유는 시에 등장하는 아르페지오의 특징이 분산 화음의 여백을 의미하기 때문이다. 분산 화음의 여백을 통해 하나의 선율의 조화와 통일성을 가져오기 때문이다. 정영숙 시인은 그 몰도바에서 '리듬'과 '떨림'과 '몸부림', '슬픈 메아리', '울림', '선율', '무지개', '노래', '극점'의 감정을 모두 재확인한다. 다시 말해 "당신과 나의 눈부신 아르페지오"는 「함제미인」에서 시인이 이미 언급하고 있는 수선화가 필 때 만나자는 약속의 관점에 그 뜻을 그대로 일치시킨다. 여기에서 '당신'과 '나'는 복수의 관점이어도 좋고 1인칭 단수의 관점이어도 상관없다. 시인은 "그대가 내 곁에 없어도/ 슬픈 꿈이 있는 한 그대와 나의 삶은 계속"(「La sete di vivere」)됨을 알고 있기 때문이다. "죽어서도 죽지 않고/ 함께 있는", 떨어져 있지만 "별이 되어 서로의 눈속을 비추"「사랑 앞에서는 모든 공간과 시간이 사라지는 법」는 존재로 거듭나고 있기 때문이다.

미국의 시인 월트 휘트먼은 「나 자신을 위한 노래(Song of myself)」에서 자신을 찬양하고, 내가 지닌 것을 당신(그대)도 지닐 것을 권유한다. 정영숙 시인 또한 자신을 노래로 사랑하고 그 삶을 갈망하길 원하고 있다. 그러니 "당신이 내 가슴속에 살아 있어/ 노래는 끝이 없다.// 노래를 부르는 동안/ 새로운 기호의 여러 빛깔을 만날 수 있어 행복했다."라는 「시인의 말」은 마냥 빈말이 아니라, 이 시집을 지탱하는 가장 중요

한 사랑의 참말이자 시인의 진솔한 노래가 담긴 함제미인의 약속이 되기도 한다. ■

시적 화학 반응에 대한 명암과 실존의 번짐

—최동은 시집,『한 사흘은 수천 년이고』

1.

최동은의 신작 시집 『한 사흘은 수천 년이고』를 재미있게 읽는 방법 중 하나는 '명암'과 '번짐' 혹은 '알아차림'과 '헷갈림' 또는 '현실'과 '가상'이 만나 이루는 최소한의 연금술적 화학 반응으로 접근하는 일이 아닌가 싶다. 다소 엉뚱한 이야기지만, 화학의 기원은 인간의 욕망(Greed)에서 비롯된다. 인간이 지닌 욕망이 인류에게 새로운 환경과 가치를 만들어 준 것이다. 무언가를 멈추지 않고 지속해서 욕망한다는 것은 시인에게도 궁극적으로 새로운 사유를 허락하고 불러들인다. 마치 연금술사(Alchemist)가 출현하는 배경과도 맞닿는다. 연금술사들이 납(Pb)이나 다른 금속을 변형해 금으로 만드는 시도를 끊임없이 반복했듯 시인 또한 다양한 시적 화학 반응을 통해 중층적인 죽음을 고안해 내고, 최소 개념의 실존적 고민을 계속해서 추출한다. 이때 등장하는 개념이 바로 원자(Atom)인데, 고대 그리스인들은 직감적으로 더 이상 쪼개지지 않는 'Atoms'라는 원소 개념을 다양한 학문적 사유 안에서 사용하게 된다. 이러한 분위기는 철학에서 과학으로, 다시 문학적 상상력의 테두리로 전이되고 혼용되면서 들뢰즈와 가타리가 언급한 리좀(Rhyzome)이나 혹은 라이프니치의 최소 단자 단위인 모나드(Monad)로 환원되는 넓은 스펙트럼의 자장을 형성하기도 한다.

주지의 사실이지만, 원자는 모든 물질의 기초 재료가 된다. 또한, 원자는 그 자체로 변화하지 않는다. 원자는 같은 원자 혹은 다른 원자와 결합해 분자(Molecule)라는 더 큰 물질의 형태를 돋우어 낸다. 주변의 모든 사물과 물질은 마치 블록처럼 여러 요소가 뭉친 것이며, 그중 가장 기초적인 물질 요소가 존재한다는 사실로 증명된다. 다시 말해 인간이 인식한 물질이 변한다는 것은 최소 단위인 원자들이 변화하는 것이 아니라, 서로 결합함으로써 원자들이 그 짝을 바꾼다는 의미가 된다. 눈치 빠른 독자라면 이러한 화학 반응에서 이미 시적 상상력의 공식을 떠올렸을 것이다. 시라는 장르 또한 연금술적 화학 반응에서와 마찬가지로 화소(Motif)와 화소 사이에서 일어나는 반응에 민감하게 조응한다. 최동은의 시편에서 자주 언급되는 대상인 '애인'과 '그', '당신' 그리고 가족으로 규명되는 '엄마'와 '언니', '오빠', '동생', '아버지' 등은 시인의 결핍과 상실의 공간 속에 자주 모습을 드러내는 그리움의 최소 원자 단위들이다.

시인은 "끙, 문 쪽으로 돌아누우며 딴 세상 꿈을 꾸나 한쪽 다리 이곳에 두고 한쪽 다리는 저생(生)으로 넘어가려"(「열대아」)는 실존적이고 심리적인 화학 반응을 통해 시적 사유의 접촉면을 하나둘씩 확장해 나간다. 이러한 시적 화자의 욕망은 '놓지 않는 손'이나 혹은 화자 '스스로

잡으려는 손'의 이미지로 자주 형상화되기도 한다. 실제 원자는 너무 작아서 육안으로는 감지할 수 없지만, 최동은은 자신이 접촉하고 인식하는 모든 물질의 원료가 원자임을 감안하면서, 다양한 실존적 이미지를 통해 체득한다. 그것은 시인에게 과거의 기억이든 현재의 기억이든 혹은 미래의 기억이든 상관없이 현재 접촉하게 되는 모든 대상이 일종의 시적 화학 반응으로 연결되는 셈이다. 가령, "뭔가 잡히는 게 있다/ 내 손을 붙잡는 누군가가 있다/ (…)/ 나는 아무 대답도 안 하는데/ 놓지 않는 손이 있다"(「어둠 속에 손을 집어넣으면」)라든가, "그림자를 앞세우고 두고 온 여자의 손을 꼭 잡고 갑니다"(「문경 애인」), "문득 졸고 있는 남자의 꿈속으로 들어가 손 한번 잡아 볼까"(「비」), "비 오는 오리나무 숲으로 잡아끌던 사내를 따라 깊은 곳까지 들어가는 내가 있습니다"(「스팸」)처럼 시적 화자와 접촉하는 모든 자아의 최소 단위 그리움은, 시인에게 실재하는 자와와 부재하는 자아의 조우를 통한 시적 화학 반응의 기본 공식이 되기도 한다.

2.

그런 점에서 최동은의 이번 시집 『한 사흘은 수천 년이고』는 시적 화학 반응의 '명암'과 '번짐'으로 읽어도 큰 무리가 없을 것이다. 이러한 의견에 동조한다면 독자는 시인이 체감하는 시간의 경계와 실존의 숱한 번짐을 온몸으로 허락받게 된다. 시인이 사유하는 실존과 공존의 감각은 이 시집 전체를 통해 '흑'과 '백', '빛'과 '어둠', '의식'과 '무의식', '삶'과 '죽음', '여성'과 '남성', '방향'과 '역방향', '현실'과 '꿈', '현재'와 '과거', '일상'과 '실존' 등의 명암으로 자주 길항하는데, 특히 이번 시집의 표제가 있는 「나일강 투어」에서 그 시적 인식과 특징이 가장 도드라진다.

당신이 둑을 무너뜨리고 범람할 때 나도 굽이치며 범람했지요 시꺼멓게 기름진 땅에 배추를 심고 파도 심고 양들을 기르며 흘렀지요 푸른 풀밭에서 뒹굴고 올리브나무 밑에서 당신 닮은 아이를 낳으며 당신과 흘렀지요

파피루스 우거진 강기슭에서 한 남자가 작은 배를 타고 고기를 잡고 있었지요 곱슬머리 아이가 토속 인형을 팔았지요 태양신 부적을 목에 걸고 주문을 외며 흘렀지요 낯선 남자의 팔에 안겨 춤추며 흘렀지요 황금색 태양을 향해 두 팔 벌리고 당신 눈 속으로 흘렀지요

때로 잔잔한 물결 위에서 노래 부를 때 왜 알 수 없는 슬픔이 차올랐을까요 그때 캄캄하게 그믐 달빛이 흘러들고 당신 가슴에 눈물 쏟았을까요 한 사흘은 길고 한 사흘은 짧고 한 사흘은 수천 년이고

—「나일강 투어」 부분

나일강 투어를 경험해 보지 않은 사람일지라도, 우리는 인용 작품에서 언급하는 나일강의 분위기와 문화 전반의 뉘앙스를 충분히 감지할 수 있다. 세계 4대 문명 가운데 하나인 이집트문명이 발생했으며 세계에서 가장 긴 강인 나일강, 스핑크스와 피라미드 같은 대표적인 문화유산과 동 · 서양과 신 · 구 문화가 교차하는 문명의 도시라는 사실을 우

리는 익숙히 들어 알고 있다. 하지만 시적 화자는 단순한 투어의 경험을 나일강에 접선하는 게 아니라, 이집트 문명이 탄생했던 기원전 3000년경의 세월 속으로 현재의 시간을 구겨 넣는다. 시적 화자에게 사흘 동안 경험했던 나일강 투어는 수천 년을 흐르게 하는 시간 무화의 경험이자 화학 반응이었던 셈이다. 더 중요하게 인지할 부분은 사흘 동안 화자가 '당신' 닮은 사람과 아이를 낳고 살았으며, 심지어는 "낯선 남자의 팔에 안겨 춤추며 흘렀다"는 사실이다. 이 부분에서 언급되는 춤은 아마도 이집트의 대표적인 전통춤 '탄누라'로 짐작된다.

탄누라는 일반적으로 '수피'와 '이스티으라디'로 구분된다. 수피가 종교 의식을 향한 춤이라면, 이스티으라디는 민간 행사를 위한 춤이다. 어쨌든 탄누라로 통칭되는 이 춤은 화려한 무늬의 치마와 다양한 색의 옷을 겹겹이 입고 추는 것으로, 보통 한번 회전하기 시작하면 30분에서 50분을 지속한다고 한다. 춤을 추는 과정에서 사람은 세속의 짐과 욕망을 털어 버리듯 옷을 하나씩 벗고 신과 접선하게 된다. 그 광경을 바라보는 시적 화자에게 "알 수 없는 슬픔"과 '어지러움' 혹은 '헷갈림' 같은 감정들은 어쩌면 자신의 삶을 가장 잘 이해하기 위해 선점하는 화학 반응이자 '잘 짜인 놀라움'일지도 모른다. 훌륭한 반전이 있는 플롯을 구축하는 일은 시인(문학가)에게 있어서도 인간 정신에 대한 고도의 이해가 반영된 복잡한 기술로 활용된다. 이에 대해 인지과학자 베라 토빈은 "잘 짜인 놀라움을 갖춘 플롯이란 불현듯 사건들을 재해석하게 만들고, 그 순간 이렇게 재해석할 근거가 이미 쭉 거기에 있었음을 느끼게 하는 플롯"(『놀라움의 해부』)이라는 설명을 덧붙인다. 이때의 플롯은 예기치 않았을 뿐 아니라 폭로적인 특질을 가진 놀라움이어야 한다. 바꿔 말하면 시인이 가진 인지의 한계와 자기 폭로, 즉 자신의 경험 예측에 대한 믿음과 기억의 오류, 잦은 망각 등이 바로 시라는 장르에서 '잘 짜인 놀라움'으로 변화할 수 있음을 암시한다. 궁극적으로는 독자와 시인 모두가 '없는 죽음'과 '없는 삶'과 '없는 애인'을 만들어서라도 반드시 도달해야 하는 '아나그로리시스'(Anagnorisis)의 영역을 건드린 셈이다.

3.

'알아차림'으로 선언되는 아나그로리시스의 관점은 최동은의 시집 『한 사흘은 수천 년이고』의 실린 시편을 이해하는 데도 적절한 도움을 준다. 아리스토텔레스의 『시학』에 따르면 갑자기 어떤 사실을 깨달아 무지에서 앎의 상태로 바뀌는 것을 '알아차림'으로 해석한다. 가령 소포클레스가 지은 「오이디푸스 왕」에서 오이디푸스가 아버지를 살해하고 어머니를 아내로 맞은 신탁을 통해 결국 불행한 결말을 맞게 되는 경우가 대표적인 '잘 짜인 놀라움'이자 '알아차림'이다. 물론 최동은의 시편에서 알아차림은 「나일강 투어」에서 파생되는 '어지러움'(「저녁에 바이킹」)과 '헛것'(「지각」), '헷갈림'(「자정」, 「잠깐 햇빛이 들었다」, 「겉은 바삭 속은 말랑」, 「오후 두 시와 세 시가 헷갈려서」, 「이름」, 「유령」, 「인생」, 「긴가민가해서」, 「여러 명의 내가 한 명의 나를 따라와」, 「알파미용실」, 「지옥계곡 앞에서」) 그리고 '속임'(「무대」)과 '중첩'(「유령」) 등으로 다양하게 변주되어 나타난다.

이러한 특징을 잘 아우르는 최동은 시의 특징은 실존하는 존재의 '헷갈림'이라는 감정과 자기 삶에 수시로 현현하는 혼곤한 도정을 통해 '잘 짜인 놀라움'을 더욱 배가시킨다. 또한, 시인이 형상화하는 자기 존재에 대한 실존적 가치를 부각하는 동시에 부재한 것들에 대한 실체를 잘 알아차리기 위한 잦은 복선으로 활용된다. 그런 이유로 시적 화자는 모르는 사람의 장례식장에 가서 "모르는 사람들과 인사하고 모르는 사진 앞에서 울고 나도 모르는 사람"(「잠깐 햇빛이 들었다」)이 되기도 하고, "곰과 사람이 같이 살았던 때/ 누가 곰이었는지 누가 사람이었는지"(「지옥계곡 앞에서」) 기억해 보라며 종용하기도 한다. 헷갈림에 내재한 알아차림은 평범한 일상생활 속에서도 "눈알이 빙빙 도는"(「저녁의 바이킹」) 감정으로 나타나거나, "여러 명의 내가 한 명의 나를 데리고", "또 몇은 갈랫길 앞에서 우왕좌왕"(「여러 명의 내가 한 명의 나를 따라와」)하는 상황을 연출하기도 한다.

중요한 점은 이러한 헷갈림이 내가 나를 증명해야 하는 상황에서도 자주 연출된다는 점이다. "누구 없어요" 소리쳤지만/ 아무도 알아듣지 못했다// (…)// 나는 오래전부터 여기 살았다고 했는데/ 누군가 당신은 사흘 전에 죽었다고 했다"(「자정」)라고 말하는 시적 사유가 이를 가장 극명하게 드러내 준다. 나는 죽지 않았는데, 누군가의 입에서 내가 죽었다는 말을 들었을 때 독자는 어떤 인식을 따라가야 할까. 이것의 추적 과정에서 최동은은 이름을 가진 것들과 시가 되는 것들만을 헷갈리며 알아차리고 있음을 암시해 준다. 다시 말해 모든 것을 혼동하거나 헷갈리는 것이 아니라, 자신의 기억에 거주하는 시적인 대상과 '꿈'과 '잠'을 통한 실존적 세계에만 시적인 플롯과 복선을 허용하는 것이다. 이는 시인이 헷갈림의 시적 방향과 화학 반응을 명확히 선점하고 있음을 방증한다. 가령, "시인 이름은 헷갈려도 빵집 이름은 헷갈리지 않는 이유는 무엇인가"(「이름」)라고 자문하거나, "내가 살아 있어도 죽어 있어도/ 어린이대공원은 북적일까"(「김밥을 앞에 놓고」) 스스로 궁금해하면서 자기를 속이고 장악해 왔던 자신의 결핍과 상실에 대한 근원을 찾아 나서는 행동에서 엿볼 수 있다. 최동은은 "그가 그였고 내가 나였을 때/ 그 이상한 시간들이 겹쳐질 때"(「유령」)와 "꽃 속이 허공이란 걸 알면서도 속고 속아서 살았다고요 변명하지 말아요 살아 있어서 속은 거잖아요"(「무대」)와 같은 실존의 무대 위에 자신을 끝내 이야기의 주인공으로 세우게 된다. 시적 화자가 스스로 찾아내는 능동성은 이제 단순한 헷갈림을 넘어, 자신의 존재를 알아차리는 가장 '잘 짜인 놀라움'으로 우리 곁을 맴돈다.

4.

이제 최동은의 시선은 아득한 '명암'의 세계로 점차 번져 나간다. 가끔은 "양말 한 짝만을 신고 떠도는 게 인생"(「인생」)인가 싶다가도, "한 번도 본 적 없는 얼굴(애인)"(「당신과 신호등」, 「문경 애인」)을 떠올리고, "처음부터 돌아갈 곳이 없었던 사람"(「근황」)처럼 자신의 반복되는 죽음과 가족의 죽음을 통해, 자기 생에 놓인 상실과 사라짐의 감각을 형상화해 낸다. 시인이 인식한 세계에서 모든 상실과 사라짐(죽음)은 명암과 농도의 차이로만 존재할 뿐이다. 시인의 눈에는 목격되지만, 기억 속에만 존재하고 있어 직접 체감할 수 없는 상태의 '존재의 번짐' 말이다. 마치 거울 속의 공간처럼 인간의 눈에는 실재하지만 존재하지 않는 세계를 통해 시인은 "비슷해서 비슷하지 않은 나무들"(「오늘은 조금 외롭군」)과 "미가입 채널"(「일 분 미리 보기」) 같은 미래의 시간을 자꾸만 환기한다. 그렇다고 그 세계를 아무것도 없는 세계로 뭉뚱그려서는 안 될 일이다. 시인에게 없는 세계란 '없는 세계', 그 자체로 존재하기 때문이다.

뜬금없지만, 대체로 시집의 '서시'는 맨 마지막에 쓰인다는 정설을 믿는다. 표면적으로 보면 서시는 프롤로그 그 이상도 이하도 아니다. 하지만 '서시'는 언제나 가장 맨 마지막에 쓰이는 유서(遺書)이자 설약(說約)이다. 두루뭉술하게 말하자면 최동은의 이번 시집에서 '시인의 말'은 시집 전체의 뉘앙스를 체감하게 하는 프리즘이면서, 시인의 시적 사유 전체를 적정하게 통독해 주는 중요한 스위치가 된다. 그런 의미에서 맨 마지막에 쓰였으면서, 맨 처음에 실려 있는 '시인의 말'을 다시 들여다보자. "한 사흘은 죽었고// 한 사흘은 흘렀고// 한 사흘은 애인을 만났다// 햇빛이 좋았다// 오래 꿈을 꾸었다" 사심 없이 읽어도 자꾸만 '사흘'에 눈길이 간다. 사흘이라고 다 같은 사흘이 아니란 걸 우리는 이미 잘 알고 있다. 최동은이 인식하는 사흘에는 '죽음'이 있고 흘러가는 '삶'이 있으며, 애인을 만나러 가는 '사랑'이 있고, 수천 년을 흘러가며 살아가는 '시인의 시공간'이 도사리고 있다. 죽음과 삶과 애인이 수천 년의 시간을 간직한 채 서로의 시간 속을 교차하면서 다양한 시적 화학 반응을 일으키고 있다. "여기서 기다리고 있을게"(「회전목마」)라고 말하는 숱한 이별들과 약속하면서. ■

2부

울음과
가난의시학

생활이라는 게임
—서효인의 시 세계

단언할 수 없지만, 시는 게임이다. 적어도 서효인 시인에게는 그렇다. 이게 다 그의 산문집 『이게 다 야구 때문이다』(다산책방, 2011)의 영향 때문이다. 그에게 있어 시인은 적어도 글러브로 입을 가린 채 독자를 응시하는 존재이다. 공을 잡는 손가락의 위치에 따라 혹은 손가락이 몇 개의 실밥에 걸쳐 있느냐에 따라, 시의 구질은 직구가 될지 슬라이더가 될지 커브가 될지 결정된다. 시인은 자신의 생활 궤적을 응시하며 시적 사유에 전력투구할 뿐이다. 그래서인지 서효인 시인의 시에서는 주체와 타자의 모습이 재미있는 게임으로 묘사되거나 대립한다. 이 게임에는 당연히 승자와 패자가 나뉜다. 그러나 시인이 응원하는 팀은 늘 지더라도 결국 승리한다는 공식이 그의 시를 건강한 반전으로 귀결시킨다.

서효인 시인의 신작시를 읽기 전 "모든 인간은 플레이를 한다."라는 문장으로 시작되는 글을 읽은 적이 있다. 그 문장의 실마리는 인도 소대륙의 보드게임, 호주 아웃백에서의 줄넘기, 아프리카의 만칼로로 이어지면서 중세 유럽의 기사 토너먼트와 현대 일본의 비디오 게임까지도 모두 포섭하는 내용이었다. 그 게임의 규칙과 플레이의 과정을 정독하면서 서효인 시인의 시적 자장을 떠올리는 것은 어색한 일이 아니다. 그가 응시하고 관찰하는 생활은 마치 게임처럼 정교하며 선택적이기 때문이다. 서효인 시인은 자신의 생활을 장소(곳)와 시간(시대), 그리고 문화를 아우르는 방식으로 시에서의 게임을 즐긴다. 재미있는 사실은 누구나 단 몇 분의 시간만 투자하면 그의 게임 방식을 이해할 수 있고, 또 그것을 응용하여 자신만의 개성적인 게임으로 변용할 수 있다는 점이다. 마치 우리가 배구공으로도 발야구를 하듯이 말이다.

이는 서효인 시인의 시를 제대로 이해하기 위해서 반드시 그의 생활 모두를 들여다볼 필요가 없음을 증명한다. 범박하게 비유하자면 바둑을 잘 두기 위해 중국에서 전해 오는 바둑의 역사까지 모두 섭렵할 필요는 없다는 말과 동일하다. 시인 향유하는 생활 방식이 독자의 생활 방식이며, 그가 그려 내는 생활 속 게임의 규칙이 독자의 문화적 배경과 사회적 맥락에 관계없이 언제든 동일한 감정으로 작동될 수 있다는 의미이다. 서효인 시인이 지금까지 상재한 세 권의 시집 속에서도 그 생활 속 게임의 규칙은 정교하게 얼굴을 드러낸다. 특히 생활과 공간에 대한 그의 정교한 배열과 선택적 장악력은 시인의 시적 기교를 이해하는 데 많은 도움이 된다. 시인 스스로가 고안하고 기획한 생활 속에서 자칫 소품으로 전락해 버릴 수 있는 개인의 상상력이 보편성을 획득하는 순간이다. 그만큼 서효인 시인의 시가 갖는 눈에 띄는 장점은 기묘하리만큼 안정적이고 독특함이 내재한 보편성을 지닌다.

이제 서효인 시인에게 시는 생활 속의 진정한 게임이다. 마치 '끝난

적이 없는 싸움'(「송정리역」)이기도 하다. 그 게임의 주체는 늘 자신일 수밖에 없다. "세상은 원래부터 숨을 곳이 없게끔 만들어졌고, 우리는 설계자를 궁금해할 권리"(「안성」)가 없기 때문이다. 그렇다고 그의 플레이를 마냥 수동적으로만 이해할 필요는 없다. 시인이 지향하는 게임 자체가 일차적으로는 관찰자로서의 위치에서 점지되지만, 그 내면의 위치는 누구도 대변할 수 없는 작은 모나드적 주체로서의 행동반경을 지향하기 때문이다.

내가 좋아서 미치겠는 날도 많은데 남은
나를 좋아해 미칠 수는 없겠지 오늘은
동료가 어디 심사를 맡게 되었다고 하고 오늘은
후배가 어디 상을 받게 되었다고 하고 오늘은
친구가 어디 해외에 초청되었다고 하고 오늘은
그 녀석이 저놈이 그딴 새끼가 오늘은
습도가 높구나 불쾌지수가 깊고 푸르고 오늘도
멍청한 바다처럼 출렁이는 뱃살 위의 욕심이
멀미한다 나는
나를 사랑해서 나를 혐오하고 나는
안 그런 사람이 어디 있겠느냐 변명하고 토하고
책상 위에 앉아 내 이름을 검색하고
빌어먹을 동명이인들 같은 직군들 또래들 심사 위원들 수상자들 주인공들
나는 내가 좋아서 미치겠는데 남들은 괴이쩍게 평온하고
바다처럼 넓은 마음으로 안 그런 척하는데 나는

나 때문에 괴롭고 나는
나를 어찌해야 할 바를 모르겠고
늠름한 표정으로 슬리퍼를 털고 자리를 박차고 일어서
화장실 간다
오줌을 누는데 보이는 건 불룩한 아랫배가 전부
이런 나라도 사랑할 수 있겠니,
대답 대신 쪼르륵
물 내리는 소리 들린다

—「질투와 주접」 부분

생활 속의 모든 게임은 시인의 규칙에 의해 통제된다. 그 통제는 때로 게임의 룰을 바꾸기도 한다. 시적 주체의 사유와 행동만으로 모든 것을 게임이라고 단언할 수 없다는 의미이다. 가령 벽에 공을 던지며 노는 사람이 볼을 잡는 단순한 행위를 게임이라고 말할 수 없는 이치와 같다. 적어도 벽에서 튀어나오는 볼에 대해 일정한 규칙을 정하고, 그 행동의 패턴을 스스로 통제할 수 있을 때 서효인 시인의 시적 게임은 시작된다. 그 게임의 시작은 늘 '질투'와 '반성'의 감정으로부터 파생된다. 그가 인식하는 질투는 "누군가를 좋아해서 생기는 감정"이 아니다. "내가 좋아서 미치겠는" 감정에서 파생되는 시인만의 독특한 플레이 정신이다. 그 감정의 작동 방식이 '질투'와 '주접'이라는 자기반성에 맞닿음으로써 그는 모나드적 주체로서의 행동 양식과 가치를 증명해 낸다.

일반적으로 질투는 '관계'에서 파생되는 감정이다. 이러한 감정을 시인은 내가 아는 동료가 어느 심사를 맡게 되고, 또 어떤 후배는 어디에서 상을 받고, 또 어떤 친구는 어디 해외에 초청되었다고 하는 일련의 소식들에서 찾는다. 표면적으로는 시인의 질투를 유발하는 주요 기제들이지만, 진짜 질투는 '내가 나를 어찌할 수 없다'는 반성의 감정에서 싹튼다. 타인으로부터 비롯된 질투가 시인에게 불쾌지수를 깊게 하는 '시기'의 감정으로 오인되기도 한다. 이는 시기가 '능력'과 관련된 감정이면서 한 발 더 나아가 '자기반성'의 연장선에 있기 때문이다. 서효인 시인은 이러한 이유로 자신의 시기심을 표면적으로는 인정하지 않지만, 결국 그 질투의 목적이 자신을 사랑하기 위한 정직한 플레이 중 하나였음을 자각한다.

시인 스스로가 인지하듯 그에게 타인은 '나를 좋아해서 미칠 수 없는 대상'이다. 시인에게 포착된 질투는 누구에게서나 발견되는 감정, 다시 말해 "안 그런 사람이 어디 있겠느냐 변명" 하지만, 결국 스스로가 자신을 질투하지 못한다는 자기반성의 사유와 연결된다. 시인의 자기반성은 타인과 나를 균형 잡지 못하게 하는 '불룩한 아랫배'로 집약된다. 겉으로는 늠름한 표정으로 자리를 박차고 일어서는 존재지만, 세상은 내가 바뀌지 않으면 절대 바뀔 수 없다는 그 사실을 시인은 '바깥의 평온'을 통해 확인한다. 이렇듯 서효인 시인에게 질투와 시기는 페어플레이의 혼용이다. 자기반성의 결정체다. 그렇지만 그 시기가 늘 질투로 대체될 수만은 없다. "질투는 드라마처럼 로맨스 같은 구석"과 일정한 감정에 머물게 하는 '주접'의 상태를 늘 요구하기 때문이다. 그러나 시인은 알고 있다. 누구라도 "나 때문에 괴롭고", "나를 어찌해야 할 바"를 모를 때 자신을 향한 진짜 질투는 시작된다는 것을 말이다.

나는 다른 방식의 신성함에 도취되어 있다

예쁘리라

귀여우리라

착하리라

이런 말을 아무렇지도 않게 킁킁거리며 입에 올리며

입맛을 다시며 허기와 충만을 동시에 느끼며

지난주 일요일은 핑크퐁을 보면서 시원한 사이다에 짜파게티를 먹이고 후식은

마이쮸

예쁘고 귀엽고 착하니까 모든 게

허용된다 우리는

선교원에서 목회자를 교육하거나 우리는

목장에서 양 떼를 도축하거나 우리는

아빠라는 이름의 독단적 죄와 벌을 바보라는 치명적인 방어술로 요리조리 피하는 세상의 아들들이다 늠름하고 신실하여

무엇이든 세 번 반복하려는데,

딸들이 귀를 막고 저만치 달아나

손을 모아 구토한다

웩 웩 우웩

—「딸바보」 부분

왜 세상에는 아들 바보보다 '딸바보'가 많은 걸까. 단순히 딸이라서?

딸을 가진 아빠라면 한 번쯤 공감할 수 있는 딸들의 귀여움은 이 사회의 엄격한 제약 구조 내에서 늘 발견되는 자유로운 동작이자 변하지 않는 아빠들의 게임 규칙이다. 「딸바보」에서 시인은 플레이의 결과보다는 그 과정에 주목한다. 서효인 시인에게 딸에 관한 감정의 선과 플레이는 정신적인 과정에 의해 수행되는 '다른 방식의 신성함'이기 때문이다. 하지만 이 사회에서 시인의 그 신성함이 다양한 규칙과 제약에 의해 종종 왜곡되고 통제된다고 믿는다. 「딸바보」 속의 동창 또한 시인과 같은 '딸바보'로 통칭되지만, 이 둘은 각기 다른 규칙을 고수한다. 동창은 아빠의 게임 규칙만을 딸아이에게 적용하는 '제약 체계(Systems of constraints)'를 선호하는 대상이다. 이러한 동창의 제약 체계는 그가 추구하는 나름의 신성함의 규칙이자 모범적인 가장의 현명함으로 그려진다. 그러나 동창의 제약 체계 아래에서 딸의 본능은 아빠의 신념에 의해 모두 차단당한다. 서효인 시인에게 이러한 모습은 세상의 모든 딸이 아빠의 말에도 "귀를 막고 저만치 달아나/ 손을 모아 구토"하는 기제로 인식하는 계기가 된다.

동창의 행동과는 달리 서효인 시인은 자신의 딸을 보며 지속해서 가해지는 치졸한 자유 의지에 대한 근원적인 의문을 던진다. 동창의 딸은 정말 행복한가. 하지만 시인 자신조차 무엇이 옳은지 자신할 수 없다. 다만 '나'는 동창과는 '다른 방식의 신선함에 도취'하여 있을 뿐이다. '나'는 딸과 함께 "일요일은 핑크퐁을 보면서 시원한 사이다에 짜파게티를 먹이고 후식은 마이쮸"를 먹는 '자신만의 신성함'을 내세운 또 다른 아빠일 뿐이다. 그에게 제약 체계에 대한 옳고 그름의 판단 기준은 없다. 아빠들은 모두 각자의 방식대로 신성하니까 말이다. 그래서 시인은 동창의 인스타그램에 기도하는 마음으로 '빨간색 하트'를 누른다. 빨간색 하트는 동창에 대한 응원이자 나에 대한 위로인 셈이다. 동시에 "아빠라는 이름의 독단적 죄와 벌을 바보라는 치명적인 방어술로 요리조리 피하는 세상의 아들들"에 경고이자 자기반성에 대한 생활의 규칙이다.

> 미안하지만 희망에 대해 말하자면
> 죽은 사람은 계정을 새로 팔 수 없으며
> 나는 계정이 있고 살아 있는 한 뭐라도 좋아할 예정인데
> 선배님이 제 롤모델입니다,
> 빠른 육공이 시퍼렇게 웃는다
> 북한산 꼭대기에 그득 찬 미세 먼지가
> 비뚤배뚤한 치아 사이를 비집고 들어와 질식사를 일으킨다
> 참,
> 좋았다
>
> —「선배, 페이스북 좀 그만해요」 부분

> 나는 오늘 저녁 좋은 아빠의
> 상징인 베스킨라빈스에 갔다
> 단단하게 얼어 버린 설탕 덩이를 뜨는 아르바이트 학생의 손목을 애처롭게 여기는 나이지만 카드를 내밀기 전 얼음처럼 차가워지는 나이이며 포인트 적립과 사은품을 챙기며 드라이아이스가 되는 나이이다
> (…중략…)

내가 좋은 아빠다 죽지 않는 아빠다

노인의 빈소

모락거리는 연기

아이스크림이 녹고 있다

드라이아이스는 제 할 일을 다하고

30년의 장례를 준비한다

삼가,

열심히 녹으면서

—「서른 훌쩍 넘어 아이스크림」 부분

페이스북은 사람인가. 아니다. 페이스북은 의미 그대로 '얼굴+책'이다. 얼굴은 사람을 가르치지 않는다. 하지만 책은 사람에게 정보를 제공한다. 페이스북은 그렇게 시인의 생활 속에서 알 수 없는 정보를 끊임없이 제공한다. 이는 페이스북이 주체와 타자 간에 서로의 근황과 소식을 나누는 개인 커뮤니케이션으로서의 규칙을 넘어서고 있음을 말해 준다. 언젠가부터 우리는 페이스북을 개인 커뮤니케이션 플랫폼 이상의 감정과 시선으로 드나든다. 그곳에서 얻은 정보는 곧 사람의 인격으로 이어진다. 서효인 시인은 「선배, 페이스북 좀 그만해요」를 통해 한 60년대생의 개인사와 그가 추구하는 삶의 플레이를 엿보게 된다. 대표적으로 '빠른 육공'인 '그'가 추구하는 방향성은 페이스북이 없었다면 '자신만의 신성함'으로 유지될 수 있는 것들이다. 하지만 페이스북은 '그'의 민낯을 낱낱이 까발린다. '그'에 대한 기대는 알게 모르게 실망으로 표정을 바꾸고, '그'는 자신과 비슷한 사람 속에서 자신들만의 리그를 형성한다.

서효인 시인은 「딸바보」에서 이야기한 아빠라는 이름의 독단이 깊어지면 반성의 기회조차 사라질 수 있다는 것을 우회적으로 드러낸 바 있다. 시인은 말한다. "미안하지만 희망에 대해 말하자면/ 죽은 사람은 계정을 새로 팔 수 없다"고 말이다. 시인은 자신이 살아 있는 한 무엇이라도 좋아할 예정이라고 다짐한다. 한 걸음 더 나아가 "선배님이 제 롤모델입니다"라는 고백을 통해 시인은 선배들의 비틀어진 사유에 대해 다소 반어적인 자기 메시지를 보낸다. 페이스북을 통해 들여다보게 되는 선배들의 생활 속 규칙과 플레이는 늘 그렇게 시인의 사유 속에서 공허하고 위태롭다.

그렇다면 그 위태로움은 모두 '빠른 육공'들만의 몫일까. "불룩한 아랫배가 전부"(「질투와 주접」)인 나와 "질식해 죽을 일도 없고 비틀어진 치열도/ 상관"없는 '빠른 육공'과는 정말 아무런 관련이 없는 걸까. 시인은 '낭만의 대가', '광장의 혁명가', '저돌적인 자본가', '발기부전 환자', '집권당의 당원', '리버럴 중산층'으로 규정되는 그들과 내가 어쩌면 같은 부류이며, 그 규칙을 암암리에 공유하고 있다는 생각을 한다. 시인은 그 부조리한 틈 사이에서 "참,/ 좋았다"라고 고백하지만, 이는 곧 자신만의 신성함을 끝내 유지하고픈 자기반성의 플레이로 읽힌다. 그 게임의 규칙 안에서 그는 '빠른 육공'처럼 질식하지 않고 자신의 삶을 유지하고자 하는 힘을 얻고자 노력한다.

이러한 서효인 시인의 생활 속 반성과 자기반성의 힘은 「서른 훌쩍 넘어 아이스크림」에서 더욱 집약되어 나타난다. “서로가 서로를 추어올리는”(「선배, 페이스북 좀 그만해요」) 세대에 그대로 편입되지 않기 위해 시인은 자기 나름의 룰과 시적 인식을 환기시킨다. 시인 자신도 ‘빠른 육공’처럼 “남은 삶이 가늠되지 않는/ 나이”이지만, 베스킨라빈스에서 “포인트 적립과 사은품을 챙기며 드라이아이스가 되는 나이”이기도 하지만, 그는 자기만의 삶의 규칙과 플레이를 매우 안정적으로 고수해 낸다. 이 행위는 그가 정한 좋은 아빠의 상징이면서 죽지 않는 아빠의 운명이다. 시인은 자신이 만든 생활의 게임 안에서 스스로 자기반성의 사유를 계획적으로 도출함으로써 개인이 기획하는 삶의 가치가 어디를 향해 있는지 끊임없이 확인시킨다. 마치 베스킨라빈스의 아이스크림처럼 “삼가,/ 열심히 녹으면서” 말이다.

그는 대여섯 걸음을 걸어 원래의 자리로 돌아와 외쳤다
그러니까 여기는 시인의 생가가 아닌 게지요!
직장인 몇이 그의 어깨를 피해 뒷골목으로 향했다
평일 점심시간이었던 것이다
생가라면 어느 날은 국수도 삶고 또 어떤 날은 고기반찬에 흰쌀밥을 먹기도 하고 또한 더 많은 날 기억되지 않을 끼니들이 시인의 생을 뒷받침했겠지, 시인이니까 시를 쓰라고
배가 고플 만도 한데 그는 학원의 뒷문과
오른쪽 모퉁이를 번갈아 걸으며 수업을 방해했다
시끄러운 현대사를 아랑곳없이 통과하며 시를 쓴 시인처럼
청년들은 주변의 어지러운 환경을 탓하지 않고 묵묵히

외국어를 익힌다 거개 실패하고 일부 성공한다

마치 시인처럼

나도 시인의 생가 자리에 가까이 다가가

그의 말을 좀 더 경청했다

성조를 익히는 초급반이 된 것처럼

거기의 오랜 주인인 비둘기의 몸짓을

따라 했다 고개를 끄덕거리며

시인의 유지를 쪼아 먹었다

—「파고다」 부분

'파고다'는 유럽 사람들이 동양의 불탑과도 같은 종교 건축물을 일컫는 곳이다. 신성함이 담보되는 장소이다. '파고다'는 산스크리트어로서 '신에 귀의한다.'는 의미를 지닌다. 우리나라에서는 서울의 종로2가에 위치한 '탑사동(塔寺洞)'이 3 · 1운동을 거치면서 '파고다'로 불린다. 세상의 파고다가 신성함이 담보되는 곳의 상징성을 갖는다면, 서효인 시인에게 파고다는 '시인의 유지'가 깃든 곳으로 이해된다. 하지만 그곳은 "서울시의 족보 없는 도시 계획과 철학 없는 문화 정책"으로 그 가치가 훼손되어 있다. 여기에서 시인은 세상의 규칙을 따르기보다는 자신만의 플레이에 집중해야 함을 암시받는다. '기억되지 않을 끼니들'을 통해 시인의 정체성을 확보해 나가야 하는 이유가 되기도 한다. 이러한 시인의 자세는 궁극적으로는 모나드적 주체로서 자신만의 생활 방식과 기획을 통해 그 시적 플레이가 설계되어야 함을 강조한다. 그래서 그는 단순히

"청년들은 주변의 어지러운 환경"을 탓하지 않고 묵묵히 자신의 생활에 몰입하는 모습을 보인다. 그 과정에서 파생되는 실패와 성공은 쳇바퀴를 돌 듯 여전히 반복될 수도 있지만, 서효인 시인에게 그 모습이 바로 시인이 추구하는 진정한 모습이자 유지(遺旨)가 된다.

결국 서효인 시인은 일상생활 속에서 자신만의 게임 규칙을 정하고, 그 안에서 자신이 어떻게 플레이해야 효과적일 것인지에 대해 예측한다. 그 예측은 때로 빗나가기도 하지만 진실을 향해 응시한다는 점에서 큰 의미가 있다. 시인 스스로가 규칙을 만들고 형성하는 과정에서 일상생활에서의 반성과 가치는 서효인 시인만의 시적 플레이를 규정할 수 있는 중요한 변별점이자 시적 기표이다. 누가 더 큰 목소리를 내고 누가 더 정교한 모나드적 주체로서의 실천 의지를 발휘하느냐에 따라 그의 시에 나타난 시적 기의는 한층 더 심오해진다. 「파고다」에서 도출되는 감정은 그 유지를 가장 잘 포착한다. 시인이 '비둘기의 몸짓'을 따라 하며 "시인의 유지를 쪼아" 먹는 행위에 집중하는 이유가 여기에 있다.

서효인 시인은 생활 속의 게임을 즐기는 시인이다. 그 게임은 타자에 대한 관찰로부터 시작되지만, 결국 자신을 향한다. 이는 상대를 호되게 꾸짖지도 그렇다고 심하게 나무라지도 않는 이유가 된다. 생활의 규칙과 시적 플레이의 방향성은 오직 자신에 대한 반성의 기제로만 활용할 뿐이다. 이는 시인 스스로가 "누구도 본인의 자리에 만족"(「아이티 회의록」)하지 못하는 습성을 진작부터 잘 꿰뚫고 있기에 가능하다. 언제든 타자와 주체가 "오른쪽과 왼쪽이 순식간에 바뀌는 기적"에 노출될 수 있다는 점에서, 서효인 시인의 시의 보폭은 여전히 조심스럽고 차분하기만 하다. ■

허튼층으로 쌓아 올린 시의 절창들

—송정란의 시 세계

선녀의 옷에 바느질한 흔적이 보이지 않는다고 해서 직조의 흔적이 사라지는 것은 아니다. 오히려 그 흔적이 '천의무봉(天衣無縫)'임을 역으로 말해 준다. 조금도 꾸민 데 없이 자연스러운 시문(詩文)만이 독자에게 숨 쉴 매듭과 실마리를 제공하게 된다는 것을 암시한다. 그 매듭과 실마리를 붙드는 성어가 있다면, '포정해우(庖丁解牛)'의 이야기 그 어디쯤 되지 않을까 싶다. 포정해우는 『장자』의 「양생주(養生主)」에 나오는 성어로, 기술이 신기에 가까울 정도로 뛰어날 때 비유한다. 춘추 전국 시대 솜씨 좋은 백정 '포정'을 비유한 고사로 널리 알려졌지만, 오늘날에는 시조를 읽고 사유하는 독자에게 더 유용한 듯 보인다. 거칠게 요약하면, 평범한 소잡이는 달마다 칼을 갈거나 바꾸기 일쑤지만, 포정과 같은 사람은 19년 동안 수천 마리의 소를 해체하면서도 그 칼날의 예리함과 섬세함을 끝내 잃지 않는다는 이야기다. 그 광경을 지켜본 문혜군은 "훌륭하구나, 나는 포정의 말을 듣고 양생(養生, 자연의 이치를 좇고

의식적으로 행하지 않으려는 도가의 수련법)의 도를 터득했도다."라고 상찬하기도 한다.

송정란 시인의 신작 시조 5편을 곁에 두고 읽으면서 두께 없이 얇고 섬세한 포정의 '칼날'을 온몸으로 느낀다. 그동안 시인이 고수해 온 내력을 볼 때, 이는 호흡의 결이라고 해도 좋고 들숨과 날숨 사이에 흐트러짐 없는 시조의 호흡이라고 불러도 좋겠다는 생각이다. 언젠가 어느 지면에서 시인이 풀어놓은 전언대로 "바늘구멍 하나 없이 촘촘하게 짜인 세모시 사이로 바람이 제 마음대로 들랑거리듯, 흐트러짐 없는 율격 사이로 바람결 같은 언어들이 자유자재로 제 뜻들을 풀어놓는"(「종심(從心)에 이른 무위지위(無爲之爲)의 시적 성취」) 긍정의 가관(可觀)이라 해도 마침 손색없겠다. 돌이켜 보건대, 이러한 시인의 자유로운 경지를 엿보 건 2003년 에스프리 형식으로 출간한 『허튼층쌓기』(고요아침)에서가 아닌가 싶다. 송정란 시인은 축대 석축 공사에서 자주 쓰이는 '허튼층쌓기'를 통해 시조의 참멋과 시적 성취를 축조해 온 셈이다.

축대 석축 공사에서 돌 쌓기는 돌의 형태와 쌓는 방법에 따라 달라진다. 돌의 접합 부분인 줄눈을 어떻게 연결하는지, 막돌을 사용하였는지 아니면 다듬돌을 사용하였는지에 따라 그 명칭은 다양하게 분류된다. 돌을 수평한 줄로 이어 쌓거나 일직선으로 연속되게 쌓는 것을 '바른층쌓기'라 한다. 이와 반대되는 방식을 '허튼층쌓기'라 부른다. 얼핏 정형화된 시조의 문법대로라면 고개를 가웃거릴 수밖에 없는 대목이다. 하지만 오히려 시인의 그 허튼층쌓기가 시조를 읽는 독자에서 더욱 웅숭깊은 시적 사유를 선물한다. 시인이 허튼층쌓기에 주목하는 이유도 "풀어놓은 언어들이 걸림 없이 시조의 율격을 거느릴 때, 무위의 시 세계"

가 펼쳐지고, “숱한 기쁨과 즐거움과 이별과 좌절이, 서러움과 두려움들이/ 만다라처럼 펼쳐진/ 제 안의 미로를 헤매이며 또 헤매이다”(「開心1」) 맞닥트릴 때 시의 절창이 완성되기 때문이 아닐까 가늠한다.

입춘 지나 남해 바닷가 꽃몽우리 필 듯 말 듯
동백꽃 고운 선혈이 잎새 사이로 보일 듯 말 듯
이른 봄 초경 치른 계집아이 새초롬하게 숨어 있네

저 꽃망울 활짝 피어나 지고피고 또 피고지고
이윽고 폐경을 지나 적막강산 내 속엣것
동백꽃 피었다 진 자리 자취도 없네, 속절없네

—「적(寂)」 전문

송정란 시인의 신작 시조 5편은 「적(寂)」, 「집(執)」, 「인(印)」, 「조(調)」, 「전(傳)」이라는 각각의 표제를 달고 있다. 그중 첫 번째로 조우한 시조 작품은 「적(寂)」이다. 의미 그대로 ‘고요함’을 상징한다. 그 고요함을 온몸으로 받아내는 매개는 바로 무위(無爲)로 이루어진 ‘몸’이다. 시인은 시적 화자의 몸을 통해 사건이 발생하는 장소의 진정성과 비진정성을 독자에게 확인시킨다. 에드워드 랠프가 강조했던 것처럼 장소의 진정성이 비움과 관련이 있다면, 비진정성은 채움의 의미를 지닌다. 비움이 떠나기 위한 채움이라면, 비진정성은 머물기 위한 비움이 된다. 그 과정에서 비진정성과 진정성은 음과 양의 태극처럼 서로의 이면을 이루는 뫼비우스의 띠와 같은 구조와 긴장을 형성한다. 진정성은 바깥으로 드러나는 존재성이다. 비진정성은 내부로 드러나는 실재성이다. 둘은 다른 차원 곧 서로의 이면을 이루면서 '동백꽃'이라는 하나의 사물로 매듭지어진다.

"전환을 통하여 모든 것은 내면을 향한다." 모리스 블랑쇼의 말이다. 이 작품에서 시적 화자인 '나'와 사물인 '동백'은 서로의 관여를 통해 하나의 특별한 의미를 주선한다. 몸의 장소화를 통한 진정성과 비진정성이 서로의 의미를 보듬어 내면서 고요한 '적(寂)'을 이룬다. 이때의 적은 마치 천의무봉처럼 고요함의 직조를 감추고 있지만, '동백'이라는 시인의 칼날을 피해 갈 순 없다. 예로부터 동백은 '생불꽃'으로 불린다. 새 생명을 잉태하는 부활을 상징한다. 죽고 나면 되살아나는 새로운 생명인 셈이다. 시적 화자는 붉디붉은 동백꽃이 떨어지면 꽃 진 자리마다 반드시 또 하나의 생명이 움트는 광경의 실마리를 본 것이다.

이 작품을 읽으며 제주도의 신화 「이공본풀이」의 한 장면이 떠오른다. 무속 신화 속에 등장하는 꽃밭은 죽은 생명을 다시 살려 내는 생명의 꽃밭으로 상징화된다. 그중 서천 꽃밭을 지키는 꽃감관의 아들 할락궁이가 악인 재인장자에게 죽은 어미를 살려 내는 장면이 있는데, 그 꽃이 바로 이승에서 우리가 마주하는 동백이다. 그래서인지 시인이 언급하는 '입춘'에는 생멸(生滅)의 순간이 아슬하다. "필 듯 말 듯", "보일 듯 말 듯" 하지만, 시인은 오히려 숨어 있는 쪽(적, 寂)을 택한다. "초경 치른 계집아이"와 "이우고 폐경을 지나 적막강산 내 속엣것"을 다 드러낸 시적 화자 사이에서 "동백꽃 피었다 진 자리"가 다시 속절없이 피어나는 이유가 이 지점에서 비롯된다.

감비나무 이파리가 수작을 걸어오더군
침엽의 손끝으로 내 마음 간질이더군
맹세코 늘 푸른 계절이라고
믿어 달라고 속삭이더군

너 없인 못 살겠다던 연분홍 봄날도 가고
볼 장 다 봤다는 듯 바늘끝처럼 쏟아 내는
침엽수 그늘 속으로 들어가면 갈수록

함부로 내키는 대로 웃자라 저만치 멀리
너는 못된 나무, 곁눈조차 주지 않는
미친 듯 더 가까이 다가가
찔리고 마는 내 심사는,

—「집(執)」 전문

여기 두 가지의 '집'이 있다. 편안히 사람을 모으는 공간의 집(集)이 있고, 소유하고 다스리려는 마음의 집(執)이 있다. 이 작품에서의 집은 몸과 마음이 동시에 기거하는 집이다. 마음이 아프니 몸도 따라 아프다. 작품 속에 등장하는 감비나무(가문비나무)는 바늘집처럼 꽂혀 있는 바늘혀 이파리를 몸의 집에 들인다. 보는 관점에 따라 몸 자체가 바늘꽂이다. 처음에는 '이파리의 수작' 정도로 알았던 것들이 시간이 흘러감에 따라 '속박의 감정'으로 변한다. "너 없인 못 살겠다던 연분홍 봄날"이

하루아침에 "볼 장 다 봤다는 듯" 화자의 마음을 아프게 한다. 상대는 "웃자라 저만치 멀리" 떠나가 버리지만, 오히려 화자는 "미친 듯 더 가까이 다가가 찔리고" 만다. 그 고통은 모두 인간의 몫이다.

그 시적 화자의 심사(心思)를 우리는 어떻게 마주해야 할까. 마음에 맞지 않아 어깃장을 놓고 싶은 마음이 마치 시인이 말한 허튼층쌓기처럼 보인다. "삶이란 저렇듯 반듯하게 번뇌도 저렇듯 매끄럽게 제 고통 다듬어야 하는 건가요/ 가슴에 박힌 돌들이 와르르 무너지는"(「허튼층쌓기」 부분) 어떤 감정의 화두로 작용한다. 상대가 '저만치 멀리' 달아나면 달아날수록 그 심사는 오히려 '내면의 마음'을 깁는다. 그러니 감비나무에 박혀 몸과 마음을 꿰매고 있는 그 심사는 또 얼마나 아득하고 먼 감정인가. 이 감정에서 마치 허난설헌의 「빈녀음(貧女吟)」을 읽듯 빈곤한 감정이 사무치는 이유는 마음에도 가난이 있기 때문이다. 같은 마음의 집이라 할지라도, 마음 의지할 곳 없고 변변한 세간살이 하나 없는 그 집을 우리는 '집(集)'이라 불러야 될까, '집(執)'이라 불러야 될까. 인간의 심사를 통해 떠나고 붙들리고, 얽히고설키는 모든 인가사의 일들이 바로 '집(執)'이다.

비만 오면 진창이던 그해 여름에 장마 지고

걸을 때마다 들러붙는 질펀한 흙들이 끈질기게 달라붙는 구차한 나날들이 해진 신발 뒤축을 움켜쥐고 놓아 주지 않던…… 어제도 글러 먹었고 오늘 또한 그렇듯이 내일도 또, 허랑한 하루의 밑창이 패인 발자국마다 낙인을 찍어대던…… 삶이 진창일수록 선명해지는 오래된 후회들이 고통에 짓이길수록 뚜렷해지는 다 닳은 무늬들이 가슴에 못을 쳐 대며 몸서리치며 박혀 있던……

축축한 빗물이 눈물이 되어 발등을 찍던, 그 여름날

—「인(印)」 전문

송정란 시인은 말한다. "허방에 빠진다 해도/ 함부로 내딛고 싶다"(「밤길」 부분)라고. "낙타의 발자국처럼 흔적 없는 여정"이라 할지라도, "뼈 아픈 후회 없이, 生의 사막을 걸어가"(「나혜석傳」 부분)겠다고 말이다. 지금까지 시인이 보여 왔던 타인에 대한 당부의 마음가짐은 스스로의 마음가짐으로 전이되어, 일종의 인(印)을 형성한다. 이때의 '인'은 불교에서 말하는 무드라(Mudrā)의 의미처럼 허위가 없는 '진짜'의 의미를 지닌다. 동시에 "허랑한 하루의 밑창이 패인 발자국"이 이제는 "다 닳은 무늬들"이 되어 음과 양의 관계를 무화시킨다. 이 또한, 인(印)을 통해 겉으로 드러난 것들과 안으로 숨은 것들이 드디어 한 장에 맞춰 한통속의 리듬을 형성하는 '허튼층쌓기'의 시적 순간이다.

대폿집 들창 너머 젓가락 장단 흘러나오네

교자상 모서리를 패도록 두들겨 대네

얼씨구, 엉덩이 장단 어깨 장단 들썩이네

옛적 한양의 이세춘이 도포 자락 길게 휘날리며 시절가를 부를 적에 장단을 새로이 자르고 늘이고 촘촘이 나누고 붙이고 질탕한 가락으로 조선 천지

를 사로잡아 온갖 기생 가객 풍류객들이 이를 따라 부르기에 바빴거늘

한 젓가락 반 박자 늦게
세 젓가락 연달아 치고
흥이 넘쳐흘러 엇박으로 메기다가
절씨구, 시를 절로 쓰려거든
박자 가지고 놀아야지

—「조(調)」 전문

시조는 노래다. 가락이다. 인용한 작품에도 부가되어 있듯 시절가조(時節歌調)의 준말로서, 영조 때 신광수의 문집 『석북집(石北集)』에 시조라는 명칭이 처음으로 등장하는데, 당대 가객 이세춘이 시조시에 새로이 장단을 붙였다는 구절을 통해 확인된다. 이때의 '조(調)'는 단순히 '청(淸)'이라는 개념과는 구별된다. 단순히 듣는 것을 넘어서서 '따라 불러야' 한다. 지금 화자는 "대폿집 들창 너머 젓가락 장단"을 듣고 있다. 그 장단이 어찌나 흥겨운지 "얼씨구, 엉덩이 장단 어깨 장단" 마저도 들썩인다. 그 허튼층쌓기 같은 가락과 장단은 이후 "이세춘이 도포 자락 길게 휘날리며 시절가 부를 적에 장단을 새로이 자르고 늘이고 촘촘이 나누고 붙여" 조선 천지의 기생과 가객 그리고 풍류객들의 귀와 입을 사로잡게 된다.

송정란 시인은 이 '조(調)'를 통해 시조 가락의 참멋을 가늠한다. 자고로 시조란 "흥이 넘쳐흘러 엇박으로 메기다가"도 "절씨구, (……)/ 박

자 가지고 놀아야" 한다. 시인이 고백처럼 "평시조를 제대로 쓰지 못한다면 시조시인으로서의 자격"이 사라진다. 그게 시조를 쓰는 시조시인의 마음이다. 그 깨달음의 자세는 일종의 '점오(漸悟)'의 경지에서 재확인되는데, 이를테면 "굵직한 가부좌로 틀어 앉은 목백일홍/ 점오행(漸悟行), 오랜 수행으로 굽은 가지, 삼매에"(「'선운사 배롱나무 하안거(夏安居)에 들다」 부분) 빠져드는 이치와 같다. 이런 시조에 대한 시인의 점오는 「시조에 관한 짧은 단상」에서도 그대로 확인되는데, 옮겨 보면 다음과 같다. "시란 그런 것이다. 늘 가까이 두어야지만 손이 능숙하게 움직인다. 내 마음이 지피는 바를 손이 저절로 알아서 따라가는 것이다. 마음과 손이 일치가 될 때, 본성에 가까운 시적 영혼과 시어를 만지는 이성적 작업이 하나가 될 때 한 편의 시를 내 것으로 할 수 있다."

저문 날 노을에 비낀 내 인생을 바라보니
무정세월 주름지도록 속정 품은 이 하나 없네
청춘은 멀리 불귀의 객이라 시절단가만 애달파라

청춘은 언제 가고 백발은 언제 온고
오고 가는 길을 아돗던들 막을낫다
알고도 못 막는 길히니 그를 슬허ᄒᆞ노라

속청 겉청 넘나들며 휘감아도는 시김새라
마음은 입을 잊고 입은 소리를 잊었다네
장안의 풍류 한량들 농하며 온갖 호사를 누렸건만

금이며 비단이며 부질없다 던져 버리고

분에 겨운 사랑도 미련 없이 저버리고

어룬님 찾아 헤매던 내 노래만 절창이네

어둑하니 저물어 가는 여백도 없이 지는 삶이라

어딘가에 있을 님이여, 어디에도 없을 님이여

내 평생 만나지 못하고 떠나보내는 이별이네

—「계섬*傳」 전문

"내 평생 만나지 못하고 떠나보내는 이별이네"라는 마지막 구절에 주목한다. 만나지 못했는데, 이별을 경험하는 심정이란 무엇을 의미할까. 일반적인 상사병이라면 모를까, "어딘가에 있을 님" 혹은 "어디에도 없을 님"을 그리워하는 마음은 쉽게 가늠되지 않는다. 그래서 이 시의 뒷배경을 이해하기 위해서는 계섬(桂蟾, 1736~?)이라는 조선 최고의 여류 가객에 대한 이해가 요구된다. 계섬은 애초 황해도 송화현의 관노로 알려져 있다. 일곱 살이 되던 해부터 노래를 부르고, 60세의 나이에는 정조의 어머니였던 혜경궁 홍씨의 회갑연에서 기생들을 총지휘한 여류 가객이다. 그녀의 인기는 하늘 높은 줄 몰랐고, 여류 가객으로 사는 동안 이정보나 원의손, 홍국영, 심용 등과도 숱한 염문을 뿌린다.

그런 계섬이 심노숭(沈魯崇, 1762~1837)을 만나 자신이 사랑 이야기를 풀어놓는 장면이 이 작품의 맥을 이룬다. 계섬은 심노숭에게 젊어서 숱한 현인 그리고 호걸들과 어울렸지만, 진정한 사랑을 만나지 못했다고 고백한다. 그 이야기를 다 전해 들은 심노숭은 그런 계섬에게 "당신의 전기를 내가 써 주었으니 내가 당신의 진정한 남자가 아니냐."라고 농을 섞어 되묻는다. 이에 계섬은 "불교에 삼생(전생, 현생, 후생)과 육도(중생이 선악의 원인에 의해 윤회하는 여섯 가지 세계)의 설이 있으니 제가 계율대로 수행하면 내세에서는 진정한 만남을 이룰 것입니다. 만약 그렇게 하지 못하더라도 석가여래에 귀의한 것만으로 만족합니다."라고 답한다. 그때 심노숭의 나이는 계섬보다 26세나 어렸던 것으로 전해진다.

인용한 「계섬*傳」이라는 작품은 총 5수로 이루어져 있다. 이중 첫 번째 수는 시적 화자 자신의 소회를 담고 있다. 두 번째 수는 계섬이 직접 남긴 시조 내용이 그대로 인용되어 있다. 이후 세 번째 수와 네 번째 수 그리고 마지막 다섯 번째 수는 계섬의 이야기이자 시인의 전언이 되기도 한다. 그렇다면 송정란 시인이 말하고자 했던 '만나지 못하고 떠나보내는 이별'의 '傳'은 무엇과 맞닿게 될까. 이는 전작 시조집 『허튼층쌓기』의 제2부 내용에 주로 응축되어 있는데, 그녀는 가부장 사회에서도 끝내 여성의 자유와 해방을 요구했던 전혜린, 안향련, 이화중선, 허초희, 이계생 등과 삶의 모습을 담고 싶었던 것은 아닐까 추측한다. 주지하듯, 여성이라는 어둠 속에서 빛을 찾아내고자 헤매 다니던 여성들, 그 존재가 걸어갔던 고통과 절망과 열정의 길을 따라 송정란 시인의 시조 또한 끝없는 '계섬*傳'의 여정에 동참하고 있었던 것은 아닐까 생각한다.

결론을 대신하자면, 이번에 접한 송정란 시인의 신작 시조 5편은 적(寂), 집(執), 인(印), 조(調), 전(傳)의 시상으로 이루어진 또 다른 '허튼층쌓기'의 표본이다. 본래 시조가 지닌 율격의 미덕을 충분히 되살리면서도, 동시에 자유롭고 단단한 시적 유기성을 확보한다. 그 '허튼층쌓기'의 자유로운 시적 모둠 안에서 우리는 시인이 지금까지 쌓아 올린 시적 절창을 '가히' 선물 받고 있다. ■

이상하게 아름다운 시의 불협화음

—조영란의 시 세계

1. 기다린다는 것

조영란 시인의 시편을 마주하다 보면, 시인이 끝내 당도하고 싶은 시의 목적지를 얼추 가늠할 수 있게 된다. 그 시성은 마치 단테의 『신곡』에서처럼 "그대들이 타고난 본성을 가늠하시오. 짐승으로 살고자 태어나지 않았고, 오히려 덕(德)과 지(知)를 따르기 위함이라오."라는 기류에 맞닿는다. 이런 시적 사유의 기류는 그녀의 세 번째 시집 『오늘은 가능합니다』의 자서를 통해 금방 확인되기도 한다. "어떻게든 살아지고/ 언젠가는 삶에 도착한다는 것// 불안이든,/ 절박이든,/ 황홀이든,/ 눈에 어른거리는 것들이 아직 남아 있다면/ 그것들이 나를 또다시 불러낼 것이다.// 시간을 믿어 볼 생각이다."라고.

그렇다면 시인이 믿고자 하는 '시간'이란 무엇인가. 『오늘은 가능합니다』의 자서를 통해서도 밝히고 있듯, 그녀는 "언젠가는 삶에 도착한다"라는 시에 대한 믿음을 갖고 있다. 이쯤에서 미국의 시인이자 소설가인

찰스 부코스키의 시 「끝까지 가라」를 지도 삼아 펼쳐 보면, "시도할 것이라면 끝까지 가라/ 그것 만한 기분은 없다/ 너는 혼자이지만 신들과 함께할 것이고,/ 밤은 불꽃으로 타오를 것이다// 그것을 하라, 그것을 하라/ 하고 또 하라// 끝까지/ 끝까지 가라"는 문구까지도 조영란 시인이 가고자 하는 시의 목적지에 동행하게 된다. 여기에 더해 밀란 쿤데라가 강조한 「시인이 된다는 것」은 어떤가. 조영란 시인에게도 마찬가지로 "시인이 된다는 것은/ 끝까지 가 보는 것을 의미"한다. 외롭고 고독하지만, 자신에게 주어진 시간을 끝까지 믿으면서 온몸으로 삶을 통과해 나가는 힘이 곧 그녀의 중요한 시적 발화 방식이자 시를 대하는 삶의 태도이다.

벌써 몇 명은 지나간 것이다
나였을 것이다

나는 나를 떠올린다
나에게는 누가 봐도 나라고 믿을 눈에 띄는 특징이 있다
그 점에서 망설인다
가까스로 도착한 나를 보고 누군가
너지, 너 맞지? 물어 오면 잠깐 기다리라 하고
여기저기 뒤지며 무언가를 찾는 척하다가

뻔한 나를 놓친다

'다시'라는 위안과 '영영'이라는 아득함 사이에 서서
인연 없이 지나치는 나를 향해 손을 흔들어 준다

오후가 오고 있다
어디서 오는지도 모르는데 꾸준히 도착하는 걸 보면 오후는 나를 닮았다

또 올까?

내다보기 좋은 곳에 있으면서도 알아보지 못한다
불안이 경적을 울리는데도 세상모르고 우두커니

나는 늘 내가 아닌 것만을 기다린다

―「오후의 일」 전문

주지하듯, 시인은 기다리는 사람이다. 해럴드 슈와이저가 자신의 저서 『기다리는 사람은 누구나 시인이 된다』에서 강조했듯 "기다림은 몰입이고, 집중이다. 내면의 깊이요, 관심이다." 그래서 시인은 '시간의 지속'(체험되는), 즉 '기다림'이라는 시간을 허락하지 않는(피해야 할 것으로 간주하는) 시대에 기다림의 실존적 의미를 끊임없이 탐구하는 존재로 거듭난다. 이런 기다림의 양상은 시인에게 있어 낯설지만 충만한 경험을 선물한다. 생활을 낯설게 하고, 생활과 시의 경계를 무효화시킨다. 전체와 보편에 휘둘리지 않고 그 면면의 존재를 밝히기 위해 끊임없

이 자신과의 싸움을 연명해 나간다.

조영란 시인 또한 '기다리는 사람' 중 하나이다. 매 순간 자신의 생활에 머무름과 기다림을 허용한다. 이러한 시적 사유의 발화는 「오후의 일」에서 더욱 적극적으로 드러난다. 가령, "벌써 몇 명은 지나간 것이다", "물어 오면 잠깐 기다리라 하고", "어디서 오는지 모르는데 꾸준히 도착하는 걸 보면", "나는 늘 내가 아닌 것만을 기다린다"라고 표현한다. 시인이 얼마나 기다림이라는 감정에 숙고하고 심혈을 기울이는지 알 수 있는 대목이다.

시인이 기다리고 있는 대상은 무엇일까. 이 시의 마지막 구절, "나는 늘 내가 아닌 것만을 기다린다"라는 문장에 주목해야 하는 이유가 여기에 있다. 그동안 그녀는 자신이 기다린 대상이 "나였을 것이다"라고 추측한다. "가까스로 도착한 나를 보고 누군가/ 너지, 너 맞지?" 되물어도 뻔한 나를 놓친다. 이때 시인은 도리어 "'다시'라는 위안과 '영영'이라는 아득함 사이에 서서/ 인연 없이 지나치는 나를 향해 손을 흔들어 준다". 자신과의 결별을 선언한 셈이다. 지금껏 기다려 왔던 자신의 모습이 오히려 자기답지 못했음을 자각한 것이다. 이후 그는 자신과의 결별을 선언하고 '오후'를 기다린다. 오후는 시인이 생각하기에 조금 늦은 시간일지도 모른다. 그래서 그 오후는 "불안이 경적을 울리는데도/ 세상모르고 우두커니" 시인을 놓치고 매번 지나치게 된다. 자신이 아닌 것만을 기다리는 일이 곧 시인에게는 '오후의 일'로 인식되기도 한다.

달을 보러 가자 했고,

달은 제시간에 떠올랐다. 약속대로라면 우리가 마주치는 게 맞는데 그러지 못했다. 한날한시의 의미가 서로 다른 것을 뭐라고 설명해야 하나.

시간에는 걸음이 끼어 있고
누가 말을 시켜도 멈추는 법이 없지만

달은 어디를 가도 있었으니까.

걷기만 하면 되는 줄 알았다. 걷고 있다는 것을 알려면 내 심장 박동 소리를 들으면 된다고, 시침과 분침처럼 궤도를 벗어나지 않는다면 언젠가 한 번은 만나게 되리라고,

여기가 맞나?

달이 보이는 골목이라고 했는데 세상엔 그런 골목이 너무 많고
야! 하고 불러서 돌아보는 사람은 꼭 모르는 사람이고

달을 따라갈 때는 안 그랬는데 속도에 쫓기다 보니 자꾸 길을 잃는다.
어둠은 구석으로 모여드는데
찾는 사람이 있는 것처럼 골목을 왔다 갔다

배회하는 일이 점점 기술이 되어 간다.

—「배회의 기술」 전문

기다림이 반복되다 보면 '배회의 기술'이 되는 걸까. 적어도 조영란 시인에게는 그렇다. 그녀는 "배회하는 일이 점점 기술이 되어 간다"라고 고백한다. 지금까지는 기다림을 기다렸다면, 이제는 더욱더 적극적인 '배회'를 통해 자신의 정체성을 회복해 나간다. 그런 다짐을 호명한 것은 "약속대로라면 우리가 마주치는 게 맞는데 그러지 못했다"는 의구심에서 비롯된다. 시인은 "한날한시의 의미가 서로 다른 것을 뭐라고 설명해야 하나"라고도 동시에 반문한다. 삶의 불협화음이 시작되는 지점이다. 그도 그럴 것이 시인에게 있어 삶은 "걷기만 하면 되는 줄 알았던" 순리에 가까웠을 것이다. 하지만 언젠가 한 번은 만나게 될 달(나)은 늘 나를 빗겨 나가고, 세상엔 "달이 보이는 골목"은 많지만, "야! 하고 불러서 돌아보는 사람은 꼭 모르는 사람"들로 가득 찬 이면의 세계로 변모한다.

그 과정에서 조영란 시인은 기다림이란 곧 '머무름'이라는 시적 성찰을 함께 돋우어 낸다. 자신의 생활에 머무름과 기다림이 허용되지 않는 것은 시 또한 곧 내 것이 아님을 깨닫게 하는 매개로 작용한다. 그렇다고 기다림이 시인에게 있어 반드시 특정한 목적을 지니는 것만은 아니다. 마치 연극 『고도를 기다리며』에서, 기다림이란 어떤 특정한 목적이 있다기보다는 그저 평범한 시인의 삶 자체를 은유한다. 그런 이유로 조영란 시인은 이 배회의 감정을 머무름이라는, 다소 낯설지만 시적으로 충만한 기다림의 경험으로 점철해 내는 것이다.

2. 이면을 파고드는 체온(들)

돌이켜 보면 인간은 무언가를 기다릴 때 가장 큰 초조함을 느낀다. 시계를 계속 흘끔거리게 되고, 일부러 평소 보지 않던 것에 대해 시선을 돌리기도 한다. 기다리고 머물며 동시에 배회하는 시적 여정 속에서 자신과 주변 사물들의 고유한 특징을 회복하기도 한다. 나아가 이 세상에서 자신을 대체하거나 대신할 수 있는 것이 별로 없음을 깨닫게 된다. 이때 시인은 자신을 대체 불가능한 독립적인 존재로 여기게 되면서, 그동안 자신을 얽매여 왔던 삶의 보편과 사회 구조적 도식에서 한 발 더 벗어나 진정한 자기 내면을 응시하게 된다.

이런 순간 종종 본래면목(本來面目)의 불교적 비유가 떠오른다. 본래면목이란 인간의 '본디 모습', '원래 얼굴'을 가리킨다. 단순히 외모나 외형을 지칭하지 않는다. 철학적인 물음으로 바꿔 보면, '본래의 자기(自己)' 혹은 '나' 그리고 '너는 누구인가'라는 근원적인 질문을 찾아가는 도정이기도 하다. 단순히 '나' 혹은 '너'의 모습을 묻는 것을 넘어서서, 현재 자신을 통해 '무엇을 깨달았는지'에 관해 묻는 조영란 시인의 시적 성찰과도 그 궤를 함께한다.

연습된 표정에 빙의되어 살아왔으니

나의 유일한 성공은
정면이 나의 얼굴이라고 믿는 너의 오해

손에 닿는 촉감이 낯설게 느껴진 것은
굴곡진 슬픔의 근육들 때문이지

아직도 모르겠니?

뒷모습을 네가 보았다면
또박또박 새겨진 내 마음을 읽을 수 있었을 텐데

텅 빈 이면만이 나의 진실이었으므로
답하지 않음으로 답했으므로

—「이면지」 전문

조영란 시인에게 있어 본래면목 중 하나는 자신의 진면목을 확인하는 일부터 시작한다. 이는 '끝까지 가는 일'인 동시에 '이면지' 뒤에 숨겨진 자신의 본모습을 제대로 응시하는 일과 상통한다. 자신의 내면에서부터 꿈틀거리는 시적 자아가 시인에게는 곧 이면지인 셈이다. 이면지를 통한 시적 기투는 시인 자신이 지금껏 "연습된 표정에 빙의되어 살아왔"음을 고백하는 현상과 다름없다. 시인이 말하는 "연습된 표정"이란 '나'를 규정해 주는 '정면의 얼굴'과도 같은 셈이다. 그래서 시인은 역설적으로 "정면이 나의 얼굴이라고 믿는 너의 오해"를 자신의 유일한 성공이라고 비유한다. 이 전언 속에서 자신을 마주한 타자들이 이면지 같은 '뒷모습'을 보았다면, "또박또박 새겨진" 시인의 마음을 읽을 수 있었을 거라 장담한다.

그 지점에서 시인은 자신의 정체성을 대변해 줄 수 있는 '텅 빈 이면'을 재차 확인하기도 한다. '텅 빈 이면'이야 말로 자신이 새롭게 규정해 나갈 새로운 심리적 영토이기 때문이다. 이 과정에서 조영란 시인이 거두어들이는 시적 사유는 "답하지 않음으로 답"하는 다짐으로 전환된다. 세상이 묻는 말에 꼬박꼬박 답을 하는 것은 결국 자신의 정면을 내주는 일이 되기 때문이다. 그녀는 연습되지 않은 텅 빈 이면의 세계를 통해 다시 새롭게 자신의 손에 닿는 '낯선 촉감'을 회복하고, "굴곡진 슬픔의 근육들" 늘려 가고자 노력한다. 이는 시인 스스로가 자신을 변증해 나가고자 하는 진면목의 삶을 스스로 증명하는 길이 되기도 한다.

얼핏 보면 조영란 시인의 시적 언사는 능동적인 '끌림'이 아닌 수동적인 '이끌림'의 세계로부터 비롯된 거처럼 보이기도 한다. 하지만 지금껏 그녀가 써 온 시편을 꼼꼼 들여다보면 금세 눈먼 기우에 불과함을 깨닫게 된다. 조영란 시인은 이미 일상생활에 밀려드는 슬픔이 '시간을 믿는 마음'(「자서」)을 따라 줄곧 흐르면서, 삶의 기쁨과 불협화음에 기꺼이 도달하는 '기다림'(「오후의 일」)을 줄곧 노래해 왔기 때문이다. 이는 시의 문장으로는 다 옮길 수 없는, 마치 삶의 이면을 파고드는 인간의 공동체적 체온을 회복하는 데 매우 협조적이다.

> 저것은 이데올로기다
> 아니다, 저것은 관계의 역설이다
>
> 크루아상은 걸핏하면 부서지려 하고
> 크로켓은 설탕 묻은 꽈배기를 꺼려하고
> 도넛은 혼자 열심히 공허를 외치고

과도한 불안이 과대한 벽을 세우듯이

개별이라는 단어 앞에 서면 자꾸 포장하고 싶은 기분

너는 너대로

나는 나대로

경계와 구분만이 가능한 세계에서

멀어진 거리가 불러온 안도감을 아름답다 할 수 있을까

나는 포장을 뜯어내고 빵들을 한 바구니에 쓸어 담는다

속을 알 수 없는 빵들이

너도 나도 아닌

우리가 되기 위하여

서로를 끌어안는 상상을 한다

체온을 나눠야 하겠지만

짓눌리고 부서지겠지만

—「개별 포장」 전문

「개별 포장」이라는 작품을 이해하기 위해서는 표제에 부기된 프랑스의 철학자 장 드 라브뤼에르의 전언을 상기해 보는 것도 좋다. 라브뤼에

르의 문장을 옮겨 보면, "우리는 언젠가 친구가 될지도 모른다고 생각하며 적과 함께 살아야 하고, 언제 원수가 될지 모른다고 생각하며 친구와 함께 살아야 한다." 여기서 시인이 타자와 함께 어울려 살아갈 방법으로 고안한 것은 무엇일까. 그것은 '이데올로기' 혹은 '관계의 역설'로 점철된 개인들의 역사다. 그런 이유로 시인은 "경계와 구분만이 가능한 세계에서/ 멀어진 거리가 불러온 안도감을 아름답다 할 수 있는지" 되묻는다. 이는 「이면지」라는 작품에서 이미 마주했던 "연습된 표정" 혹은 "정면의 세계"와 크게 다르지 않다. 그런 세계에서 시인은 서로가 서로를 구분하고 경계 짓는 일을 크게 경계한다. "크루아상은 결핏하면 부서지려 하고/ 크로켓은 설탕 묻은 꽈배기를 꺼려하고/ 도넛은 혼자 열심히 공허를 외치"는 모습으로 각인된다. 말하자면 이 세계는 각자 따로 노는 '관계의 역설'인 셈이다.

"과도한 불안이 과대한 벽"을 세우고, 그런 불안에 내몰린 인간관계는 결국 "개별이라는 단어 앞에서 서면 자꾸 포장하고 싶은 기분"으로 치환된다. 이런 개별 포장은 심리적인 거리감을 창출하며, 관계의 붕괴를 초래하는 벽을 형성해 낸다. 그러나 조영란 시인은 본능적으로 '개별'이라는 개념에 애써 맞서려는 시적 충동을 시 곳곳에 불러들인다. 이는 공동체에 대한 갈망과 개인주의 사이의 갈등을 내포하기도 하지만 "포장을 뜯어내고 빵들을 한 바구니에 쓸어 담"는 시인의 결단으로 이어지기도 한다. 모든 포장을 뜯어내고 하나의 바구니로 모으는 시적 성찰을 통해 시인은 '나'와 '너'가 서로에게 더욱 가까워질 수 있음을 피력한다. 동시에 고립된 개체로 살아가는 현대 사회에서 우리가 지금껏 잊고 있었던 근본적인 감각의 체온을 회복시킬 명분을 찾아 헤맨다.

사실 조영란 시인의 이러한 시적 도정은 그녀의 첫 시집 『나를 아끼는 가장 현명한 자세』(시인동네, 2018)에서부터 『당신을 필사해도 되겠습니까』(시인동네, 2021)에 이어, 『오늘은 가능합니다』(시인동네, 2023)에 이르기까지 줄곧 도드라져 온 현상 중 하나라 할 수 있다. 『나를 아끼는 가장 현명한 자세』가 일상생활 속에서 터득한 깨달음과 나름의 생활 지혜를 시적인 언어로 점등해 왔다면, 『당신을 필사해도 되겠습니까』에서는 "매 순간 새롭게 개방되는 가능성과 잠재성의 시간을 일상으로 받아들이는 나름의 시적 태도"(고봉준)를 고수해 왔던 셈이다. 최근에 펴낸 세 번째 시집 『오늘은 가능합니다』에서는 "서로를 끌어안는 상상"(「개별 포장」)을 통해 자신이 도달하고 싶은 시의 궁극과 이면을 파고드는 시의 체온을 더 뚜렷하게 표출해 나간다.

3. 두근거리는 자아(들)

플라톤의 『국가』에는 소크라테스와 소피스트인 트라시마코스가 '옳고 그름의 기준'에 관해 함께 논하는 장면이 등장한다. 소크라테스는 옳고 그름의 기준을 넘어 '정의'에 대해 이야기하는데, 결국 그가 말하는 정의란 '이익'에 귀속된다. 특히 트라시마코스는 정의란 "강자(强者)에게 유익한 것에 불과하다."라고 강조한다. 힘이 있는 자가 힘이 없는 자를 이용하는 것이 곧 세상의 이치이자 정의라는 것이다. 여기에 덧대어 재미있는 비유 하나를 들자면, 양치기가 양 떼를 보호하는 것은 자신의 생계를 위해서이지 양 떼를 위한 것은 아니라는 논리다. 트라시마코스는 이 사회에서 불의한 자가 오히려 더 현명하고 융통성 있는 훌륭한 자라고 대놓고 역설한 셈이다. 조영란 시인은 그런 강자에 의해 규정된 이 세상의 보이지 않는 규범과 정의에 관해 시적 반기를 든다. 자명함으로 굳건한 사회적 정의를 하나의 '경계' 혹은 '벽'으로 인식하고, 이를 '뛰어넘을' 시적 포즈를 취한다. 말하자면 시인에게 있어 벽과 경계와 같은 세상의 자명함은 오히려 '두근거리는 심장(자아)'에 방해 요소로 작용하는 것이다. 시인은 이 시적 기투를 더욱 공고하게 만들어 줄 원료로 오늘만 가능한 '용기'를 더 적극적인 삶의 태도로 자신의 시편에 붙들어 세운다.

언제나 세계는 세워 둔 벽을 시름했으므로

이제 우리가 뛰어넘을 차례입니다
두근거리는 심장을 생각해 봐요

벽이 사라진다면
미래로 통하는 곧은 선과 길들이 있는* 문이 열린다면

오늘은 가능합니다

경계를 지운다는 것은 얼마나 환한 일인가요

용기를 주고받았으므로
햇살은 눈부시게 아름다운 거죠

시간이라는 욕망의 끝은 멈춤이겠지만
걸어 보지 않은 길이 있어서 희망은 뛰어가는 거예요

좁은 골목 끝에 서서
삶은 자꾸 오라 오라 하고

그러니 우리 걸음을 아끼지 말아요
오해와 진실이 각자 다른 곳에서 넘어진다 해도

—「오늘은 가능합니다」 전문

이 작품에서 주목해 봐야 할 지점은 "벽이 사라진다면/ 미래로 통하는 곧은 선과 길들이 있는 문이 열린다면"이라는 시구다. 시인이 추구하는 어떤 시적 행위가 가능해지려면 '벽'이 사라지고 '경계'가 지워진 문이 열려야만 한다. 경계를 지운다는 것은 시인에게는 곧 "환한 일"이 된다. 여기에서 추출되는 "환한 일"의 감정은 "텅 빈 이면"(「이면지」), "서로를 끌어안는 상상"(「개별 포장」), "두근거리는 심장"(「오늘은 가능합니다」), "빗방울이 건너뛴 문장을 기억해 내는 일"과 "한 뼘씩 어긋난 시간"(「몽상에 가까운」), "눈부신 무늬에 기대어 한 생을 건너갈 수 있을 거란 믿음"(「당신이라는 무늬」), "배회하는 기술"(「배회의 기술」), "어긋나는 들숨과 날숨"과 "따로 노는 즐거움"(「불협화음」), "불가능한 미래"(「모르는 호두」)에 맞닿아 있는 시적 사유의 한 묶음이기도 하다.

「오늘은 가능합니다」에서는 모든 "환한 일"의 감정을 "미래로 통하는 곧은 선과 길들이 있는 문"으로 귀속해 놓는다. 이는 헤르만 헤세의 『데미안』이 전하는 문학적 사유와 뜻을 같이한다. 소설 속 주인공인 싱클레어가 데미안을 만난 날처럼 세계를 가로막는 서로의 벽을 허물고, 선과 악이 함께 맞닿는 부분, 즉 경계가 지워진 '환한 일'을 지속적으로 마주할 때 시인에게는 '용기'가 생기고 "햇살은 눈부시게 아름다워"지는 법이란 사실을 새삼 강조한다. 조영란 시인 또한 데몬(Damon)이 주는 '용기'를 통해 시인으로서 끝까지 갈 수 있는 '희망'을 자신의 삶 속에 동참시킨다. 그 도정 속에서 "걸어가지 않은 길이 있어서 희망은 뛰어가는 것"이라고도 말할 용기를 확보한다.

그런 점을 종합적으로 고려할 때, "새는 알을 깨고 나온다. 알은 곧 세계이다. 태어나려고 하는 자는 하나의 세계를 파괴하지 않으면 안 된다. 그 새는 신을 향해 날아간다. 그 신의 이름은 아프락사스(Abraxas)이다."라는 『데미안』 속 구절은 조영란 시인이 「오늘은 가능합니다」의 "우리 걸음을 아끼지 말아요/ 오해와 진실이 각자 다른 곳에서 넘어진다 해도"라는 시구와 절묘한 대구를 이루면서, 시를 읽는 마음에 한층 더 큰 '용기'를 선물한다.

그 모든 걸 계획이었다고 하자

나무가 되어
빗방울이 건너뛴 문장을 기억해 내는 일
마음 가는 쪽으로 팔을 뻗어 바람이 두고 간 이야기를 기록해 보는 일

비에 젖은 울음들이 가장 높은 음역에서 떨고 있을 때
나는 계절의 질료들을 한 잎 한 잎 기워 입고
한 뼘씩 어긋난 시간을 건너간다

발목부터 귓불까지
살뜰히 애무해 주던 태양의 입술을 떠올리며
물관을 타고 흐르는 심장 박동 소리를 따라간다
그러면 나의 페이지에도 운율이 생겨날까

글썽이는 슬픔이 저마다의 색깔로 배어 나온다
한 번도 가 본 적 없는 방향으로 자꾸만 목이 길어지는 버릇
뒤엉킨 뿌리의 기분으로 내가 아직 여기 서 있는 것은
숲을 떠나지 못해서가 아니라 숲이 나를 버리지 않았기 때문이다

물끄러미 숲 한가운데 서서
줄지어 날아가는 새들을 본다

결말이 무성해질 때까지
어디로도 가지 않고 어디든 가는
그 모든 것이 계획이었던

—「몽상에 가까운」 전문

무늬를 갖고 싶었지
리듬을 타고 형형색색의 상징을 실어 나르는
당신이라는 날개의 빛깔과 꼭 닮은

나비를 만진 손으로 눈을 비비면 눈이 먼다는 말을 들은 뒤부터
나는 나부끼는 것들이 두려웠던 아이
그러나 어디에 앉을까 자리를 고르는 날개들을 눈앞에 두고도 겁먹지 않았던 건
눈부신 무늬에 기대어 한 생을 건너갈 수 있을 거란 믿음 때문

어떻게 해야 내게도 무늬가 생길까

꽃대처럼 서서 몸을 흔들었지
오그라든 내 어깨 위에 내려앉은 당신의 날개가
접었다 펴기를 반복하며 나를 붉게 물들일 때까지

영원 속을 헤매던 당신의 눈빛과
그 눈빛에 그을린 나의 슬픔이 뭉쳐 하나가 되는
긴 입맞춤의 시간을 지나
잃어버린 계절을 찾아 떠돌던 날개의 여정이 내 몸에 새겨지고 있었지

내 안에서 끝없이 태어나고 저무는
당신이라는 무늬

—「당신이라는 무늬」 전문

서구의 속담 중에 '사람은 계획하고, 신은 결정한다.'라는 말이 있다. 세상만사 인간이 계획한 대로 이루어지지 않음을 비유한 말이다. 그래서 인간은 시간의 흐름 속에서 다양한 배치를 시도하려 노력한다. 푸코식으로 말하면 하나의 토포스(Topos), 즉 자리매김을 위한 여정에 눈을 뜨는 것이다. 하지만 인간은 불안하면 불안할수록 이 자리매김을 계획이라는 말로 치환하여 이해하기도 한다. 그 계획 속에는 본래의 토포스를 넘어서서 안과 밖이 확실한 경계로만 인식된다. 그래서 조영란 시인은 안과 밖의 서로 다른 감정을 뒤엉켜 '몽상에 가까운' 자리매김의 시적 감성을 시도한다. 그 계획은 이 세상의 구분이나 이분법적인 잣대를 벗어난 의식의 흐름이자 자리매김의 인식 체계로 작동한다.

아울러, 조영란 시인이 현재 마주하고 있는 계획은 '몽상에 가까운', "결말이 무성해질 때까지"의 도정까지도 포함한다. 시인은 자신이 마주하는 이 불규칙하고 울퉁불퉁한 계획의 현상을 조목조목 시의 감정으로 기록해 내길 주저하지 않는다. "빗방울이 건너뛴 문장을 기억"하고 "마음 가는 쪽으로 팔을 뻗어 바람이 두고 간 이야기를 기록"하고, "비에 젖은 울음들이 가장 높은 음역에서 떨고 있을 때/ (중략)/ 한 뼘씩 어긋난 시간을 건너"가기도 한다. 그럴 때 시인이 추구하는 "글썽이는 슬픔이 저마다의 색깔로 배어" 나오기 때문이다.

시인은 그런 감정을 "한 번도 가 본 적 없는 방향으로 자꾸만 목이 길어지는 버릇"으로 명명한다. 본래 버릇이란 오랫동안 자꾸 반복하여 몸에 익어 버린 행동이라면, 조영란 시인에게 있어 버릇은 늘 새로움을 맨처음으로 마주하는 감정의 상태로 유지된다. 일종의 '일일시호일(日日是好日)'의 상태다. 그 상태를 시인은 정돈되지 않은 "뒤엉킨 뿌리의 기분"으로 마주한다. 지금은 비록 "물끄러미 숲 한가운데 서서/ 줄지어 날아가는 새들을 보"고 있지만, 시인은 이미 알고 있다. "결말이 무성해질 때까지/ 어디로도 가지 않고 어디든 가는" 몽상의 힘을. 이는 "답하지 않으므로 답한"(「이면지」) 시적 자아의 모습과 자연스럽게 교류하면서, 자신이 꿈꾸고 있는 몽상에 가까운 시의 결말을 향해 형형색색 뿌리내리게 된다.

「몽상에 가까운」이라는 시편이 "결말이 무성해질 때까지" 배회하는 시적 자아의 자리매김에 대한 모습을 탐구했다면, 「당신이라는 무늬」는 한발 더 나아가 "어떻게 해야 내게도 무늬가 생길까"를 고민하게 된다. 사실 조영란 시인에게 "결말이 무성해지는" 시의 여정은 역설적이게도 트라우마와 용기를 동시에 요구하는 양가적 감정으로 해석된다. "나비를 만진 손으로 눈을 비비면 눈이 먼다는 말을 들은" 아이는 이제 "어디에 앉을까 자리를 고르는 날개들을 눈앞에 두고도 겁먹지 않은" 아이로 변모하고 성장해 왔기 때문이다. 이 현상의 기저에는 "눈부신 무늬에 기대어 한 생을 건널 수 있을 거란 믿음"이 도사린다. 그 믿음의 도정은 단 한 번에 완성되는 게 아니다. "영원 속을 헤매던 당신의 눈빛과/ 그 눈빛에 그을린 나의 슬픔이 뭉쳐 하나가 되는/ 긴 입맞춤의 시간을 지나/ 잃어버린 계절을 찾아 떠돌던 날개의 여정이 내 몸에 새겨"질 때 가능한 일들이다. 이 과정에서 "끝없이 태어나고 저무는/ 당신이라는 무늬"는 시인이 끝내 자신의 시에 새겨 놓고 싶은 '불협화음의 무늬'로 새롭게 형상화된다.

4. 이상하게 아름다운 불협화음

누군가 다가와 말한다. 당연하게 생각하고 의심 없이 받아들였던 생각들이, 사실은 진실이 아닐 수도 있다고. 그 말의 과정에서 하나의 견고한 범주가 흔들리고, 완고하다고 믿었던 세상의 법칙들이 하나둘씩 균열을 일으킨다. 19세기의 과학자였던 룰루 밀러는 『물고기는 존재하지 않는다』라는 책을 통해 우리를 혼돈과 불확실성의 세계로 데려간다. 이 세계에서 "혼돈이란 '그런 일이 일어난다면'의 가정의 문제가 아니라 '언제 일어나는가'의 시기의 문제"라고 진단하기도 한다. 누구도 이 진리를 피할 수 없다고 생각하기 때문이다. 하지만 그가 마주한 '데이비드 스탄 조던'은 혼돈에 맞서 싸우는 일이야말로 거대한 구조를 들여다보는 매개로 자리한다고 설명한다. 그 수소문의 끝에서 모든 법칙 뒤에는 그 법칙을 만든 사람이 존재함을 알아차리게 된다. 가령, "나는 이 질서에 무너뜨리는 것, 계속 그것을 잡아당겨 그 질서의 짜임을 풀어내고, 그 밑에 갇혀 있는 생물들을 해방시키는 것이 우리가 인생을 걸고 해야 할 일이라고 믿게 되었다. (중략) 모든 자 뒤에는 지배자(Ruler)가 있음을 기억하고 하나의 범주란 잘 봐 주면 하나의 대용물이고 최악일 때는 족쇄임을 기억해야 한다." 이런 상상력은 조영란 시인에게도 그대로 적용된다. 우선, 「내가 낚일수도 있었던 시간」을 들여다보자.

> 얘들아, 이곳에선 떠들면 안 돼
>
> 물고기가 듣고 있거든
>
> 파문을 일으키기 직전, 위험을 물기 직전의 물고기가 수면을 흔드는 동안

그 사이사이로 여문 물비늘

물고기는 입을 벙긋거리며
낚인 게 아니에요, 눈부신 미끼에 잠시 달뜬 것뿐이에요

낚싯대는 조금씩 지쳐 가고
입질에 끌려다니다 보면 물고기들이 미늘에 걸린 내 허기를 먹어 치운 듯
하고

저수지 속에 가라앉은 내가 떠오르는 것만 같아서
나는 종일 낚싯대를 잡고 있다
침묵처럼 물결처럼

찌가 흔들리는 데는 다 이유가 있다
내가 흔들리는 데도 다 이유가 있다

—「내가 낚일수도 있었던 시간」 전문

시인은 말한다. "얘들아, 이곳에선 떠들면 안" 된다고. 그 이유는 "물고기가 듣고 있"기 때문이라고 답한다. 하지만 물속에 물고기가 있다라는 사실을 우리는 어떻게 확신할 수 있는가. 내 손에 잡히기 전까지 물고기는 어디에도 존재하지 않는다. "눈부신 미끼에 잠시 달뜬 것뿐" 정작 내 소유는 아니다. 그래서 시인은 처음에는 세상이 가르쳐 준 '미끼'

를 통해 물고기를 낚으려 하지만, 이내 "물고기는 입을 벙긋거리며/ 낚인 게 아니에요, 눈부신 미끼에 잠시 달뜬 것뿐이에요"라고 고백한다. 그러니까 잠시 '눈부신 미끼'에 현혹되기는 했으나, 진심이 아니었음을 이야기한다. 그 상황에서 먼저 지쳐 가는 것은 '물고기'가 아니라 "종일 낚싯대를 잡고 있"는 '나' 자신일 뿐이다. 그럼에도 시인은 그 행위를 포기하지 않는다. "저수지 속에 가라앉은 내가 떠오르는 것만 같아서"라고 말하지만, 그보다는 아직도 낚아 보지 못한 불협화음의 세계가 더 궁금하기 때문이다. 그 마음이 유지되는 한 시인은 무엇을 더 낚을지 모르지만, 여전히 '내가 낚일수도 있었던 시간'에 머물기를 주저하지 않는다. 그런 행위가 담보될 때 '흔들리는 찌'와 '흔들리는 내 삶의 이유'는 보다 더 큰 설득력을 회복하게 된다.

내 곁에 잠든
당신의 호흡에 나의 호흡을 맞춰 본다
우리가 이렇게 안 맞았던가
이토록 어긋나는 들숨과 날숨이었나
내가 숨을 죽이면
더 거칠게 들려오는 당신의 숨결
당신에게선 불 같은 바람이 빠져나오고
나에게선 엉겅퀴 가시의 날들이 새어 나온다
잔기침처럼 당신이 무심히 쏟아 낸 잠꼬대
나의 귀는 오래오래 혼자 젖는다
목소리를 버리면 우리가 노래를 완성할 수 있을까

불협화음의 묘미는 따로 노는 즐거움

어울리지 않게 어울리는

이 독특한 불협화음이 우리가 꿈꿔 왔던 노래였을까

내 안에서 들리는 낙숫물 소리를 따라가고 싶은 밤이다

가만가만 숨을 쉰다

귀를 세우면서도

구석으로 몰린 침묵을 응원하는 분열의 시간

허공에 스며드는 엇박자 숨결이

이상하게 아름답다

—「불협화음」 전문

「불협화음」은 앞에서 다뤘던 「당신이라는 무늬」의 연작처럼 읽히기도 한다. "영원 속을 헤매던 당신의 눈빛과/ 그 눈빛에 그을린 나의 슬픔이 뭉쳐 하나가 되는/ 긴 입맞춤의 시간"과 "눈부신 무늬에 기대어 한 생을 건너갈 수 있을 거란 믿음"(「당신이라는 무늬」)은 이 작품에서 "내 곁에 잠든/ 당신의 호흡에 나의 호흡을 맞춰 본다"라는 문장과 호환된다. 재미있는 것은 이때 "우리가 이렇게 안 맞았던가"라고 반문하는 시인의 물음이다. 이 반문은 조영란 시인이 오래 기다리며 머물고 싶었던 「내가 낚일수도 있었던 시간」에도 연결된다.

이러한 시적 사유는 내가 숨을 죽일수록 "더 거칠게 들려오는 당신의 숨결"이 나를 더 고유한 존재로 안내하면서, 결국은 시인이 지향하는 시의 세계가 곧 '불협화음'으로 귀결됨을 강조한다. "불협화음의 묘미는 따로 노는 즐거움"이라고 표면적으로는 규정하고 있지만, 시인의 말마따나 "이 독특한 불협화음은 어쩌면 우리가 꿈꿔 왔던 노래"와 닮아 있다. 그 감정 안에서 "낙숫물 소리를 따라가고 싶은 밤"이 형성되고 우리 모두의 숨을 가만가만 쉬게 만들기도 한다. 그런 분열이 계속되면서도 조영란 시인은 줄기차게 "허공에 스며드는 엇박자 숨결이 이상하게 아름답다"라고 고백한다.

너는 손이 너무 차갑구나

손이 따뜻해지면
제가 이 알을 부화시킬 수 있을까요

일생을 굴려도 불가능한 미래를
더는 두고 볼 수 없다고

껍질 속에 갇힌 것들은 생각이 많고
그러다 때를 놓치는 일이 잦은 법이라고

망치는 약한 곳만 골라 내리친다
악의도 선의도 없이

우리는 서로 통증의 목록을 쥐고 있다

—「모르는 호두」 전문

앞에서 이야기한 『물고기는 존재하지 않는다』에는 '민들레 법칙'의 이야기가 등장한다. 민들레 법칙은 '자연을 정확하게 바라보는 방식'을 설명해 준다. 눈에 보이는 사물을 하나의 잣대로만 재단하고 판단할 수 없음을 강조한다. 어떤 사람에게 민들레는 잡초처럼 보이지만, 약초 채집가에게 요긴한 약재가 된다. 간을 해독하고 피부를 깨끗이 하며 눈을 건강하게 만드는 해법이 되기도 한다. 또한, 화가에게는 염료이고, 히피에게는 화관, 아이에게는 소원을 빌게 해 주는 사물이 되기도 한다. 나비에게는 생명을 유지하는 수단이고, 벌에게는 짝짓기하는 침대가 된다. 개미에게는 광활한 후각의 아틀라스에서 한 지점이 된다.

「모르는 호두」의 시편을 읽으면서, '민들레 법칙'을 이야기하는 것은 이 세계 자체를 어떤 하나의 인위적인 질서로 규정 지을 수 없기 때문이다. 조영란 시인이 마주한 세계 또한 결국 이 지점에 도달하고자 하는 것은 아닐지 추측해 본다. "손이 따뜻해지면/ 제가 이 알을 부화시킬 수 있을까요"는 그녀가 지금껏 불협화음을 꿈꿔 오는 과정에서 얻게 된 소중한 기다림의 결과이자 시의 노래다. 시인은 호두나무의 열매를 통해 그 혼돈의 시간 속으로 우리가 감내하는 삶의 통증조차도 초대하기를 주저하지 않는다. "망치는 약한 곳만 골라 내리"치고 "우리는 서로의 통증의 목록을 쥐고" 있지만, 그것은 '호두의 세계'를 제대로 응시하기 위한 삶의 태도이자 시적 포즈 중 하나라 할 수 있다.

이제 우리는 서로 단순한 통증에만 상처받고 살아가는 존재가 아니다. 오히려 '약한 곳'이 호두의 싹이 돋아나는 새로운 시작점으로 인식되기도 한다. 아무리 '차가운 손'을 가진 사람도 "손이 따뜻해지면" 하나의 호두를 씨앗 삼아 싹을 틔울 수 있는 마음으로도 연결된다. 그만큼 호두 열매 한 알 속에는 우리가 모르거나 알 수 없는 많은 시적 생명이 꿈틀거린다. 그 마음을 토닥여 주고, 끝내 알아주는 것은 여전히 조영란 시인이 추구하는 "악의도 선의도 없이" 그저 제 삶을 묵묵히 살아 내는 통증의 목록이자 시의 궁극이기도 하다.

이처럼 조영란 시인의 여러 시편에서는 다양한 시적 자아의 기다림을 시작으로, "서로를 끌어안는 상상"(「개별 포장」) 그리고 "경계를 지워" 내는 "두근거리는 심장"(「오늘은 가능합니다」) 등을 노래한다. 나아가 시인이 끝내 도달하고자 하는 시적 자아와 타인에 대한 따뜻한 '불협화음'을 하나의 시원으로 제공한다. 그게 조영란 시인이 기다리고 지나치며, 배회하고 머물면서 끝내 시로 공명하고자 하는 시의 시간이며, 동시에 '이상하게 아름다운 시의 불협화음'이 아닐지 다시 한 번 궁구해 본다. ■

시적 절경을 통한 삶과 죽음의 명랑
—문인수론

1. 절경을 버린 시적 절경

문인수(1945~2021)[1]의 일곱 번째 시집 『배꼽』에 실린 시인의 말에 따르면, "절경은 시가 되지 않는다./ 사람의 냄새가 배어 있지 않기 때문이다./ 사람이야말로 절경이다. 그래,/ 절경만이 우선 시가 된다."라고 강조되어 있다. 시인이 말한 절경(絕景)이란, '더할 나위 없이 훌륭한 경치'를 뜻한다. 동양의 문화권에서는 중국의 『시경』을 필두로 한 맥락으로 이해될 수 있다. 『시경』에 담긴 시는 대부분 인간의 삶과 죽음,

---

1 문인수(文仁洙) 시인은 1945년 경북 성주에서 태어나 1985년 『심상』 신인상을 받으며 등단했다. 첫 시집 『늪이 늪에 젖듯이』(심상, 1986)을 출간하면서, 이후 『세상 모든 길은 집으로 간다』(문학아카데미, 1990), 『뿔』(민음사, 1992), 『홰치는 산』(만인사, 1999), 『동강의 높은 새』(세계사, 2000), 『쉬!』(문학동네, 2006), 『배꼽』(창비, 2008), 『적막 소리』(창비, 2012), 『그립다는 말의 긴 팔』(서정시학, 2012), 『나는 지금 이곳이 아니다』(창비, 2015) 등을 펴냈다. 이 외에도 동시집 『염소똥은 똥그랗다』(문학동네, 2010)와 시조집 『달북』(문학의전당, 2014) 등을 출간했다. 영남일보에서 교열 기자(1992~1998)로 일했으며, 대구문학상(1996), 김달진문학상(2000), 노작문학상(2003), 미당문학상(2007), 목월문학상(2016) 등을 수상했다. 2021년 6월 지병으로 별세하였다.

사랑과 이별이 큰 주제의 줄기를 이루며, 이러한 주제는 보통 자연이라는 소재를 통해 다루어지곤 한다. 하지만 문인수에게 절경은 『시경』에서 언급하고 있는 1차적인 절경과는 그 의미가 다르다. 그가 시집 『배꼽』에서 언급한 내용을 다시 들여다보면, 그에게 단순한 절경은 시가 되지 않는다. 시가 되려면 반드시 사람의 냄새가 배어 있어야 한다. 그제야 비로소 문인수가 지향하는 시적 절경이 완성된다. 절경만이 시가 된다.

구체적으로는 우리 주변에 있는 소소한 자연과 사물, 겸손한 것과 인간적인 것 모두를 포함시킨다. 다시 말해 시인이 언급한 시적 절경은 단순한 풍광만을 지시하지 않는다. 언젠가 이와 관련하여 문인수는 다음과 같은 말을 남긴다.

나는 누가 인도에 가서 뭘 봤느냐고 묻는다면 '인도의 눈'을 봤다고 할 작정입니다. 극빈의 바닥 속에서도 그들의 눈빛은 한없이 고요하고 편안한 눈빛이었습니다. 그때 생각했습니다. 나는 중국의 절경에 대해서는 지금까지 아무 할 말이 없는데, 인도 사람들의 삶의 바닥에 대해서는 지금도 할 말이 참 많다는 것입니다. 그래서 말했습니다. 절경은 시가 되지 않는다고 말입니다.[2]

문인수가 실제 언급한 절경은 중국의 장가계와 원가계이다. 하지만 그는 오히려 아무리 빼어난 풍광이라 할지라도 사람이나 사람의 이야기가 아니고서는 문학이 무슨 쓸모가 있을까를 깨닫게 된다. 사람이 붙어살지 않고, 사람의 냄새가 배어 있지 않은 시, 그리고 사람의 바닥을

2 문인수, 「사람의 바닥은 절경의 시가 된다」, 『시인세계』, 2008년 가을호(통권 제25호).

드러내지 않은 시는 절경이 되지 못한다는 것이다.

이러한 시인만의 시적 절경의 의미는 불혹의 나이로 문단에 첫발을 내디딘 그에게 상당히 강한 문학적 자의식이자 레테르로 작용한다. 어느 시인이든 자신의 세계를 일목요연하게 정리하기에는 어려움이 뒤따르지만, 단순한 절경의 의미 뒤에 숨은 인간이 지닌 연민과 비애의 정서는 문인수가 지닌 시적 시원의 깊이가 종국적으로 어디를 향하고 있는지를 잘 대변한다. 그만큼 사람의 냄새와 흔적이 배인 시적 절경은 시인이 궁극적으로 지향하고, 도달하고자 하는 세계를 명확하게 가늠하게 해 준다. 이는 하나같이 인간이 지닌 궁핍함과 가련함 그리고 지리멸렬함을 다양한 방식으로 호명하면서, 시인과 이웃을 둘러싼 삶의 근원 나아가 '사람의 냄새', '사람의 절경', '사람의 그늘'을 노래하게 된다.

2. 생태론적 삶의 유사성

문인수 시인이 세상을 떠난 지 얼마 되지 않아 아직 그에 대한 논의는 본격화되지는 않았지만, 파편적으로 이루어진 그에 대한 시단의 평가를 아울러 보면 크게 '생태론적 관심의 유형'(김유중)과 '비유적 표현의 미학적 가치론'(김주완), '함축적이고 절제된 시어 구사와 풍부한 서정성'(염창권) 등으로 나뉜다. 시단과 연구자들의 평가는 문인수가 추구하는 시적 절경과 정신주의적 사유와 맞물리면서, 초기 시집 『뿔』의 자서에도 기록되어 있는 "하늘 아래 땅 위에 나타나 있는 것들 이것저것 다 뒤져" 온갖 사물의 본질을 탐구하려는 시인만의 시작 태도로 연계된다. 시인의 삶을 둘러싸고 있는 "모든 것들에 대한 본질을 규명하려는 근원적 사유와 그 고양된 정신"[3]이 바로 그가 지향하고 추구하는 기본적인 시적 상상력의 토대가 되는 것이다. 주지하다시피, 문인수는 여러 권의 시집을 통해 약자들의 삶과 그 삶에서 풍기는 이웃의 아픔과 슬픔에 주목해 왔다. 그 과정에서 파생되는 시인의 너덜너덜함은 앞에서 언급한 절경과 이물 없이 맞물리면서 많은 독자에게 문학적 공감과 호소력을 형성한다.

> 문인수의 시편 속에서도 땀을 뻘뻘 흘리며 놀이에 파묻히는, 제 것이라 믿어지지 않는 놀라운 몰두와 통찰이 스며 있다. 그의 북질은 상처를 어루만지는 손이 되어 마침내 마음을 쓰다듬으니, 누더기를 깁느라 자신도 누더기가 되어 본 사람만이 입을 수 있는 너덜너덜함을 애써 감추려 들지도 않는다.

김명인이 『쉬!』에 덧붙인 추천사를 보면, 이러한 특징이 가장 명확하게 재확인된다. 김명인은 문인수의 시편은 땀을 뻘뻘 흘리며 놀이에 파묻히는 지점에서 발생한다고 보고 있다. 그 과정에서 문인수는 삶에 대한 '놀라운 몰두'와 '통찰'을 얻게 된다. 이러한 몰두와 통찰은 단순히 한 권의 시집에 대한 평가가 아니라, 문인수가 오랫동안 지속해서 추구했던 시적 자의식을 대변해 준다. 응축된 언어와 삶에 대한 진지한 성찰, 그리고 곧은 시정신의 기품으로서의 절경의 미학과 서정성을 확보해 주는 것이다. 여기에서 주목할 부분은 문인수가 자신의 전반적인 시편을 통해 스스로의 '너덜너덜함'을 애써 감추려 들지 않는다는 점이다. 이러한 시인의 시적 사유와 삶에 대한 태도는 그의 첫 시집 『늪이 늪에

---

3 이해년, 「도시 바닥의 불안과 정신주의의 견고함」, 〈오늘의 문예비평〉, 1992. 9.

젖듯이』부터, 그의 마지막 시집이라고도 할 수 있는 『나는 지금 이곳이 아니다』에 이르기까지 전부를 가로지른다.

다만 그의 초기 시편에서는 유사성에 기반한 시적 상상력이 후기 시편에 비해 조금 더 두드러지는 양상을 보인다. 이러한 인식과 관련하여 미셸 푸코는 16세기까지의 지식 무대는 '유사성'의 질서에 따라 구축되었음을 해명한 바 있다. 예를 들면, 주정(酒精)에 호두 가루를 섞어 먹으면 두통이 사라진다고 생각했는데, 그 근거는 호두 알맹이는 외견상 뇌수의 모습과 유사하기 때문이라고 보았다. 사물들끼리의 관계, 말과 사물의 관계, 그리고 인간과 말과 사물의 관계는 그렇듯 가시적 닮음과 상응, 그리고 공감을 통해서 명명되고 배치된 것이다. 오늘날의 시선으로 보면 당시의 이런 사유는 너무나도 단순하고 순진해 보이기까지 한다. 하지만 푸코는 "숨겨진 유사성들은 사물들의 표면에 은밀히 나타난다."[4]는 점을 재차 강조하면서, 오늘날의 시 창작 과정에서도 나타날 수 있는 시안을 확인시킨다.

투박하지만, 문인수의 시적 자의식과 그의 초기 시편을 일별하는 데도 푸코의 전언은 여러모로 생각할 거리를 안겨 준다. 이는 근본적으로는 한국 시단이 나아가고 있는 시적 방향성에 대한 성찰이면서 동시에 사물과 세계의 존재 상태로부터 너무나도 멀리 떠나온 것은 아닌가 하는 반성에 머무른다. 이 반성은 문인수의 시편과 발터 벤야민이 강조했던 것처럼 독자가 한 편의 시를 늘였다가 줄였다가 할 수 있는 '부채의 상상력'에 대한 갈망이기도 하다. 이는 시가 "무한히 작은 것 속으로 파고 들어갈 줄 아는 능력이고, 모든 집약된 것 속으로도 새로운, 압축

4 미셸 푸코, 『말과 사물』, 이규현 역, 민음사, 2012, 45~83쪽 참조.

된 내용을 풍부하게 부여할 줄 아는 능력"[5]이 되기 때문이다. 그 지점에서 문인수의 시편은 대체로 평소 우리가 쉽게 마주하지만, 그냥 지나치는 것에 관해 수시로 되묻는다. 일상생활 속의 새로운 기억과 경험, 그리고 단순한 자연의 이미지를 우연히 드러내는 것 같지만, 이내 자신의 시적 사유를 적극적으로 투영시킴으로써 독자의 시적 상상력을 자극한다. 이 과정에서 문인수는 대상에 대한 심도 있는 관찰과 사유를 바탕으로 일상의 경계 너머의 시적 사유를 선보인다. 많은 평자가 이미 언급한 바 있듯이 그는 함축적이면서도 절제된 시어 구사와 풍부한 서정성, 짧은 시형을 위주로 하면서도 단순한 소품 위주의 시가 아니라, 오히려 사물과 시적 인식의 유사성에 기반을 둔 정신적 스케일이 큰 시 세계의 넓이와 깊이를 확보한다.

섬진강 가 동백 진 거 본다.
조금도 시들지 않은 채 동백 져 비린 거
아, 마구 내다버린 거 본다.
대가리째 뚝 뚝 떨어져
낭자하구나.
나는 그러나 단 한 번 아파한 적 없구나.
이제 와 붉디붉다 내 청춘,
비명도 없이 흘러갔다.

—「동백」 전문(『동강의 높은 새』)

5 발터 벤야민, 『발터 벤야민 선집1 - 일방통행로, 사유이미지』, 김영옥 외 옮김, 길, 2007, 116쪽.

이 시는 위에서 언급한 시인의 시적 자의식과 사물의 유사성이 비교적 잘 투영된 작품이다. 사물과 이미지의 유사성을 통해 시적 발화 방식이 어떻게 진행되는지도 쉽게 엿볼 수 있다. 작품 「동백」에서 문인수가 동백을 목격한 장소는 다름 아닌 "섬진강 가"이다. 그는 이곳에서 "조금도 시들지 않은 채" 마구 떨어지는 "동백"을 목격한다. 특이한 것은 문인수에게 동백이란 "져 버리는 게" 아니라 "져 비리는 거"라는 점이다. '비리다'라는 뜻은 사전 그대로 비위에 거슬리거나 역한 냄새가 나는 상태를 함의한다. 그런 동백이 지금 시인의 눈앞에서 "대가리째 뚝 뚝 떨어져/ 낭자하"게 펼쳐진 것이다. 문인수는 이 장면에서 지난날의 '붉디붉은' 자신의 청춘을 떠올린다. 자신의 청춘도 동백처럼 비렸지만, 끝내 의식하지도 못하고, "비명도 없이 흘러"가 버린 것이다. 시인이 돋우어 내는 이 비린 감각 속에는 젊은 시절 자신이 풍겨 냈을 비린 냄새와 고통의 흔적이 모두 형상화된다. 그 이면에는 비린 세상에 정면으로 응시하지 못한 젊은 청춘에 대한 시인의 회한도 담기게 된다. 또한, 시인이 동백을 통해 포착한 풍경만이 단순하게 인식된다기보다는 "마구 내다 버린" 청춘에 대한 탄식이 시인의 정서와 잘 맞물려 나타난다.

김유중의 언급처럼, 문인수가 포착한 섬진강 가에서의 동백은 생태론적 시각에서 본다면 보다 자연스러운 해석을 얻어 낸다. 자신의 시적 자의식이 투영되어 있긴 하지만, 그것은 전체 자연의 질서를 이루는 일부이며, 생태계의 조화와 균형을 위해서는 당연한 수순이기 때문이다. 그래서 문인수는 "단 한 번 아파한 적" 없는 자신의 청춘을 두고도 "비명도 없이 흘러"가 버렸다고 회고한다. 이러한 문인수의 생태론적 관심은 특히 『동강의 높은 새』를 중심으로 가장 두드러지게 나타나는 현상이다. 동시에 "의식적인 추구의 결과가 아닌, 평소 자연스럽게 체질화된 사고와 행동이 빚어낸 산물"[6]로 이해될 수 있다. 자연과 생태에 기반한 유사성과 시적 자의식의 확장은 그의 다른 작품 「채와 북 사이, 동백 진다」에서도 재확인된다.

지리산 앉고,
섬진강은 참 긴 소리다.

저녁노을 시뻘건 것 물에 씻고 나서

저 달, 소리북 하나 또 중천 높이 걸린다.
산이 무겁게, 발원의 시내가 다시 어둑어둑
고쳐 눌러앉는다.

이 미친 향기의 북채는 어디 숨어 춤추나

매화 폭발 자욱한 그 아래를 봐라

뚝, 뚝, 뚝, 듣는 동백의 대가리들.
선혈의 천둥
난타가 지나간다.

—「채와 북 사이, 동백 진다」 전문(『동강의 높은 새』)

---

6 김유중, 「문인수 시에 나타난 생태론적 관심의 제 유형」, 『문학과환경』5(1), 2006. 5, 8쪽.

「채와 북 사이, 동백 진다」에서 문인수는 "저 달, 소리북 하나"에 포커스를 두고 시적 사유를 펼쳐 나간다. 독자의 입장에서라면, 둥근 달의 형상을 '북'의 모양으로 환기하는 것은 그 북을 치는 '북채'가 어딘가에 있을 거라는 가정에서부터 시작된다. 시인은 "이 미친 향기의 북채는 어디 숨어 춤추나// 매화 폭발 자욱한 그 아래를 봐라"를 통해 '달북'을 두드리는 주체가 인간이 아닌 바로 봄날임을 암시한다. 다시 말해 '달북'을 두드리는 봄날의 시간과 계절감이 꽃의 개화와 낙화를 동시에 이뤄 낸다. 그래서 문인수는 봄날, 북채를 흔드는 계절의 변화를 감각적으로 포착하고는 "선혈의 천둥"을 들으며, "뚝, 뚝, 뚝, 듣는 동백의 대가리들."을 목도한다. 이 역동적인 변화 속에서 "지리산은 앉고,/ 섬진강은 참 긴 소리"로 흘러간다. 이 지점에서 문인수는 생태론적 상상력에 신체적인 상상력의 유사성을 더한다. 특히 "저녁노을 시뻘건 것 물에 씻고 나서"와 같은 의인화된 표현은 인간이 지니는 생사고락의 감정까지 확대하면서, 지금껏 시인이 경험한 삶의 이면을 고스란히 노출시킨다. 또한, '달북' 소리를 들으며 폭발한 '매화' 속에서 시인은 생명의 유한성과 삶과 죽음의 극점이 함께 분출되는 장엄한 광경을 목격하게 된다.

이처럼 문인수에게 자연은 생태학적인 사유를 넘어 자신의 시적 자의식을 확보하는 중요한 매개가 된다. 위에서 언급한 '동백'은 단순한 시적 소재가 아닌 자연에서의 생명과 생사고락의 탯줄로 이해된다. 이는 「동백」과 「채와 북 사이, 동백 진다」(『동강의 높은 새』)뿐 아니라, 이후 나타나는 「동백 씹는 남자」(『배꼽』), 「선운사 동백」(『적막 소리』) 등을 차례로 관통하면서, 생태론적 삶의 유사성을 보존하는 중요한 시적 근거로 자리한다.

3. 자기 성찰에 대한 각인의 시학

앞선 논의를 통해 문인수에게 '동백'이라는 소재는 단순히 주변 환경에 대한 생태학적 사유뿐만 아니라 삶과의 유사성을 이어 주는 중요한 매개임을 재확인할 수 있었다. 이는 자연이 시인 개인의 삶에 중요한 서사가 되고 있음을 짐작하게 한다. 또한, 그가 마주한 삶의 환경이 본질적이고도 근원적인 자신의 시적 질서와 수시로 맞닿아 있음을 알게 해준다. 이는 문인수의 시가 단순히 생태론적 사유의 관심을 넘어, 동물과 사물 그리고 자기 존재의 영역으로까지 확장하여 밀고 올라가는 시적 근기와 긴장감의 요소로 작용함을 말해 준다. 시인의 시적 표현을 빌려 쓴다면, 이는 말 그대로 '각인'과 '각축'을 오가는 미적 상상력이다. 각인은 머릿속에 새겨 넣듯 깊이 기억되는 형식을 말한다. 각축은 서로 이기려고 다투며 덤벼드는 상태를 의미한다. 하지만 시인은 그 각인과 각축의 의미를 따로 구분하지 않고, 자신만의 시적 자의식의 도구로 통합하여 순환시킨다.

어미와 새끼 염소 세 마리가 장날 나왔습니다.
따로 따로 팔려 갈지도 모를 일이지요. 젖을 뗀 것 같은 어미는 말뚝에 묶여 있고
새까맣게 어린 새끼들은 아직 어미 반경 안에서만 놉니다.
2월, 상사화 잎싹만 한 뿔을 맞대며 톡, 탁,
골 때리며 풀 리그로
끊임없는 티격태격입니다. 저러면 참, 나중에라도 서로 잘 알아볼 수 있겠네요.

지금, 세밀하고도 야무진 각인 중에 있습니다.

—「각축」 전문(『쉬!』)

이 작품에서 시인이 관찰하고 있는 대상은 다름 아닌 "어미와 새끼 염소 세 마리"이다. "새끼 염소"는 어미의 반경 안에서 놀고 있다. 이때의 반경은 어미 염소의 품(보호)을 뜻하지만, "따로 따로 팔려 갈지도 모를" 이별의 감정을 고스란히 노출한다. 줄의 반경 내에서 풀을 뜯는 어미 염소나 줄이 없이도 어미 염소의 반경에 갇힌 새끼 염소 세 마리는 묘한 연민의 감정을 불러일으킨다. 이 지점에서 문인수는 '각축'과 '각인'의 시적 언어를 적절하게 버무려, 혹시나 모를 이별의 의식을 시인만의 미적 감각으로 전환시켜 놓는다. 시인은 "저러면 참, 나중 나중에라도 서로 잘 알아볼 수 있겠네요."라며 독자에게 그 의미를 새롭게 각인하면서, 새끼 염소들에 대한 동정심 또한 애써 놓치지 않는다. 그 동정심은 이미 "잎싹만한 뿔을 맞대며 톡, 탁,/ 골 때리며 풀 리그로/ 끊임없는 티격태격입니다."와 같은 구절과 대구를 이루면서 자신이 지향하는 자기 성찰의 사유 속으로 그 의미를 한 발 더 끌어당긴다.

문인수는 단순히 동물이나 사물을 통한 서정성만을 추구하는 것이 아니라, 자연에서의 일을 바탕으로 끊임없는 자기 성찰의 시적 사건으로 만들어 나간다. 이는 자연에서 얻어 낸 시적 깨달음과 삶의 원형적 속성을 통해 인간의 삶을 반성하고, 나아가 주변 이웃에 대한 관심과 애정으로 자신의 시적 사유를 밀고 나가기 위한 장치이다. 이러한 자기 성찰의 정서는 특히 그의 시집 『뿔』에 담겨 있는 「뿔의 뿌리는 슬프다」에서 더욱 극대화되는데, 이는 앞에서 살펴본 「각축」이란 작품과 함께 그의 자기 성찰의 과정이 어떻게 변화하고 전이되고 있는지를 잘 보여 주는 작품이라 할 수 있다.

> 돌들은 단단하고도 뾰족하게 밟힌다.
> 유심히 내려다보이는 돌들의 이마에는
> 터질 듯한 긴장감이 있다.
> 적의의 뿔일까.
> 돌들을 하나씩 뒤집어 본다
> 그 뺨엔 마를 날 없는 날짜들이 깊이 젖어 있다.
> 슬픔으로 된 뿌리인 것 같다.
>
> —「뿔의 뿌리는 슬프다」 전문(『뿔』)

이 작품에서 시인이 느끼고 있는 근원적인 정서는 '슬픔'이다. 슬픔은 '비', '눈물', '깊이 젖음', '가라앉음' 등의 표현으로 나타난다. 이 세상의 모든 슬픔에는 시인이 보기에 그에 합당한 이유와 원인이 있다. 그 원인과 결과를 통해 인간이 경험하는 주관적인 슬픔은 언제나 극대화된다. 그렇다면 문인수가 체득하고 있는 시적 자의식의 슬픔은 어느 지점에서 연유하는 것일까. 이에 대해 이하석은 문인수를 지칭하면서 '인간 존재 자체가 곧 슬픔에 싸여 있다'라고 진단한 바 있다. 그 슬픔의 미학적 근거는 고향과 유년으로의 회귀성 또는 그것을 시적 연민으로 확대함으로써 규명된다. 이러한 의견에 또 하나의 사견을 덧댄다면, 문인수에게 현재의 삶은 곧 과거로부터 유배되어 온 비극적인 삶의 한 양상이기도 하다. 따라서 자기 성찰을 통해 나타나는 슬픔의 정서는 각축에서 밀려난 "적의의 뿔"이 되기도 한다. 그러한 점에서 작품 속에서 등장하는 뿔은 시인에게 결코 섬약하거나 감성적으로 읽히지 않는다. 오히려 극복할 수 있는 저항 의지가 내재된 현실의 슬픈 감각으로 각인된다. 그래서 문인수는 '뿔', '뿌리', '뾰족함'을 통해 내면의 통점을 자극하면서도, 동시에 돌의 뾰족함이 갖는 삶의 저항 의지와 자기 성찰에 대한 팽팽한 시적 긴장감을 유지해 나간다. 다만 이러한 시적 감각은 말 그대로 시적 상황에 대한 저항이지, 현실에 대한 표면 그대로의 저항이 아니다. 그런 이유로 문인수가 포착한 현실은 실제 한계 상황이기도 하면서, 슬픔의 근원, 슬픔의 뿌리가 되는 원천이기도 하다. 결국 문인수에게 슬픔으로 각인된 인간의 몸은, 섬 같은 '유배지'(「비」)나 다름없다. 그가 그 관념에서 벗어날 방법은 묘연해 보인다. 시인의 존재 자체는 그저 자신이 짊어져야 할 조건으로 인식되기 때문이다. 그걸 회피하기 위해 노력한다는 것은 어쩌면 자연의 순리에서 벗어나는 일이 된다. 그래서 인간의 존재는 어떤 상황을 피하려고 하면 할수록 삶은 더욱 고통스러워진다. "검은 수렁 한복판을 느릿느릿"(「달팽이」, 『뿔』) 가는 달팽이처럼 자신의 삶을 고스란히 받아들이며 감내해야 하는 이유다.

이처럼 문인수의 시편이 보여 주는 자기 성찰의 면모는, 시인의 삶을 둘러싼 모든 사물의 본질을 규명하려는 근원적 사유의 귀결이다. 그 고양된 정신의 긴장감이 바로 문인수가 지향하는 시적 사유의 특색이 된다. 나아가 일상적 현실을 성찰하여 왜곡된 인간성과 도시적 삶을 비판하고 풍자하는 것은 물론, 보다 가치 있는 인간성에 대한 탐색을 삶과 죽음이라는 사유를 통해 다양한 방편에서 선보이기도 한다. 그리하여 문인수는 일상적 삶에서조차 인간에 대한 애정 어린 관심을 보이며, 세계 내 존재로서의 최소한의 미적 서정성을 유지하게 된다.

4. 삶과 죽음에 대한 명랑성

정효구는 계간 『시인세계』 기획 특집을 통해 「시인에게 들어 보는 시란 무엇인가」에 대한 글을 게재한 바 있다.[7] 이 글에서 정효구는 문인수의 시적 자의식과 그의 시 세계에 대해 "일심과 일체의 정지된 순간"의 카테고리로 분류한다. 문인수 또한 이러한 언급에 대한 지원으로 "길은 식물의 물관부와 같은 것일까. 한참 빨려 들어가다 보면 사람이, 사람의 영혼이 문득 새로 눈뜨거나 피어나는 데가 있다."고 그 근거를 뒷받침한다. 문인수가 언급한 이런 시적 순간은 일반적인 지식의 체계보다는 통찰 혹은 지혜에 맞닿아 있는 순간이다. 단순히 전통적인 방식의 서정성이나 고전적인 시론에 머무르지 않고, 사람의 냄새가 배어 있는 자신만의 시론을 적극적으로 대변한다. 물론 문인수는 같은 글에서 "정선에서 우포늪에서 섬진강 가에서 나는 잠시 서 있었고, 그때 내 삶의 궁기가 보였다. 그걸 베껴 적었다. 내겐 이것이 시가 되었다."라고 고백한다. 이는 앞서 살펴보았던 비교적 초기 시편들에 대한 긍정적인 신호가 될 것이다. 하지만 여기에 덧붙여 생각해 볼 것은 삶과 죽음에 관한 명랑성이다. 이 명랑성은 문인수에게 있어 사람을 구경하고, 사람과 관계 맺는 일과 다름없다. 결국 그의 시 세계가 삶과 죽음에 대한 인식과 맞물리는 지점이다. 문인수는 자신의 마지막 시집 『나는 지금 이곳이 아니다』에

---

7 정효구, 「시인에게 들어보는 시란 무엇인가」, 『시인세계』, 2008년 가을호(통권 제25호).

서도 '명랑성'이라는 단어를 통해 자신이 최종적으로 고민하는 지점을 노출하기도 한다. "명랑한 이야기는 왜 시가 잘 되지 않은가."라고 스스로 반문하면서, 인간에 대한 진심 어린 관심과 연민의 표현을 특색 있게 상기시킨다. 누군가의 속내에 진심으로 귀를 기울이는 자세에서 시인이 추구하는 진심 어린 시론이 파생된다. 이러한 시적 조짐은 그 이전부터 다양한 사유를 통해 드러나게 되는데, 가령 다음과 같은 작품을 통해서도 그 특징을 살펴볼 수 있다.

— 거, 앉아 보소
늙은 여자가 강물 물 가까이 털썩 주저앉으며 말했다.
쉰 목소리로 말했다. 다 망가진 채 엉거주춤 돌아온,
쿨럭거리는 사내 더러 한 번 말했다. 꺼질 듯 낮게 말했다.

—「앉아 보소」 부분(『홰치는 산』)

익히 알려진 바대로 「앉아 보소」란 시는 이수동의 그림에 덧붙여진 작품이다. 이 작품에서 언급하고 있는 '앉아 보소'는 어린 시절 우리가 자주 들었던 말 중 하나이다. 풀어서 이야기하면 급하게 생각하지 말고, 천천히 내 이야기를 들어 보라는 청유의 의미가 깔려 있기도 하다. 이때의 '앉아 보소'는 단순히 귀를 기울이는 것을 넘어 무릎을 굽히고 상대에게 다가서는 신체적 동작까지 요구하는 심리적 자세이다. 이 동작에서 문인수는 사람과 사람에 대한 '배려'와 '관심'과 '연민'의 감정을 돋우어 낸다. 실제 이수동의 그림(「앉아 보소 —이수동 53.0/ 45.5cm,

1992」)에 빗대어 조금 더 이야기의 상상력을 보태어 보자면, "여자는 오랜 세월, 장터거리에서 혼자 국밥집"을 한 사람이다. 그런 여자가 "다 망가진 채 엉거주춤 돌아온,/ 쿨럭거리는 사내"에게 털썩 주저앉아 자신이 살아온 삶의 이야기를 꺼내 든 것이다. 인용하지는 않았지만 늙은 여자의 그런 이야기를 듣고도 남자는 얼굴도 내비치지 않고, 일언반구 말 한 마디도 없다. 중요한 것은, 그럼에도 늙은 여자는 그런 남자를 막무가내 몰아붙이지 않는다는 점이다. 다만 이 시의 제목처럼 '앉아 보소'라는 말을 통해 어색한 재회를 '배려'와 '연민'의 감정으로 바꿔 놓을 뿐이다. 기본적으로 이러한 시적 정서는 추후 문인수의 시편에서 자주 등장하는 이웃의 삶과 죽음을 대하는 기본 태도와 시적 정서로 직결된다.

뇌성 마비 중증 지체 언어 장애인 마흔두 살 라정식 씨가 죽었다
자원봉사자 비장애인 그녀가 병원 영안실로 달려갔다
조문객이라곤 휠체어를 타고 온 망자의 남녀 친구들 여남은 명뿐이다
이들의 평균 수명은 그 무슨 배려라도 해 주는 것인 양 턱없이 짧다
마침, 같은 처지들끼리 감사의 기도를 끝내고
점심 식사 중이다
떠 먹여 주는 사람 없으니 밥알이며 반찬, 국물이며 건더기가 온 데 흩어지고 쏟아져 아수라장, 난장판이다

그녀는 어금니를 꽉 깨물었다. 이정은 씨가 그녀를 보고 한껏 반기며 물었다

#@%, 0%.$&%ㅒ #@!$#*?(선생님, 저 죽을 때도 와 주실 거죠?)

그녀는 더 이상 참지 못하고 왈칵, 울음보를 터트렸다

$ # .&@/ .%, *& # ……(정식이 오빤 좋겠다, 죽어서……)

입관돼 누운 정식 씨는 뭐랄까, 오랜 세월 그리 심하게 몸을 비틀고 구기
고 흔들어 이제 비로소 빠져나왔다, 다 왔다, 싶은 모양이다. 이 고요한 얼굴,
일그러뜨리며 발버둥 치며 가까스로 지금 막 펼친 안심, 창공이다.

—「이것이 날개다」 부분(『배꼽』)

다소 엉뚱하지만, 이 작품을 읽으면 미다스왕이 디오니소스의 시종인 실레누스에게 물었던 이야기가 생각난다. 줄거리를 요약하면 이렇다. 미다스왕은 실레누스에게 묻는다. 인간에게 가장 좋은 것, 가장 훌륭한 것이 무엇이냐고. 그러자 실레누스는 이렇게 답을 한다. "가련한 하루살이여, 우연의 자식이여, 고통의 자식이여, 너는 내게서 무엇을 들으려 하는가? 가장 좋은 것은 네가 도저히 얻을 수 없는 것이다. 가장 좋은 것은 태어나지 않는 것, 존재하지 않는 것이다. 다음으로 좋은 것이 있다면 그것은 곧 죽어 버리는 것이다." 얼핏 보면 실레누스의 대답은 염세적으로까지 보인다. 하지만 니체는 바로 이런 이유로 그리스인이 삶을 욕망했다고 진단한다. 그리스인에게 신은 "인간적 삶을 살아감으로써 인간의 삶을 긍정"하는 존재이며, 삶이 고통스러운 것은 삶 때문이 아니라 삶으로부터 이탈하는 것, 즉 죽음 때문이다. 그래서 니체는 실레

누스의 말을 뒤집어 설명한다. “그들에게는 곧 죽는다는 것이 가장 나쁜 것이고, 그다음으로 나쁜 것은 누구나 언젠가 죽는다는 것이다.”[8] 니체는 이러한 삶의 비극성을 위대한 명랑성으로 바꿔 인식한 뒤, 이를 극복한 그리스인들의 ‘운명애’(Amor fati)를 강조한다. 니체에게 죽음은 삶과 대립하는 것이 아니라, 삶의 극한 혹은 삶 속에서 사유가 불가능한 지대로 인식될 뿐이다. 그런 점에서 보면 인간의 죽음은 분명 현실의 삶을 위협하기도 하지만, 오히려 그 때문에 인간은 자신의 삶과 이웃의 죽음에 관해 관심을 두기도 한다.

인용한 시 「이것이 날개다」는 마흔두 살 중증장애인의 초상집의 풍경을 형상하고 있는 작품이다. 죽은 라정식의 상가에 앉은, 살아 있는 장애인 이정은 씨가 자원봉사자에게 건넨 말은 “#@%, 0%.$&%ㅒ#@!$#*?(선생님, 저 죽을 때도 와 주실 거죠?)/ $#.&@/ .%, *&#……(정식이 오빤 좋겠다, 죽어서……)”이다. 시인은 밥알이 튀고 국물 건더기가 사방에 흩어지면서 했을 저 말을 기억하고 상상한다. 하지만 이 모습은 문인수에게 단순한 슬픔의 표현에 머무르지 않는다. 오히려 죽음을 명랑한 한 편의 시로 기억하려는 움직임으로 전이된다. 이 시에서 나타내고 있는 삶과 죽음의 명랑성은 인간을 둘러싸고 있는 단순한 생물학적인 죽음이 아니라, 자기 인생에 대한, 나아가 이웃에 대한 연민과 삶의 의미로 연대한다. 특히 그가 2015년 창비에서 출간한 『나는 지금 이곳이 아니다』는 그 죽음의 명랑성이 자주 삶과 버무려지면서 “인생의 반은 그늘”(「비 넘는 비」)로 인식되기도 하며, “‘어류’와 ‘인류’가 한데 몰려 쉴 새 없이 소란소란 바쁜”(「죽도시장 비린내」) 어시장에서 생의

8 프리드리히 니체, 『비극의 탄생』, 이진우 옮김, 책세상, 2007, 41~43쪽.

경건함으로 치환되기도 한다. 나아가 시인은 “세상 그 어디에도 아무데나 버려진 곳은 없”고 “지금 오직 여기 사는 사람들”(「나는 지금 이곳이 아니다」)이 곧 세상의 중심이라고 말한다. “세상을 향한 단 한마디 원망도 없이”(「의논이 있었다」) 생을 마감한 세 모녀의 죽음을 목격하면서 문인수가 최종적으로 마주했을 죽음의 시선은 인간의 시선을 넘어서는 거대한 우주의 서정성과 시의 명랑성으로 귀결된다.

마지막으로 이글의 마무리는 탈무드에 등장하는 ‘인중’에 관한 이야기로 매듭짓고자 한다. 문인수의 다른 시편에 등장하는 「쉬」(『쉬』)라는 작품은 엉뚱하게도 탈무드에서 이야기하는 인중의 상상력과 맞닿는다. 탈무드에서는 인중에 관해 이렇게 설명한다. 천사가 자궁 속의 아기를 방문해 지혜를 가르치고, 아기가 이 세상에 태어나기 직전에 모든 것을 잊게 하기 위해 ‘쉬’하고 손가락을 아기의 윗입술과 코 사이에 얹는 순간 인중이 생겨났다고 말이다. 문인수의 시편에 내재한 삶과 죽음에 관한 명랑성은 그의 작품 「쉬」(『쉬』)를 통해서 그대로 정독된다. 문인수는 ‘쉬’라는 단어의 중의적인 활용을 통해 자신이 궁극적으로 추구했던 시의 미덕을 강화한 것이다. 아버지가 아들의 오줌을 누일 때 내는 소리인 ‘쉬~’와 그 아들이 늙은 아버지를 안고 오줌을 누여 드리고자 할 때 나누는 ‘쉬~’ 소리는 같지만, 그 속뜻의 의미는 전혀 다르다. 문인수가 포착한 ‘쉬’는 한 인간이 지닌 깊고 깊은 교감을 나눌 때의 삶과 죽음의 명랑에 가깝다. 그 명랑성은 아버지의 오줌을 부르는 아들과 부끄러운 아버지와 그 부끄러움을 걱정하는 아들 사이에서, 일순간 우주 전체를 고요하게 만드는 ‘쉬’의 절경으로 전이된다. 그 의미를 수긍하는 순간, 우리는 문인수가 말하려고 했던 ‘절경은 시가 되지 않는다.’와 ‘사람

이야말로 절경이다.'의 의미를, 가장 조용하고 선한 시선으로 마주한 것이다. ■

울음과 가난의 시학
—신경림론

1. 민중에 대한 따뜻한 서정

신경림의 시 세계를 논하는 자리에서 빠지지 않고 등장하는 단어가 있다면 그것은 아마도 '민중'일 것이다. 그에게 있어 '민중'은 어느 한 시대의 단순한 소재에만 머무르지 않고 역사 속에서 다양한 모습으로 변주된다. 그도 이미 밝힌 바 있듯, 민중은 대개 소외된 계층을 의미한다. 신경림은 민중에 대해 '괴롭고 슬프고 억울하고 짓밟힌 자' 혹은 '작고 못나고 보잘것없고 하찮은 것'으로 규정[9]하기도 한다.

여기에서 말하는 '작고 하찮은 것'은 소외된 이들과 함께하려는 시인의 시적 사유인 동시에 문학적 대의이기도하다. 신경림은 시적 대상, 시적 소재를 민중적 삶에 두어야 하며, 시의 수용 역시 민중에게서 이해되어야만 한다고 주장한다. 이러한 견해는 그가 문단에 나온 이후 10여 년간 전국을 떠돌며 새겨진 삶의 궤적이자 기행의 흔적이라 할 수 있다.

---

9 신경림, 「후기」, 『길』, 창작과비평사, 1990.

또한, 그는 10여 년의 공백기를 가지면서 우리 사회의 구조적 모순에 대한 인식을 확고하게 한다. 이 과정을 통해 그는 약하고 나약한 것들의 시적 공동체를 형성하는 계기를 만들어 낸다.

민중에 대한 신경림의 견해는 자연스럽게 '쉬운 시'의 문제로 귀결된다. 그는 '민중의 삶 속에 뿌리박은 시, 민중이 이해할 수 있는 쉬운 시를 쓰는 일은 민중과 삶을, 기쁨과 설움을 함께함으로써만 최종적으로 가능한 행위'[10]로 인식하는 결과를 낳는다. 시를 쉽게 써야 한다는 그의 생각은 단순하게는 우리 시단에 만연해 있는 어려운 시들과의 문제로도 해석된다. 나아가 시가 민중에게 더 가깝게 이해되기를 소망하는 그의 의지도 한 몫 한다고 할 수 있다. 이러한 연장선상에서 그는 시가 민중으로부터 사랑받기 위해서는 우리 고유의 민요적 가락의 도입을 열망하기도 한다. 민요 속에는 우리 민족의 한과 설움, 견딤과 참음, 끈질긴 생명력이 넘치기 때문이다. 민요란 어떤 특정한 개인의 노래가 아니라 민중의 공통된 감정의 결정체로서 민중의 삶과 느낌이 가장 폭넓게 들어 있다고 본 것이다. 물론, 이 지점에서 민요시와 전통적인 서정시의 구분은 어느 정도 필요할 테지만, 시란 결국 민중의 삶을 바탕으로 하여 '사람들과 함께 그 사람들을 다독이고 위로해 주는 행위'로 인식되지 않으면 안 된다는 점을 그는 강조하고 있는 것이다.

궁극적으로 신경림의 시 세계는 민중에 대한 사랑과 공동체 속에서 민중의 성찰이라는 가장 강력한 주제 의식을 형성한다. 소외당하고 버려지고 억압받는 민중에 대한 무한한 애정과 신뢰를 보내면서, 거기에서 발현하는 정서를 통해 '읽는 사람이 좀 더 따뜻하게 읽을 수 있는 시

---

10 신경림, 「나는 왜 시를 쓰는가」, 『삶의 진실과 시적 진실』, 전예원, 1983, 50쪽.

를 쓰고, 그러면서도 삶의 본질을 들여다보게 하는 그런 시를 꿈꾸고 있는 것'[11]이다. 민중을 대상으로 하는 그의 노력은 그의 초기작부터 최근작까지 민중을 마음의 중심에 두고 지켜 왔던 따뜻한 서정의 발로인 것이다.

이 글에서 주목하는 점은 민중이라는 '따뜻한 서정'을 어떻게 개인의 내면적 울음과 민중의 공동체 의식으로 연결하는지에 있다. 나아가 그의 시를 관통하고 있는 울음의 인식을 가난이 어떻게 시적으로 환기하고 있는지 살펴보는 데서 찾을 수 있다. 주지하지만 신경림은 시인 자신이 민중 혹은 공동체에 대한 시적 관심을 "가난한 사람들과 눌려 지내는 사람들에 대한 공감적 관심"[12]으로 꾸준히 파생시켜 온 시인이다. 이는 그가 민중들의 '울음'과 '가난'이라는 소재에 대해 얼마나 깊이 천착해 왔는지 짐작하게 하는 대목이기도 하다. 물론, 그의 시 세계를 단순한 소재주의적 입장에서만 접근하는 것은 다소 무리일 수 있겠으나, 한 시인이 가진 내면의 울음이 가난이라는 매개와 만나 민중의 공동체 의식 속에 어떻게 스며 들어가는지 확인하는 것은 그의 시 세계를 바라보는 데 있어 어느 정도 의미 있는 일이라 생각된다.

2. 울음과 가난의 길항

범박하게 말해, 신경림은 '울음'과 '가난'의 시인이다. 그는 초기 시집 『농무』에서부터 최근작 『사진관집 이 층』에 이르기까지 민중들의 억압받는 삶의 현실에 주목하면서 그들이 처한 삶을 다양한 울음과 가난의

11 금동철, 「시를 통하여 삶의 본질을 ―신경림과의 대담」, 『시와 시학』, 1998 여름호, 90쪽.

12 유종호, 「서사 충동의 서정적 탐구」, 『신경림 문학의 세계』, 창작과비평사, 1995, 68쪽.

형식으로 노래해 왔다. 울음의 주체는 민중이지만, 그 내면에는 자신의 삶 또한 울음으로 점철되어 있음을 자각한다. 그의 초기 시집 『농무』는 "절망하며 비관하고, 자학하며 실의에 빠지면서도 바람직하지 못한 현실을 극복, 변화시키려는 의지가 담겨 있는 시집"으로 평가[13]받는다. 이러한 평가의 이면에는 가난한 농촌의 현실과 그곳을 터전 삼은 농민의 억압된 정서가 자리한다. 『농무』 이후에 간행된 그의 시집들도 대체로 '농촌', '시대', '역사의식' 같은 시의식적인 측면에서부터 '고향 체험', '민중', '존재 탐구' 같은 형식적 측면, '서정성', '이야기시', '민요시' 같은 형식적 측면에 이르기까지 다양하게 평가되고 있지만, 결과적으로는 '울음'과 '가난'이 뫼비우스의 띠처럼 그의 시 세계를 결집시킨다.

떠나온 지 마흔 해가 넘었어도/ 나는 지금도 산비알 무허가촌에 산다/ 수돗물을 받으러 새벽 비탈길을 종종걸음치는/ 가난한 아내와 부엌도 따로 없는 사글셋방에서 산다/ 문을 열면 봉당이자 바로 골목길이고/ 간밤에 취객들이 토해 놓은 오물들로 신발이 더럽다/ 등교하는 학생들과 얼려 공중화장실 앞에 서서/ 발을 동동 구르다가 잠에서 깬다/ 지금도 꿈속에서는 벼랑에 달린 달개방에 산다/ 연탄불에 구운 노가리를 안주로 소주를 마시는/ 골목 끝 잔술집 여주인은 한쪽 눈이 멀었다/ 삼분의 일은 검열로 찢겨 나간 외국 잡지에서/ 체 게바라와 마오를 발견하고 들떠서/ 떠들다 보면 그것도 꿈이다/ 지금도 밤늦도록 술주정 소리가 끊이지 않는/ 어수선한 달동네에 산다/ 전기도 안 들어와 흐린 촛불 밑에서/ 동네 봉제공장에서 얻어 온 옷가지에 단추를 다는/ 가난한 아내의 기침 소리 속에 산다/ 도시락을 싸며 가난한

13 조태일, 「열린 공간, 움직이는 서정, 친화력」, 『신경림 문학의 세계』, 창작과비평사, 1995, 151쪽.

아내보다 더 가난한 내가 불쌍해/ 눈에 그렁그렁 고인 눈물과 더불어 산다// 세상은 바뀌고 또 바뀌었는데도/ 어쩌면 꿈만 아니고 생시에도/ 번지가 없어 마을 사람들이 멋대로 붙인/ 서대문구 홍은동 산 일 번지/ 떠나온 지 마흔 해가 넘었어도/ 가난한 아내와 아내보다 더 가난한 나는/ 나는 지금도 이 번지에 산다

—「가난한 아내와 아내보다 더 가난한 나는」 전문[14]

인용한 시는 최근에 간행된 『사진관집 이 층』(2014)에 실린 작품이다. 이 작품은 시인의 내면의 울음이 태초에 어디에서 발현하였는지를 짐작하게 한다. 시인이 40년 전에 떠나온 곳은 '서대문구 홍은동 산 일번지'이다. 짐작하겠지만 '산 1번지'는 실제 행정 구역이 아니라 도시 변두리 산기슭에 자연적으로 형성된 무허가 판자촌을 가리키는 편의적 용어이다. 시인도 이미 고백하고 있듯이 속칭 산 1번지는 가난의 상징 그 이상도 그 이하도 아니다. 작품의 이해를 돕기 위해 그의 전기적 고백[15]을 잠시 살펴보자.

나는 상경해서 홍은동 막바지에 살게 되었다. 속칭 산 1번지라는 곳이었다. 두 간이 있는 집이면 한 간에는 다른 사람이 세 들어 살 만큼 가난들 했다. 이곳 주민들은 거의 농촌에서 땅을 잃고 축출당한 실향 농민들이었다. 마치 시골 어느 한 지방을 그대로 옮겨다 놓은 듯한 느낌이었다. 대개 막벌

14 이 글에서 예로 든 시작품은 『신경림 시전집』1. 2(창작과비평사, 2004)과 『사진관집 이 층』(창작과비평사, 2014)에서 인용함을 밝힌다.

15 신경림, 「내 시의 뒷이야기」, 『삶의 진실과 시적 진실』, 앞의 책, 305쪽.

이로 연명하는 사람들이니까, 그래서 잃어버릴 것도 빼앗길 것도 없으니까, 이웃끼리 정도 두텁고 터놓고 지낼 수도 있었다. 그래서 또 이웃끼리 악다구니며 싸움질도 잦았다. 바람만 조금 세차면 쓰러질 듯 흔들리는 판자 대포집에서 매일처럼 대수롭지 않은 일로 칼부림이 일어나고, 그것은 이내 사화 술판으로 이어졌다.

인용한 글에서도 알 수 있듯이 시인의 고백과 시 작품의 내용은 크게 다르지 않다. '산비알 무허가촌', '새벽 비탈길', '사글셋방', '취객들의 오물', '달개방' 등은 어수선한 달동네의 정경이면서 가난함으로 무장된 한 시절을 재현한다. 주목할 것은 시인이 그 산동네를 벗어난 지 '마흔 해'가 넘었다는 사실이다. 그럼에도 그는 지금도 '산비알 무허가촌에 산다'라고 고백한다. 이러한 고백은 시인의 내면에 찬 울음이 결코 해소되지 못했음을 암시하는 대목이다. "세상이 바뀌고 또 바뀌었는데도" 시인은 "사람들이 멋대로 붙인/ 서대문구 홍은동 산 일 번지"에 사는 것이다. 그는 40년 전의 자신의 모습보다도 지금이 더 가난하다고 고백한다. "가난한 아내와 아내보다 더 가난한 나"로 현재를 살면서 그 가난이 끝내 해소될 수 없는 삶의 근원적인 문제임을 지시한다. 이러한 가난에 대한 시인의 의식은 비교적 초기 시라 할 수 있는 「산 1번지」와 그대로 맞물려 시인의 울음의 근원이 가난에 있음을 강력하게 시사해 준다.

해가 지기 전에 산 일 번지에는/ 바람이 찾아온다./ 집집마다 지붕으로 덮은 루핑을 날리고/ 문을 바른 신문지를 찢고/ 불행한 사람들의 얼굴에/ 돌모래를 끼어 얹는다./ 해가 지면 산 일 번지에는/ 청솔가지 타는 연기가 깔린다./ 나라의 은혜를 입지 못한 사내들은/ 서로 속이고 목을 조르고 마침내는/ 칼을 들고 피를 흘리는데/ 정거장을 향해 비탈길을 굴러가는/ 가난이 싫어진 아낙네의 치맛자락에/ 연기가 붙어 흐늘댄다./ 어둠이 내리기 전에 산 일 번지에는/ 통곡이 온다. 모두 함께/ 죽어 버리자고 복어알을 구해 온/ 어버이는 술이 취해 뉘우치고/ 애비 없는 애기를 밴 처녀는/ 산벼랑을 찾아가 몸을 던진다./ 그리하여 산 일 번지에 밤이 오면/ 대밋벌을 거쳐 온 강바람은/ 뒷산에 와 부딪쳐/ 모든 사람들의 울음이 되어 쏟아진다.

—「山 1番地」 전문

「산 1번지」는 「가난한 아내와 아내보다 더 가난한 나는」과 같은 정황 속에서도 자신의 처지를 보다 객관화하고 있다는 점에서 눈에 띈다. 「산 1번지」는 일정한 생업을 갖지 못한 채 하루 벌어 하루 먹고 사는 도시 빈민들의 궁핍한 삶의 실상을 간직한 곳이다. 이곳은 농촌에서 삶의 기반을 잃고 도시 난민이 된 이향민들의 불행한 삶이 적나라하게 묘사된다. 그곳은 '가난이 싫어진 아낙네', '죽어 버리자고 복어알을 구해 온 어버이', '애비 없는 애기를 밴 처녀'와 같이 절망의 끝에 선 다양한 인간들이 집결해 있는 곳이다. 또한 '불행한 사람들', '나라의 은혜를 입지 못한 사내들', '모든 사람의 울음'에서 이곳이 하나의 가난 공동체임이 짐작된다. 이들이 몸으로 느끼고 체험하는 가난은 '서로 속이고 목을 조르'거나 '죽어 버리자고 복어알을 구해' 오거나 '산벼랑을 찾아가 몸을 던'지는 것처럼 삶의 모순성과 충돌하는 지점에서 파생된다.

행정 구역에도 없는 '산 1번지' 거주자들은 정부의 도시 계획에 따라 언제든지 쫓겨날 처지에 놓여 있는 '나라의 은혜를 받지 못한' 사람들의 집합체이다. 그래서 그들은 미래에 대해 낙관할 수 없고, 그 이유로 그들은 원한과 증오의 삶을 살아가게 된다. 대대로 물려받은 삶의 터전을 잃고 상경한 그들이 가장 먼저 터득한 것이 있다면 악착같이 살아남아야 한다는 삶의 모략적 깨달음이다. 그러한 삶의 현장, 즉 전통적 습속과 결별하고 적자생존의 법칙을 수납할 수밖에 없는 각박한 현실은 민중들의 처절한 몸부림인 '울음'으로 언표화되어 나타난다.

'산 1번지'의 인식은 최근까지도 신경림의 시적 상상력의 모체가 되어 다양하게 변주된다. 가령, 「안양시 비산동 489의 43」에서 "가난한 아들한테서 나오는 몇 푼 용돈을 미워하면서,/ 절뚝쩔뚝 산동네 아래 구멍가게까지 걸어 내려가/ 주머니에 사 넣는 한 갑 담배를 미워하면서,/ (중략)// 죽어서도 떠나지 못할 산동네를 미워하면서, 산동네을 환하게 비출 달빛을 미워하면서// 안양시 비산동 489의 43,/ 이 지번에서 아버지는 지금도 살고 계신다."를 통해 '산 1번지'의 가난한 현실이 현재에도 우리 삶의 울음의 근원이 되고 있음을 상기시킨다. 이는 시적 화자의 가난함과 그 가난함에 빚을 지면서 사는 아버지의 모습이 오늘날에도 그대로 형상화되면서 시인이 지금껏 바라보았던 '산 1번지'의 정서와 맞물리게 한다. 시인이 체감하는 울음의 근원은 가난이라는 감정을 공유함으로써 파생되고 있음을 형상화한다.

> 언제부턴가 갈대는 속으로/ 조용히 울고 있었다./ 그런 어느 밤이었을 것이다. 갈대는/ 그의 온몸이 흔들리고 있는 것을 알았다.// 바람도 달빛도 아닌 것./ 갈대는 저를 흔드는 것이 제 조용한 울음인 것을/ 까맣게 몰랐다./

—산다는 것은 속으로 이렇게/ 조용히 울고 있는 것이란 것을/ 그는 몰랐다

—「갈대」 전문

「갈대」는 인간 존재와 삶의 의미를 묘사하고 있는 작품이다. 갈대의 모습으로 투영된 시인은 갈대의 '울음'과 '흔들림'을 통해 자신의 존재론적인 의미를 확인하고 자각한다. 그는 '산다는 것'의 본질을 '속으로 조용히 울고 있는 것'으로 인식하면서 '울음'을 자신의 것으로 내면화한다. 여기에서 시인의 시적 출발점이 내면화된 개인의 감정, 즉 울음이라고 파악하는 견해[16]는 설득력을 지닌다.

시인은 갈대가 경험하고 있는 감정을 인간 존재의 문제로까지 확대해 나간다. 이러한 과정을 통해 갈대로 대변되는 시인은 울음을 통해 자기를 발견하고 자기의식의 단계를 경험하게 된다. 또한, 삶은 '조용한 울음'의 연속이라는 자아 각성의 경지에까지 다다르게 된다. 이 작품을 통해 시인은 울음을 매개로 한 존재론적 삶의 인식을 형상화해 내고 있는 것이다. 따라서 갈대의 울음은 갈대 자신의 실존적 표현임과 동시에, 인간 존재의 문제에 대한 탐구로 전환되어 나타난다. 이러한 신경림의 각성은 훗날 '살아 있는 것이 부끄럽다'(—「대목장」 부분)거나 '산다는 것이 갈수록 부끄럽구나'(—「군자에서」 부분)라는 인식과 같이하면서 '자신의 내적 울음'을 가난과 맞닿게 하는 임무를 수행한다. 이를 통해 시인이 태초에 자각했던 울음의 의미가 단순히 개인의 울음에서 머무는 것이 아니라 '가난'이라는 매개체와 만나 시인의 시 세계를 더욱 풍성하

16 김현, 「울음과 통곡」, 『신경림 문학선집』, 나남, 1987.

게 하는 키워드로 작용하게 됨을 알게 된다.

3. 울음의 신명과 가난의 사명

가난이라는 말에는 대체로 세 가지 의미가 내포된다. 첫 번째는 단지 부자에 비해 가난하다는 것이고 그 중심은 "경제상의 불평등"이다. 두 번째는 구휼을 받는다는 의미의 가난이며 그 중심은 "경제상의 의존"에 있다. 세 번째는 생활필수품을 누리지 못한다는 의미의 가난으로, 그 중심은 "경제상의 결핍"[17]에 있다. 신경림에게 가난은 어떤 의미일까? 신경림에게 가난은 '사는 일과는 아무런 상관도 없는 전통적 서정 일색'인 문단에서 자신만의 시적 서정을 발견하는 매우 중요한 매개로 인식된다. 동시에 민중의 고통을 이해하는 긴요한 수단이 된다. 신경림이 '가와카미 하지메의 『가난 이야기』가 자신의 생각을 크게 바꾸는 계기가 되었다'[18]고 고백한 바 있듯이 가난은 이제 그가 세상을 보는 하나의 틀로 자리 잡는다.

여기에 신경림의 시 세계를 관통하는 것이 민족과 민중 현실을 바탕으로 한 민중성이라는 점을 고려한다면, 나아가 제3세계의 민중성까지 내포한다면 그 시적 자장은 더욱 증폭될 것이다. 실제로 신경림은 1993년 이후 외국 여행을 할 기회를 자주 얻게 된다. 그는 북한과 중국을 비롯하여 베트남 · 인도 · 네팔과 같은 아시아, 나아가서 터키 · 프랑스 · 남미 · 미국 등 세계의 전역을 다니면서 자신과 정치적 · 경제적 · 문화적으로 직접적인 관계를 맺지 않은 제3자의 고통까지도 체감하게 된다.

---

17 가와카미 하지메, 송태욱 역, 『빈곤론』, 꾸리에, 2009.

18 「시대를 짊어진 작은 거인, 신경림」, 『웹진 시인광장 —김명원의 시인 탐방』, 2010년 8월호.

그만큼 그의 시적 공간이 확장되었음을 의미한다.

> 그녀의 아버지는 시클로에 외국 사람을 싣고/ 신나게 거리를 내달리고 있을 거야./ 오빠는 돈 많은 먼 나라에서/ 굴욕적인 헐값에 노동을 팔고./ 할아버지는 디엔비엔푸 전선에서/ 팔 하나를 잃은 사람, 할머니는/ 미라이 마을에서 더 값진 것 빼앗긴 사람,/ 이웃과 함께 구지 땅굴을 파고/ 외국 군대를 몰아냈지만./ 그녀의 어머니는 수예품을 들고/ 관광객을 잡고 적선을 구걸하고 있을 거야.
>
> —「少女行2」 전문

시인이 보는 제3세계의 삶의 현장은 시적 화자가 근본적으로 이해할 수 있는 것이 아니라 자기의식 속으로 환원되지 않는 감정일 것이다. 시인은 이러한 고통을 묵묵히 바라보면서 소외된 민중의 모습을 또 다른 형태로 체감한다. 문화적으로나 경제적으로 사회적 약자인 '그'와 '그녀'와 '할아버지', '할머니'는 "이웃과 함께 구지땅굴을 파고/ 외국 군대를 몰아냈지만" 결과적으로 남은 건 가난뿐임을 알게 된다. 그녀의 어머니는 "수예품을 들고/ 관광객을 잡고 적선을 구걸"하는 모습으로 묘사되는데, 신경림은 그 광경을 목격하면서 과연 무슨 생각을 했을지 의문이다. 아마도 그는 그가 초기 시집 『농무』에서 노래했던 우리네 민중의 모습을 떠올렸을 것이다.

> 우리는 협동조합 방앗간 뒷방에 모여/ 묵내기 화투를 치고/ 내일은 장날.

장꾼들은 왁자지껄/ 주막집 뜰에서 눈을 턴다./ 들과 산은 온통 새하얗구나. 눈은/ 펑펑 쏟아지는데/ 쌀값 비료 값 얘기가 나오고/ 선생이 된 면장 딸 얘기가 나오고./ 서울로 식모살이 간 분이는/ 아기를 뱄다더라. 어떡할거나./ 술에라도 취해 볼거나. 술집 색시/ 싸구려 분 냄새라도 맡아 볼거나./ 우리의 슬픔을 아는 것은 우리뿐./ 올해에는 닭이라도 쳐 볼거나./ 겨울밤은 길어 묵을 먹고./ 술을 마시고 물세 시비를 하고/ 색시 젓갈 장단에 유행가를 부르고/ 이발소집 신랑을 다루러/ 보리밭을 질러가면 세상은 온통/ 하얗구나. 눈이여 쌓여/ 지붕을 덮어 다오 우리를 파묻어 다오./ 오종대 뒤에 치마를 둘러쓰고/ 숨은 저 계집애들한테/ 연애편지라도 띄워 볼거나. 우리의/ 괴로움을 아는 것은 우리뿐./ 올해에는 돼지라도 먹여 볼거나.

—「겨울밤」 전문

비록 시대적 배경은 다르지만, 「겨울밤」은 시인에게 소외된 이웃들에 대한 끊임없는 관심 표명을 불러일으킨다는 점에서 많은 시사점을 안겨 준다. 이 작품에서도 가난은 좌절과 절망, 고통과 분노 등으로 가시화되어 그 속에 울음을 내장한다. 표면적으로는 단순히 농촌의 정서를 그대로 드러내 주는 것 같지만, 작품을 면밀히 살펴보면 피폐한 농촌 현실을 보다 효율적으로 드러내기 위한 역설적 방편이 이용되고 있음을 알게 된다. 단순한 '나'가 아닌 '우리'라는 민중의 공동체적 정서를 통해 가난에 대한 집단적 정서를 이루어 내고 있는 것이다. 「겨울밤」에서의 "우리의 슬픔을 아는 것은 우리뿐"이라는 자조적인 표명은 부조리한 현실을 타파하기 위한 시인의 결연한 의지와 삶에 대한 역설적일 뿐이다.

시인은 민중들의 삶 속에서 벌어진 사건을 중심으로 현실 사회에 대한 아픔을 아울러 묘사한다. 시 속에 등장하는 '장꾼, 분이, 술집 색시' 등은 피폐한 농촌의 사회 현실을 대변하는 소외된 인물들로 표상된다. 또한, 이들이 사용하는 일상적 어법은 공동체적 의식을 반영하는 농촌의 분위기를 형성해 낸다. 특히, 민중의 공동체 의식의 교감을 이루는 '협동조합, 방앗간, 뒷방, 장날' 등의 공간은 '묵, 막걸리, 술' 등과 같은 음식과 대비되면서 시인이 이야기하고자 하는 공동체 의식 속에 민중들의 생활상이 그대로 녹아들기를 희망한다. 쉽게 농촌을 떠나지 못하는 우리는 그저 '뒷방'에 모여 '쌀값 비료 값 얘기', '서울로 식모살이 간 분이는/ 아기를 뱄다더라.'처럼 스산한 이야기를 할 뿐이다. 그러나 그 스산함은 단순한 스산함으로 끝나지 않는다. 민중은 서로의 정서에 기대어 울음에 대한 '흥'의 신명을 불어넣는다.

못난 놈들은 서로 얼굴만 봐도 흥겹다/ 이발소 앞에 서서 참외를 깎고/ 목로에 앉아 막걸리를 들이켜면/ 모두들 한결같이 친구 같은 얼굴들/ 호남의 가뭄 얘기 조합 빚 얘기/ 약장수 기타 소리에 발장단을 치다 보면/ 왜 이렇게 자꾸만 서울이 그리워지나/ 어디를 들어가 섰다라도 벌일까/ 주머니를 털어 색싯집에라도 갈까/ 학교 마당에들 모여 소주에 오징어를 찢다/ 어느새 긴 여름해도 저물어/ 고무신 한 켤레 또는 조기 한 마리 들고/ 달이 환한 마찻길을 절뚝이는 파장

—「파장」 전문

징이 울린다 막이 내렸다/ 오동나무에 전등이 매어 달린 가설무대/ 구경꾼이 돌아가고 난 텅 빈 운동장/ 우리는 분이 얼룩진 얼굴로/ 학교 앞 소줏집에 몰려 술을 마신다/ 답답하고 고달프게 사는 것이 원통하다/ 꽹과리를 앞장 세워 장거리로 나서면/ 따라붙어 악을 쓰는 건 쪼무래기들뿐/ 처녀애들은 기름집 담벽에 붙어 서서/ 철없이 킬킬대는구나/ 보름달은 밝아 어떤 녀석은/ 꺽정이처럼 울부짖고 또 어떤 녀석은/ 서림이처럼 해해대지만 이까짓/ 산 구석에 처박혀 발버둥 친들 무엇하랴/ 비료 값도 안 나오는 농사 따위야/ 아예 여편네에게나 맡겨 두고/ 쇠전을 거쳐 도수장 앞에 와 돌 때/ 우리는 점점 신명이 난다/ 한 다리를 들고 날라리를 불거나/ 고갯짓을 하고 어깨를 흔들거나

—「농무」 전문

"못난 놈들은 서로 얼굴만 봐도 흥겹다"는 표현은 어쩌면 울음의 신명을 가장 잘 드러내는 표현이라 할 수 있다. 아울러 앞에서 말한 공동체 의식의 극점이기도 하다. 시인은 작품 안에 숨어 들어가 '못난 놈들'과 함께하면서 시골 장터의 풍물을 객관적으로 그려낸다. '못난 놈들'에 대한 정서의 결속력은 시인이 꿈꾸던 가난공동체의 시작점이 된다. 우선, 「파장」은 공동체적 연민과 애정을 형상화하면서 '모두들 한결같이 친구 같은 얼굴들'에 집중한다. 여기에서 시인이 말하고자 하는 연민은 인간에 대한 정직한 애정이 더욱 깊어질 때 생기는 감정이다. 농삿일 때문에 서로 바빴던 사람들이 장날만은 서로 얼굴을 보며 온갖 소문이나 세상 돌아가는 이야기를 나누는 행위는 단순히 팍팍한 농촌의 현실

을 우회적으로 드러내는 것을 넘어, 오히려 그 힘으로 현실을 부정할 수 있는 힘을 얻게 된다. 그래서 '왜 이렇게 서울이 그리워지나'라는 구절은 현실로부터의 탈주의 의미를 지니는 동시에 그곳에서 가난한 공동체를 이루는 것이 오히려 더 아름다울 수 있음을 형상화해 낸다. 시인은 이 지점에서 '섰다'를 생각하고 '색싯집'을 떠올리게 된다. 물론, 그것마저도 주머니 사정이 여의치 않아 막걸리와 소주를 들이켜고, '고무신 한 켤레 또는 조기 한 마리'를 들고 마찻길을 절뚝이며 집으로 돌아가는 가난한 농부의 행위를 통해 가난한 농촌의 삶과 공동체적 정서의 소외감을 환기한다.

「파장」이 현실적 가난과 공동체적 정서를 객관적으로 묘사하고 있다면, 「농무」는 가난에 대한 불만이 시인의 발화를 통해 표출되고 있다. 두 작품의 공통점은 농촌이 적막한 공간으로 묘사되고 있다는 점이다. 그러나 "산구석에 처박혀 발버둥 친들 무엇하랴/ 비료 값도 안 나오는 농사 따위야/ 아예 여편네에게나 맡겨 두고/ 쇠전을 거쳐 도수장 앞에 와 돌 때/ 우리는 점점 신명이 난다"라는 지점에서 시인의 울분의 정서가 신명의 정서로 전환됨을 목격한다. 농무는 쇠전을 거쳐 도수장 앞에 오게 되어서도 풍악을 크게 울리며 점점 더 신명을 더한다. 이러한 역설적 행위들은 기본적으로는 가난과 슬픔의 정서이지만, 궁극적으로는 슬픔조차 신명으로 전환하여 그것을 이겨 내고자 하는 가난한 공동체 구성원들의 눈물겨운 투쟁의 현장이기도 하다. 「농무」에서 보이는 가난에 대한 신명은 앞에서 살핀 「겨울밤」의 "술에라도 취해 볼거나, 술집 색시/ 싸구려 분 냄새라도 맡아 볼거나"와 같은 감정과도 그대로 맞물린다. 또한, 「파장」의 "어디를 들어가 섰다라도 벌일까/ 주머니를 털어 색싯집에라도 갈까"와의 정서와도 상통한다.

> 그에게는 따뜻한 봄날이 기억이 없다./ 그저 늘 추웠다./ 시집가서 아들딸 낳고 키워 시집 장가 보내고/ 서방 잃고/ 아들딸 따라서 사글셋방 전셋집 떠돌면서/ 종잇장처럼 가벼워졌다가/ 마침내 폐지로 버려졌다.// 폐지 더미를 실은 수레를/ 딸이 밀고 언덕을 올라가고 있다./ 에미를 닮아 허리가 굽고 주름이 깊다./ 그는 폐지 위에 쓰인 글귀를 입 속으로 읽는다./ 마음이 가난한 자는 복이 있나니……/ 에미가 평소에 버릇처럼 뇌던 말을 발견하고 그는 반갑다./ 오늘 아침 집이 헐렸지만/ 중년의 아들은 직장에서 쫓겨났지만/ 그는 폐지로 바뀐 에미를 실은 수레를 밀면서/ 행복하다./ 마음이 가난한 자는 복이 있나니.
>
> —「마음이 가난한 자는 복이 있나니」 전문

울음이 신명 날수록 가난은 더욱 비극적으로 인식되는지도 모른다. '마음이 가난한 자는 복이 있나니'라는 시 제목은 가난한 현실 앞에서 더욱 무기력해진 우리의 자화상을 보여 준다. 단도직입적으로 현실에서조차 복이 없는 모습을 형상화한다. 이러한 모습은 '행복하다'는 전언을 통해 더욱 비극적으로 그려진다. 어찌할 수 없는 가난의 대물림이 마치 "에미를 닮아 허리가 굽고 주름이 깊다."라는 육체적 묘사에도 깊이 박혀 있다. 또한, 평소에 에미가 되뇌던 그 말 '마음이 가난한 자는 복이 있나니'의 구절을 그가 다시 읽으며, 에미조차 폐지로 바뀐 현실, 다시 말해 경제적인 가치로 환원되는 이 현실이 시인은 너무 서글펐을 것이다. 그러나 시인에게 가난의 사명이란 어쩌면 「가난한 사랑 노래」에서 처럼 현실의 경제적 궁핍은 오히려 소망의 몸짓을 형상화해 낼 수 있는 희망이기도 할 것이다. 산업화 과정에서 밀려난 소외 계층의 애달픈 삶과 가난 때문에 모든 정신적인 아름다움마저 포기해야 하는 현실이지만, 신경림은 현실의 상황을 어떻게든 긍정하면서 민중들의 정신적 여유로움을 지속하려는 가난의 사명을 공표하고 있다.

이처럼 신경림 시에서의 울음은 가난이라는 매개를 통해 개인의 정서에서 공동체의 정서로 전염되는 효과를 갖는다. 그러면서 울음은 울음 그 자체로 머물지 않는다. "한 사람의 울음이 온 마을에 울음을 불러"(—「그 여름」 부분)오는 것처럼 울음은 다른 정서로의 전이를 이루면서 거대한 통곡[19]을 이루거나 「농무」에서처럼 신명 나는 감각으로 전이되기도 한다. 이렇게 공동체적 정서로 확산된 가난은 시대와 장소에 따라 그 모습만 달리할 뿐 신경림 시인에게 늘 오늘의 문제로 각인되면서, 현재를 사는 우리에게 일종의 가난에 대한 사명의식을 심어 준다. ■

---

19 김현, 앞의 글, 80쪽 참조.

공동체 의식의 추구와 공간에 대한 시적 성찰
—이성부론

1. '공동체 없는 공동체'의 시적 추구

우리 현대사에서 '민중'은 근대화의 첨병이면서 그 과정의 직접적 피해자로 인식되고 있다. 이와 같은 민중의 이중적 성격은 성장 위주의 근대화 프로젝트가 가져온 사회의 구조적 모순과 더불어 나타나게 되는데, 이러한 민중의 위상에 대한 역사적 자각과 민중적 서정시의 문학적 성취 과정은 겹쳐서 흐를 수밖에 없다. 그 흐름은 역사적 상상력과 문학적 언어가 만나는 지점에서 형성되어 삶의 구체성과 보편성을 하나로 관통하는 상상력의 통합 과정으로 나타나게 되었다.[20]

이성부는 한국 현대사의 질곡을 다양한 시선을 통해 응시해 왔던 시인이다. 특히 민중들의 고통을 응시하고, 동시에 산업화 사회의 부정적 양상에도 관심을 둔 시인이기도 하다. 1960년대 시인들은 보편적으로 시적 대상을 '민중'으로 설정함으로써 '민중적 서정시'의 기틀을 마

20 유성호, 『한국 현대시의 형상과 논리』, 국학자료원, 1997, 420쪽.

련하는 계기를 이루게 된다. '민중'은 시대의 흐름의 주도자이면서 동시에 그 과정에서 파생된 피해자이기 때문에 시인들의 시적 대상으로서 충분한 가치를 지니기 때문이다. 이성부 또한 자신의 시적 상상력의 토대를 민중의 삶의 중심에 두게 된다. 주지하지만, 그의 시적 대상인 민중이 역사의 왜곡으로 이탈된 사람들이며, 정치적으로 소외된 대상임을 떠올려 볼 때 이성부에게 민중은 시의 출발이자 공동체의 기반을 이루는 중요한 모티프가 된다.

이러한 이성부의 시적 취향에 대해 김종철은 "그것은 한마디로 현실 경험에 대하여 살아 있는 관계를 맺고자 하는 행위"[21]로 언급한다. 이를 기반으로 유추해 볼 때 이성부에게 있어서 민중은 수동적인 타자가 아니라 시적 화자와 동등한 입장에서 삶을 살아가는 능동적 타자임을 예상해 볼 수 있다. 그것은 개인의 행복이나 불행이 본질적으로 사회의 계급 구조와는 무관한 것임을 알 수 있다. 민중은 언제든 자신들의 자의를 통해 어떤 구조와 조직을 벗어날 수 있는 근원을 지닌 존재이기 때문이다. 비유적으로 말해 이성부는 민중을 '밝힐 수 없는 공동체', '공동체 없는 공동체'[22]의 연장선에서 이해하고 있었을지도 모른다. 이성부는 역사가 만들어 놓은 현실 속에서 자신의 시적 한계를 극복하고자 어떤 정치적, 역사적 이념이 배제된 민중을 선택함으로써 하나의 '민중적 서정시'의 영역을 개척한 것이다.

---

21 김종철, 「이성부의 시 세계」, 이성부, 『우리들의 양식』, 민음사, 1974. 11쪽.

22 박준상, 『바깥에서』, 인간사랑, 2006, 115~116쪽 참조.; 블랑쇼가 말하는 나와 타자 사이의 공동체는 어떤 가시적 공동체, 어떤 조직과 기관에 기초한 뭐라고 명할 수 있는 공동체가 아니다.(……) 공동체 없는 공동체를 이루는 자들은 나와 어떤 이념, 어떤 기준, 어떤 목표를 공유하는 자들이 아니다.(……) 공동체 없는 공동체는 모든 정치적 이념과 모든 현실적인 정치적 계기들에 대해 전—근원적이다.

벼는 서로 어우러져
기대고 산다.
햇살 따가와질수록
깊이 익어 스스로를 아끼고
이웃들에게 저를 맡긴다.

서로가 서로의 몸을 묶어
더 튼튼해진 백성들을 보아라.
죄도 없이 죄지어서 더욱 불타는
마음들을 보아라. 벼가 춤출 때,
벼는 소리 없이 떠나간다.

벼는 가을 하늘에도
서러운 눈 씻어 맑게 다스릴 줄 알고
바람 한 점에도
제 몸의 노여움을 덮는다.
저의 가슴도 더운 줄을 안다.
벼가 떠나가며 바치는
이 넓디넓은 사랑,
쓰러지고 쓰러지고 다시 일어서서 드리는
이 피 묻은 그리움,
이 넉넉한 힘……

—「벼」 전문(『우리들의 양식』)

이성부의 시 세계에서 나타나는 민중에 대한 깊은 시적 통찰은 공동체 의식 안에서 하나의 시적 윤리로 자리한다. 공동체의 윤리는 단순히 개인의 희생만을 요구하지 않는다. 서로가 각자의 자리에서 각자의 역할에 충실할 때 하나의 공동체적 윤리가 형성되는 것이다.[23] 그것은 하나의 어울림이며 타자들과의 관계에서 형성되는 연대 의식이기도 하다.

인용한 작품 「벼」는 민중들의 새로운 삶에 대한 기대를 '벼'의 이미지를 통해 보여 준다. 벼라는 대상의 특징인 "어우러져 기대고 사는 것"이나 "햇살이 따가워질수록 깊이 익어 스스로를 아끼고 이웃에게 저를 맡기는" 모습은 흡사 '민중'들의 모습과 그대로 겹쳐진다. 주목해 볼 것은 "죄도 없이 죄지어서 더욱 불타는" 구절이다. 표면적으로 이해하자면 '죄가 되지 않는 죄'는 부당한 현실에 맞서는 민중들의 또 다른 모습을 형상화한 표현일 것이다. 그러면서도 '마음이 불타'는 민중들의 모습은 부조리한 권력에 대한 저항 의지가 공고함을 표상한다. 이러한 벼의 이미지는 "춤출 때,/ 벼는 소리 없이 떠나간다"라는 시적 인식으로 전환된다. 벼가 자기의 몸을 바치는 것은 자신을 희생함으로써 사랑과 타자에 대한 연민을 실천하는 공동체의 윤리를 의미한다. 이것을 시적 화자는 "벼가 떠나가며 바치는/ 이 넓디넓은 사랑"으로 인식하고 있다.

시인은 이 작품을 통해 민중들의 공동체적 사랑과 연대 의식을 보여 준다. '서로 어우러져 기대고' 사는 '벼'의 모습이 '서로의 몸을 묶어 더

---

23 바흐친, 『말의 미학』 김희숙 · 박종소 옮김, 길, 2006.; 우리가 서로서로 바라볼 때, 서로 다른 두 세계가 우리 눈에 들어온다. 물론 적당한 위치를 잡음으로써 각기 다른 시야들에서 빚어진 차이점을 최소화할 수는 있겠다. 그러나 이 차이를 완전히 없애려면 하나로 합쳐져서 한 사람이 되어야 할 것이다. 모든 타자들과의 관계에서 항상 존재하는 나의 바라보기, 앎, 소유의 잉여는 세계 속에서 나의 위치가 갖는 유일성과 대체 불가능성에 기반을 두고 있다.

튼튼해진' 백성의 모습으로 인식될 때, 시인의 시선에서 민중은 쓰러져도 다시 일어설 수 있는 '넉넉한 힘'을 가진 대상으로 전환된다. 이성부 시인은 벼의 다양한 형상이 민중적 삶의 모습을 형상화하는 동시에, 독자로 하여금 우리 민족의 삶과 역사의 전개 과정이 사랑과 연민으로 엮인 공동체 의식에 기반을 두고 있음을 유추하게 한다.

따라서 위 작품에서 벼는 타자로서의 민중이면서 주체로서의 민중이기도 하다. 동시에 부당한 권력에 맞설 줄 아는 공동체 없는 공동체의 전형이기도 하다. 주체로서의 민중이 만들어 낸 공동체는 스스로 생명 의지를 키워 가는 자생력을 지닌 매개로 시인에게 인식된다. 그러면서 각 개체가 공동체 의식을 가지고 관계 속에서 단합할 때, 그 위력이 얼마나 대단한지를 말해 준다. 이는 관계 속에서 이루어지는 공동체의 윤리가 사랑과 연민의 감정을 통해 어떠한 힘을 발휘할 수 있는지를 집약적으로 나타낸다고 할 수 있다.

> 눈멀고 귀먹은 사람은
> 사나운 화염 속을 걸어 들어간다.
> 모든 슬픔이 단단하게 굳어지면
> 겨울이 오듯 그 사람은 어쨌든
> 무엇으로 굳어지긴 굳어졌다.
>
> 그리고 그는 우뚝 서 있다.
> 불의 핏줄 속에서
> 안 보이는 눈으로 다 보고 있고

안 들리는 귀가
세계의 말을 다 듣고 있다.

—아아 여보게 저 사람 좀 봐
저렇게 저렇게 생생한 사람을.

기다리던 사람들이 몰려간다.
더렵혀진 몸들도 착한 마음씨도
잊혀진 死者들도 죽은 겨레도
그를 향해 몰려간다. 불의 가운데로.

—「그 사람」 전문(『우리들의 양식』)

공동체에 속하지 않는 민중의 개인적 희생은 역설적으로 사랑과 연민의 감정을 통해 다시 공동체의 연대 속에 귀속됨을 유추해 볼 수 있다. 이는 단순히 타자에 대한 자기희생이라기보다는 어쩌면 자기 자신을 위해 희생함으로써 공동체의 윤리를 공고히 하려는 시적 의지로 봐야 할 것이다. 언제나 그렇듯 인간은 자신의 이익과 생존을 위해 필연적으로 자신만의 행동 윤리를 따르게 마련이다. 그러나 그것은 어디까지나 이타주의의 가면을 쓴 이기주의의 다른 모습일 가능성이 높다. 범박하게 황지우의 시를 빌어 이야기하자면 모든 '이타심은 이기심'에서 비롯되기 때문이다. 하나의 공동체를 위해 개인을 희생한다는 것은 결국 자신을 위해 공동체의 윤리를 활용하는 모습으로 나타난다. 그것은 공동체 없는 공동체가 어떠한 사회적 구조나 억압에서 벗어나 있음을 의미한다.

「그 사람」 또한 이러한 맥락에서 볼 때 한 개인의 죽음이 공동체의 윤리를 넘어 개인의 주체적 공동체, 다시 말해 공동체 없는 공동체로 전이되고 있음을 확인할 수 있다. 여기에서 '그 사람'은 죽음 직전에서도 사회의 어떤 제도적 혜택도 받지 못한 '민중'의 모습으로 그대로 묘사된다. 그러나 "눈멀고 귀먹은 사람"은 오히려 "안 보이는 눈으로 다 보고 있고/ 안 들리는 귀가/ 세계의 말을 다 듣고 있다"는 모습으로 그려진다. 시적 화자가 목격하고 있는 '그'가 단순히 무매한 '민중'이 아니라 자신을 희생함으로써 공동체의 윤리를 지켜 나가는 능동적인 주체임을 암시하고 있는 것이다. 결국 "기다리던 사람들이 몰려간다./ 더럽혀진 몸들도 착한 마음씨도/ 잊혀진 死者들도 죽은 겨레도/ 그를 향해 몰려간다."는 화자의 전언은 오히려 민중이 지니고 있는 숭고함을 통해 어떤 공동체적 연대 의식을 발의하는 것으로 해석될 수 있다.

시인이 포착한 이러한 민중은 「벼」에서 강조되고 있는 능동적 주체의 모습과 궤를 같이한다. 시적 화자에게 1970년대 전태일은 사회의 무반응과 부조리함에 분신 항거한 노동 운동가로 기억된다. 다른 작품 「전태일 君」에서 시인은 "불에 몸을 맡겨/ 지금 시커멓게 누워 있는 청년은/ 죽음을 보듬고도/ 결코 죽음으로/ 쫓겨 간 것이 아"님을 이야기한다. 이는 이성부 자신이 전태일을 부당한 권력의 횡포에 정면으로 맞선 인물로 기억하기 때문이다. 또한, 자기를 희생함으로써 공동체의 권력을 회복하는 능동적 주체의 전형으로 인식하고 있다는 방증이기도 한 것이다. 하지만 당시의 사회적 분위기를 고려해 볼 때 전태일에 대한 이성부의 평가는 다소 진보적인 시각에서 해석해 볼 수 있겠다. 주지하지 않아도 1970년대까지만 해도 민중은 단순히 소외된 계층, 고통을 받는 계층, 지식인들의 동정을 받는 대상 정도로만 여겨졌다. 그러나 이성부는 "민중의 역할을 주변화하거나 무시해 버리는 낭만적 엘리트 의식"[24]을 과감히 걷어 내고 민중의 수동성을 능동적인 주체로 전환한 시인이다. 이는 자기희생의 결과를 사회적인 맥락이나 계급 구조 속에 두지 않고 시적 인식의 자장 안에 두었기 때문에 가능한 일일 것이다. 그만큼 시인에게 민중을 통해 발현되는 주체적 희생과 공동체의 윤리는 매우 중요한 것으로 이해될 수 있다.

> 기다리지 않아도 오고
> 기다림마저 잃었을 때에도
> 너는 온다.
> 어디 뻘밭 구석이거나
> 썩은 물웅덩이 같은 데를
> 기웃거리다가
> 한눈 좀 팔고, 싸움도 한 판 하고,
> 지쳐 나자빠져 있다가
> 다급한 사연 듣고 달려간 바람이
> 흔들어 깨우면
> 눈 부비며 너는 더디게 온다.
> 더디게 더디게

24 유성호, 『한국현대시의 형상과 논리』, 앞의 책, 431쪽.

마침내 올 것이 온다.

너를 보면 눈부셔

일어나 맞이할 수가 없다.

입을 열어 외치지만 소리는 굳어

나는 아무것도 미리 알릴 수가 없다.

가까스로 두 팔을 벌려

껴안아 보는

너, 먼 데서 이기고 돌아온 사람아.

—「봄」 전문(『우리들의 양식』)

하지만 민중에 대한 억압과 암울한 현실은 시인이 생각했던 것보다도 더 쉽게 극복되지 않았을 것이다. 세상은 "눈 부비며 읽어 보아도/ 읽을 수가 없"(「누가 살고 있는지」, 『우리들의 양식』)을 정도로 절망적이었을 것이다. 이러한 절망은 詩作의 쓸모없음을 경험하게 함으로써 시인에게 자기모멸감을 선사해 주기도 한다. "시작의 쓸모없음, 모든 언어에 대한 깊은 불신 등 최근에 갖게 된 나의 절망이 해소될 기미는 이 시집 출판을 통해서도 전혀 찾아볼 수 없다."[25]는 시인의 자책은 어쩌면 시적 의지만으로는 해결할 수 없는 좌절감의 다른 표현이었을 것이다. 알다시피 1970년대의 민중은 수동성을 내포한, 다시 말해 당연히 지배를 받아야 하는 대상에 지나지 않았다. 그럼에도 이성부는 민중에 대한 희망의 끈을 놓지 않았던 것이다. 오히려 민중에 대한 능동적 자리바꿈

25 이성부, 「後記」, 『前夜』, 창작과비평사, 1981, 117쪽.

을 위해 헌신하기도 한다. 그는 "어렵고 버림받은 사람들의 승리가 반드시 고통 속에서 쟁취된다는 사실을 나는 믿는다. 그러기에 나는 나와 내 이웃들의 고통의 현장에서 한 발자국도 비켜설 수 없다. 이 고통의 편린들. 이 뼈아픈 삶의 정체를 밝혀 보는 일이야말로 나에게는 가장 중요한 시적 목표가 된다."[26]고 고백함으로써 자신의 시적 지향점을 분명히 하기도 한다. 이러한 이성부의 민중에 대한 사랑과 연민의 고백은 시기상 다소 이채로운 것은 사실이지만, '민중성'으로 구현되는 공동체의 윤리가 현실의 상황과 비켜 있을 때, 시인이 경험해야 했던 시적 주체로서의 삶이 얼마나 고단한 것인지 짐작하게 된다.

인용한 작품 「봄」에서는 희망의 끈을 놓지 않는 시적 화자의 모습이 잘 나타나 있다. 시인은 '봄'이라는 다소 단순한 소재를 통해 하나의 간절한 기다림을 형성한다. 여기에서 봄은 단순히 계절의 순환이 아니라 "먼 데서 이기고 돌아온 사람"으로 의인화된다. 이는 암흑과 부정의 현실로부터 민중, 다시 말해 꼭 민중이 아니더라도 힘없고 나약한 자들이 기대할 수 있는 희망의 의미로 읽힌다. 이성부는 민중들이 어렵고 고통받는 삶을 단순히 자연스럽게 찾아오는 '봄'으로 이미지화해 내는 것이 아니라, 민중들의 노력과 자기희생을 통해서 얻어지는 것으로 이해되고 있다. 그래서 봄이 아직 오지 않은 상황은 "뻘밭 구석이거나", "썩은 물 웅덩이"로 시적 화자에게 묘사된다. "다급한 사연을 듣고 달려간 바람이/ 흔들어 깨워"도 봄은 "더디게 더디게"만 온다. 그러한 간절한 기다림 끝에 찾아온 봄이야말로 민중이 "가까스로 두 팔을 벌려/ 껴안아" 볼 수 있는 희망의 근거가 된다. 마지막 행의 봄이 "먼 데서 이기고 돌

26 김종철, 앞의 책, 11쪽.

아온 사람"이라고 표현되는 것도 「벼」에서 보았던 공동체적 윤리와 희생, 「그 사람」 속에 암시되었던 전태일의 자기희생이라는 측면에서 이해된다. 따라서 시인이 기다리는 '봄'은 다가올 미래에 대한 시적 화자의 기대감에 대한 표출이며, 암울한 시대에 대한 저항과 공동체의 사랑과 연민이 가져다줄 하나의 열정을 표상한다고 할 수 있다.

2. 공간에 대한 관조와 시적 공동체

이성부에게 전라도는 어떤 의미일까. 표면적으로는 시인의 고향이면서, 그 옛날 백제의 숨결을 고스란히 간직한 서정의 공간일 것이다. 시인은 시정신의 발현 공간과 동일시될 수 있는 대상을 '민중'과 '전라도'로 설정함으로써 현실적 상상력과 역사적 상상력의 접합 지점을 찾게 된다. 특히 그의 세 번째 시집인 『百濟行』은 역사적 상상력의 결집을 도모한 시편들이라 할 수 있다. 여기서 그는 전라도나 백제의 지역적, 역사적 특수성을 문제 삼는 것이 아니라 절망과 좌절로 얼룩진 민중의 땅 위에서 오히려 더욱 또렷해지는 인간에 대한 보편적 애정을 확인한다. 이를 중심으로 소외된 민중들의 구체적인 삶의 모습을 포착함으로써 타자에 대한 연대 의식과 공동체 의식을 강조하게 된다.

> 아침노을의 아들이여 전라도여
> 그대 이마 위에 패인 흉터, 파묻힌 어둠
> 커다란 잠의, 끝남이 나를 부르고
> 죽이고, 다시 태어나게 한다.

짐승도 藝術도

아직은 만나지 않은 아침이여 전라도여

그대 심장의 더운 불, 손에 든 도끼의 고요

하늘 보면 어지러워라 어지러워라

꿈속에서만 몇번이고 시작하던

내 어린 날, 죽고 또 태어남이

그런데 지금은 꿈이 아니어라.

사랑이어라.

光州 가까운 데서는

푸른 삽으로 저녁 안개와 그림자를 퍼내고

시간마저 무더기로 퍼내 버리면

거기 남는 끓는 피, 한 줌의 가난

아아 사생아여 아침이여

창검이 보이지 않는 날은

도무지 나는 마음이 안 놓인다

드러누운 山河에는

마음이 안 놓인다.

—「전라도2」 전문(『우리들의 양식』)

'전라도'는 역사적으로나 현실적으로 시대의 분열과 굴곡을 그대로 흡수한 공간이다. 이 물리적 공간 안에서 시인은 자신의 시적 지향점을 점검하고, 그 과정에서 겪게 되는 분열과 좌절을 몸으로 그대로 흡수한다. 시인은 공동체의 실천 윤리가 되는 '몸'을 통해 하나의 공간을 '정신'의 공간으로 탈바꿈시킨다. 그래서 "정신보다도 더 믿을 수 있는 것은 몸이다./ 살아 있는 것은 오직 몸뿐이다."(「몸」 부분, 『빈 산 뒤에 두고』)라고 고백한다. 사실 이성부에게 1980년대의 전라도, 구체적으로는 광주의 비극을 멀리서 바라볼 수밖에 없었다는 자괴감은 현실의 삶에 억눌린 '민중'을 관조해야 했던 자신의 모습과 다르지 않았을 것이다. 이러한 자괴감 탓에 시인은 침묵하고 자성하는 계기를 갖게 되었지만, 어쨌거나 이 전라도라는 공간은 절망과 좌절을 담보로 내건 희망의 공간임은 틀림없을 것이다. 따라서 시인에게 전라도는 "아침노을의 아들", "아직은 만나지 않은 아침", "사생아"로 인식되기도 하지만 "성난 사랑을 퍼올리"는 능동적이고 적극적인 역사가 도사리는 곳으로 인식되기도 한다. "죽이고 다시 태어나게 한다."고 각성할 만큼 전라도는 시인에게 포기할 수 없는 공간인 동시에 자신을 치유시켜 주는 모태의 공간이기도 하다. 따라서 '전라도', '백제', '광주'로 대변되는 그의 시적 지향점은 영혼과 육체의 뿌리로의 '귀향'을 통해 이루어진다. 이 귀향은 전라도로 상징되는 암울한 역사로의 귀의이다. 그러나 시인은 "두려움을 무릎 쓰고"(「전라도4」 부분, 『우리들의 양식』)서라도 귀향을 재촉한다. 이는 단순히 공간으로의 회귀뿐 아니라 시인으로서 감행해야 하는 현실적 실천의 문제이기 때문이다.

이러한 시인의 실천 의식은 공동체적 사랑 안에서 민중에 대한 구체적인 사랑과 연민으로 이어진다. 전라도라는 물리적 공간이 사회적 소외와 부조리에 대한 부정의 내포했다면 시인이 민중의 구체적인 삶의 공간을 포착하는 것은 그 대상으로의 적극적인 침잠을 의미하기 때문이다.

> 이 울음 소리
> 마을을 덮고 세상을 흔드는
> 이 울음 소리,
> 九泉에 닿았다가 돌아와서
> 死者들을 일깨우고,
> 단단히 굳어지면
> 이 나라의 아픈 돌부리가 된다.
>
> 엄지로 코 풀며
> 내뱉는 한숨도
> 겨레의 작은 가슴들에
> 깊은 悔恨으로 박히고,
> 으드득 갈아붙이는 새벽 이빨도
> 잠자는 사람들의
> 헛된 꿈을 깨문다.
>
> 억울한 者,
> 억울하지 않은 者
> 모두 한꺼번에 껴안았던 죽음인 것을.

아아 우리들의 이 커다란 슬픔이

슬픔으로 짓이겨져서

더운 사랑을 만들 날은 언제인가.

—「上洞부락의 제삿날」 부분(『백제행』)

구체적인 공간으로서의 '上洞부락'은 전라도의 대체 공간으로 인식해 볼 수 있다. 이 작품에서 마을 사람들을 하나로 엮는 것은 '죽음'이다. 죽음이 지니는 제의적 상징을 통해 화자는 공동체의 연대 의식을 확인한다. 죽음이 파생하는 '울음'은 "마을을 덮고 세상을 흔"든다. "억울한 者/ 억울하지 않은 者/ 모두 한꺼번에 껴안았던 죽음"을 부락민은 목격한다. 그러나 이러한 과정이 화자에게 꼭 부정적으로만 비치는 것은 아니다. "우리들의 이 커다란 슬픔이/ 슬픔으로 짓이겨져서/ 더운 사랑"을 만들어 내기 때문이다. "더운 사랑"에 대한 시인의 시적 지향은 이 작품이 단순히 절망적으로만 흐르지 않음을 암시한다. "어렵고 버림받은 사람들의 승리가, 반드시 고통 속에서 쟁취된다는 사실을 나는 믿는다. 그러기에 나는 나와 내 이웃들의 고통의 현장에서 한 발자국도 비켜설 수 없다. 이 고통의 편린들, 이 뼈아픈 삶의 정체를 밝혀 보는 일이야말로 나에게는 가장 중요한 시적 목표가 된다. 내가 나에게 충실하고, 남에게 진실할 수 있는 길이 이것말고 또 다른 무엇이 있겠는가"[27]라는 이성부의 고백에서 그의 시적 지향점을 엿볼 수 있다.

---

27 이성부, 「後記」, 『百濟行』, 창작과비평사, 1977, 131쪽.

노인은 삽으로

영산강을 퍼올린다 바닥이 보일 때까지

머지않아 그대의 눈물의 뿌리가 보일 때까지

노인은 다만

성난 사랑을 혼자서 퍼올린다

이제는 무엇을 위해서가 아니라

삶을 어떻게 용서하기 위해서가 아니라

노인은 끝끝내

영산강을 퍼올린다 가슴에다

불은 꺼지고 있는데

아직도 논바닥은 붉게 타는데

바보같이 바보같이 노인은 바보같이

—「전라도7」 전문(『우리들의 양식』)

시인의 공간에 대한 성찰은 비단 '마을'의 공간뿐 아니라 '강'이라는 공간으로도 전이된다. 시인은 한 노인을 통해 영산강을 퍼올리는 모습을 그려 낸다. 영산강을 퍼올리는 행위는 "바닥이 보일 때까지/ 머지않아 그대의 눈물의 뿌리가 보일 때까지" 지속한다. 이 지점에서 이성부가 지향하고 있는 시적 윤리를 다시 한 번 확인받게 된다. 노인이 강물을 퍼올리는 행위의 끝은 '강바닥'이 아니라 '눈물의 뿌리'이기 때문이다. 바꿔 말해 슬픔과 절망의 공간 속에 사는 우리에게 노인은 그 근원이 결국 개개인의 희생 속에 있음을 암시하고 있는 것이다. 이러한 인식은 "밤이 한 가지 키워 주는 것은 불빛이다./ 우리도 아직은 잠이 들면 안 된다."(「밤」 부분, 『우리들의 양식』)라는 의식과 맞닿아 있다.

이 부분에서 이성부가 성찰해 내고 있는 공간, 전라도와 백제, 밤과 어둠의 실체에 대해 어렴풋이나마 알 수 있게 된다. 그만큼 전라도와 백제는 밤과 어둠의 연속이었던 것이다. 시인에게 있어 '상동부락'이나 '영산강'은 버림받은 땅이 아니라 현실의 삶에 지친 자의식을 회복하는 유토피아의 공간이다. "삶을 어떻게 용서하기 위해서가 아니라" 단지 그곳을 살아 내는 사람들, 다르게 말해 그곳의 민중들의 '바보 같은' 삶 속에서 시인은 진정한 민중의 시적 공동체를 한 단면을 확인하고 있다.

3. 시적 공동체의 연대 의식

"말할 수 없는 것에 대해 침묵해야만 한다"는 비트겐슈타인의 전언은 유효할까. 이 명제를 전하기 위해 자신은 결국 침묵할 수 없었던 자의 참담함은 이성부가 민중에게서 느꼈던 절망과 같은 무게일까 아닐까. "다시 눈 부비며 읽어 보아도/ 읽을 수가 없다. 그대의 책에서는 책만 보일 뿐/ 종이의 살결만이 드러날 뿐"이라고 스스로 자책했던 시인에게 1960~70년대의 현실은 암울함 그 자체였을 것이다. 실제 현실과 시인이 경험하는 시적 현실 사이의 괴리는 때로 주체의 분열을 야기했음은 자명하다. 광주에서 일이 터질 때 그곳에 있지 않았다는 이유만으로 수년간 시를 쓰지 않았다는 그의 자책 속에서 그가 관통하고 있는 공동체의 의식을 엿볼 수 있게 된다. 자신이 직면하고 있는 현실은 자신이 경험하는 구체적인 감정인 동시에 자신을 바라보는 또 하나의 세계임을 직시한다면, 시인이 경험하고 있는 현실과 현실이 주도하고 있는 시인의 서정성이 대립할 때 시인은 기존의 시적 자아 대신 또 다른 자아를 내세울 필요가 있게 된다.

이성부 초기 시편의 시적 주체들은 민중이라는 대상을 통해 하나의 공동체 의식을 그대로 형성해 나간다. 그 범주 안에서 잊히기 쉬운 민중의 암울한 현실과 그것을 타개하려는 사랑과 연민의 방식 등은 그의 시의 주된 주제를 이루고 있다. 시인의 이러한 주제 의식과 맞물려 '전라도'와 '백제'라는 특수하고 상징적인 공간 탐색을 통해 민중들의 삶에 대한 천착을 보이기도 한다. 또한 많은 평자들이 지적하는 시인의 시적 경험이 시인만의 남성적인 음역 안에서 이루어지는 점도 주목할 점이다.

이성부의 시 세계에서 나타나는 민중에 대한 깊은 시적 통찰은 시적 공동체 안에서 하나의 시적 윤리로 자리한다. 그는 민중에게 어떤 이념을 강요하거나 사상과 행동을 요구하지 않는다. 민중을 대상화하고 그들을 시인의 의식과 일치하려는 엘리트 의식에서 벗어나고 있다는 점은 무엇보다 그의 시가 지니는 미덕이라 할 수 있다. 이러한 시인의 시적 윤리는 그의 시가 타자로서의 민중의 주체성을 인정하고, 구체적인 삶의 과정에서 민중이 가지고 있는 슬픔과 고통에 대해 관심을 기울이고 있기에 가능하다. 이는 그동안 소외되어 왔던 민중에 대한 스스로의 책임과 연대 의식이 작용하고 있음을 의미한다. 타자의 타자성에 대한 인정과 이성부가 초기 시에서 집중적으로 추구했던 시적 공동체의 연대 의식은 성급한 이념의 전파와 구호가 남발했던 1960~70년대 시단에서 매우 이채로운 결과로 평가할 수 있겠다. ■

소리의 미학과 돈의 상상력
—김종삼론

김종삼의 시 세계를 '소리'와 '돈'의 상상력으로 규정하는 것은 사실 그리 어색한 접근법은 아니다. 상기하다시피 김종삼 시인의 시 작품에서는 '소리'라는 특정 모티프에 기반한 음악[28]적 요소와 특징이 많이 등장하기 때문이다. 이는 김종삼이 얼마만큼 소리에 깊이 천착하고 있었는지를 단적으로 보여 주는 좋은 예라 할 수 있다. 아울러 '돈'에 관한 시적 모티프는 김종삼 시의 내면 의식과 시적 행보와 관련하여 중요한 지표 역할을 수행한다. 기본적으로 돈은 개인과 세계를 묶어 주는 막강한 힘을 발휘하는 사회적 기호이다. 이 기호를 통해 김종삼이 사회와 교

28 음악은 김종삼에게 취미의 수준을 넘어 생리적으로 이끌리는 것이었고 시 쓰기 방식과도 통했다. 음악은 때로 그에게 자신이 죄인임을 느끼게 해 주기도 하고(「라산스카」), 유년의 세계로 들어가게 하는 구실도 한다.(「아데라이데」, 「쑥내음 속의 동화」, 「비옷을 빌어 입고」, 「글짓기」, 「오 학년 일 반」, 「女囚」, 「따뜻한 곳」). 또한 생의 일부이면서 동시에 죽음이 무엇인지를 알게 해 주는 곳이고(「그날이 오며는」, 「對話」), 심적인 안정감을 주고 제정신을 찾게 해 주는 것이기도 했다.(「가을」, 「掌篇 4」).—송경호, 『김종삼 읽기』, 한국학술정보, 2010, 166쪽 참조.

섭하는 시적 방식과 그 양상을 살펴보는 일은 매우 흥미로운 일이 된다.

1. 소리의 들음과 내면 탐색

김종삼의 시에서 소리는 거의 전 작품에 걸쳐 두루 나타나는 중요한 핵심 요소이면서 시인의 의식 세계를 규명하는 데 매우 중요한 역할을 한다. 그런 의미에서 시인은 견자(見者)이기 이전에 청자(聽子)이다. 시인은 헛것으로 가득 찬 현상의 부질없는 명멸에서 눈을 돌리고 어디선가 멀리 들려오는 '존재의 부름'에 귀를 기울이는 자이다.[29] 시인에게 귀를 기울인다는 행위는 소리에 대한 내면의 탐색을 의미한다. 소리에 대한 탐색은 현상학과 더불어 출발한다. 현상학은 경험을 다면적이고 복합적이며 본질적인 형식 속에서 치밀하게 탐구하는 일에 전념하는 사고의 양식이다. 현상학적으로 '듣는다는 것'은 집중된 주의력을 쏟는 것 그 이상을 의미한다. 그것은 사물들 자체에 귀 기울이려는 시도 속에 끼어드는 어떤 완고한 '믿음들'이 작용하는 과정에 주의하는 것을 말한다.[30] 따라서 시인은 사물들의 소리를 들음으로써 내부(Interiors)를 듣게 된다. 내부를 들음으로써 비로소 〈비가시적인 것〉을 보이게끔 만드는 청각의 고유한 힘을 경험하는 것이다. 김종삼의 시에서 소리는 일상적인 차원을 뛰어넘어 시인의 내면의 세계를 가시화시켜 주는 매개체로 작용한다. 이때의 소리는 시인에게 들음에 대한 강렬하고도 고도의 주의력을 필요하게 만든다.

---

29 남진우, 『미적 근대성과 순간의 시학』, 소명출판, 2001, 182쪽.

30 돈 아이디, 박종문 역, 『소리의 현상학』, 예전사, 2006, 53쪽, 119쪽 참조.

산마루에서 한참 내려다보이는

초가집

몇 채

하늘이 너무 멀다.

얕은 소릴 내이는

초가집

몇 채

가는 연기들이

지난 일들은 삶을 치르노라고

죽고 사는 일들이

지금은 죽은 듯이

잊혀졌다는 듯이

얕은 소릴 내이는

초가집

몇 채

가는 연기들이

—「소리」 전문

김종삼의 시에 나타나는 소리는 현실의 삶에서 불화를 경험하는 시인의 내면적 독백이거나, 자신이 참여할 수 없는 환상의 세계에 존재하는 소리들이다.[31] 따라서 시인에게 고도의 집중력이 없으면 사실상 내면의 탐색은 불가능하다고 볼 수 있다. 인용된 작품 「소리」는 '산마루에서 한참 내려다보이는/ 초가집'을 배경으로 한다. 산마루는 일반적으로 산등성이의 가장 높은 곳을 지칭하는 말이다. 그곳은 흔히 사람들이 세상의 풍경을 들여다보거나 사색하기 좋은 장소이다. 작품 속의 화자는 현재 '산마루'에서 '초가집'을 내려다보고 있다. 그러나 '하늘이 너무 멀'게 보일 정도의 물리적인 거리는 화자에게 초가집을 파악하는 데 장애 요소로 작용한다. 그 와중에서도 초가집은 자신의 존재를 알리기 위해 '얕은 소릴' 내거나 '가는 연기'를 뿜어 올린다. 이는 화자와 초가집으로 상징되는 내면의 심리가 서로 유기적으로 작용하고 있음을 의미한다. 나아가 인간의 '죽고 사는 일들이/ 지금은 죽은 듯이/ 잊혀졌다'는 화자의 인식과 만나게 된다. 따라서 초가집을 내려다보는 화자의 모습은 자신의 내면을 들여다보고 시인의 욕망으로 전환된다. 그러나 내면에서 전해지는 소리들은 '얕은 소리'나 '가는 연기'처럼 시인에게는 희미하게만 형상될 뿐이다.

連山 上空에 뜬

구름 속에서 무슨 소리가 난다

무슨 소리가 난다

아지 못할 單一樂器이기도 하고

평화스런 和音이기도 하다

---

31 허금주, 『한국 현대 시인 탐구Ⅱ』, 리토피아, 2009, 155쪽.

어떤 때엔 天上으로

어떤 때엔 地上으로 바보가 된 나에게도

무슨 신호처럼 보내져 오곤 했다

—「소리」 전문

소리는 궁극적으로 시각적 충족을 예감하게 해 주는 단서로 작용한다. 이는 보이지 않는 대상이 물체에서 소리를 감지하는 경우를 말한다. 인용된 작품 속의 화자는 스스로의 의지와 상관없이 '무슨 소리'를 듣고 있다. 이 소리는 화자에게 '아지 못할 단일악기'이면서 '평화스런 화음'으로 인식된다. '무슨 신호' 같은 그 소리는 화자에게 존재 가치를 확인하게 만드는 과정으로 작용한다. 자신을 '바보'로 인식하고 있는 화자의 모습은 어떤 선험적인 경험에 의해 자신의 운명이 조종되고 있는 듯한 인상을 풍긴다. 이때 소리가 하는 역할은 인간의 의사소통의 수단이라기보다는 내면의 소리를 대변하는 매개체로 해석된다. 이는 자신이 해독해야 하는 삶의 비의를 내포하면서, 동시에 어떤 초월적인 세계에 대한 화자의 갈망을 의미한다고 볼 수 있다. 작품의 정황상 구체적으로 제시되어 있지 않지만 이것은 자신을 변호할 기회조차 갖지 못했던 화자의 근원적인 절망으로 이어지게 된다.

苹果 나무 소독이 있어

모기 새끼가 드물다는 몇 날 후인

어느 날이 되었다.

며칠 만에 한 번만이라도 어진
말솜씨였던 그인데
오늘은 몇 번째나 나에게 없어서는
안 된다는 길을 기어이 가리켜 주고야 마는 것이다.

아직 이쪽에는 열리지 않은 果樹밭
사이인
수무나무 가시 울타리
길줄기를 벗어나
그이가 말한 대로 얼만가를 더 갔다.

구름 덩어리 얇은 언저리
植物이 풍기어 오는
유리 溫室이 있는
언덕 쪽을 향하여 갔다.

안쪽과 周圍라면 아무런
기척이 없고 無邊하였다.
안쪽 흙 바닥에는
떡갈나무 잎사귀들의 언저리와 뿌롱드 빛깔의 果實들이 평탄하게 가득 차
있었다.

몇 개째를 집어 보아도 놓였던 자리가
썩어 있지 않으면 벌레가 먹고 있었다.
그렇지 않은 것도 집기만 하면 썩어 갔다.

거기를 지킨다는 사람이 들어와
내가 하려던 말을 빼앗듯이 말했다.

당신 아닌 사람이 집으면 그럴 리가 없다고—

—「園丁」 전문

「園丁」은 김종삼의 등단작이자 대표작이다. 김현은 이 작품을 두고 김종삼의 시에는 세계와 자아와의 간극이 존재하며 이는 기본적으로 비극적 세계관을 유발한다고 지적한다. 그러나 이 작품이 지닌 근원적인 난해함을 온전히 해소시켜 주는 것은 아니다. 작품의 근본적인 문제의식의 발생 지점이 되는 화자의 내면 심리는 작품 속에 있는 소리의 의미를 파악할 때 구체적으로 가시화되리라고 본다.

작품의 무대가 되는 곳은 과수밭과 온실이다. 에덴동산의 흔적이 남아 있는 과수밭에는 '어진/ 말솜씨'를 가진 사람이 존재한다. 그는 표면적으로는 과수원을 관리하고 있는 관리원처럼 묘사되지만 실제로는 인간을 관장하는 절대자의 모습으로 이해된다. 그에게는 '오늘은 몇 번째나 나에게 없어서는/ 안 된다는 길을 기어이 가리켜 주고야'마는 절대권력까지도 화자에게 행사할 수 있는 능력이 있다. 따라서 화자는 자신의 자유 의지를 박탈당하면서도 그가 지시한 대로 행동하는 수동적인 모습을 취하게 되는 것이다. 하지만 화자에게 운명적인 길을 제시해 주던 그는 '식물이 풍기어 오는/ 유리 온실이 있는' 곳에서 돌연 자취를 감추게 된다. 화자는 유리 온실이 있는 그 공간에서 '기척이 없고 무변'한 상황에 노출된다. 그의 기척이 사라졌다는 사실은 어쩌면 그 공간이 감시를 받는 공간으로 전환되었음을 암시한다. 이런 환경 속에서도 화자는 그 상황을 의외로 담담하게 받아들인다. 이는 기본적으로 화자 자신이 스스로의 운명을 거부하지 않고 받아들이고 있기 때문이다.

유리 온실이 있는 그곳에서 화자가 맨 먼저 목격하게 되는 것은 '떡갈나무 잎사귀들의 언저리와 뿌롱드 빛깔의 과실들이 평탄'하게 놓인 온실의 풍경이다. 온실은 말 그대로 유리로 만들어진 공간이다. 유리 온실의 이미지는 화자에게 자신의 내면을 들여다볼 수 있는 상징물로 해석된다. 따라서 유리 온실 속에서 사과를 집는 행위는 언제라도 누군가에게 목격될 수 있는 단서를 제공한다. 아무도 화자의 행위를 목격하지 않을 것 같은 그 순간 '거기를 지킨다는 사람', 즉 절대자의 음성을 지닌 그가 나타나 화자에게 태초의 부조리한 상황을 경험하게 한다. 화자는 영문도 모른 채 죄인으로 몰리게 되고 기척이 없던 유리 온실은 순식간에 '당신 아닌 사람이 집으면 그럴 리가 없다'는 절대자의 음성으로 가득 찬 소리의 공간으로 변형된다. 화자는 그 청각의 공간에서 자신의 내면을 확인하게 됨으로써 자신의 죄의식을 깨닫게 되는 것이다.

다시 말해 벌레 먹고 썩은 사과를 어쩔 수 없이 집게 됨으로써 화자는 아무런 죄도 없이 부패와 훼손의 주체로 몰리게 된다. 자신의 내면에 잠재된 죄의식을 선명하게 드러내는 순간이다. 이러한 상황은 화자의 내면 심리가 어떤 절대적인 힘에 의해 유지되고 있음을 우회적으로 보여준다. 또한 화자를 죄인으로 몰고 있는 그는 '기척이 없고 무변'한 상황을 유지하고 변화시킴으로써 언제라도 화자를 온실의 공간, 즉 내면의 공간에서 추방시킬 수 있는 능력을 지닌다. 화자는 그 과정을 통해 자신의 내면 의식 속에 운명적으로 내재되어 있던 죄의식을 확인받게 된다.

2. 돈의 상상력과 시의 순열성(純烈性)

자신의 내면 의식 속에 자리한 죄의식의 회복 과정 속에서 '돈'이라는 매개를 떠올리는 것은 김종삼의 시가 일종의 시의 순열(純烈) 정신으로 치닫고 있기 때문이다. 일반적으로 보면 '소리'와 '돈'은 그 이질적인 이미지로 인해 서로의 상관성을 쉽게 규명하기 어려워 보이지만, 돈이 갖게 되는 물질적 영향력 속에서 시인이 추구하고자 했던 문학의 순수성을 확인하는 것은 그리 어려운 일만은 아니다. 김종삼에게 '돈'의 가치를 무력화시키는 것은 시의 순열을 확인받는 행위인 동시에 인간 본연의 순수성을 회복하는 가장 빠른 길이 되기 때문이다.

그런 점에서 돈은 인간 삶의 다양한 영역에서 엄청난 영향력과 파괴력을 행사한다. 돈을 토대로 인간의 관계는 유지되며, 돈이 형성해 내는 물적 양식은 공동체를 유지시키는 근간이 된다. 결국 경제적 가치를 실현한 돈이 인간 삶의 행복의 전제 조건이자 인간의 가치를 드러내는 중요한 본질로 전환되는 셈이다. 게오르그 짐멜은 돈에 의존하는 삶은 돈에 대한 소유 욕망으로 이어짐으로써 삶의 자양분을 더욱 견고하게 얻을 수 있음을 간파[32]한 바 있다. 이는 수많은 현대인에게 삶의 다양한 가

32 게오르그 짐멜, 김덕영 역, 『돈이란 무엇인가』, 도서출판 길, 2014, 40쪽 참조.

치들 중에서 '돈'은 가장 먼저 추구해야 할 행복의 연결 고리인 동시에 삶의 물적 경제적 조건과 토대를 이루는 원리로 작용한다. 쉽게 말해 삶의 중요한 목표가 바로 일정한 양의 돈을 소유하는 것과 긴밀하게 결부되어 있다는 확신과 믿음만이 인간의 인격과 자유를 보장받을 수 있게 하는 것이다.

그러나 돈은 언제나 이중적이고 모순적이라는 점에서 그 교환 가치를 새롭게 인식할 필요가 있다. 이는 김종삼에게 돈이 갖는 무용성과 유용성을 동시에 나타내 주는 시적 기제이기도하다. 김종삼은 돈이 공동체 사회의 일원으로서의 모습을 확인받는 매개로도 인식하지만, 그 돈의 욕망으로부터 탈출해야 하는 사명과 의무가 시인에게 있음을 이채로운 시선으로 도출해 주기도 한다.

조선총독부가 있을 때
청계川邊 一○錢 均一床 밥집 문턱엔
거지 소녀가 거지 장님 어버이를
이끌고 와 서 있었다.
주인 영감이 소리를 질렀으나
태연하였다.
어린 소녀는 어버이의 생일이라고
一○錢짜리 두 개를 보였다.

—「장편(掌篇)2」 전문

조선총독부 시절의 화폐 가치를 현재의 관점에 정확히 가늠할 순 없지만, 밥 한 상에 10전은 그리 비싼 가격으로 짐작되지 않는다. 하지만, 시적 화자인 거지 소녀에게는 '청계천변 균일상 밥집'의 '문턱'이 세상 그 어떤 문턱보다 크고 높았을 것이다. 그런 거지 소녀에게 소리를 지리는 주인 영감의 모습은 소위 돈이라는 통념 속에 속해 있는 그 시대의 자본적 논리의 자화상을 민낯으로 노출시킨다. 그 지점에서 거지 장님 어버이를 이끌고 와 서 있는 거지 소녀의 모습은 앞에서 살펴보았던 '따뜻한 유리 온실'(「園丁」 부분)에서 추방당한 시적 화자의 모습 속에 그대로 투영된다. 만약 돈의 논리가 적용되지 않는 전통 사회였다면, 오랫동안 맺어 온 신뢰와 정신의 상호 작용을 통해 거지 소녀는 인간이 누릴 수 있는 존엄적 가치를 확인받을 수 있었을 것이다. 하지만, 조선총독부 시절의 인간관계의 상호 작용은 오로지 돈과 물질의 순환 논리 속에서만 존재한다. 그 안에서 인간관계의 시스템이 작동되고, 또 그것을 통해 인격이 평가받고 있음을 미루어 짐작하게 한다.

그만큼 돈은 사람과의 관계 속에서 그 위치를 변화시키고 삶의 양식을 변화시키는 매개로 작동한다. 돈은 교환의 기능 체계로만 군림하는 것이 아니라, 그 자체로 사람을 평가할 수 있는 근원적인 권력을 획득하게 된 셈이다. 마치 시 「園丁」에서처럼 '당신 아닌 사람이 집으면 그럴리가 없다'는 그리스 신화의 미다스의 욕망과 그 속에서 인간성과 그 의미 관계를 상실한 자본 논리의 모순이 그대로 노출되는 것이다. 그런 상황 속에서도 시적 화자인 어린 거지 소녀는 주인 영감의 소리에도 아랑곳하지 않고 태연한 모습을 보인다. 그 태연함 속에는 '어버이의 생일'이라는 어린 소녀의 절실함과 '10전 짜리 두 개'를 통해 나도 돈을 통해

서라면 언제든 떳떳한 물질 권력을 행사할 수 있는 하나의 인격이라는 것을 확인시킨다. 거지 소녀의 '돈'을 통한 의연함과 그 내면의 비극성은 김종삼 시인에게 또 다른 형식의 죄책감과 죄의식으로 파편화된다. 이는 결국 김종삼에게 인간이라면 혹은 시인이라면 어떤 인간상을 지녀야 하는지에 대한 자기반성의 기제로 작동하는 매우 중요한 지표가 되고 있음을 강조한다.

이처럼 김종삼에게 돈은 인간 삶의 현장에서 언제든 문제의식을 발현시키며, 시인의 내면 심리를 위축시키는 모티프로 작용하는 계기가 된다. 더군다나 그가 주로 활동했던 전후 시기는 그 어느 때보다도 물질적 가치가 극대화되었을 가능성이 높다. 그러한 사회 분위기 속에서 오로지 시만 생각했을 김종삼에게 돈의 욕망과 화폐의 가치는 예술가로서 지녀야 할 어떤 하나의 장벽으로 인식되었을 것이다. 시라는 것이 기본적으로 자본의 논리보다는 예술의 논리를 따른다는 점에서 그 의미는 확연해진다.

> 내용 없는 아름다움처럼
>
> 가난한 아희에게 온
>
> 서양 나라에서 온
>
> 아름다운 크리스마스 카드처럼
>
> 어린 羊들의 등성이에 반짝이는
>
> 진눈깨비처럼

—「북치는 소년」 전문

그런 점에서 김종삼의 「북치는 소년」은 돈에 관한 많은 의미를 함축하고 있다. 이 작품에서는 「장편(掌篇)2」에서 보았던 의연함과 비극성이 가난이라는 주제를 통해 하나의 시적 소실점을 이룬다. 시적 화자로 등장하는 북치는 소년의 모습과 가난한 아이들의 모습은 청계천 밥집의 '주인 영감'과 '거지 소녀'처럼 분명한 대조를 이룬다. '가난한 아희'에게 진눈깨비나 양 떼의 이미지 등은 어쩌면 아무런 도움이 되지 못한다. 이 지점에서 김종삼 시의 특유의 비극성이 파생되지만, 중요한 것은 크리스마스 때 주고받는 희망의 카드는 가난한 아이들에게 그 자체로 희망이 된다. 그 희망은 돈으로 작동되는 자본 논리와는 상당히 먼 거리에 형성된다. 시의 첫 행인 '내용 없는 아름다움'에서 짐작할 수 있듯이, 김종삼에게 아름다운 것은 내용이 없어야 한다. 내용이 없는 것은 그 어떤 자본 논리도 침투할 수 없다. 가난한 아이에게 서양에서 온 크리스마스 카드가 의식주 해결에 아무런 도움이 되지 못하듯이, 오히려 그렇기에 크리스마스 카드는 그 자체로 아름다움을 파생시킨다. 이는 돈의 논리에 얽매인 것들은 그 사용 가치에 의해 아름다움이 훼손당할 수 있지만, 그 어떤 돈의 논리에도 속박되지 않음을 김종삼은 말해 준다. 이처럼 아름다운 것은 돈으로 환산할 수 없고, 또 환산되어서도 안 된다는 사실을 김종삼은 시를 통해 지시해 주고 있는 것이다.

올페는 죽을 때

나의 직업은 시라고 하였다

後世 사람들이 만든 얘기다

나는 죽어서도

나의 직업은 시가 못 된다

宇宙服처럼 月谷에 둥둥 떠 있다

귀환 時刻 未定.

—「올페」 전문

그렇다

非詩일지라도 나의 職場은 詩이다

나는

진눈깨비 날리는 질짝한 周邊이고

가동 中인

야간 단조 공장

깊어 가리 마치 깊어 가는 欠谷

—「제작(制作)」 전문

결과적으로 김종삼이 추구하고 있는 시적 세계 종착은 '돈'의 영향력에서 벗어난 순수한 아름다움의 세계에서 찾을 수 있다. 그 과정에서 그는 자기반성에 대한 성찰을 수시로 주조해 낸다. 시 「올페」에서 올페의 직업은 '시'라고 명명하고 있지만, 시인은 그것은 모두 '後世 사람들이 만든 얘기'라고 언급한다. 그러면서 '나는 죽어서도/ 나의 직업은 시가 못 된다'라고 고백한다. '宇宙服'을 입고 달의 골짜기(月谷)에 둥둥 떠 있는 사람으로 묘사되고 있는 시적 화자의 모습 속에서 영영 시적 아름다움 속으로 '귀환 시각 미정'을 알리는 시인의 무중력 상태의 모습은 인간으로서의 무게중심의 추가 어디에 있어야 하는지를 암시한다. 앞서 짐멜이 이야기하고 있는 것처럼 인간에게 돈의 권력과 욕망이 '추상적이고 보편타당한 매개 형식'이라는 점을 인지하면서도 스스로 그것을 견뎌 내고 이겨 낼 수 있는 시적 자의식이 강조되는 셈이다. 물론 인간은 어쩔 수 없이 타인과 관계를 맺으며 살아가야 하고, 또 그 속에서 교섭할 수밖에 없음을 김종삼 또한 인지하고 있지만 중요한 것은 '非詩일지라도 나의 職場은 詩'라고 단언하는 시적 순열성에 있다. 김종삼은 돈의 결핍이나 돈의 과잉에서 벗어난, 혹은 돈의 욕망과 자본의 논리에서 벗어나 있는 시의 논리와 시적 자의식을 통해 자신이 진정으로 추구하고자 하는 생의 지점을 예술적 가치로 도약시킨다. 자신의 직장이 시라고 스스로 규명해 냄으로써 돈과 물질의 자본 논리에 속박되지 않으려는 김종삼만의 특유한 시적 인식이 그의 시 속에 미학적 특권으로 자리하고 있는 것이다.

3. 소리의 완성과 음악이라는 구원

김종삼에게 돈의 무용성을 가장 극대화하는 방식은 시와 동일시될 수 있는 예술, 특히 음악에 탐닉하는 일로 귀결된다. 김종삼에게 음악은 취미의 수준을 넘어 이 세계를 인식하고 판단하는 중요한 돌파구로 인식된다. 그런 의미에서 김종삼은 음악에서 얻은 것들을 시에 적용하려는 의지를 자주 내비친다. 그 이유는 음악이 가지고 있는 정화력과 화음 때문이다. 그가 생각할 때 음악은 소리의 완성이며 죄의식과 비극적 삶을 유일하게 치유하고 위로해 줄 수 있는 구원의 매개로 인식되기 때문이다.

> 나는 音域들의 影響을 받았다
>
> 구스타프 말러와
>
> 끌로드 드뷔시도 포함되어 있다
>
> 그들의 傾向과 距離는
>
> 멀고 그 또한
>
> 구름 빛도 다르지만

—「音域—宗文 兄에게」 전문

이 시에서도 알 수 있듯이 음악은 더러운 현실에서 세상을 잊고 살아갈 수 있게 하는 실존의 한 부분인 동시에 詩作을 할 수 있게 하는 원동력이 된다. 인용된 작품 「音域」에서도 김종삼이 시를 쓰는 데 음악이 얼마나 큰 영향을 주고 있는지를 잘 보여 준다. 작품에서 인용된 말러와 드뷔시는 서로 대조적인 성향을 지닌 음악가들이다. 그러나 그들은 다양한 음악가들에게서 시적 영향을 받았고 시적 영감의 원천이 음악에 있음을 증명한다.[33] 그가 이토록 음악과 시를 연계하려고 했던 이유는 무엇일까. 그것은 근본적으로 음악이 주는 소리의 힘이 그를 살게 해 주

33 음악과 시의 상관성은 「그라나드의 밤」이나 「破片」, 「音樂」에서 더욱 구체적으로 형상화된다.

는 실제적인 힘으로 작용하기 때문이다. 김종삼에게 있어서 현실은 음악에 비해서 비천한 것이고 난해하게 받아들여진다. 현실에서 불행을 겪을 때마다 음악에 몰두함으로써 위안을 얻을 수 있고 현실의 불행을 보상받을 수 있기 때문이다.

희미한
風琴 소리가
툭 툭 끊어지고
있었다

그동안 무엇을 하였느냐는 물음에 대해

다름아닌 人間을 찾아다니며 물 몇 通 길어다 준 일밖에 없다고

머나먼 廣野의 한복판 얕은
하늘 밑으로
영롱한 날빛으로
하여금 따우에선

—「물 通」 전문

김종삼의 대표작 중 하나인 이 작품은 마지막 4연과 1연의 순환 구조로 읽힐 수 있다. 이 작품은 차이코프스키의 교양곡 6번 '비창'의 4악장

과 연결된다. 4악장의 침체된 피날레와 「물 通」이 보여 주는 언어의 단절, 혹은 표현상의 대비가 함수 관계에 있다는 것이다. 논의를 좀 더 구체화 해 보면, 작품의 1연에서 묘사되는 '風琴 소리'는 일종의 음악이다. 음악은 직접 사물을 언급하지 않고 음악을 듣는 사람 자신의 몸에 생기를 부여하는 특성을 지닌다. 소리가 인간의 몸에 육화되는 것이다. 시적 화자가 '그동안 무엇을 하였느냐는 물음에 대해// 다름아닌 인간을 찾아다니며 물 몇 通 길어다 준 일'은 진짜 물이 아닌 음악으로 유추해 볼 수 있다. 전쟁으로 피폐해진 廣野같은 세상에서 인간을 진정으로 위로해 줄 수 있는 방법은 음악을 전해 주는 것이다. 김종삼이 클래식 마니아였다는 사실은 이를 짐작케 해 준다. 하지만 현실은 그리 녹록하지 않다. '風琴 소리가/ 툭 툭 끊어지고' 있다는 것은 곧 자신도 세상에서 소멸될 것임을 예감하는 것이다. 이는 자신과 음악이 언젠가 하나로 일치될 것이라는 심리를 내포한다.

시인 자신이 소리를 확인하는 순간은 삶이 영위되는 순간이며, 소리의 단절은 곧 죽음을 의미하는 순간으로 현현된다. 김종삼이 이토록 음악에 각별한 관심을 보이는 이유는 현실의 피폐함과 폭력성을 환치하려는 노력으로 인식된다. 이 과정을 통해 그는 예술가의 삶과 그들의 작품에 대한 경외심을 획득한다. 특히 음악가의 삶과 음악에 도취한 모습은 김종삼이 소리에 대한 시적 승화와 미적 지향에 대해 얼마나 끊임없이 고민했는지를 잘 말해 준다.

바로크 시대 음악 들을 때마다

팔레스트리나 들을 때마다

그 시대 풍경 다가올 때마다

하늘나라 다가올 때마다

맑은 물가 다가올 때마다

라산스카

나 지은 죄 많아

죽어서도

영혼이

없으리

—「라산스카」 전문

인용된 작품에서 '팔레스트리나'는 16세기 최고의 교회 음악 작곡가를 지칭한다. 화자는 라산스카의 순수한 음악을 들으며 자신의 실존적 모습을 확인하게 된다. 그러면서 라산스카의 음악의 순수성을 발견하고 거기에 비해 자신이 운명적으로 더럽혀져 있음을 알게 된다. 따라서 김종삼은 현실 세계의 피폐함과 폭력으로부터 영원한 안식을 얻는 방법은 하루 빨리 죽는 일이라고 생각한다. 김종삼에게 있어 죽음이란 '모짜르트 음악을 못 듣는' 공간[34]정도로 여겨진다. 이렇듯 김종삼이 의식하고 있는 세계는 흔히 사람들이 말하는 죽음의 세계가 아니다. 이것은 죽은 뒤에도 고립되는 세계이며, 자연으로 또는 존재로의 귀환이다.

---

34 김종삼은 예술가로서 가난한 일생을 마친 모차르트를 좋아했다. '죽음이 무엇이냐'라는 질문에 그는 '모짜르트 음악을 못 듣는 것'이라고 아인슈타인의 말을 빌어 고백한다.—권정순, 「김종삼 시의 심미주의적 특성」, 연세대교육대학원 석사 논문, 1985, 13—15쪽 참조.

김종삼에게 있어서 삶을 영위해 나간다는 것은 현실 세계의 부조리함과 폭력성에 더렵혀짐을 의미한다. 현실 세계의 피폐함을 벗어나는 구원의 방식에 대해 그는 죽음을 통해 얻으려는 인식을 보인다. 그 죽음은 한 인간의 평범한 죽음 그 이상을 의미한다. 왜냐하면 김종삼은 죽어서도 '천국과 지옥'(「掌篇 · 3」 부분)에 갈 수 없기 때문이다. 따라서 그에게 영원히 살 수 있는 길은 예술가로서 운명을 자처하는 것이다. 시인의 의지를 표명한 김종삼의 고백[35]은 이 같은 사실을 잘 말해 준다.

머지 않아 나는 죽을 거야
산에서건
고원지대에서건
어디메에서건
모차르트의 플루트 가락이 되어
죽을 거야
나는 이 세상엔 맞지 아니하므로
병들어 있으므로
머지 않아 죽을 거야
끝없는 평야가 되어
뭉게구름이 되어
양 떼를 몰고 가는 소년이 되어서
죽을 거야

—「그날이 오며는」 전문

35 살아가노라면 어디서나 굴욕 따위를 맛볼 때가 있다. 그런 날이면 되건 안 되건 무엇인가 그적거리고 싶었다.—권명옥, 앞의 책, 300쪽.

이 작품에서 죽음은 비극적으로 묘사되지 않는다. 오히려 현실의 고통에서 벗어나고자 하는 존재의 간구를 이룩하는 행위로 인식되고 있다는 점을 분명하게 제시해 준다.[36] 화자는 죽음의 날을 기다리며 죽음을 이상화시키고 있다. 그만큼 죽음은 밝게 묘사된다. '모차르트의 플루트 가락이 되고자' 하는 화자의 욕망은 앞에서 살핀 '소리'의 소멸과 정반대적 입장을 견지한다. 다시 말해 죽는다는 것은 '음악'이 될 수 있다는 것을 의미한다. 음악이 된다는 것은 죽음 너머의 삶을 영위할 수 있다는 화자의 의지 표명이다. 따라서 '죽을 거야'라는 시인의 반복적 어조는 자신의 부조리하고 비극적인 삶을 치유하는 하나의 과정으로 인식된다. 이와 같은 '죽을 거야'라는 반복[37]은 시인이 삶의 근심을 어떻게든 극복하려는 의지의 표명인 것이다.

> 두 사람의 생애는 너무 비참하였다. 그러므로 그들에겐 신에게서 베풀어지는 기적으로 하여 살아갔다 한다. 때로는 살아갈 만한 희열도 있었다 한다. 환희도 있었다 한다. 영원 불멸의 인간다운 아름다움의 내면 세계도 있었다 한다. 딴따라처럼 둔갑하는 지휘자가 우스꽝스럽다. 후란츠 슈베르트 · 루드비히 반 베토벤—
>
> —「연주회」 전문

36 강연호, 「김종삼 시의 내면 의식 연구」, 『한국 현대시의 미적 구조』, 신아출판사, 2004, 321쪽.

37 아이는 자신의 어머니가 곁에서 사라지게(Frot—사라짐) 했다가 다시 돌아오는 것(Da—여기 있음)을 반복적으로 재현하며 고통을 극복한다. 아이는 고통스러운 경험을 반복 놀이를 통하여 수동적인 상황에서 능동적인 상황으로 길들여지며 부재하는 어머니의 자리를 지배할 수 있다는 환희를 맛본다. 라캉은 아이가 이 과정을 통하여 상실된 대상을 지배하며 상징계로 진입한다고 말한다.—지그문트 프로이트, 윤희기 역, 『정신분석학의 근본 개념』, 열린책들, 2003, 280—283쪽 참조.

인용한 작품 「연주회」에서 가장 먼저 눈에 띄는 것은 '예술가의 생애는 너무 비참하였다.'라는 구절이다. 이 구절의 속뜻은 예술가의 '생은 비참하였지만 예술은 아름다웠다.'가 될 것이다. 예술가들은 그러므로 '신에게서 베풀어지는 기적'으로 살아간다. 그것은 '영원 불멸의 인간다운 아름다움의 내면세계'라 할 수 있다. 예술가들이 느끼는 '환희'와 '희열'은 시를 쓰는 화자에게는 '기적'과도 같은 것이다. '살아온 기적이 살아갈 기적이 된다고/ 사노라면/ 많은 기쁨이 있다고'(「漁夫」 부분)라는 구절에서도 이를 확인할 수 있다. 이는 시인이 과거의 힘으로 미래를 지탱하고 있으며, 그 미래는 죽음을 초극한 미학적 구원으로서의 의미를 지닌다. 이렇듯 김종삼은 미학적 구원의 자세를 취함으로써 죽음을 존재의 영원성으로 환원시켜 놓는다.

지금까지 살펴본 김종삼 시의 '소리'와 '돈'의 모티프는 그의 시 세계가 지니는 시적 방향성의 새로운 지표로 작용한다. 또한, '의미로서의 소리'와 '돈의 욕망으로부터의 탈주'를 통해 시인이 추구하고자 했던 시의 순열성을 재확인할 수 있는 기회가 되었다. 김종삼은 소리를 들음으로써 일상적인 것과 더불어 들려오지 않는 세계, 즉 내면을 탐색하고자 하는 매개체로서의 역할을 주지시킨다. 이 과정에서 김종삼은 자신의 내면 상태를 확인받게 되고, 자신이 추구해 가는 시적 여로의 다른 방향성을 확장시켜 나가고 있는 것이다.

그중 하나가 '돈'이라는 상상력이다. 돈은 김종삼 시 세계에서는 그리 익숙하게 다뤄 온 모티프는 아니다. 하지만, 그가 지향하고자 했던 순수한 예술 정신은 돈과 자본의 논리에서 비켜서 있다. 전후 시인으로서 그가 경험하고 있는 경제적 가치와 최고 행복을 실현해 줄 수 있는 돈의 위력과 권능이 내용을 담지 않는, 다시 말해 물리적으로 환산되지 않는 시를 넘지 못하고 있는 것이다. 이는 짐멜이 주장하고 있듯이 돈의 가치란 오로지 심리학적으로만 존재하며, 절대적 의미에서의 객관적 가치가 존재하지 않음을 확인시킨다. 다만, 시 「장편(掌篇) 2」에서처럼 인간의 의지가 특정한 대상을 욕망할 때에만이 비로소 그 대상은 가치를 인정받게 됨을 알게 한다.

이러한 '소리'와 '돈'의 변증은 결과적으로 화폐의 가치로는 환산되지 않는 예술, 즉 음악이나 예술가의 순열성으로 귀결된다. 그 간극 속에서 김종삼은 시인으로서 할 수 있는 일이 무엇인지 떠올리며, 결과적으로는 '소리'와 '돈'의 합일 지점에서 자신의 미학적 구원의 통로가 음악이 되었음을 다시금 인식하게 만든다. ■

불교 생태학에서의 시적 구현 방식

1. 불교적 사유의 시적 정조

종교적 사유를 기반으로 하는 시인은 보통 다양한 타자를 시적 정조 속에 두고 종교와 같은 낯선 관점의 힘으로 사물이나 현상을 관상한다. 특히 사물과의 일체감이나 시 작품 속의 초월적 현상은 많은 종교 중에서도 불교적 상상력에 가장 긴밀한 협력을 맺는다. 물론 여타 종교의 사유나 상상력 또한 한국 시단에 지대한 영향을 끼쳐 온 것도 사실이지만, 동양의 오랜 전통의 특성상 불교의 영향력과 불교 특유의 사유는 그 자체로 문학적이라 할 만큼 시적 정조와 긴밀하고도 유기적으로 맞닿는다. 이는 시에서 사용하는 은유나 역설 혹은 반어 등의 수사적인 방법이 '연기(緣起)', '무상(無常)', '무아(無我)', '자비(慈悲)', '보시(布施)' 등과 같은 불교적 사유와의 조우를 쉽게 허용하고 동시에 종교적 색채를 문학적 형상으로 구체화하기에 매우 적절한 실천 논리를 내장하고 있기 때문이기도 하다.

한국 현대시사에서 불교의 시적 정조 혹은 종교적 상상력에 기댄 시적 체험과 구체적 사례를 찾아보는 일은 그리 어렵지 않다. 이미 불교적 사유나 상상력이 관류하는 시풍은 이미 한국 시단에서 하나의 계보를 형성할 정도로 활발한 편이다. 불교 문학의 대표 문인이라 할 수 있는 만해 한용운은 신문학 초기 불교 사상을 시 텍스트에 본격적으로 수용함으로써 작품의 완성도를 높인 대표적 시인이다. 한용운이 1913년 남긴 『조선불교유신론』은 1910년대 불교의 민중화 · 대중화를 그대로 반영하면서, 이후 1926년 출간된 『님의 침묵』은 불교적 상상력의 행적을 시의 영역으로 끌어 담았다는 평가는 이후 많은 시인에게 영향을 미친다.[38]

1920년대 만해 한용운이 보여 준 불교 사상의 문학적 성취를 필두로 1940년대 이후 김달진, 서정주, 조지훈, 1960년대 이후 김관식, 박희진, 박재삼, 박제천 등의 불교적 사유와 생태학적 세계관은 고은, 김지하, 정현종에 더욱 집중되면서 불교 문학의 가치를 인정받는다. 이후 황동규의 『풍장』(1995), 이성선의 『우주가 내 몸에 손을 얹었다』(2000), 최승호의 『진흙소를 타고』(1990), 황지우의 『게 눈 속의 연꽃』(1991) 등으로 전이되면서, 불교적 상상력과 사유의 지평은 더욱 극대화되고 확장된다.

이 과정에서의 불교 문학은 불교의 근본 원리와 시적 체험의 방식이 각각 '추상'과 '구체'라는 측면에서 다소 엇갈린 반응을 보이기도 한다. 그런데도 불교와 시는 비논리적 언술과 시적 직관이라는 개성을 통해 각자가 추구하고자 하는 사유의 방향성을 공동의 예술성과 감동성 안

38 송욱, 『시학평전』, 일조각, 1963, 295쪽.

으로 효과적으로 끌어들인다. 물론 이러한 역설적인 조우의 방식은 문학의 원동력과 불교의 종교적 신념 차이에서 분명하게 구분될 필요는 있다.[39] 그러나 불교적 사유가 한 시인의 창작 과정에 지속해서 영향을 미치고 불교적 실천 의미와 사유의 논리가 시적으로 구체화되었다면 이는 모두 문학의 범주 안에서 논의되어야 할 것이다.

불교에서의 의미 논리와 실천 논리가 시적으로 형상화되기 위해서는 우선 시적 정조에 대한 이해가 필요하다. 그런 점에서 일찍이 릴케가 언급했던 시적 정조에 대한 전언은 불교적 상상력을 이해하는 데 일정 부분 도움이 된다. 릴케는 시적 정조에 대해 '내가 나무에 기대어 섰을 때 나무의 껍질과 나의 살갗이 한데 어우러져 허물어져 내리는 느낌', '나무의 진과 나의 피가 서로 감기는 실감……'이라고 표현한 바 있다. 그가 체감한 이런 경험은 자아와 세계가 서로를 포용한 상태에서 발현되는 시적 정조의 일종이다. 자아와 세계가 서로 분리되지 않음으로써, 객관적 실재와 주관적 실존이 구별되지 않은 상태를 그는 나무와의 일체감을 통해 고백한다. 이러한 릴케의 시적 고백은 "시인은 사물을 노래하되, 사물 자신도 미처 자신이 그러저러하리라고 모르고 있을 사물 그 자체의 본성을 노래한다."라는 언급에서 더욱 극대화된다.

릴케의 시적 정조에 대한 전언은 호프만 슈탈의 『시에 관한 대화』에서의 더욱 구체화되고 가시화된다. 호프만 슈탈은 "우리가 자아를 발견하려 든다면 구태여 자신의 내부로 들어가지 않아도 좋다. 우리는 우리 자신을 외부에서 찾을 수 있다. 다른 곳이 아닌 외부에서 말이다. 실체

39 불교 문학은 최소한 문학이 아닌 문학적 예술성을 담보해야 한다. 불교 자체의 사상성이나 종교성의 구현도 중요하지만, 무엇보다 문학으로서의 예술성과 감동성이 전제되어야 한다. 김재홍, 『한국 현대시의 사적 탐구』, 일지사, 1998, 127쪽 참고.

가 없는 무지개처럼 우리들의 영혼은 끊임없이 허물어져 가는 존재의 붕괴 위에 내걸려 있다. 자아는 외부에서 바람이 되어 우리에게로 불어온다."와 같은 수사적 의미를 통해 타자 혹은 사물을 통한 시적 정조가 가능함을 암시한다.

이 의견을 좀 더 숙고해 보면 기본적으로 시인은 자신을 사물 안에 깊이 침윤시킴으로써, 사물 가운데 자맥질하는 초월적 존재로 인식된다. 사물 안에서 사물과 더불어 노래하고, 그 힘으로 사물은 시인의 입을 빌려 자신과 시인이 하나의 시적 인격체가 되기를 고대한다. 그러면서 인간의 자아는 육체에 의해 제한받지도 않는다. 육체는 자아를 안으로 틀어막듯이 에워싸고 있지 않으면서, 본질적으로 자아가 누리는 자유를 보장한다. 만약 이러한 시적 경험이 시적 정조의 근원이라면 시인은 시를 쓰는 동안 완벽한 자유와 정신적 개방의 기쁨을 누리게 되는 셈이다. 자신을 스스로 고집하지 않고 자신을 타인으로부터 가르지 않는 사유 속에서 시인은 더없는 해방감을 맛보게 되는 것이다. 일찍이 랭보가 언급한 '나는 타자(他者)다.'라는 말과 일맥상통을 이룬다.

불교적 사유 안에서 시인은 '타자'라는 실체를 통해 자신을 초월적 존재로 전이시키면서 현실의 삶에서는 경험할 수 없는 시적 현상을 종교적 사유를 통해 형상화해 낸다. 시 텍스트 안에서 초월적일 수 있다면 아마도 그것은 시적 정조의 일정 부분이 종교의 영향력 아래 놓여 있음을 부정할 수 없다. 단순하게 말해 이러한 현상은 시와 종교의 융합을 뜻하기도 하지만 어쩌면 시 속에 깊숙하게 파고든 불교적 사유의 시적 정조를 의미할지도 모른다. 이 글에서는 불교적 사유, 특히 시적 상상력과 긴밀한 협력을 이루는 불교 생태학에서의 시적 구현 방식을 '연기론

(緣起論)'과 '윤회론(輪廻論)' 그리고 '공(空)' 사상의 측면에서 몇몇 시 작품을 간략하게나마 살펴보기로 한다.

2. 불교 생태학의 시적 형상화

불교적 사유의 시적 형상화는 이미 불교 사상의 새로운 평가와 지속적인 조류를 형성할 정도로 미래 지향적이다.[40] 현재에도 많은 시인이 불교적 상상력, 특히 불교 생태학에 관한 높은 관심을 보일 정도로 불교는 종교 이상의 시적 가능성을 인정받고 있다. 이는 시라는 장르와 불교적 사유가 서로 상보적 관계를 통해 정서의 고양과 사상의 구현에 역동적으로 작동하고 있음을 말한다. 나아가 시적 상상력의 원천으로서 불교적 사유가 시 작품의 완성도에 중요한 역할을 하며, 동시에 작품성을 높임으로써 예술적인 형상성 또한 확보하고 있다는 진단도 가능하다.

20세기 후반 이후 한국 시단은 단순한 불교적 사유나 삶의 존재론적 가치를 넘어 적극적인 생태 담론에 관심을 보인다. 불교에서의 생태 담론은 세기말적 위기의식과 맞물리면서 20세기 후반 들어 그 특징이 정점을 이룬다. 생태 위기는 근대의 기계론적 과학과 분리해서 생각하기 어렵기 때문이다. 또한, 이런 환경적 변화는 인간을 자연으로부터 분리하고, 인간의 가치와 규모를 확장해 내면서 인간과 지구를 생태 위기로 내모는 결과를 양산함으로써 다양한 유형의 생태 주의 출현을 가동시

---

40 아인슈타인은 "불교는 현대 과학과 양립 가능한 유일한 종교이다."라고 언급한다. 이는 불교가 현대 과학과 고대 · 동양의 종교나 사상의 변증을 추구하는 신과학과 생태 주의적 관점에서 매우 매력적이기 때문이다. 불교는 유교나 도교 등과 비교해 볼 때에도 다른 어떤 동양 종교보다도 생태학적인 측면에서 미래의 종교로서의 가치를 인정받고 있다. 김옥성, 「한국 현대시의 불교 생태학적 연구」, 『한국문학이론과 비평』 42집, 한국문학이론과 비평학회, 2009, 247쪽.

킨다.[41]

이러한 세기말적 위기의식은 불교 생태학에 대한 관심을 더욱 고조시키면서 한국 현대시사에서 강력한 영향력을 발휘한다. 물론, 한국 현대시 전반에 불교 생태학적 상상력의 양상이 시단 전체로 광범위하게 포진해 있음을 전제한다면, 초기 한국 시인들이 보여 준 불교적 세계관 또한 넓은 의미의 생태 담론일 것이다. 다만 근대와 과학의 강력한 반 생태적인 힘에 맞서 20세기 이후의 시인들이 생태 담론에 더욱 적극적으로 가담한다는 점에서 현재의 불교 생태학적 관심은 다양한 시적 체험과 상상력의 스펙트럼을 형성한다는 차이를 보인다.[42]

이러한 불교적 사유나 성찰을 기반으로 하는 시적 상상력의 유형은 초기 한국 현대시나 2000년대 이후에 들어서도 큰 차이를 보이지는 않는다. 다만 불교적 상상력이 시적 성찰 면에서 상호 텍스트적 요소를 더욱 축적하면서 종교 문학으로서의 가치를 더욱 두드러지게 내장할 뿐이다. 이러한 결과를 도출하는 '연기', '무상', '인과', '무아' 등과 같은 불교적 사유나 성찰은 일정하고도 균일한 형태로 시인들의 시적 상상력에 개입한다. 구체적으로는 생태학적 사유와 시적 정조로서의 가치와

---

41 김옥성, 같은 논문, 246쪽.

42 한국 현대시를 관류하는 종교 생태학은 크게 샤머니즘 생태학, 불교 생태학, 노장—도교 생태학, 유교 생태학, 기독교 생태학 등 다섯 분야로 나누어 볼 수 있다. 특히 불교 생태학은 시적 상상력의 보편성과 특수성 그리고 다양한 철학적 관점을 허용한다는 점에서 시인들의 시적 사유와 창작의 소재로 적극적으로 활용되기도 한다. 불교 생태학의 접합 지점에서 발화되는 문학 작품은 우리가 익히 알고 있듯 절대 평등의 사상을 기조로 하는 한용운의 '불교 생태 사상'과 이광수의 '중생(衆生) 총친화(總親和)' 사상, 조지훈의 '유일생명(唯一生命)' 사상, 서정주의 '중생일가관(衆生一家觀)'의 사상 등이 대표적으로 언급될 수 있다. 그러나 20세기 들어 최승호는 세기말적 상상력과 함께 그로테스크한 인식의 생태적 상상력을 선보인다. 김옥성, 『한국 현대시와 종교 생태학』, 박문사, 2013 참조.

시와 종교의 융합으로서의 시적 가능성을 동시에 진행하게 하기도 한다.

1) 우연과 필연의 시적 인과

불교 생태학과 시적 상상력의 가장 큰 접합 지점에 놓인 것은 불교의 연기론일 것이다. 불교에서의 연기론은 사물의 본질과 발전 법칙을 판명하는 관법이다. 주체와 객체는 서로 의지하며, 타자에 의해 촉발되어 일어나는 세계로 규명된다. 어떤 것도 다른 것의 종속물이 되거나 지배자가 될 수는 없다. 주체와 객체는 열린 전체성 속에서 서로 내적으로 주어지며, 관계의 범주는 스스로 변화하면서 다른 것을 변화시키는 창조적이고 역동적인 운동의 한 양상으로 나타난다.[43]

이때 주목할 수 있는 것은 연기론에서의 시적 인과성이다. 연기론에서의 시적 인과성은 시인들의 상상력에 의해 다양한 변수를 만들어 내는데, 이때의 시적 변수는 인과관계에 따라 작품의 방향성과 상상력의 진폭을 좌우한다. 시적 상상력이라는 것이 본래 낯설게하기와 모호함을 전제로 그 가치를 인정받는다면, 어쩌면 연기론에서의 인과성은 필연성보다는 우연성이 더 강하게 작동될 때 비로소 시의 장점은 표면화되고 더욱 극대화된다. 만약 연기론에서의 우연성이 필요성보다 더 강하게 작용한다면, 그 결과는 시를 읽는 독자에게 강력한 이미지를 통한 시적 성취와 맞닿는 경험으로 귀결하게 된다.

문제는 어떠한 우연성의 결과가 하나의 필연적 현상으로 귀착되어 나타난다면, 우연성 또한 불교의 연기론에서의 필연성에 귀속된다는 점이다. 결과적으로 시인의 상상력의 방향성이 표면적으로는 우연적인 것처

---

43 법성, 『물러섬과 나아감』, 한길사, 1991, 107~108쪽.

럼 보이지만 이미 그 방향성을 인과적으로 수용하고 있는지도 모를 일이다.

그날 그는 너무 많이 두들겨 맞았다
환호도 탄식도 없이 질려 버린 사람들의 입 속으로 들어오는
살 찢어지는 소리, 그날 커다란 입을 가진
붉은 우체통들이 줄지어 서서 시합을 관전했다
한 라운드가 끝나면 다음 육체가 준비되었다는 듯이
그날 그는 제 몸을 깡그리 상처에 바친다
그 시간 누군가 게걸스럽게 접시를 비워 내고 다시 음식을 채웠다
몇 평 남짓한 세계가 정글이 되려면
입이 병 주둥아리가 되어야 하는 걸까
피투성이로 칠갑하고도 수건을 던지지 않는 복서를 보면
정글을 분석하고 싶다, 전략일까 전율일까
지금 물 먹은 개처럼 두들겨 맞지 않으면
다음 링에서도 개는 제 성질을 못 버리고
복서의 목을 놓아 주지 않을 것이다

—송재학, 「복서」 전문

두루미가 물고기를 잡았다
물고기는 얼핏 기진맥진 보여도
두루미가 부리의 힘을 조금 늦추자 맹렬하게 꿈틀거린다

비늘이란 비늘은 다 번쩍거리며 후두두두 벗겨진다

저 잡것의 목구멍을 지나면 천지 사방 어둠뿐

모든 꽃잎 우에 널린 고요가 왔다

두루미는 물고기를 삼킬 힘이 없다

배고픔과 목마름의 눈꺼풀로 물고기를 바라본다

저것이 뱃속에 들어와도 허기는 금방 똥구녕에서 시작한다

아니 화엄 세상을 죄다 후루루루 집어삼켜도 배가 고프다

물고기는 몇 번의 드잡이질로 온몸의 힘을 뺀다

힘이 없어야 차라리 편안하지

늙은 두루미는 물고기와의 싸움이 점점 어려워질수록

다음 세상 제 육신의 숨구멍은 아가미이리라 짐작한다

—송재학, 「수미단」 전문

인간의 감각 기관은 그 감각 작용 때문에 주체가 대상을 발견하고 포착한다. 그러나 불교 생태학에서는 육처를 조건으로 사물과의 접촉을 시도하고, 그 접촉을 조건으로 감각 기관과 감각 대상의 현상을 발견해 낸다. 이때의 현상은 일종의 '촉'이다. 촉은 보고 듣는 것, 냄새를 맡고 맛을 느끼는 것 모두를 관장한다. 촉을 통한 만남은 변용을 일으키고 변용은 다시 시에서의 낯설게하기와 같은 힘을 발휘한다. 문제는 이때의 촉이 현상으로 존재하는 것만을 포착하는지에 대한 물음이다. 가령 일상생활 속에서 우리의 귀는 일정한 주파수에 맞춰져 있다. 하지만 촉, 비유적으로 말해 소리를 보는 자들의 감각은 육처를 통해 소리의 진원

지를 발견해 낸다.

인용한 작품 「복서」에서 시적 주체는 타자와의 '촉'을 통해 생의 방향성을 점검받는다. 그 과정에서 시적 주체는 이미 '개'라는 필연적 매개로 규정지어진다. "한 라운드가 끝나면 다음 육체가 준비되었다는 듯이/ 그날 그는 제 몸을 깡그리 상처에 바친다"라는 구절은 시적 주체의 복서라는 운명의 필연성이 곧 개의 운명과 같다는 메시지를 암시한다. 물론, 그 필연성을 끊어 낼 방법은 '개처럼 두들겨 맞는 일'이겠지만, 결국 시적 주체는 불교의 연기론적 사유의 인식 안에서 "개는 제 성질을 못 버리고/ 복서의 목을 놓아 주지 않는"다는 인식으로 귀결된다.

연기론에서의 필연성이 시적 주체의 주어진 자각 속에서 이미 결정지어진 것이라면, 「수미단」 또한 그런 인식의 대표적 사례가 될 것이다. 수미단(須彌壇)은 부처를 모시는 목조단을 일컫는 말이다. 수미단은 보통 장방형의 가구 모양으로 상단과 중단 그리고 하단으로 구분되는데, 그 속에 있는 직사각형의 칸 속에는 연화문이나 안상문 · 구름문 · 만자문이 반복적으로 새겨져 있다. 간결하고 단순하게 조성된 수미단 속에서 시인은 두루미와 물고기의 관계를 팽팽하게 대립시켜 놓는다. 재미있는 것은 물고기를 잡은 두루미보다 물고기가 더 역동적이라는 사실이다. 두루미는 표현 그대로 아무리 먹어도 배가 고프다. 물고기가 "뱃속에 들어와도 허기는 금방 똥구녕에서 시작"될 정도로 두루미의 삶은 고달픈 것이다. 그 과정에서의 깨달음은 "힘이 없어야 차라리 편안하지"라는 인식이다. 이때 발생하는 연기론에서의 필연성은 두루미가 다음 생의 자신의 모습을 '물고기'로 전이된다. 그래서 "늙은 두루미는 물고기와의 싸움이 점점 어려워질수록/ 다음 세상 제 육신의 숨구멍은 아가미이리라 짐작한다"는 두루미의 필연적 인과관계가 시적으로 더욱 극대화된다.

2) 협력과 섭리의 시적 순화

불교 생태학에서의 연기론은 우주에서 고립된 실체, 다시 말해 우연히 발생하는 것은 없다고 인식한다. 삼라만상이 상호 의존의 관계를 통해 하나의 섭리로만 작용한다. 온 우주는 마음, 물질, 에너지 등의 모든 자료와 정보가 가시적—불가시적, 직접적—간접적 인과론으로 뒤얽힌 하나의 유기체인 것이다.[44] 다만 하나의 사물이나 유기체로 응축된 것들이 연기론적 필연성을 유지하다가 우연성의 힘이 더 강해지면, 개체의 매듭을 풀고 우연성으로 확장되어 나간다. 이 우연성은 더 큰 필연성을 향해 우주와 지속해서 교감해 나간다.

내가
돌이 되면

돌은
연꽃이 되고

연꽃은
호수가 되고

—서정주, 「내가 돌이 되면」 부분

44 김용운, 『카오스와 불교』, 사이언스북스, 2003, 30~42쪽.

불교 생태학에서의 연기론은 주체와 객체, 자아와 타자가 분리되어 있지 않다. 동일자로서 존재하며 동화되고 치환된다. 인용한 작품에서의 시적 화자는 순차적으로 보면, 나에게서 돌로, 돌에서 연꽃으로, 연꽃에서 호수로 전이되는 양상을 보인다. 이때의 전이 양상은 어떤 조건에 의해 귀결되는 것이 아니라 다양한 가능성을 가진 현상으로 가시화된다. 중요한 것은 그 가능성을 전제하는 우연성이라 할지라도 하나의 사물로 귀착되는 순간 연기론적 필연성의 인과관계에 귀속된다는 점이다.

이 글에서 인용하지는 않았지만, 서정주의 또 다른 작품 「因緣說話調」는 연기론적 필연성과 인과관계의 특징을 더욱 잘 나타낸다. 「因緣說話調」에서 시적 주체인 '나'는 "한 송이의 모란꽃"으로 규정된다. 그 대척점에서 시적 주체를 바라보는 것은 '예쁜 처녀'이다. 시적 주체인 '나'와 '예쁜 처녀'는 같은 시공간 속에 존재하지만 만날 수 없다. 이 둘이 조우할 수 있는 유일한 방법은 불교의 연기론적 사유를 통해 시공간을 바꾸는 일이다. 시적 주체인 '나'는 메말라서 재가 되고, 흙과 뒤엉키다 재가 되고, 강물이 되는 등의 인과적 순환을 통해 드디어 인간의 몸에 귀속된다. 문제는 '예쁜 처녀' 또한 다른 공간에서 연기론적 사유에 접촉하여 모란꽃 속에 귀속되어 버린다는 점이다. 이 둘은 필연적인 인과를 통해 인간으로서 가지는 욕망을 성취할 순 없지만, 불교에서의 필연적 사유가 시적으로 구축된다는 점에서 의미가 깊다.

앞서 언급한 작품들에서 확인할 수 있는 우연성과 필연성의 인과적 순환은 어쩌면 불교적 사유의 섭리에 의한 협력이라고 봐도 무방할 것이다. 「因緣說話調」에서의 '모란꽃'으로 묘사되는 '나'와 '예쁜 처녀'의 몸에서 '모란꽃'으로 전이되어 가는 연기론적 사유의 과정은 사실 다양한 사물들의 협력과 도움 없이는 불가능하기 때문이다. 연기론적 사유에 의한 협력의 상상력은 이광수의 「꽃」이나 서정주의 「국화 옆에서」를 통해 잘 나타난다.

> 꽃이 한 송이 피기에 얼마나 힘이 들었나
> 해의 힘 바람의 힘 물의 힘 땅의 힘
> 그리고 시작한 때를 모르는 알 수 없는 생명의 힘
> 꽃이 한 송이 피기에 알 수 없는 힘이 다 들었다
>
> —이광수, 「꽃」 부분

> 한 송이 국화꽃을 피우기 위해
> 봄부터 소쩍새는 그렇게 울었나 보다
> 한 송이 국화꽃을 피우기 위해
> 천둥은 먹구름 속에서 또 그렇게 울었나 보다
> 그립고 아쉬움에 가슴 조이던
> 머언 먼 젊음의 뒤안길에서
> 이제는 돌아와 거울 앞에 선
> 내 누님 같이 생긴 꽃이여
> 노오란 네 꽃잎이 피려고
> 간 밤에 무서리가 내리고
> 내게는 잠이 오지 않았나 보다
>
> —서정주, 「국화 옆에서」 전문

연기론적 섭리의 상상력은 거대한 필연으로 가기 위한 우연들의 연속인 동시에 협력의 과정을 그대로 노출시킨다. 우연과 우연은 수시로 필연으로 매듭지어지고 자리바꿈하면서 시인이 인식하고자 하는 귀착점으로 인도하는 매개 역할을 한다. 이광수의 「꽃」과 서정주의 「국화 옆에서」는 표면적으로 상호 텍스트적 요소가 매우 강하다. 시상의 전개면에서나 상상력의 측면에서도 매우 유사한 특징을 보인다. 이는 두 시인의 작품에 공통으로 깃들어 있는 연기론적 사유와 섭리로 매듭지어지는 협력의 시적 상상력이 공유하면서 나타나는 현상이다.

중요한 것은 두 작품 모두에게서 발견되는 공통점, 구체적으로는 불교의 연기론적 사유에서의 인과적 유기체의 특징일 것이다. 하나의 사물에게 집중되는 또 다른 사물들은 우주의 협력 관계를 통해 개체의 특징을 스스로 가시화한다. 이는 시적 상상력에서의 사물과 개체들이 고유한 행위나 사유를 통해 형성되는 것이 아니라 다양한 유기체들의 정보와 자료의 집합을 통해 매듭지어지고, 또 하나의 정보와 자료가 되어 또 다른 개체를 향해 전이된다는 중요한 의미를 지닌다. 이러한 협력 관계 속에서 시인들은 언제든 자신의 시관 속에서 그 필연성을 변증하고 변용해 낼 수 있는 특권과 가능성을 확인한다. 연기론에서의 필연성이 다양한 사물로 전이될 가능성은 그 속에 우연성을 전제한다. 아무리 우연한 것이라 해도 하나의 사물에 규정되는 순간 필연성을 갖는 특징을 지닌다.

이는 시인들의 시적 상상력의 연기론적 사유가 '생명의 그물'로서의 생태계를 형상화하고 있음을 말해 준다. 생태계는 상호 의존성을 통하여 성립되는 순환성과 항상성의 시스템을 구축한다. 자료와 정보의 전이와 합생 과정에 의하여 개체들은 생성과 소멸을 되풀이할 뿐이다. 이러한 생명의 과정에서 우주는 언제나 동일한 자료와 정보를 유지하면서 항상성을 확보함과 동시에 상호 의존의 원리를 작동시킨다.[45]

3) 윤회의 고통과 역설

넓은 의미에서 윤회론은 정령론적 영혼의 재생과 육체의 변신에 대한 관념을 포함한다. 윤회론에서는 선행 존재들의 물질과 에너지, 마음이 뒤섞여 어떤 하나의 후속 개체를 만들고, 다시 흩어져 무수히 많은 후속 개체들로 진입하게 된다.[46] 윤회론에서도 우연성은 반드시 필연성을 동반한다. 다만, 연기론과 윤회론의 차이는 연기론은 전체로서 우주의 인과론이라면, 윤회론은 개체로서 자아의 인과론이다. 물론 윤회론에서의 다양한 관념을 구분할 필요는 없다. 넓은 의미에서의 불교의 윤회론은 무아와 유아 모두를 넘나드는 매우 다양한 함의를 지니기 때문이다.[47]

고대 범어에서 윤회는 수레바퀴를 뜻했다
선선에서 윤회란 목숨을 빚진 사람은 반드시 다음 생에라도
목숨을 구해 준 이에게 목숨을 바친다라는 뜻이었다
중국의 연나라에서는 연꽃 속에서 영원히 몸 섞는 연인이라는 뜻이었다
남자들로만 구성된 거란의 한 떠돌이 부족에게는
그녀는 죽었다 그러나 나는 그녀를 찾으러 나선다라는 뜻이었다
유마경에 나오는 향기의 나라에서는 태어나기도 전에

---

45 김종욱, 『불교생태철학』, 동국대학교출판부, 2004, 83~91쪽.
46 김옥성, 「한국 현대시의 불교 생태학적 연구」, 앞의 논문, 259쪽.
47 오형근, 『불교의 영혼과 윤회관』, 새터, 1995.

죽는다라는 뜻이기도 했다 어쨌든,

기원전 그리스의 한 상인이 서역을 지나간 적이 있다

그의 목적지는 윤회였다

불꽃과 얼음의 거대한 산을 넘어 먼지의 집들을 지나, 그는

서역의 한 작은 오아시스로 만들어진 나라에 도착했다

그곳에는 적어도 그가 다섯 번은 태어나기도 전의 사람들이

그의 도착을 기다리고 있었다

"나는 여태껏 아무런 빚도 지지 않고 살아왔다 자부했습니다"

"그러나 적어도 다섯 번을 태어나는 동안 네 번의 죽음에 빚을 지고 있었군요"

침착해라 변하지 않는 형상이란 없지 시간은 흐르지 않는다

그렇게 조급하게 굴 필요는 없어

어디로 가든 결국 네가 만나는 것은 바로 너니까

—박판식, 「윤회」 전문

"고대 범어에서 윤회는 수레바퀴를 뜻했다"라는 구절로 시작하는 박판식의 시 작품 「윤회」는 그 뜻이 지니는 의미의 속성과 그 안에 담긴, 다시 말해 삶은 참으로 고통스럽다는 메시지를 우회적으로 보여 준다. 기본적으로 삶이란 고통스러우며, 영원히 산다는 것은 고통 속에 영원히 머문다는 의미를 지닌다. 고통의 영원 속에서 시인이 포착해 낸 사유는 수레바퀴가 끊임없이 구른 것과 같이 중생의 번뇌와 업에 의해 생사를 끊임없이 돌고 돈다는 의미까지도 내포한다. 이는 의미 그대로 윤회

(輪回)를 지시하겠지만, 주목할 것은 시적 주체는 단계별로 다양한 윤회를 거치며 순회하면서 자신과 교우한다는 점이다. 윤회론에서는 선행 존재들의 물질과 에너지, 마음이 뒤섞여 하나의 후속 개체를 만들고, 그것은 다시 흩어져 무수히 많은 후속 개체들로 진입하게 되지만, 결국 자신의 삶으로 귀결됨으로써 변화를 통해 변화하지 않는 역설적 상상력을 증정한다. 이러한 변화하지 않는 변화를 변화시키기 위해서는 그 순환의 고리를 긍정적으로 매듭지을 수 있는 상상력이 필요하다.

> 내가 살다 마침내 네 속에 들어가면
> 바람은 우릴 안고 돌고 돌아서,
> 우리는 드디어 차돌이라도 되렷다.
> 눈에도 잘 안 뜨일 나를 무늬해
> 山아 넌 마침내 차돌이라도 돼야 하렷다.
>
> (중략)
>
> 그렇거든 山아
> 그때 우린 또 같이 누워
> 출렁이는 벌판의 풀을 기르는
> 제일 오래고도 늙은 것이 되리니
>
> —서정주, 「무도」 부분

근본적으로 윤회는 죽음에 대한 불가능성이다. 윤회의 사유 안에서는 영생불사의 삶이 아니라 그로부터 벗어날 수 없음을 의미한다. 죽음의 불가능성 안에서 죽고자 해도 죽을 수 없는 기이한 무능력에 대한 사유는 인간의 욕망을 다른 의미에서의 해석을 변증해 낸다. 바로 해탈이다. 해탈은 윤회의 형식으로 반복되는 삶에서 벗어나는 것이고, 죽을 수 없는 무능력에서 벗어나는 것이며, 영원한 고통에서 벗어나는 것이다. 그것이야말로 진정한 죽음이고, 진정한 떠남이다.[48] 인용한 작품에서 산은 우주 전체를 상징한다. 개체로서의 자아는 우주 속으로 흩어진다. 시적 주체는 그것을 "내가 살다 마침내 네 속으로 들어가면"이라고 표현한다. 자아는 우주로서의 산에 스며들어 우주 자체가 된다. 우주가 된 자아는 "제일 오래고도 늙은 것"이 되어 "출렁이는 벌판의 풀"들을 기른다. 이 작품에서는 삶의 고통스러운 영원성이 아니라 우주와 하나가 되는 자아의 전일적 영원성이다.

4) 개체들의 열린 시적 공동체

모든 변화는 모든 규정에서 벗어나는 순수 잠재성을 통해 어떤 규정도 갖지 않고, 어떤 의미도 갖지 않는 무규정을 갖게 되지만, 어떤 의미에서는 무규정의 규정을 갖는 규정 가능성을 갖는다. 이러한 무규정의 규정 가능성은 다양한 의미화를 통해 열린 무의미를 지향한다. 그 무의미의 잠재성 속에서 작동되는 사물의 가변적 힘은 '바탕'과 '근거'를 이루는 공성을 통해 규정 없는 규정과 바닥 없는 근거를 형성한다.[49]

앞서 언급한 시적 개체들의 전일적 영원성에 대한 불교적 사유는 자

48 이진경, 『불교를 철학하다』, 휴, 2016, 202~203쪽.

49 이진경, 같은 책, 180~185쪽.

본주의 사회로 접어들면서 규정을 갖지 않는 새로운 규정 가능성과 결합한다. 산업화 시대 이전에는 비교적 순수한 종교적 사유가 바탕이었다면, 자본주의 안에서의 불교 생태학은 현실에서의 부조리한 시적 사유를 수많은 규정 가능성 속에서 어느 하나의 규정성을 벗어나려는 잠재성에 귀착시킨다.

눈사람이 녹는다는 것은
눈사람이 불탄다는 것,
불탄다는 것은
눈사람이 재로 돌아가고 있다는 것,

재가 물이다
하얀 재
더 희어질 수 없는 재가 물이다

시냇물
하얀 재 흐른다
눈사람들이 둥둥둥 물북을 치며
강으로 바다로 은하수로 흘러간다

흘러간다는 것은
돌아간다는 것,
돌아간다는 것은 그 어디에

오래 머물 수 없다는 것,

—최승호, 「눈사람의 길」 전문

위의 작품 「눈사람의 길」의 길에서는 물질의 변화를 통해 인간의 변화 가능성을 점검시킨다. 시적 소재로 사용된 '눈사람'은 불에 타서 재가 되는 것으로 묘사된다. 재는 물이 되어 흘러감으로써 그 어떤 것에도 얽매이지 않음을 암시한다. 한곳에 머물지 않는 것들은 불교에서의 '공'의 상상력을 통해 존재의 사유와 순수한 잠재성을 확보한다. 공을 통한 '눈사람'은 끝없는 변화를 통해 고정되지 않는 자아를 인간에게도 전이시킨다.

자연과 인간의 상생의 상상력은 결국 불교 생태학에서 이야기하는 공동체 정신에서 찾을 수 있다. '개체'나 '개인'이라고 부르는 모든 생명체는 항상 공동체를 이루고 있으며, 그 집합체를 통해 존재의 본성을 회복한다. 분할 가능한 복수의 개체들이 모여 하나의 개체를 이루는 것, 그 개체화를 통해 각각 존재하던 것들은 또 하나의 개체 속으로 통합되어 귀속된다. 불교에서는 그렇게 개체를 이룬 무리를 '중생'이라고 한다. 중생은 수많은 것이 하나의 무리를 이루어 살아가는 개체이고, 그 자체로 하나의 집합체를 이루는 개체이다. 다시 말해 하나의 무리가 하나의 생명체인 것이다.

無로서 無門을 돌파하는

죽음,

내가 아니라 다른 것들이

숨 쉬기 시작하는 죽음,

우리는 죽어 새로운 흐름 속으로 흘러든다

화장도 그렇고

매장도 그렇다.

얼마나 편하지

그들에겐 새로움이 두려움이다

큰 강물의 흐름 속에 놓아도

수족관을 떠나지 않는

늙은 물고기의 고집.

—최승호, 「수족관」 부분

인용한 작품에서 포착되는 것은 죽음이다. 이 작품 속에서 죽음은 단순히 사라짐만을 지시하지 않는다. 지구와 인간 그리고 우주적인 관점에서 인간의 본질이 어디에 있는지를 가변적인 관점에서 시사한다. 인간과 자연의 상호 의존적인 태도에 기초한 시적 상상력이 구조적인 본질은 시적 주체의 '공'의 사유를 통해 다른 개체들이 함께 숨 쉴 수 있는 생성과 변화의 지점을 선점해 준다. 시적 주체에게 있어 죽음은 "새로운 흐름 속으로 흘러" 들어가는 것이므로 이미 인간과 자연은 변화를 수용함으로써 불교 생태학적 사유의 관점을 시적으로 완성한다.

이 글에서 구체적으로 언급할 순 없지만, 시인은 산업화 시대의 일상을 불교 생태학적 관점에서 그 이면을 포착하고 이를 자신만의 낯선 감각으로 발견해 낸다. 대표적으로 시인 최승호는 시간의 흐름에 따라 변화하는 인간은 제아무리 자본주의와 과학 문명이 발달하더라도 모든 존재의 흔적은 불교 생태학에서의 '공'에 깃든 변화 가능성과 잠재성을 통해 끊임없이 순환됨을 강조한다. 다만 특이한 점은 기존의 시인들과는 달리 그가 불교적 사유의 관념 속에서 포착해 내는 것은 자연과 인간의 대립적 관계이다. 자연과 인간이 기존의 관념에서처럼 일치하거나 협력하는 것이 아니라 상호 적대적인 관계에서 상보적 이항을 이룬다는 점이다. 이러한 근본 요인에는 생태학적인 문제가 자연환경만이 아니라 사회적 관계에 따른 인간의 주체성 상실이라는 점에서 찾을 수 있을 것이다. 자본주의적 가치가 날로 증가할수록 자본주의적 가치와 규율을 내면화한 인간은 결국 욕망의 자동화된 방향성을 설정하고 그 안에서 자연 파괴적이며 자기 파괴적인 상상력을 내비치게 된다. 이러한 시적 상상력은 결국 불교 생태학의 성찰을 요구하면서 현대시가 나아갈 미학적 방향성을 새롭게 재고시킨다. 동시에 시적 개체들의 공동체의 함의가 어디에 있는지를 시적 상상력을 통해 가늠케 한다.

3. 불교 생태학과 시적 사유의 균형

시인에게 상상력이란 인간 경험의 가능성을 구체적으로 현시하고 구성하는 힘이다. 이것은 자의든 타의든 간에 다양한 문화와 종교 속에서 영위되어 가는 조건 중 하나이다. 특히 종교적 사유와 시인의 상상력이 하나의 지향점을 향해 갈 때 그 과정에서 파생되는 불확정적인 것들의 낯섦은 독자로 하여금 새로운 기대를 하게 만든다. 불교 생태학과 시 텍스트의 끊임없는 교호 작용 또한 종교 문학의 미래 지평을 연다는 점과 시인들의 사유의 본류를 자처한다는 점에서 많은 관심을 기울일 필요가 있다. 다만, 불교 생태학의 비논리나 실천의 의미가 문학의 미적 구조와 마주했을 때 그 역설의 틈새에는 반드시 시적 논리와 직관이 우선하는 화해와 균형의 노력이 필요할 것이다.

절구통만 한 먹이를 문 개미 한 마리
발밑으로 위태롭게 지나간다 저 미물
잠시 충동적인 살의가 내 발꿈치에 머문다
하지만 일용할 양식 외에는 눈길 주지 않는
저 삶의 절실한 몰두
절구통이 내 눈에는 좁쌀 한 톨이듯
한 뼘의 거리가 그에게는 이미 천산북로이므로
그는 지금 없는 길을 새로 내는 게 아니다
누가 과연 미물인가 물음도 없이
그저 타박타박 화엄 세상을 건너갈 뿐이다
몸 자체가 경전이다
그렇지 않고서야 어찌 저렇게
노상 엎드려 기어다니겠는가
직립한다고 으스대는 인간만 빼고
곤충들 짐승들 물고기들
모두 오체투지의 생애를 살다 가는 것이다

그 경배를 짓밟지 마라

—강연호, 「개미」 전문

이 작품은 '개미'라는 미물의 존재 양상을 통해 인간이 지녀야 할 시적 깨달음을 선사한다. 시적 주체가 관조하고 있는 개미는 인간의 발밑을 지나는 위태롭게 지나가는 미물로 포착된다. 그 순간 인간이 지니는 충동적인 살의를 이겨 내는 것이 바로 "삶의 절실한 몰두", 다시 말해 자신의 주어진 삶을 온전히 감내하는 생의 힘이다. 시적 주체는 인간의 살의조차 신경 쓰지 않고 자기에게 주어진 길을 가는 개미에게서 '천산북로'나 '화엄 세상'을 자연스레 떠올린다. 이때 시적 주체의 인식은 불교 생태학적 사유보다는 인간과 개미라는 대척점에서 인간만이 지닐 수 있는 직립과 오체투지의 이항을 시인만의 시적 예술성으로 구현해 낸다. 주목할 점은 그 대립하는 이항의 시적 직관 속에서 시인이 결과적으로 도출해 내는 것은 미물의 오체투지의 자세가 바로 경전이라는 사실이다. 매 순간 온몸으로 살아가는 '곤충들 짐승들 물고기들'을 통해 시인은 생태 불교학의 의미를 시적 사유의 층위로 한층 덧입힌다. 이는 인간과 미물의 이항 이미지가 불교적 상상력과 효율적으로 교우하면서 시인의 시적 상상력에 상호 침투하고 있다는 방증이며, 동시에 불교적 사유와 문학적 형상화 사이에서의 예술적 균형감이 잘 잡혀 있음을 의미한다.

지금까지 살펴본 바와 같이 불교적 사유나 불교 생태학에서 일차적으로 도출되는 무위자연이나 자연의 경물을 단순히 시적으로 구현하는 것만으로는 시의 예술성을 효과적으로 포착하고 감내할 수 없다. 한국 시단에 내재한 불교 생태학의 긍정성을 미래 지향적인 방향으로 선도하기 위해서는 불교적 사유와 그 변화 속에서 시적 주체의 감정을 은밀히 투사하려는 시인들의 노력이 요구된다. 또한, 인간과 자연의 경계 지우기보다는 그 이항의 힘을 합일하는 종교적 정서의 고양과 불교 생태학의 근원적 목적을 회복해 나가려는 시인 스스로의 자정 노력이 필요할 것이다. ■

3부

흰 맨발의 언어와 부끄러움의 윤리

아득한 사랑의 거리와 흉터 없는 아픔들

—박남희의 『아득한 사랑의 거리였을까』와 박하현의 『저녁의 대화』

1.

박남희 시인의 네 번째 시집 『아득한 사랑의 거리였을까』(2019)가 출간되었다. 첫 시집 『폐차장 근처』가 2002년에 출간되었고, 두 번째 시집 『이불 속의 쥐』가 2005년에, 세 번째 시집 『고장 난 아침』이 2009년에 출간된 점을 미루어 볼 때, 그는 비교적 일정한 기간을 두고 시집을 펴낸 시인이라 할 수 있다. 이후 시집 출간 소식이 뜸하다가 그는 꼬박 10년 만에 『아득한 사랑의 거리였을까』라는 제목이 달린 시집을 독자의 품에 안겨 주었다. 이번에 출간한 그의 네 번째 시집은 등단 20여 년이 넘은 중견 시인의 내밀하고도 단단한 감각과 시적 사유를 독자에게 유감없이 전달하는 시편들로 채워져 있다. 특히 그의 이번 시집에서는 사물과 존재에 대한 '안'과 '밖'의 서정적 변증이 유독 눈에 띈다. "그는 알이 없는 안경을 끼고 세상을 보듯"(「테두리로 본다는 것」) "그림자로 말하고 그림자로 웃는" 시인인 셈이다. 이러한 박남희 시의 네 번째 시집의 특성은 시집 전체를 통해 사물 자체의 고유한 속성으로 투영되기도 하며, 시인이 지닌 기억과 경험을 통한 서정의 새로운 가능성을 대변해 주기도 한다. 특히 시인이 사물 속에 투사해 내는 '아득한 사랑의 거리'는 시인의 내면 기억과 서정의 프레임으로 접합될 때 그 빛은 "황홀한 춤"(「화조도」)이 될 정도로 아늑하다.

반짝인다는 것은 둘레를 지우는 일일까

눈물은 글썽여 제 둘레를 지우고
바람은 반짝이는 것들의 몸속 빛을 풀어
그 둘레를 지운다

너를 처음 본 순간,
세상의 둘레가 온통 허물어져
모든 것이 캄캄하게 보이던 그날,

내 눈의 둘레는 한없이 허물어져
너는 한 떨기 백합이었다가, 돌연
제 속살에 마음 번지는 능소화였다가
그 자리에 덩그러니 한 채
글썽이는 속 깊은 우물을 남겨 놓았다

글썽이는 우물과

그 속에서 깊어지는 별 사이의 거리가
내가 너를 바라보던 아득한 사랑의 거리였을까

사랑은 종종 완강한 꽃의 둘레를 헐어
새벽하늘 개밥바라기별보다 더 크게 글썽이는
우물 한 채를 보여 준다

—「둘레를 지우는 일」 전문

인용한 작품은 박남희 시인의 네 번째 시집 『아득한 사랑의 거리였을까』에 대한 시집 제목의 시구가 포함된 시편이다. 이 작품 속에서 시인은 생의 한 주체가 되어 자기 주변에 존재하는 것들에 대한 아득한 사랑의 관념을 그대로 드러낸다. 그 관념은 사소하게는 시인 개인의 경험과 상상력에서 비롯된 것이지만, 결과적으로는 독자를 향한 공유된 기억으로 표상된다. 작품 속에서 시인은 사물의 둘레를 지우는 일이 곧 존재의 내밀함을 드러내는 행위로 인식하고 있다. 그가 응시하는 사물들은 자신의 둘레를 지우거나 스스로의 경계를 허무는 일을 통해 내밀함을 드러낸다. 눈물은 글썽이는 힘을 통해 자신의 둘레를 지워 나가고, 바람은 반짝이는 것들의 몸속 빛을 풀어 둘레를 지워 나간다.

사물의 존재가 하나둘씩 자신의 둘레를 지워 나가는 과정은 시인에게 '너'와 마주 서는 순간이다. 이를 통해 시인은 주변에 있는 세상의 모든 둘레가 온통 경계를 허물어트리는 데 집중할 수 있다고 본다. 시인은 그 시적인 순간을 "모든 것이 캄캄하게 보이던 그날"로 기억한다. 모든 것이 캄캄한 상태에서 '너'로 인한 '안'과 '밖'의 경계가 변증법적으로 무화되는 시적 경지를 시인은 터득해 낸다. 시인이 응시하고 있는 '너'는 둘레의 안과 밖을 스스럼없이 넘나들며, 세상의 '백합'이 되기도 하고 때로는 '능소화'로 변모하기도 한다. 그 백합과 능소화는 "그 자리에 덩그러니 한 채/ 글썽이는 속 깊은 우물"로 시인에게 각인되기도 한다.

이 부분에서 박남희 시인의 서정적 시의 묘미를 발견할 수 있는데, 그것은 서로를 향해 '글썽이는 것'들만이 '아득한 거리'를 형성할 수 있다는 시적 사유이다. 시인이 볼 때 세상의 모든 것은 둘레를 가진 것들만이 그 둘레를 허물어트릴 수 있다. 이는 글썽이는 우물을 바라보는 시인의 시선과 "그 속에서 깊어지는 별 사이의 거리"가 "내가 너를 바라보던 아득한 사랑의 거리"로 변모하면서, 그 내밀함은 더욱 깊은 내밀함으로 시인에게 스며든다. 시인이 포착한 그 내밀한 정서는 결국 둘레를 통해 사물의 둘레를 지우고 존재의 경계를 지워 냄으로써 비로소 "새벽하늘 개밥바라기별보다 더 크게 글썽이는/ 우물 한 채"로 우리의 지난 기억을 포섭하게 된다.

여기에서 우리는 시인이 개밥바라기별을 통해 현현하고 있는 사물이 단순한 금성이 아님을 유추하게 된다. 금성은 지구와 가까운 거리에서 우리가 유관으로 쉽게 인식하고 볼 수 있는 행성이다. 금성을 지시하는 뜻의 일부인 '바라기'는 역설적으로 금성의 크기에 비해 '작은 그릇'의 의미를 지니는 단어이다. 시인에게는 크기가 큰 행성의 이름이 자신의 존재 가치를 허물어 개밥바라기별이라는 이름에 스며든 것이다. 그 개밥바라기별을 우물이라는 테두리 속으로 다시 불러들임으로써 '우물 한 채'라는 웅숭깊은 내밀함을 형성해 낸다. 그 우물 한 채는 둘레와 경계를 허물어트린 이후에야 만날 수 있는 시인만의 아득한 테두리라 할 수 있다.

개밥바라기별에서 현현된 사유는 박남희의 이번 시집의 첫 작품인 「깡통 익투스」를 통해서도 거듭 재확인된다. 시집을 통해서도 명기하고 있듯이, 익투스($I\ X\ \Theta\ \Upsilon\ \Sigma$)는 그리스어로 '물고기'라는 뜻이다. 시인은 깡통이라는 사물 속에서 초기 기독교 신자들이 비밀스럽게 사용했다고 전하는 기독교의 상징을 시적인 방식으로 상상해 낸다. 지면에 인용하지는 않았지만, 시인은 「깡통 익투스」의 시편을 통해 "성서를 가둔 깡통의 부패하지 않은 율법"의 경계를 거침없이 허물어 낸다. 그 과정에서 시인은 두 개의 곡선을 겹쳐 만든 물고기가 "수만 킬로의 길을 헤엄쳐 온 바다가 우리의 몸으로 연결되어 있다"라는 사실에 주목한다. 텅 비어 버릴 깡통들로 가득 찬 시인의 몸에서 문득 깜깜한 남쪽 밤하늘의 오래된 물고기자리가 꿈틀거리는 것은 「둘레를 지우는 일」에서 살펴보았던 '우물 한 채'와 크게 다르지 않다.

저녁은 부르지 않아도 온다
내가 원하지 않은 것이나
내가 모르는 것까지 거느리고

나에게 오지 않은 듯
내게로 온다

저 저녁을 군단이라고 불러야 하나

망각이라고 불러야 하나

싸움은 부르지 않아도 온다
망각을 데리고 온다

꽃의 표정에 물들지 않은 것은 없다
꽃의 치사량에 가까이 가 본 계절은 없다

꽃을 보내고
그냥 마음이 말없이 어둑해져
오지 마,
저녁을 슬쩍 밀면
그 뒤에 숨어 있던 꽃이 슬쩍 밀린다.

—「저녁을 슬쩍 밀면」 전문

결과적으로 박남희의 네 번째 시집 『아득한 사랑의 거리였을까』는 「저녁을 슬쩍 밀면」에서 잘 나타나듯 자기 자신의 경험과 사물이 지니는 내밀함과 끊임없이 조우하는 시집이라 할 수 있다. 시인은 이번 시집을 통해 새로운 시적 질서로 형성되는 존재의 안과 밖의 둘레를 서정시의 미학적 사유로 무너트리는 데 주저하지 않는다. 그 과정은 「둘레를 지우는 일」의 무의식으로 인식해도 좋다. 물론 사물과 존재의 둘레를 지우거나 경계를 무화시키는 행위 자체는 비단 박남희 시인 고유한 시적 특성이라고 규정할 수는 없다. 하지만 그가 이번 네 번째 시집을 통해 인식하는 둘레의 무너짐과 아득한 사랑의 거리는 '나'와 '너'의 고유한 인식인 동시에 서로가 서로를 아득히 그리워할 때 발생하는 사랑의 독특한 거리임은 분명하다.

이러한 인식은 인용한 작품 「저녁을 슬쩍 밀면」에서 유독 더 드러나는데, 시인은 "저녁은 부르지 않아도 온다"라는 시구를 통해 그 거리는 자의적인 것이 아닌 일종의 숙명에 닿아 있음을 고백한다. 또한, 자신의 기억과 경험은 시적인 망각의 과정을 통해 지속적으로 완성되고 있음을 보여 준다. 그 망각의 과정은 시인에게 양가적인 변증의 형태로 인식되면서 "나에게 오지 않은 듯/ 내게로 오기도" 한다. 자신도 어찌할 수 없는 그 상태에서 시인은 '군단' 혹은 '망각'이라고 명명되는 존재의 안과 밖의 경계를 무너트리며, 서로가 서로에게 아득한 기억과 거리의 서정성을 선사한다. 꽃의 표정과 치사량에 가까이 가 본 적 없는 계절의 곁에서 시인은 "꽃을 보내고/ 그냥 마음이 말없이 어둑해져" 모든 사물에 대한 기억을 '망각'과 '말없음' 그리고 '아득한 사랑의 거리'로만 기억한다.

박남희 시인은 자신의 네 번째 시집 『아득한 사랑의 거리였을까』를 통해 세상의 모든 존재와 사물이 스스로 둘레를 지우기를 바랐는지도 모를 일이다. 그래서 시인은 "저 혼자 붉어지는 저녁 강"(「순천만 갈대」)이 되기도 하거나, "사랑했던 것들이 다녀간/ 둥글고 아늑한 어둠"(「길에 대한 편견」)에 대한 시선을 끊임없이 사유한다. 그 어둠 속에서 서정적 사유의 손끝을 뻗어 더듬거리는 시인의 행위는 자기를 탐색하고 성찰하는 시의 축으로 인식된다. "버리고 버리고 더 이상 버릴 것이 남아 있지 않을 때"(「허공을 다른 말로 하면」)처럼 시인은 아무것도 보이지 않는 저녁 속에서 오늘도 다시 한 번 자신에게 찾아드는 저녁을 온몸으로 슬쩍 밀어낸다. 그제야 저녁 뒤에 숨어 있던 꽃은 슬쩍 밀리고, 꼭 그만큼의 거리에서 시를 읽는 독자의 시선도 그 저녁의 풍경에서 슬쩍 밀려 '아득한 사랑의 거리'를 형성한다.

2.

시의 힘은 삶의 남루함에 지지 않으려는 인간의 의지와 투쟁을 통해 종종 발현된다. 자신의 한계와 생의 한계를 시의 상상력을 통해 돌파하려는 움직임은 때로 서정의 출발이기도 하고 동시에 서정의 매듭을 담당하기도 한다. 세상의 모든 이치가 그러하겠지만, 가까이 있으면 제대로 볼 수 없는 것들이 있다. 그 거리 조절은 때로 시의 서정성을 통해 조율되곤 하는데, 이번에 출간한 박하현 시인의 두 번째 시집 『저녁의 대화』(2019)는 아픈 것들의 거리 조절을 때로는 대화로, 때로는 공감각적인 감각으로, 때로는 이항의 감정으로 손수 묶어 낸다. 전체적으로 볼 때 이번 시집은 2011년에 상재한 첫 시집 『감포 등대』에 이어 몸에 대한 서정적 사유와 사물들의 내밀한 대화에 한층 더 밝은 귀를 드러낸 시집이라 할 수 있다. 박하현 시인이 이번 시집을 통해 투사해 내는 시적 서정은 존재의 독백 혹은 독백이 섞인 경청(傾聽)에 가까워 보이기도 한다. 이는 시인이 상대의 말을 듣기만 하는 것이 아니라, 그 내면에 숨겨져 있는 의미나 존재의 가치에 애써 귀를 기울이는 행위를 통해 현현된다. 이는 시인의 의식과 몸이 단순한 이분법적 대립을 넘어 그것을 무화할 수 있는 아픔의 서정에 몸담고 있기 때문이다. 몸에 대한 의식과 사물에 대한 시인의 순수한 시선은 시집 전반에 걸쳐 역동적이면서도 모호성을 담보한 순수 서정으로 발돋움하기도 한다. 그의 두 번째 시집 『저녁의 대화』는 그 모든 것을 증명하듯 “흉터 없는 아픔”(「가시의 세계」)의 세계로 독자를 인도한다. 그 흉터 없는 아픔은 시인에게는 “뭉친 서로의 어깨를 주무르는 시간”이면서, “한 줄 밝은 문장으로 떠오르는”(「사려니 숲」) ‘흔적 없는 틈새의 흔적’으로 그 생채기를 남기기도 한다. 이러한 아픔의 흔적을 주도하는 것은 결국 시인 자신이기에 자신이 말하는 작품 속의 대화는 “언제까지나 팽팽하게 마주해야”(「도마 우정을 생각함」) 참여할 수 있는 서정의 편린이라 할 수 있다.

오후 네 시 이십 분
커피를 마시는 게 아니었다

새벽엔 더없이 무릎을 꿇었고
주먹을 불끈 쥐게 하는
문장을 읽기도 했는데

다짐과 놓아 버림은 습관
조였다 풀기 까마득했으면 했다

대문을 나서며 몇몇 아는 얼굴과의 눈인사
점심 먹는 식당 주인의 친절은 가볍기도 했다
어쩌다 합류한 분은 푸른 시간을 다 써 버렸다

쓴 커피는 덥지도 차지도 않다
그 어중간한 길 위에서
시간을 더 잃는 오후
길 중간에 꼼짝없이 멈춰 서 버린
생물 장사 얘기를 주고받다 돌아와
이제 나와 말할 차례

아침부터 이제까지
무얼 좀 비웠는지 채워 왔는지
가슴속 찬바람 잦아들지 않고 있다
늦도록 멀뚱거리는 두 눈
커피 탓하는 버릇 한 줄 경구가 나무라신다

—「저녁의 대화」 전문

시집의 표제작이라고도 할 수 있는 「저녁의 대화」는 단순하게 말해 시인 자신에 대한 성찰이라 할 수 있다. 박하현 시인이 체득하는 자기 성찰은 세상의 모든 존재에 대한 대화의 시작이다. 작품 속에서 시인은 오후에 커피를 마시는 일조차 몸과 정신적 감각의 변화로 인지될 만큼 피로하고 노곤하다. 그 피로는 시집의 다른 작품 「게으르게 천천히」와 서로 대구를 이루면서 생물학적으로도 어쩔 수 없는 생의 피로를 서정적인 감각으로 그려 낸다. 그 피로와 노곤함은 때로 시인에게는 "새벽엔 더 없이 무릎을 끓”기도 하고 “주먹을 불끈 쥐게 하는 문장” 앞에서 다짐을 할 수 있는 힘이 되기도 하지만, 그것 또한 오래된 습성으로 자리한다.

이러한 인식은 시인의 내면과 외면의 상황이 별반 다르지 않음을 암시해 준다. 작품 속에서 시인은 대문을 나서며 몇몇 아는 지인과 인사를 나누기도 하지만, 모두 타성에 젖은 인사뿐이다. 타성에 젖은 관계 속에서 시인을 둘러싼 사람들은 저마다의 ‘푸른 시간’을 흘려보낸 사람들로 묘사된다. 이러한 현실 속에서 시인은 대화의 상대를 인간이 아닌 자기 몸의 변화에 주목하게 된다. 시인은 “아침부터 이제까지/ 무얼 좀 비웠는지 채워 왔는지”에 대한 몸과 정신의 근본적인 반성과 성찰에 그 서정성을 집중한다. 그 반성의 저녁은 시인의 잠을 앗아 가고, 평소 습관처럼 “커피 탓하는 버릇 한 줄 경구”조차 나무라는 평범한 삶의 경지에 이른 인간의 모습으로 묘사한다.

박하현 시인이 『저녁의 대화』 속에서 그려 내는 이러한 모습들은 “정상에서는 걸음이 조금 느려”(「게으르게 천천히」)지듯 자신만의 보폭과 호흡을 형성하는 기저가 된다. 이는 한 인간에게 존재를 탐구하는 일인 동시에 “오르막인지 내리막인지/ 길이라는 말을 잊은 채/ 걸음을 지우는 것”(「시선」), 다시 말해 자신만의 삶의 방향을 스스로 만들어 가는 행위와도 연결한다. 시인의 이러한 시적 인식과 사유는 그의 시가 지향하는 방향성이 결국은 타인의 ‘마음’에 닿아 있음을 짐작하게 한다.

> 어떤 대화는
>
> 아득한 낭떠러지기도 하나

만발하는 꽃이기도 하지

꽃 피우는 동안
따옴표 안은
물음표와 느낌표를 오가며
말없음 부호를 이끌어 내지

어떤 말이 새어 나온다면
늑골 사이 눌려 있던 울음이 터진 탓

먼지 같던 말 하나가 부른
찬바람 황황 부는 벌판에 서서

우리는 애써 새는 냉기를 감추지
방귀를 나눠 끼듯
회회 말을 흐리기도 하지

몰아쉬지 않은
흐린 그분의 숨, 꽃이었지
병실 안에 사과 향이 가득 찼었지

—「꽃숨」 전문

「저녁의 대화」가 시인 자신에 대한 근원적 성찰이라면 「꽃숨」은 '나'와 '타인'과의 마음이 직접 맞닿는 침묵의 대화라 할 수 있다. 「꽃숨」에서 시인은 병실 안의 '그분'과 마주한다. 시인과 '그분'과의 대화는 "아득한 낭떠러지"로 인식되기도 하고, 또 어떤 때는 "만발하는 꽃"으로 형상되기도 한다. 이 양가적인 서로의 대화 속에서 시인의 시적 방점은 '물음표'와 '느낌표'를 오가며, 말없음의 부호를 이끌어 내는 침묵의 관계로 표상된다. 사실 어떤 대화든 극에 달하면 말이 없이도 통하는 법이다. 시인은 그 지점에서 '그분'과 끊임없는 침묵의 대화로 사투 중이다. 이러한 관계의 대화는 마치 "방귀를 나눠 끼듯" 친밀하기도 하지만, 그 어색한 분위기는 이내 시인에게 몰아쉬지 않는 '숨', 다시 말해 하나의 꽃으로 시들어 갈 뿐이다. 병실 안에서 시인이 서정적으로 체득하는 '사과 향'은 "비탈에 선 나무 호흡"(「소리 일기예보」)처럼 시인과 '그분' 속으로만 가파르게 전달될 뿐이다.

이렇듯 박하현 시인이 「꽃숨」에서 보여 주는 시적 대화는 「지난 시간을 지내다」라는 작품과 그 사유가 맞물리면서 더욱 구체적인 아픔의 기억으로 드러난다. 이 작품에서 시인은 그 아픔의 기억을 "그녀의 부재 툭, 마음 어딘가에 떨어졌어나 봐 온몸으로 퍼지는 가을 독, 약 한 알 삼킬 수 없게 쓰라린 통증을 견딜 때였어"라는 시구를 통해 더욱 선명하게 드러낸다. 시인은 자신이 경험하는 몸의 감각과 아픔의 기억을 통해 자신이 지금껏 마주하던 '그녀'로 회귀하는 모습을 보인다. '그녀'는 '그분'과 오버랩되면서 동시에 나'와 '그녀'의 관계를 대변하는 대화의 상대들이다. 따라서 "아침 여섯 시와 저녁 여섯 시가 닮았네"라는 진술은 시인에게 서로 다르지만 같은 지점에서 대화의 공감대를 형성하는 또 다른 '나'가 된다. 여기에 더해 "죽어도 좋겠네 하다가 문득 내가 나 아니어도 괜찮다 싶어졌어"라는 진술을 통해 결국 세상의 모든 대화가 나로 시작해 나로 매듭지어지는 서정의 근원을 보여 준다.

인용한 작품 「꽃숨」이 박하현 시인의 두 번째 시집의 중요 작품으로 인식되는 이유가 여기에 있다. 「꽃숨」은 「지난 시간을 지내다」에서 표현되는 '벌교와 대전'이라는 단어의 비교를 흉터 없는 기억으로 모아 내기 때문이다. 가령, 시인은 「지난 시간을 지내다」에서 "벌교와 대전, 이 두 문자는 도무지 가깝지 않은 그 점이 같다 엄마와 딸 사이가 되었는지 몰라"라는 인식과 '여자'와 '여자'라는 공통점 그리고 '엄마'와 '딸'이라는 불확정성을 이질적으로 드러낸 바 있다. '엄마'와 '딸'은 '추억'을 통해 같은 시간을 공유하기도 하지만, 되돌릴 수 없다는 점에서 도무지 가깝지 않은 사이로 끊임없이 흘러갈 뿐이다. 하지만 인용한 작품 「꽃숨」에서는 이 모든 것을 희석할 수 있는 시인의 서정적 포용력을 그대로 드러낸다. 그 서정성은 『저녁의 대화』 속에서 "무게를 이기지 못해/ 꼭지 이탈한 감처럼/ 발 앞에 툭, 떨어져" 굴러들거나 "견디다 못해 떨어지는 몇 알"(「포도 먹는 법」) 포도처럼 자연스럽게 시집 전반에 걸쳐 스며든다. 이를 통해 박하현 시인의 두 번째 시집 『저녁의 대화』는 누구나 가진 기억의 흉터조차 대화의 성찰로 아무는 흉터 없는 아픔 속으로 독자를 인도한다. ■

흰 맨발의 언어와 부끄러움의 윤리
—김형술의 『타르초, 타르초』와 박성준의 『잘 모르는 사이』

1.

김형술 시인의 『타르초, 타르초』는 제목에서부터 태초의 언어에 대한 시인의 갈망이 바람처럼 묻어나는 시집이다. 티베트 불교의 경전을 인쇄한 깃발 속에서 그가 발견해 내는 것은 "어떤 날은 읽히고, 어떤 날은 캄캄한"(「타르초, 타르초」) 아담의 언어들이다. 이번에 상재한 시집의 '시인의 말'을 통해서도 그는 "나는 왜 시를 쓰고자 하는가. 내 언어는 과연 시가 될 수 있을 것이며 세상에서 어떤 쓸모를 가질 것인가. 끝나지 않는 이 진부한 질문의 끝에는 늘 스스로 차오르는 산중턱의 저수지 하나가 있다."라며 자신만의 시원(詩源)에 대해 고백한 바 있다.

시인이 절대적으로 은유화하는 '산중턱의 저수지'는 결코 인위적으로 만들어진 시원이 아니다. 근래의 시들에서 나타나는 세계와 언어의 자의적인 해석과 사물의 낯설게하기에서 얻어지는 시적 부유물은 더더욱 아닐 것이다. 시인의 표현대로 "저수지에 물이 차오르려면 비가 와야 한다.” 혹여 그게 불가능한 일이라면 “산은 말없이 저수지에 물을 채워 놓”을 뿐이다. 시인은 그렇게 물로 채워진 저수지의 수면에서 “제 스스로 몸을 허물고 세워// 찰나와 영원의 경계”(「구름 쪽으로」), 다시 말해 사물의 참된 언어를 건져 올리고 싶었는지도 모른다.

> 나는 중얼거린다. 할 말이 없어서. 나는 중얼중얼 얼버무린다. 할 말이 너무 많아서. 내 중얼거림에 일제히 침묵하는 낡은 의자, 그림자, 벽에 걸린 그림들. 대답하지 않는다. 대답하지 못한다. 이불을 뒤집어쓰고 잠을 청한다. 잠에서 깨어나면 이 중얼거림은 침묵이 되어 있을까.
>
> (중략)
>
> 나는 쓴다. 아무 그리움 없는 척. 나는 쓴다. 세상 모든 말들의 멸종을 위해. 나는 쓴다. 말의 꼬리를 자르기 위하여, 나는 쓴다. 한 번도 존재하지 않았던, 전혀 새로운 말들이 태어날 때까지.
>
> —「나는, 쓴다」 부분

발터 벤야민은 “모든 사고가 추구하는 궁극적 진리”를 “은밀하게 담고 있는 진리의 언어”에 대한 열망이라고 피력한 바 있다. 이 말은 언어의 근원이 창조의 기능에 있음을 강조하는 말이다. 아담의 언어로 통칭되는 이 전언 속에서 하이데거는 “언어는 존재의 집”이라 했던가. 어찌됐든 시어 하나로 상통하는 이 둘에게서 언어의 본질은 기본적으로 ‘없었던 것을 있게 하는' 존재 수립의 기능이나 사물의 참된 모습을 현전(現前)시킨다. 이 과정을 통해 목소리를 가지지 못한 사물은 인간의 언어를 통해서만 언어적 본질을 전달하고 시인은 언어의 자의성을 뛰어넘어 사물의 참된 모습을 현현시킬 힘을 획득한다.

하지만 인간(시인)의 언어는 사물의 본질을 개진하는 힘을 언제부턴가 잃어버렸다. 바벨 사건에서부터 근대의 도구주의적 언어관으로의 이행은 기존의 사물이 가졌던 언어의 신성함을 철저하게 배제하는 지경에 이른다. 사물과 이름(언어)이 보이지 않는 유사성으로 묶여 있던 아담의 시대는 끝이 나고, 오로지 자의적인 기호와 해석들만 넘쳐나는 시대가 도래한 것이다. 역설적이게도 당연히 사물 속에 담아 놓은 언어를 직감할 수 있었던 인간의 능력은 소실되고 시를 쓰면 쓸수록 시어의 빛은 그 힘을 더 잃고 말았다.

이러한 문제의식들은 김형술 시인에게 시인이란 그 속에 숨어 있는 자연의 언어들을 옮겨 놓는 일을 수행함으로써 이름을 새로이 부여하는 시적 구도자의 역할로 체감된다. 하지만, 시인에게 그 의무를 이행하기란 현실적으로 불가능하다. 근본적으로 시인은 자신의 직관 속에서 '명명된 것'과 '인식된 것'의 간극을 줄여 나가야 하지만 시의 낯섦이 오히려 그것을 역이용하기 때문이다. 나아가 시인의 자의식에서 파생되는 시적 딜레마는 시 쓰기의 고통에 그대로 전가되면서 아담의 언어를 버린 시인의 불운한 숙명을 온몸으로 맞아들이게 된다.

「나는, 쓴다」에서 보이는 '중얼거림'이 사물들의 대답을 뚫지 못하고 '침묵'으로 환원되는 이유가 여기에 있다. 시인에게 시어란 타르초처럼 형형색색의 깃발로 나부껴야 하지만, 현실은 그렇지 못한 것이다. 그래서 시인은 "아무 그리움 없는 척" 시를 쓴다고 자백하면서도, 세상 모든 말들의 멸종 속에서 시어의 '없음(사라짐)'에 대해 성찰한다. 그 성찰의 끝에서 그는 "나는 쓴다. 한 번도 존재하지 않았던, 전혀 새로운 말들이 태어날 때까지."라는 스스로의 다짐을 얻어 낸다. 이러한 사유는 "날마다 죽어/ 날마다 새롭게 태어나는 저 완벽한 생애"(「구름 쪽으로」)로 인식되거나, "날마다 새로운 얼굴을 목에 걸어야 하는/ 얼굴 없는 목숨/ 처음부터 얼굴이 없었던 종족인/ 수천 번 수만 번 허기진 내 그리움은"(「가면과의 입맞춤」)이라는 의식의 연장선상에 머물면서 시인의 삶을 더욱 웅숭깊게 만든다.

구름 사이 햇빛의 보폭을 좇아
세상 모든 숨은 목숨들 헤아리는
저 가벼운 바람의 독서

(중략)

굳이 소리 내어 읽지 않아도
어딘가에 따박따박 새기지 않았어도
타르초, 타르초 네 몸이 깃발
먼 설산 신성한 경전이라 속삭이는

빨래를 걷는 일은 하늘에의 경배
까치발을 딛고 활짝 두 팔을 벌려

햇빛과 바람 쪽으로 오체투지

그리고 날마다
새롭게 태어나는 생애들

—「타르초, 타르초」 부분

발터 벤야민의 전언에 한 번 더 기대어 보면 시인은 "모든 사물에 들어 있는 내재적 본질에 맞는 음성을 부여"할 권리와 책임을 지닌다. 단순하게 사건의 진술과 감각의 전달 수단만이 언어의 역할이 아닌 사물의 언어적 개별성과 고유성을 확증해 나갈 책임이 시인에게 있는 것이다. 시인의 언어는 '이름'하는 언어이며, 시인의 언어적 본질은 목소리가 없는 사물에 이름을 덧입힘으로써 사물을 시적 직관 속에서 재창조하는 일이다. 마치 유년기의 인간이 말을 못 하는 자연과 사물에게서 언어의 본질을 깨닫고 그것과 평등하게 소통하며 닮아 가는 존재론적 닮기와 유사하다고 볼 수 있다.

시집의 표제작이기도 한 「타르초, 타르초」는 세상의 모든 읽기가 쓰기를 전제하고 있음을 암시한다. '타르초'는 읽기와 쓰기의 집합체다. 티베트 불교의 경전을 인쇄한 깃발 속에서 김형술 시인은 사물의 언어가 갖는 문자의 신성함과 자신의 시적 언어의 내밀한 욕망을 재확인받는다. 이 과정에서 그는 언어라는 존재에 대해 치열하게 감각하고 사유한다. 그에게 읽기가 동반된 쓰기는 "세상 모든 말들의 멸종"과도 연계된다. 최대한 말의 꼬리를 잘라 내다 보면 "한 번도 존재하지 않았던, 전혀 새로운 말들이 태어날" 것임을 시인은 본능적으로 알고 있기 때문이다.

주목할 것은 깃발로 전환되는 시적 화자의 몸을 해독해 내는 매개가 다름 아닌 바람이라는 점이다. 바람은 세상의 모든 사물을 있는 그대로 읽어 내는 신성의 힘을 지닌다. "굳이 소리 내어 읽지 않아도/ 어딘가에 따박따박 새기지 않았어도/ 타르초, 타르초 네 몸이 깃발"이 되는 순간을 증명해 주는 시적 매개인 셈이다. 바람의 독법을 통해 타로초의 깃발로 전환되는 시인의 몸은 "날마다/ 새롭게 태어나는 생애들"로 전환된다. 자신의 몸을 통해 현전하는 사물들에 대한 언어는 도구화된 언어가 아닌 아담이 발견했던 태초의 언어들임을 시인은 인지한다.

김형술 시인이 '타르초'에서 발견할 수 있었던 시적 사유는 인간이 원초적으로 향유했던 아담의 언어에 욕망이 맞닿는 데서 찾을 수 있다. "빨래를 걷는 일은 하늘에의 경배"라 일컫고, "까치발을 딛고 활짝 두 팔을 벌려/ 햇빛과 바람 쪽으로 오체투지"를 유도시키는 시인의 시선에서 끊임없는 아담의 언어들이 변증되는 것도 이 때문이다. 이 시어의 변증 속에서 시인은 타르초처럼 "귀를 닫고 눈을 감추고/ 내 안에 갇힌 문자들을 읽어"(「어둠 속의 독서」)내면서 자신의 시적 성좌를 유지시킨다.

시인의 몸을 통해 혹은 언어의 몸을 통해 시적 사유의 통증을 일으키는 이 모든 과정 속에서 김형술 시인이 목도하게 되는 것은 결국 어떠한 자의적 기호로도 덧입혀지지 않는 '흰 맨발'의 언어다. "흰 맨발 하나가 툭, 하늘에서/ 떨어진다"(「장마」)라는 사회적 인식과 "천지간을 헤매고 다닌/ 언어의 발바닥은 여전히 희다"(「어둠 속의 독서」)라는 인식의 맞물림 속에서 시인은 아담이 가졌던 근원적인 언어의 진리를 온몸으로 재발견해 낸다. 그 길 끝에서 그는 지금도 바람을 흔드는 타르초의 깃발을 스스로의 몸에 들이고 있는 것은 아닐는지.

2.

시를 쓰는 시인에게 부끄러움이라는 감정은 어떤 성질의 것일까. 시인 윤동주가 지녔던 내적 정결성 같은 것일까. 아니면 「무진기행」 속 윤희중처럼 '선택하지 않음을 선택'함으로써 갖게 되는 무력한 부끄러움일까. 박성준의 두 번째 시집 『잘 모르는 사이』 속에는 시인이 삶의 반복과 사물의 관조를 통해 얻게 되는 부끄러움에 대한 기록이 시집 전체의 분위기를 이끈다. 자조적일 정도로 끈덕지게 되묻는 시인의 '부끄러움'에 대한 물음은 시간의 지평 위에서, 타자들과의 마주침을 통해서 부끄러움이 갖는 시적 정체성의 이미지들로 채워진다. 이런 반복적인 이미지들은 시인의 자의식을 통과하면서 정체성을 찾지 못한 타자들의 모습을 규정한다. 재미있는 것은 그것을 규정하는 시인의 모습이 생각하는 주체로서의 능동성이 아니라 부끄러움을 아는 주체로서의 수동성으로 귀결된다는 점이다.

그의 두 번째 시집 『잘 모르는 사이』를 보다 정확하게 이해하기 위해서는 우선 그의 산문을 살펴볼 필요가 있겠다. 박성준 시인은 여러 시인이 한데 묶은 엔솔로지 산문집(『시인의 책상』, 알에치코리아, 2013)에서 '무당이 된 누나'와 '아무리 숨겨도 숨길 수 없는 단칸방의 이야기', '신병(神病)에 대한 부모님의 대화', '누나가 자주 쓰러졌던 자개 책상', '퀸 사이즈의 침대와 허름한 모텔 방' 등을 통해 자신의 시적 자의식을 고백한 바 있다. 산문에만 기대어 생각해 본다면, 그의 첫 시집 『몰아 쓴 일기』는 자신의 체험에 대한 시적 기록이다. 이에 반해 두 번째 시집

『잘 모르는 사이』는 자신의 시적 체험을 넘어선 주체의 부끄러움의 윤리가 도사린다.

> 시를 쓰다 엎어져 자기도 하고, 꿈에서 쓴 시를 깨어나서 옮겨 적기도 하면서 등은 굽고, 허리는 비틀어지고, 팔꿈치에는 굳은살이 박였다. 물론 모텔에서 시를 쓰겠다는 생각을 하고 나서 여러 고충도 있었다. 우리나라 모텔은 대부분의 침대가 딱딱하다. 내가 글을 쓰기에는 좋지 못한 환경이다. 몸이 더 아프고 금세 지친다. 그리고 남자 혼자 와서 방을 잡으면, 엉큼한 모텔 주인이 찾아와서 여자를 불러 준다며 방문을 두드리기도 한다. 보통 이런 것을 물어보는 모텔 주인은 남자가 아니라 늙은 여자일 때가 많다. 됐다고 괜찮다고 말하면서도 나는 시를 쓰러 왔다고는 말을 못 한다. 그것은 왠지 모를 부끄러움이 있기 때문이다.
>
> —「당신의 침대」 부분(『시인의 책상』, 알에이치코리아, 2013)

박성준 시인에게 부끄러움은 시를 쓰는 행위에서 발생한다. 그의 첫 시집 『몰아 쓴 일기』의 연장선상에서 유추해 보자면, 시인의 부끄러움은 마치 신병(神病)에 들린 누나와 시를 쓰는 행위의 유사성에서 찾을 수 있다. 그가 관조하는 부끄러움이란 자의가 아닌 타의로서의 자의의 형태를 띤다. 본디 신병은 자신이 원하든 원치 않든 간에 타인을 스스로의 몸에 들이는 '무(巫)'의 과정이다. 시 또한 마찬가지일 터. 박성준 시인은 자신의 몸속에 스며 있는 시인이라는 자의식을 통해 인간에게 부끄러움이라는 감정이 왜 필요한지를 역설적으로 표현해 낸다.

그런 이유에서일까. 그의 두 번째 시집 『잘 모르는 사이』에서는 그 부끄러움의 감정을 의도적이고 역설적으로 채집하고 있다는 느낌이 강하다. 마치 첫 시집에서도 고백했듯 "서로가 서로의 불행을 부러워하면서 말이다."(「대학문학상」)

장수탕에 가면 사람이 없다
사람이 없어서 벗은 사람도 없다
언제부터 여기 있었을까 라커룸에 누군가 흘리고 간 양말은
주인이 없는 양말은 쓸모를 감당할 수 없는 한 짝
주인을 기다리지 않고 주인에게서 많이 멀어진
냄새를 쥐고 있다 싱크대가 무너졌다
집주인은 부재중이다
모르는 양말을 더 깊숙이 집어넣는다 내가 빌린
나의 라커룸에 다른 주인의 냄새가 돋아나 있다
나는 옷을 벗는다 아무도 없는 곳에서
나 혼자 옷을 벗었다 왜 부끄러울까
집주인은 성지 순례차 충청도에 내려갔다는데
나는 성지가 없다 싱크대 상판이 무너져 버렸다 옷을 벗고 나온
깨진 그릇들이 부끄러웠다
나의 라커룸에는, 내가 빌린 라커룸에는 내 옷과 뒤엉켜 있는
다른 주인의 발이 있고
무너진 싱크대를 물어내라는 집주인의 전화가 있다
장수탕에서 전화를 받은 내가 있다 나는 벗고 있었다 성지를 몰라서 홀딱

벗고

싸우고 있었다

양말을 한 짝만 신고 간, 주인은 부끄러움을 모른다

순례를 아는 집주인은 부끄러움만 모른다 대체로 싸움에서

나는 이겨 본 적이 없다

양말은 늘 왼쪽과 오른쪽을 구분하기 어렵고

장수탕에는 사람이 없다 모든 우연은 해결이 되지 않는다

나는 장수탕을 가는 유일한 없음이다

—「분위기」 전문

산다는 것은 곧 겪는다는 것이고 겪는다는 것은 시간의 지평 위에서 끝없이 생성하는 차이를 인지하는 일이다. 시시각각 변해 가는 시간 속에서 시인이 마주하는 것은 타인들과의 만남이다. 시간을 집약하고 종합하는 존재로서의 시인은 자신 안에 자신으로부터 차이의 생성을 유발한다. 이 차이의 생성은 자기에게 그 자기와 차이 나는 자기를 가져오며, 그 차이는 시간의 종합을 통해 '자기 차이성'을 형성해 낸다.

인용한 작품 「분위기」에서는 장수탕이라는 공간 속에서 파편으로 고립된 시적 자아의 모습을 보여 준다. '장수탕에 가면 사람이 없고', '사람이 없어서 벗은 사람도 없다'라는 표현은 단순히 인과적인 흐름 같지만, 이 공간 속에서 시인은 수동적으로 규정되어지는 타자들의 분위기를 암시한다. "내가 빌린 나의 라커룸에서 다른 주인의 냄새가 돋아나 있다"라는 구절은 시인 자신도 파편화된 주체로서의 위험성을 간직하

고 있음을 말해 준다.

하지만 시인은 이내 "나는 옷을 벗는다 아무도 없는 곳에서/ 나 혼자 옷을 벗었다 왜 부끄러울까"라며 시의 흐름을 전환시킨다. 아무도 없는 곳에서 부끄러움을 느끼는 것은 파편화된 시간이 과거와 현재 그리고 미래라는 공간 속에서 종합될 때 나타나는 시적 현상이다. 시간 속에 흩어져 있던 감정들의 집합이 혼자만이 있는 공간 속에서 혼자이지 않게 하는 시적 힘을 발생시키는 것이다.

'없음'과 '부재'로 규정되는 사람들 속에서 이제 시인이 채집하고 있는 부끄러움은 사람에게서 사물로 이행되어 간다. '깨진 그릇들'에서 시작된 부끄러움의 감정이 '양말을 한 짝만 신고 간, 주인'으로 전이되면서 시인은 부끄러움을 모르는 사람들과의 싸움에서 "이겨 본 적이 없다"라고 자조한다. 인간에게 부끄러움이 삶의 축이 되어야 하는데 그 부끄러움이 없는 사람들은 "늘 왼쪽과 오른쪽을 구분하기 어렵"듯이 그 정체성이 흐릿하기 때문이다.

습관적이면서도 관조적으로 채집되는 이 '부끄러움'의 기록은 박성준 시인에게 인간에게는 새로운 시적 자유의지 부여될 필요성과 가능성을 강조시킨다. 일찍이 김수영이 이야기했던 '시 무용론(無用論)'에서처럼 시인은 '인간은 자신만의 삶을 살아 낼 의무'를 부끄러움에서 찾는 것이다.

> 누군가 기계에게 명령한다 기계는 대답하고 기계는 행동하고 기계는 생각하지 않는다 기계는 기술적이고 기계는 기품이 있지만 기계는 기다리지 않는다 기계는 기적적이게도 실수를 하지 않는다
>
> —「실험 관찰」 부분

이제 박성준 시인에게 부끄러움을 모르는 사람들은 마치 기계처럼 인식된다. 기계는 기술적이고 기품이 있고, 가장 중요하게는 '기적적이게도 실수를 하지 않지'만 그 이유야 말로 인간이 갖는 자유 의지를 소멸한, 주체성을 상실한 가장 명징한 결과로 나타난다. 시인에게는 자신의 삶을 스스로 영위할 수 있는 힘이 필요하며, 부끄러움을 모르는 사람들에겐 부끄러워할 줄 아는 시적 윤리가 필요하다. 그것은 적어도 '뒷산에 개의 무덤을 파는 청년들'(「할 일」)에게 부끄러움을 알리는 일이며, 그런 삶은 결코 '스스로가 주인이 될 수 없음'(「토포필리아」)을 가르쳐 주는 시인의 책무인지도 모른다. 그 책무를 다하기 전까지 "나는 부끄러움을 타는 사람이라서 소원을 말한 적이 없다"(「소원을 말해 봐」)라고 고백하는 시인의 모습은 어쩌 보면 시인을 제외하고 모두가 지녀야 되는 부끄러움의 윤리는 아닐까. ■

반향과 회향을 통한 서정의 새로운 정초
—전동진의 『그 매운 시 요리법』과 곽효환의 『슬픔의 뼈대』

1.

무엇 하나 안녕하지 못한 시대이다. 매일매일 신문을 들춰 봐도 세상사 어제와 별반 다르지 않다. 이런 시대에 시를 읽는 일은 몰취미에 가깝다. 젊은(사실 나도 젊다) 요술쟁이들의 글재간을 따라갈 자신도 없다. 현란하기만 한 손재주에 원근법을 두고 빙빙 도는 술잔 속 주사위를 알아맞히는 사람들의 내공이 그저 놀랍기만 하다. 분위기에 휩쓸려 문전옥답 다 잃고 제 그림자마저 팔아먹었다던 풍문도 그저 신파다. '젊은 사람의 감각이 그렇게 무뎌서야…….' 주변 벗들의 염려 섞인 책망도 살붙이에 가깝다. 감각이 날로 무뎌지니 부끄러움조차 없다. 정작 부끄러움이 사라지고 나니 유독 부끄러운 게 많아지는 계절이다.

부끄럼이 많은 사람의 가장 쉬운 시 읽기 방법은 우문에서 시작되기도 한다. '시란 무엇인가.' 이 화두에 감히 자신의 반쪽 거울을 가져다 댈 사람이 있을까. 단언컨대 없다. 없을 것이다. '시에 대한 정의에는 정답이 없다는 정의'에 굳이 밥숟가락 얹지 않더라도, 이 질문의 답은 오랫동안 빈자리를 유지해 왔다. 그 빈자리로 인해 시인들은 오랫동안 시의 열병을 앓았다.

결국 답이 없다는 답을 얻은 시인만이 수많은 시적 정의의 가능성과 타진한다. 불확실한 세계로 가득 찬 시의 정의는 그로 인해 오히려 자명한 불안감에 휩싸이게 된다. 자명한 불안은 시인과 독자 모두를 속임수 없는 새로운 서정의 한가운데로 인도한다. 시인은 싸울 대상을 잃음으로 해서 고독을 경험하고, 독자는 그 고독의 시원을 알아차리기 위해 연신 절망한다. 서로에 대해 확신할 수 없는 불안이 그 자체로 시의 미덕이 되는 것이다. 여기 이 두 권의 시집은 무엇보다 안녕하지 못한 시대에 출간된 시적 편린들이다. 서먹서먹하고 먹먹하기만 한 우리의 심금에 반향과 회향의 시간이 찾아오는 것은 이 얼마 만인가.

2.

시라는 낱말에 깃든 원형적 함의는 시 창작의 비밀에 대해 은연 암시해 주는 바가 크다. 통상적으로 시라는 낱말의 본디 뜻의 비밀은 언(言)과 사(寺)에 있다. 우선 언의 원형적 뜻은 '신께 바치는 문서' 정도로 정리된다. 다시 말해 신께 바치는 특정한 말이 언(言)이다. 다음으로 사는 '절'을 의미하는 낱말로서 토(土)와 촌(寸)의 합성자이다. 본디 뜻은 '법도에 따라 관리 되는 땅' 정도로 이해된다. 일설을 빌어 여기에 좀 더 그럴듯한 의미를 덧붙이자면, 촌(寸)은 '손목에서 조금 떨어져 있는 곳', 즉 맥박이 잡히는 곳으로도 해석될 수 있다. 그러니까 촌은 '마음'을 뜻하면서 어쩌면 '시간'을 숨긴 낱말인지도 모르겠다.

전동진의 첫 시집 『그 매운 시 요리법』(문학들, 2014)의 맥을 짚어 보면 시인의 따뜻한 마음과 시간에 대한 사유가 시집 전반을 타고 흐른다. 심하게 요동치지 않으면서도 간결하고 깔끔하게 시의 호흡을 유지한다. 이러한 시인의 맥은 시의 원형적 함의에 '맥박을 통한 마음의 시간'을 첨가하면서 따뜻한 삶의 환(幻)을 환기시킨다. 그러면서도 독자를 헛보이지 않고 미혹하지 않고 정신을 어지럽히지 않는 이유는 시간의 간극을 통해 현상하는 실체의 오만함을 조금씩 지워 나가기 때문이다. 당연히 시인은 삶과 죽음을 동시에 살아 내는 시적 현현의 순간을 시집 곳곳에 기록해 낸다.

흥미로운 것은 시인이 만들어 내는 빈 공간에 시간에 관한 사유가 꽉 들어차 있다는 것이다. 시간으로 가득 메워진 그 빈 공간은 '고정된 현재'를 탈주하면서, 끊임없이 사건의 생성 속으로 스며들며 동시에 꿈틀대는 삶의 운동으로 전개되어 나간다. 전동진은 현재를 중심으로 과거와 현재를 줄 세우지 않고, 시간의 흐름을 과거와 미래로 무한히 열어 놓는 아이온의 시간을 시 곳곳에 투영시킨다. 이는 전동진의 시집 전반을 관통하는 또 하나의 시적 테제이기도 하다. 『그 매운 시 요리법』의 시편들은 과거—현재—미래를 가르지 않고, 지금껏 시인이 걸어온 모든 불가해한 시간을 시라는 성호를 통해 시의 원형적 함의에 경험의 형태로 동참하고 있는 것이다.

시의 맥을 짚는 일은 얼어붙은 현재에 대한 도전에서 비롯된다. 맥박은 모래시계처럼 아주 천천히 현재의 시간을 흘려보낸다. 그러면서도 모래시계와는 정반대의 포즈로 현재의 시간을 툭, 툭, 끊어 낸다. 그 끊김 사이에 도사리고 있는 삶과 죽음의 인식은 전동진만의 기억의 복원 방식으로 작용하면서 시인의 자의식과 시원적 사유에 대한 충돌 지점을 만들어 낸다. 가령, 간밤에 힌소리로 잘못 알고 찾다 만난 '힌소리'는 단순한 기표 오류의 차원을 넘어 시인에게 하나의 성찰적 메시지로 이해된다. 시인은 "얼마나 많은 생명들이 이 뻥 뚫린 제단 위에서 속도의 우상에게 받쳐진 것인가"(「휜소리」)하는 현실 욕망의 기의 재구를 통해 독자의 상상력에 죽음의 시간을 현화한다. 이러한 인식은 구약 시대의 예루살렘의 제사 방식과 자동차 전용 도로의 속도가 그대로 오버랩되면서 불가해한 시간에 대한 성좌로 집약된다. 또한 과거와 현재의 시간이 무화됨으로써 발생하는 그 간극을 진지한 성찰이 깃든 유희적 언어로 매듭짓는 것 또한 이 작품에서 주목해 볼 대목이다. "아이가 타고 있어요"라는 언어 전략은 단순한 언어유희를 넘어 독자에게 알레고리적 성찰을 선물하기에 충분하다. 이러한 시적 전략은 「해남 가는 길」과도 그대로 연결되는데, 시인은 백악기의 비를 목도하면서 "화석이 되어버린 한 다발 비꽃"을 상상해 낸다. 시인의 시선이 세속의 감정에서 한 발짝 물러서 있기 때문에 파생되는 시적 반향이 아닐까 생각된다.

말을 할 줄 모르는 스물 무렵의 두 사내의 대화(「수화」)가 독자의 이목을 끄는 것도 이 때문이다. "참! 고요도 하다 그 박장대소"나 "수화의 메아리"가 독자에게 환기하는 것은, 단순한 모순 형용을 넘어 시인과 독자 모두에게 순수한 시적 반향의 감정을 불러일으키기 때문이다. 반달의 반쪽을 생각하며 "보이는 것으로 볼 수 있는 보이지 않는 것" 혹은 "텅텅 차오르면서 꽉꽉 지우는 달"(「반달」)의 표현 또한 이러한 사유에 어깨를 내민다. 평범한 인간의 감각과 감정으로 설명되어질 수 없는 환이 발생하는 이유이기도 하다. 이러한 상상력의 보폭은 시인의 창작 욕망에 확실한 불을 지피면서 자연의 사물과 인간의 모습을 하나의 시원적 본질에 집약시킨다.

시집의 표제작이기도 한 「그 매운 시 요리법」에서 시인은 '매운탕'이라는 음식을 통해 자신만의 시론을 직접적으로 선뵌다. 시인은 작품 속에서 물고기와 마늘과 야채, 그리고 고춧가루가 민물고기의 아가미 새로 사라지는 것을 목도한다. 종국에 남게 되는 것은 비린 물고기도, 야채도 된장도 아니다. 시인의 직언대로 '그 매운' 것이 될 뿐이다. 마치 "조개가 들어가면 조개탕이고 알이 들어가면 알탕인데 매운탕은 왜 그냥 매운탕일까. 나 지금 사는 게 꼭 매운탕 같아. 속에 뭐가 들어가 있는지는 모르겠고 그냥 맵기만 하네"의 영화 대사가 무색할 만큼 시인의 매운탕은 매운 것만으로도 충분한 의미를 지닌다. 그러나 시인은 여기까지를 '삼류'라고 명명한다. 매운 것이 뜨거운 것과 만나 서로를 다 지울 때 '아, 뜨거'는 그다음 단계인 '진인사'다. 전동진은 여기에서 인간의 손재주나 글솜씨만으로는 절대 시가 완성될 수 없음을 확인시킨다. "그날의 습도와 온도, 바람 한 줄금, 창 새로 스며든 햇살의 몫"으로 시적 완성의 화룡점정을 돌리면서 진정으로 시가 지녀야 될 미덕이 무엇인지 일깨워 준다.

현란한 요술쟁이들의 시는 술잔 속에 주사위를 숨겨 독자의 감각을 현혹하지만, 전동진의 시는 주사위 속에 환의 술잔을 숨김으로 해서 독자의 감각을 오히려 탈주시킨다. 그에게 시 창작의 행위는 창작 방법의 요술 행위를 넘어 소멸과 생성의 변증법을 따라가기 때문이다. 따라서 그에게 한 편의 시를 완성하는 일은 시를 쓰지 않는 남편에 대한 아내의 잔소리(「아내의 시」)와 한 편의 시와 동일시되는 셋째의 탄생(「우리 셋째」)과 눈을 받아 적어 시인이 되어 버릴 운명(「눈의 시」)이 함께 소용돌이 칠 때 가능한 것이다. 모든 게 불확실한 세상에서, 전동진의 첫 시집을 읽으며 알게 된 분명한 사실 한 가지는 제 아무리 출중한 요술쟁이라 한들 소경만큼은 절대 속일 수는 없다는 시인만의 진지한 배움의 성찰이다.

3.

통상적으로 자성을 지닌 바늘이 북쪽을 향하는 원리를 이용해 만든 것이 나침반이다. 나침반은 먼 바다를 향해하는 탐험가들에게는 생명줄과도 같은 물품이다. 프랑스의 작가 빅토르 위고가 나침반을 '배의 영혼'이라 칭한 것도 같은 맥락으로 이해된다. 어쨌거나 나침반이 지구의 북쪽을 가리키는 이유는 지구가 지닌 절대 자기장 때문이다. 그러나 지구의 자기장은 계절 및 시간대에 따라 조금씩 변하기 마련이다. 탐험가들의 상상력이 야생의 비밀을 간직한 이유는 바로 여기에서 찾을 수 있다.

만약 곽효환의 『슬픔의 뼈대』가 탐험가들의 손에 들린 나침반이라고 가정한다면, 이 시집의 바늘은 정확히 '북방'을 가리킨다. "길의 끝 북방의 시원 그리고 사랑의 궁극에는 무엇이 있을까"(「시인의 말」)라고 말하는 시의 서문은 그래서 시인의 고백보다는 자백에 가깝다. 지구의 자기장이 계절 및 시간대에 따라 위치를 조금씩 변화시키듯, 『슬픔의 뼈대』 또한 시베리아와 몽골, 차마고도와 티베트, 바이칼 그리고 북방으로 상징되는 오늘날의 현실 공간을 다양한 스펙트럼을 통해 보여 준다. 시인은 북방의 여러 모습을 다양한 감정으로 우회하면서 북방만의 공간적 특징과 장소적 특징을 가변적으로 확장해 나간다.

시인의 손에 들린 나침반의 바늘 끝에 묻어 있는 백석과 용악은 시인의 북방의식의 자기장을 더욱 확고하게 만드는 기제로 활용된다. 특히, 시인에게 백석은 "갈매나무를 닮은 그 사람"(「통영」)으로 기억의 파편을 이루는 듯 보이지만, 백석은 타자의 국경을 넘어 어느새 시인과 동일한 주체의 자리에 전이되는 양상을 띤다. 그래서 곽효환은 "그가 끝내 만나지 못한 천희를/ 오늘 내가 그리워"하는 감정의 결에 자신의 시적 에피파니를 자연스럽게 동참시킨다. 백석과 용악을 투사해 내는 감정은 그래서 사뭇 흥미롭다. 황토고원에서 만난 장족 소녀와 이별을 선언한 그네의 생각(「백석과 용악을 읽는 시간」)은 시인의 감정이면서 끝내는 백석과 용악 그리고 시인 모두의 울음으로 뒤엉키기 때문이다. 울음으로 점화되는 밤의 여로는 시인에게 지나친 시련과 지나친 피로를 가져다주기도 하지만. 이러한 시적 투사가 가져오는 효과는 '아픈 곳이 없는데 통증을 느낄 수 없는데 병원에 누워 있는(「병상일기」) 병명을 경험시키기에 충분한 기제가 된다. 이 과정에서 시인은 윤동주와의 교감을 통한 부끄러움과 자기 성찰에도 집중하면서 현실에 대한 반성적 성찰(「희망버스」, 「봄날, 장례식장 가는 길을 묻다」, 「늦게 핀 꽃들의 저녁」, 「도심의 저녁 식사」)과도 섬세하게 조우한다. 이를 통해 시인은 자본에 물든 욕망 앞에서 현재를 버틸 수 있는 근원적 장소가 바로 북방의 곳곳이라고 확신하게 된다.

시인의 시적 사유의 회향은 바로 이 지점에서 시작된다. 첫 번째 시인의 회향은 현실 생활에 대한 불편한 감정이 '북방'이라는 장소에 응집되면서, 북방은 차단된 삶의 여로이며 새로운 그리움의 진원지로 발돋움하게 하는 계기를 이룬다. 북방을 향한 회향의 의지는 아득한 옛 하늘

옛날의 나를 찾아가는 길(「시베리아 횡단열차 1」)이면서 다시 견딜 수 있는 힘을 배울 수 있는 장소(「그날」)로 선점된다. 또한 북방은 시인에게 많은 사람들이 건너고 넘었을 역사의 현장이면서 '징용'과 '독립' 그리고 '혁명'을 꿈꿨던 길로도 묘사된다. 이는 시인에게 북방이 단순히 공간으로서만이 아니라 사건이 결집되는 장소로도 인식되고 있음을 보여 준다. 이러한 양가적 형태의 감정은 북방만의 고유 영역이 자본에 침식되어 감을 경계(「피맛길을 보내다」)하면서도, 끝내 복원될 수 없는 북방에 대한 감정을 희망으로 전환시키는 계기를 마련해 준다.

북방의 풍경이 훼손될수록 시인에게 북방의 정서는 더욱 내밀하고 섬세하게 그려진다. 막막하고 치명적이지만 내가 정말 잃어버린 것이 무엇인지 알 수 없는(「조금씩 늦거나 비껴난 골목」) 시인의 감정은 차마고도에서 차와 소금을 싣고 말과 노새를 끌던 마방이 사라진 풍경(「만년설산」)으로 이어지면서, 무명의 사람들이면서도 그 삶 자체가 서사인(「하늘길의 사람들」) 사람들의 동경과 함께 자본주의에 대한 경계를 동시에 담아낸다. 시인은 현재 우리가 잃어 가는 북방의 시원을 따뜻한 인간애와 북방이라는 장소애의 나침반을 통해 찾아다니면서 장엄한 숲(북방)에 새겨진 숲의 상처(「숲에 드니 숲의 상처가 보인다」)를 어루만지기를 주저하지 않는다. 울울창창 자작나무, 이깔나무, 전나무, 적송이 우거진 숲은 화족과 태족과 이족, 백족, 묘족, 장족 등을 품었던 하늘 길의 이미지를 상쇄시키면서, 스스로 깊어지고 스스로 부드러워지는 것(「옛길에서 눈을 감다」)들에 대한 사랑을 북방의 상징으로 독자에게 선사한다.

"별이 빛나는 창공을 보고 갈 수 있고, 또 가야만 하는 길의 지도를 읽을 수 있었던 시대는 얼마나 행복했던가"(루카치, 『소설의 이론』)라고 말했던 루카치의 서문이 아직도 유효한 건 곽효환의 시집에 깃든 북방에 대한 그리움이 현재 진행형이기 때문이다. 북방의 초원에 서면 그 어디든 지평선이다. 자신이 바라본 지평선은 건너편 지평선에서 바라본 또 다른 지평선이듯, 시인에게 북방은 서로가 서로에게 그리움이며 서로가 서로에게 끝이고 시작(「다시 경계에서 듣는다」)인 시적 본향은 아니었을까. 행여 "다시 멀고 긴 여정에 오른 그늘 가득한 얼굴의 사내"를 북방이 아닌 다른 장소에서 만나게 된다면, 그것은 다음번 시집의 나침반이 가리킨 또 다른 이름의 북방이 될 것이라 기대한다.

4.

시인이 가장 많은 나라. 그러면서도 시집이 가장 팔리지 않는 나라에서 시를 읽는다는 건, 속기 위해 태어나는 사람과도 같다. 그래서 바넘은 말한다. "지금 이 순간에도 속기 위해 태어나는 사람들이 있다." 이 단언은 단순한 대중문화의 선전술을 넘어 시를 읽는 독자에게도 그대로 적용된다. 사실 독자를 속이는 것은 타자(시인)가 아니다. 스스로 속는 주체(독자)들이다.

그럼에도 우리가 끝내 시를 놓지 않는 건 스스로를 속임으로써 아직도 세상의 유일한 구원이 시가 아닐까 하는 통 큰 착각의 희망 때문일 것이다. 너나 나나 매사가 시큰둥하고 안녕하지 못한 세상에서 한 뼘 남짓의 시집을 펼쳐 드는 일은 시대를 막론하고 시가 구원의 통로를 확보해 준다고 믿고 있기 때문이다. 그 구원의 도정에서 만나는 감정의 마디는 자연스레 언어의 중력과 시간의 무중력을 견디면서 시인의 삶에 환(幻)을 허락해 주었다. 환이 매듭지어지는 그 순간마다 시인과 독자 모두는 가장 매혹적이고 빛나는 서정의 새로운 정초와 마주하게 된다. ■

시의 메토이소노
—허소라의 『이 풍진세상』과 박남준의 『중독자』

1.

니코스 카잔차키스의 『그리스인 조르바』에 등장하는 조르바는 메토이소노의 표본이다. 이윤기 선생의 말을 빌려 보면, 메토이소노는 보이는 존재와 보이지 않는 존재, 육체와 영혼, 물질과 정신, 내재적인 것과 초월적인 것, 사색과 행동 등등의, 영원히 모순되는 반대 개념에서 하나의 조화를 창출하려는 끊임없는 투쟁으로 설명된다. 이 양가적인 것들의 임계 상태 너머에서 일어나는 변화인 메토이소노는 삶의 성화(聖化), 즉 거룩하게 되기의 경험 과정으로 집약된다.

시인에게 메토이소노는 시적 경험의 발효를 뜻한다. 시인에게 발효란 시적 대상과 시적 주체 사이에서 발현되는 삶의 성찰을 의미한다. 현실과 이상 사이에서 파생되는 삶의 물리적, 화학적 발효 과정인 이 시적 메토이소노는 시인 각자의 시적 발효의 방식으로 인간 본연의 존재성에 가닿는다. 허소라의 『이 풍진세상』과 박남준의 『중독자』는 그 시적 발효의 과정을 오롯이 견뎌 낸 메토이소노의 표본들이라 할 수 있다. 시적 메토이소노의 경지에 이른 두 권의 시집을 펼쳐 본다.

2

시집 『이 풍진세상』은 존재의 본질성을 원숙한 노경(老境)의 시선으로 충실하게 담아낸다. 1995년 이후 근 20여 년 만에 세상에 내놓는 시집이다 보니, 그 무게감과 통찰력은 시시각각 삶을 반추시키는 동력을 갖고 있다. 총 5장으로 나눠 실린 57편의 시편들은 시대와 역사의 파편을 보편적 감성으로 드러내다가도 어느 부분에선 개인의 서정으로 매듭짓는 매력이 한껏 돋보인다. 동시에 민족적 정서와 한을 아우르면서 자신의 시적 행보가 공동체를 향한 의지와 감성 그리고 개인의 정신적 고결로 치열하게 뒤엉켜 있음을 드러낸다. 여기에 더해 시인의 신앙적 삶은 불유구(不踰矩)로 지칭되는 삶의 연륜으로 더해져 『이 풍진 세상』 속에서 하나의 소실점을 이룬다.

허소라 시인은 자서의 첫말을 통해 "첫 시집 (「목종」1964) 간행시, 자서(自序)를 쓸 때엔 세상에 내놓는 최초의 연서(戀書)인 양 무척이나 수줍고 설레였는데 금번 20여 년 만에 내놓는 제8시집의 자서를 쓰려니 마치 마지막 유서를 쓰고 있는 듯 만감이 교차한다."고 그 소회를 밝힌다. 하지만 연서에서 유서까지의 시간이 어찌 단 한 줄의 문장으로 기록될 수 있을까. 그 간단명료한 기록 안에서 우리는 오히려 고즈넉하게 곰삭고 있을 시인의 자기 소멸의 전조와 몸의 발효 과정으로 전도된다. 이는 시인의 삶의 발효 과정이 그리 만만하지도 간단하지도 않음을 묵시한다. 그 속에는 공동체를 향한 시인의 의지와 감성 그리고 개인의 정신적 고결이 치열하면서도 섬세하게 뒤엉켜 있기 때문이다.

우리가 굳이 떠밀지 않아도
겨울이 떠나고
우리가 굳이 손짓하지 않아도
봄은 저렇게 절룩이며 오는데
개나리 진달래 흐드러지게 피는데
그러나 그 어느 곳에도 팔짱 낀 구경꾼은 없더라
지난 폭설에도, 산불에도
온전히 죽지 못하고 썩지 못하는 것들
마침표 없이 출렁이는 저 파도 속에
떠밀려 가는데
비로소 그 큰 눈을 감는데
발을 구르는 자 하나 없더라
기록자 하나 없더라
증언자는 더더욱 없더라
그때 우리 모두는, 멱살잡이였으므로
남과 북, 동과 서, 이웃과 이웃이
질펀한 싸움판이었으므로
그 속의 골리앗이었으므로.

—「이 풍진세상」 전문

시집의 제목이기도 한 '이 풍진세상은' 연서와 유서 사이에 주름으로 기록됐을 삶의 여정이 그대로 변주되어 나타난다. 인생이 무상하다는 말은 이제는 너무나도 당연한 보편적 삶의 진리이다. 그럼에도 인간은 세상만사 죽기살기로 적자생존의 법칙에 매달린다. 자연의 섭리 속에서 소멸해 갈 인간이 자연의 섭리를 수시로 망각하는 아이러니한 상황을 연출하고 있는 것이다. 또 그것을 수시로 반복한다는 지점에서 시인은 풍진세상의 원형을 도출해 낸다. 그 원형은 채규엽의 「희망가」의 첫 소절이기도 한 '이 풍진세상'에서부터 시작한다. 사전적 의미로만 살펴보아도 풍진세상(風塵世上)이란 편안하지 못하고 어지럽기만 한 세상을 뜻한다. 시인은 이 의미 속에 자신의 시적 감성을 더해 "개나리 진달래 흐드러지게 피는데"도 '팔짱 낀 구경꾼'조차 없다는 절망과 반성의 감정을 반추해 낸다. 또한, "남과 북, 동과 서, 이웃과 이웃이/ 질펀한 싸움판"을 벌이고 있는 이 적자생존의 공간 속에서 '골리앗'의 이미지를 표상시키기도 한다. 익히 알다시피, 골리앗은 성서의 등장하는 필리스티아 사람이다. 골리앗의 최후가 다윗의 돌팔매에 쓰러졌다는 이야기는 이 풍진세상에서 결국 인간의 패배가 예정되어 있음을 유추하는 매개로 작용한다. 그렇다면 이 풍진세상에서 패배가 예정된 인간을 건져 올릴 방편은 무엇일까. 그것은 아마도 삶의 임계 상태 너머 존재하는 노경의 시선에서 찾을 수 있을 것이다.

시력이 떨어져 난시 안경을 썼다.
얼마가 지나자 거푸 시력이 떨어져
허겁지겁 내로라하는 안과를 찾아다녔다.

담당 의사는 컴퓨터나 TV 보기를 줄이고

종종 창 너머 높은 건물, 먼 산, 먼 하늘

보기를 권한다.

—「먼 산, 먼 하늘 보기」 부분

진달래 타는 넋

봄도 지천으로 다발지고

사람 그리운 날

너를 보니

한세상

진하게

글썽이고파.

—「진달래」 전문

빅토르 에밀 미슐레는 "젊음을 질곡에서 해방시키기 위해서는, 젊음의 원초적 도약을 따라 살기 위해서 우리들은 나이가 들어야 한다."라고 우리에게 전한 바 있다. 최고의 경지로서의 노경(老境)은 따뜻함과 부드러움, 여유로움과 침묵, 웃음과 해학 등의 시적 감성의 발효의 경지를 의미한다. 이때의 노경의 경지는 시적 경험과 삶의 지혜가 시인을 둘러싼 실존적 가치에 완벽하게 도달될 때 완성된다. 「먼 산, 먼 하늘 보기」는 단순한 서사 뒤에 현실에서의 삶의 도정이 어떠한지를 고스란히 보여 준다. 영혼과 육체 중 먼저 기를 꺾는 것은 육체일 것이다. "시력이 떨어져 난시 안경"을 쓴 시인에게 내려진 처방은 현대 의학과는 거리가 먼 '먼 산, 먼 하늘 보기'이다. 이 처방은 어쩌면 육체에 대한 처방이라기보다 영혼에 대한 처방이기도 할 것이다. 나이 든 영혼에게 과거의 기억과 추억을 회상하게 하는 힘은 바로 육체에서 비롯됨을 깨닫게 한다.

가까운 것만 보고 살아온 시인에게 남겨진 시적 발효는 난시와 근시 사이에서 극대화된다. 단적인 예로 「진달래」라는 시편에서 '진달래'는 시각의 형상성을 미적 차원의 경지로 끌어올린다. 가령, "진달래 타는 넋/ 봄도 지천으로 다발지고"에서처럼 '진달래'와 '봄' 사이를 연결짓는 힘은 어떤 논리적 상관성이 아니라 시인만의 감성적 울림이다. 그리움과 사랑으로 응집되어 있는 진달래에서 "한세상/ 진하게/ 글썽이고파."라고 고백하는 노년의 심경은 한 인간 존재의 내면을 발효시키고도 남는다. 그 사이에서 도출되는 인간의 감정, 다시 말해 노년의 시선에서 고즈넉하게 발효된 젊음은 시인의 내면을 대변하는 가장 중요한 기제가 된다. 이러한 인식의 변화 과정은 "깊숙한 장롱 속 편지마다/ 푸른 이끼"(「안부」)로 돋기도 하고, "비로소 강심의 실핏줄 풀리는 소리"(「봄이 오는 소리」)로 전이되기도 한다. 이는 시인의 시적 울림의 방향성이 절망으로만 치닫지 않는 이유와도 연계된다.

> 몸이여!/ 요즘의 너는 왜 이리 불평이 많아졌니? 이곳에 올 때 두만강 너머 북풍한설 미리 말해 줬는데도 그걸 못 차고 꿍꿍 앓고 있으니, 간밤에도 가기 싫은 나를, 열대의 아스피린만 한 항구로 마냥 끌고 다니지 않았느냐. 너는 이제 서서히 나로부터 떠날 준비를 하고 있겠지./ (중략)/ 우리가

만난 지도 어언 이순을 훌쩍 넘겼다, 그동안 밤낮으로 봉사해 온 너를 위해
너의 가장 단단한 곳에 내 유언을 새겨 놓았으니 비록 우리가 헤어진다 해도
너를 흙으로 보내지 않기 위해, 내가 새 되어 푸른 하늘을 날아가는 날 너는
다른 사람의 눈이 되고 심장이 되고 골수가 되어 다시 태어나리라.

—「연변에 와서 · 7 —'몸'에게」 부분

세상을 인식하는 도구로서의 몸은 영혼과 육체의 도정을 거쳐 종국에는 동시대의 사람들과 함께 고뇌하는 모습 속에서 자신도 피신탁자로서 아름답게 발효되길 희망하는 모습으로 나아간다. 허소라 시인은 이러한 자기 의지 또한 시집의 자서에 이미 부기해 놓은 바 있다. "문학의 역할에서 빠뜨릴 수 없는 것 중의 하나가 동시대의 사람들에게 꿈과 희망을 주고 그들이 염원하는 일에 함께 동참하고 고뇌하는 일인진대, 남은 생애에도 이 점 명심코자 한다."고 말이다. 「연변에 와서 · 7」는 언뜻 몸의 상상력을 통해 객유인생(客遊人生)의 성찰을 보여 주는 것 같지만, 그보다는 보편적 삶의 진리 앞에서 자신의 몸이 잠시 신탁되어 있는 매개체임을 가장 중요하게 인식한다. 허소라 시인에게 육체로 대변되는 몸은 자신의 소유물이 아니라, 잠시 빌려 쓰다가 되돌려 주어야 하는 하나의 도정으로서의 시적 사물일 뿐이다. 그럼에도 그동안 몸은 망각의 힘을 통해 "몸이여!/ 요즘의 너는 왜 이리 불평이 많아졌니?"라는 명제 속에 귀속된 채 삶을 지속하고 있다. 서로가 서로에게서 떠날 채비를 하는 그 전조 속에서 이순을 훌쩍 넘긴 시인의 삶의 태도를 엿보는 것은 무리일까. 시인은 불평으로 덧대어진 몸에게 "그동안 밤낮으로 봉사해

온 너를 위해 너의 가장 단단한 곳에 내 유언을 새겨 놓았"다고 고백한다. 그 성찰 속에 발효되는 시인의 감성은 피신탁자로서의 인식과 인간으로서의 고뇌를 함께 견뎌 낸 메토이소노로 거듭 발효되고 있다.

3.

박남준 시인만큼 자연의 서정을 아름답게 노래한 시인이 또 있을까. 박남준은 1984년 『시인』에 시를 발표한 뒤로, 『세상의 길가에 나무가 되어』, 『그 숲에 새를 묻지 못한 사람이 있다』, 『다만 흘러가는 것들을 듣는다』 등을 통해 생태적 상상력의 시적 지평을 폭넓게 넓혀 온 시인이다. 그 안에서 건져 올리는 사랑과 그리움 그리고 쓸쓸한 인간의 감정은 시인 본성의 존재 의식과 자기 성찰로 이어지면서 참으로 격조 있는 시풍을 노래하였다. 여기에서 한 발 더 나아가 사회 현실에 대한 단호한 인식과 민중성에 대한 천착은 그의 시 세계가 단순한 자연 서정 그 이상의 것을 추구하고 있음을 보여 준다.

근작 『중독자』 또한 그가 선보였던 자연시풍과 크게 다르진 않지만, 사물의 양가적 특징을 삶의 한 축으로 집약하려는 시적 양태는 그간의 시집과 구별되는 가장 큰 특징이며 매력이라 할 수 있다. 이는 시적 주체와 시적 대상 사이의 거리 좁히기인 동시에 예술성에 대한 또 다른 활로이자 미적 가능성의 타진으로 이해된다. 그 가능성을 점검하는 데 있어 가장 크게 눈에 띄는 점은 시적 대상 간의 접촉 방식이다. 시인은 일상적으로 체감되는 자연의 현상 속에서 온몸을 통해 시적 순간을 체화해 낸다. 그 과정에서 전경화되는 풍경은 일상적인 삶의 모습이라기보다는 기억과 관찰을 동원한 시적 성찰의 발효 과정으로 전개된다.

익어 가고 있다

햇빛과 달빛, 별들의 반짝이는 노래를 기다렸다
너무 격정적이지 않게 그러나 넉넉한 긴장과 두근거림이
휘감았다 마디마디 관통했다
사랑이었던, 슬픔이었던
너를, 당신을, 나를
거친 바닥에 깔아 무참히도 구긴다

비빈다 휘감다 뭉갠다
산다는 것 이렇게 서로의 몸을 통해
흔적을 남기는 것인지도 모른다
오 퍽큐— 나를 더 뜨겁게 짓이겨 줘
악을 써 봐 제발 비명을 질러 봐
어찌하여 상처가 향기로운지

이따금 틈틈이
모던한 멜랑콜리와 주렴 너머의 유혹이 슬그머니 뿌려진다
찻잎의 그늘이 깊어진다

어쩌면 고통,
어쩌면 욕망의 가장 먼 길 저 산 너머 끝자리
한 점 티끌이기도 거대한 중심이기도
지독하다 끔찍하다 너에게로 물든 중독

발효차가 익었다

우주의 고요 한 점 아침 찻잔에 띄운다

—「중독자」 전문

시 「중독자」는 양가적 의미의 합일 과정을 고스란히 드러낸다. 시의 첫 행에서 묘사되고 있는 "익어 가고 있다"는 구절은 어쩌면 시간과 공간의 변증의 과정을 가장 잘 보여 주는 시구라 할 수 있다. 이 시구는 마지막 연의 "발효차가 익었다"와의 대구를 이루면서, 서로가 서로의 자리를 조금씩 비켜 가면서 혹은 '휘감거나 마디마디 관통'하면서 중독되고 있는 메토이소노의 과정을 고스란히 전달한다. 시인은 이를 두고 "산다는 것 이렇게 서로의 몸을 통해/ 흔적을 남기는 것인지도 모른다"고 고백한다. 그 흔적은 '상처'와 '고통'의 클리나멘을 통해 "욕망의 가장 먼 길 저 산 너머 끝자리/ 한 점 티끌이기도 거대한 중심이기도" 한 시적 욕망을 향해 나아간다. 서로가 서로에게 중독되는 변화 과정 속에서 "찻잎의 그늘이 깊어"지고 거대한 중심으로 치닫던 시인의 시적 열망은 "우주의 고요 한 점"으로 승화된다.

주목할 것은 서로가 서로에게 중독되는 과정을 박남준 시인은 자기 성찰로 이끌고 있다는 점이다. 자신의 삶을 어떤 하나의 고정 의미 속에 귀속시키는 것이 아니라 끊임없이 중독되고 발효되어 가기를 희망하는 것이다. 그래서 시인은 "관계 속에서 비롯된다 꽃과 나와의 관계 속에서, 새와 나와, 별과 나와, 소나무와 나와, 숟가락과 나와의 만남과 헤어짐과 그 인연의 관계 속에서 나는 살았다"(「묘비명」)라고 고백한다. 자신의 묘비명을 기약하며 적어 내린 문구는 "한 그루 나무가 되어 돌아간 이가 여기 있다"인 것처럼 그의 삶의 거룩함은 곧 자연과의 합일 상태에서 찾아볼 수 있다. 다만, 인간의 실존 의식과 자연 사물의 접촉 현상을 단순한 사상의 흐름에 맡기지 않고, 시인의 미적 감각과 자기 성찰의 무게라는 외연적 확대로 연결하면서, 그는 순연한 자연의 서정에 발효의 미를 한층 덧입힌다.

목욕 끝내고 날아왔느냐
산 호랑나비 표범나비 긴꼬리제비나비
저마다 몸무게를 달아 보느라 수선을 떤다
나는 도라지꽃 저울 너는 구절초꽃 저울
휘청~ 바르르 르
꽃 체중계들 바늘 끝이 간지럽다고 몸살을 친다

—「나비의 체중계」 전문

긴꼬리제비나비 노랑 상사화 꽃술을 더듬는다
휘청~ 나비도 저렇게 무게가 있구나
잠자리들 전깃줄에 나란하다
이제 저 일사불란도 불편하지 않다
붉은머리오목눈이 한 떼가 꽃 덤불 속에 몰려오고
봉숭아 꽃잎 후루루 울긋불긋 져 내린다
하루해가 뉘엿거린다

—「마루에 앉아 하루를 관음하네」 부분

박남준 시인에게 서정적 발효의 기제가 되는 것은 감각의 현현이다. 그의 시에서 감각은 온몸의 일깨우는 수단으로 활용된다. 시적 소재로서의 '온몸'은 감각의 집약체이면서 삶의 무게와 외부로부터 전이되는 힘을 모두 체감하는 '무게'로서의 감각이다. 시인은 온몸의 감각을 열어 둔 상태에서 자연과 마주한다. 「나비의 체중계」에서 "산 호랑나비 표범나비 긴꼬리제비나비/ 저마다 몸무게를 달아 보느라 수선을 떤다"라는 묘사는 "나는 도라지꽃 저울 너는 구절초꽃 저울/ 휘청~ 바르르르/ 꽃 체중계들 바늘 끝이 간지럽다고 몸살을 친다"라는 자의식의 고백과 합일되면서 자연 사물 간의 무게에 대한 감각을 더욱 환기시킨다.

무게에 대한 감각은 「마루에 앉아 하루를 관음하네」에서도 그대로 묘사된다. 시적 주체인 화자는 온몸의 공감각을 열어 둔 채 마루에 앉아 긴꼬리제비나비의 모습을 관조한다. 불교에서 관음(觀音)이 '소리를 본다.'라는 뜻이라면, 이 작품에서의 관음은 '소리를 보는 행위'를 넘어 청각과 시각의 뒤엉킴이 다시 무게로 변환되는 과정으로 전위된다. 그 과정 속에서 시인의 내면은 노랑 상사화에 무게에 접촉되면서 자신의 시적 자의식의 향방을 깨닫게 된다.

시인에게 삶의 방향은 자신과 타자와의 관계 속에서만 이뤄질 수 있다. 세상의 모든 조화로움 또한 저마다의 쓰임으로 기록되고 있음을 그는 알고 있는 것이다. 이러한 시인의 고백은 마치 상사화가 "꽃과 잎이 끝내 이름처럼 만날 수 없는/ 숙명"에 놓여 있으면서도 긴꼬리제비나비를 통해 "세상의 조화로움에 다 쓰임이 있는 것"(「상사화 우주론」)을 증명하는 일과 크게 다르지 않다. 그 과정에서 비록 '휘청'거리며 삶의 무게중심을 잃을 수도 있겠지만, 시인은 그 휘청거리는 순간이야말로 무게를 가진 것들의 발효의 시작이 됨을 자각한다.

그래서 시인은 "잠자리 한 마리의 파문에도 휘청거리"(「겸재를 흉내 내어 삼복을 건너다」)거나 "두 팔을 힘껏 펴서 눈금자를 재"(「가시연꽃의 말」) 보는 일을 결코 주저하지 않는다. 그 무게로부터 발효되는 방향성의 힘은 절망이 아니라 열망이기 때문이다. 무게가 있는 것은 절망하고 그 절망은 다시 삶의 발화시키는 원동력으로 작용한다. "꽃도 체온이 있는가/ 떨어진 동백 주위 눈들이 녹아 있다"(「체온」)에서처럼 무게를 가진 것들만이 발효의 체온을 지닐 수 있게 된다.

당신도 알 것이다
춤은 어디에서 오는가
몸 안에서 오는가 밖에서 오는가
대자연의 수많은 생명들이 내 안에 들어와
몸을 이루며 영혼의 빛나는 줄기들을 키우듯이
춤은 그렇게 온다
저 우주 자연으로부터
찰나의 불화살이 꽂히듯, 적시며 스며들고
다가와 온몸을 뒤흔드는 것이네
한 몸이 되어 나타나는 것이네

—「춤」 부분

그렇다면 삶의 체온은 어디에서 시작될까. 시인은 그 물음의 답을 "당신도 알 것이다"라고 말한다. 체온의 형식인 춤은 몸 안팎에서 동시에 파생되는 미적 산물이다. "대자연의 수많은 생명들이 내 안에 들어와/ 몸을 이루며 영혼의 빛나는 줄기들을 키우듯이/ 춤은 그렇게 온다" 시인에게 '동백의 꽃이 무게에서 발현된 체온'(「체온」), 그리고 그 체온의 발효된 형식이 춤이라면, 그 춤은 다시 자연의 모든 생명을 온몸으로 받아 낸 열망의 흔적으로 기록된다. 자신의 몸에 "찰나의 불화살이 꽂히듯, 적시며 스며드는" 자연의 모든 조화가 시인의 자의식을 데우고 춤으로 승화된다. 그 춤의 시작은 비록 "외줄의 생에 매달려 춤을 추고 있는지"(「공중그네」)도 모르지만, 결국 시인은 생의 마지막 고백을 통해 다짐한다. "한 그루 나무가 되어 돌아간 이가 여기 있다"(「묘비명」)라고. 시인의 온몸에 가득 들어차 있을 춤의 무게와 그 발효의 정점이 앞으로도 사뭇 궁금해지는 이유이다.

4.

저마다의 시적 개성으로 발효된 두 권의 시집을 덮는다. 니코스 카잔차키스는 조르바의 모습을 통해 '맨몸을 땅과 바다에 밀착시키고 이 사랑스러운, 그러나 덧없는 것들의 존재를 확인'받길 늘 원했다. 그리고 '이 대지 위에서 거짓 없는 맨몸으로, 그 온전한 전체로, 그저 느끼고 받아들이며 존재하며 춤추고 싶다.'고도 고백했다. 그 고백과 궤를 같이하는 두 권의 시집 속에서 우리는 포도가 포도즙이 되는 것의 물리적 변화와 포도즙이 포도주가 되는 화학적인 변화, 그리고 포도주가 사랑이 되고 성체가 되는 거룩함을 다른 깨달음으로 마주하게 된다. 그것은 "어쩌면 욕망의 가장 먼 길 저 산 너머 끝자리"(박남준, 「중독자」)에 있는 삶은 "종종 창 너머 높은 건물, 먼 산, 먼 하늘"(허소라, 「먼 산, 먼 하늘 보기」)을 바라볼 때에만이 현현되는 진정한 시의 메토이소노는 아닐까. ■

아슴아슴 아롱아롱 덜미 잡힌 것들의 아우라

—김영석의 『고양이가 다 보고 있다』와 안성덕의 『몸붓』

1. 이내의 기운과 기억의 소실점

매미는 좋은 그늘을 얻어 제 자신을 잊고 있었다. 나뭇잎 뒤에 몸을 숨긴 사마귀가 매미를 노리고 있었다. 사마귀는 먹잇감을 노려보느라 제 몸이 노출되어 있다는 것을 잊고 있었다. 그 부엉이는 그 틈을 이용하여 사마귀를 잡아 제 잇속을 차리려고 본성을 잊고 있었다. 장자는 슬픈 듯이 말했다.

"오호! 만물은 서로 연루되어 하나의 종류가 다른 종류를 불러들이고 있구나!"

—장자의 「산목(山木)」 편

일찍이 장자는 '산목'과 '소요유' 편에 실린 우화를 통해 절대 경지의 자유를 역설한 바 있다. 산목과 소요유 편의 전언은 '도'가 만물의 질서를 주재하는 근본 원리임을 확인하면서, '그 무엇에도 구속되지 않는 자유로운 삶'을 배경 삼는다. 이를 통해 장자는 세상의 모든 삼라만상이 속계의 속박에서 벗어나 자유로운 경지에 있기를 간청하면서, 현실 세계의 모든 객관적 규정과 결정 가능성의 세계를 초탈하려는 의지를 선보인다.

알려졌다시피 김영석 시인의 시작 행위는 도가 사상에서 기인한다. 특히, 유불선을 통합한 '도의 시학'에 맞물린 시적 사유는 삼라만상의 모든 사물을 '도'와 '기'에 조응시킨다. 이 과정에서 시인은 세속을 벗고 인간 본연의 무위를 찾아가는 다양한 화두와 마주한다. 첫 시집 『썩지 않는 슬픔』에서부터 네 번째 시집 『외눈이 마을 그 짐승』까지의 도정은 그의 시적 자장을 도가적 사유로 묶기에 충분하다. 물론, 첫 시집에서 선보인 비극적 현실 인식과 『모든 돌은 한때 새였다』에 나타나는 설화성 짙은 비현실적인 것들은 그의 가벼운 시적 외도로 생각해 볼 수도 있겠으나, 근본적으로 그의 사유는 어김없이 도가적 사유를 통해 꿈과 현실의 경계를 무화해 나가는 양상을 보인다. 그러면서 다시 현실과 환상을 무위로 봉합하는 과정을 반복하면서 자신만의 시적 본원을 확인한다. 이러한 사유는 시선집 『모든 구멍은 따뜻하다』에 이르러 적극적으로 각인되면서, 이번에 상재한 『고양이가 다 보고 있다』에 와서 궁극적인 도가적 사유의 소실점을 이룬다.

그 소실점을 지탱하는 원근의 힘은 모든 존재자의 생성과 소멸이 무위되는 이미지를 통해 지원된다. 이때 발생하는 이미지들은 지성이나 이성으로 수용하는 인식의 차원을 넘어, 아련하고 어렴풋한 순수를 '도의 시학' 속으로 끌어당기는 역할을 자진한다.

해 질 녘 낮과 밤이 한 몸이 된
어슴푸레한 이내를 보셨나요
참으로 까마득한 세월
하늘과 땅이
무선 통신으로 교신한 무량한 말씀이
쌓이고 쌓여 마침내 숨을 쉬게 된
그 아롱아롱 살아 있는 이내를 아시나요
이내의 숨결은 또 어쩔 수 없이
이 세상 만물과 뭇 생명의
몸이 되고 맘이 되어
한량없이 속말을 서로 주고받으며
하늘과 땅의 수작에 울력한다는 것도
당신은 아시나요
밝은 대낮에도
어디서나 어느 것이나 아지랑이가 피어오르고
우리 맘이 한 가지를 보고도 서로 다르고
분명하게 아는 것은 하나도 없지만
아슴아슴 아노라 느끼는 것은
이내의 숨결이 이냥 그래 그런다는 것도
당신은 아시나요
가없는 숨결은
보는 것도 아니고 아는 것도 아니라는 걸
당신은 정말 아시나요

—「이내를 아시나요」 전문

「이내를 아시나요」는 김영석 시인의 도가적 사유의 기운이 잘 나타난 작품이다. '이내'는 해 질 무렵 멀리 보이는 푸르스름하고 흐릿한 기운을 뜻한다. 시인은 하늘과 땅 사이에 자리하는 이내의 숨결이 세상 만물과 뭇 생명의 몸이 되고 맘이 된다는 사실에 집중한다. 인간의 맘이라는 것이 '한 가지를 보고도 서로 다르고 분명하게 아는 것은 하나도 없다'라고 꼬집으면서도, 이내의 숨결은 '이냥 그래 그런다는 것'이란 사유로 시인은 통섭한다. '이내의 숨결'에서 '가없는 숨결'로 전이되는 과정에서 시인은 세상의 삼라만상이 '보는 것도 아니고 아는 것도 아니라는' 사실을 아슴아슴 깨닫는다.

아롱아롱 아슴아슴 생동하는 '이내'와 같은 '비움의 기운' 속에서 시인은 '바람', '안개', '물', '불', '눈', '꿈', '꽃' 등과 같은 이미지들을 불러 모으면서 '비움'과 '채움'이라는 기운생동을 시집 전편에 펼쳐 놓는다. 가령, "보이지 않는 것들이 사는 허공 속에서/ 보이는 것들이 사는 이 세상"(「고양이가 다 보고 있다」)이나 "물속에는 밝은 불이 있어/ 불빛으로 어둠을 밝힌/ 맑은 강물"(「물방울 속 초가집 불빛」), "두루미는 날아가 없고/ 풍경은 주저앉은 채 우중충"(「낡은 병풍」)한 낡은 병풍의 묘사는 김영석 시인만의 기운 어린 도의 시품이 내재되어 나타난다.

> 뒤안은 보이지 않습니다 보이는 모든 것은 보이지 않는 뒤안이 있습니다 당신은 뒤안을 본 일이 있습니까 만일 그것을 보았다면 당신이 본 것은 이미 뒤안이 아닙니다 당신이 본 것은 다시 보이지 않는 뒤안이 있으므로 결코 당신은 뒤안을 볼 수 없습니다

모든 것은 뒤안이 있습니다 오리나무 갈참나무 잎갈나무 지렁이 굼벵이 동박새 벌새 승냥이 멧돼지 막대기 돌멩이 모두 모두 제 뒤안이 있습니다 어떤 일이 일어나면 거기에는 반드시 뒤안이 있기 마련입니다 (…중략…) 뒤안이 없는 곳은 아무 데도 없습니다 이 세상은 뒤안의 그늘인지 모릅니다 그렇습니다 세상은 뒤안의 그늘입니다

—「아편꽃」 부분

보는 것도 아니고 아는 것도 아닌, 이 아련한 시적 감각의 층위는 시인의 기억 방식에도 적극적으로 개입한다. 그 기억은 '망각'이라는 시적 사유를 다채롭게 변주해 냄으로써, 인간이 기억하는 것들에 대한 '뒤안'을 마련해 준다. 김영석의 시 세계가 꾸준히 '도의 시학'과 유기적이었다는 점을 감안하면, 이 '뒤안'은 '없음과 있음', '비움과 채움', '투명과 불투명'이라는 이질적 대상의 합일을 이루어 내는 매개로 인지된다. 동시에 시인의 기억의 오류를 수정하고 성찰하는 상징적 장소로써의 역할도 수행한다.

시인은 보이는 모든 것은 보이지 않는 뒤안이 있음을 연쇄적으로 자각한다. 하지만 그 뒤안은 우리가 인식하고 깨닫는 순간 달아나고, 도망치고, 사라진다. 모두 망각이 원인이다. 따라서 이 망각으로 상징되는 뒤안은 인간의 인식 밖에 있기 때문에, 뒤안은 뒤안으로 인식되는 순간 그 의미를 스스로 실종시켜 버린다. '당신'이라는 시적 주체가 결코 볼 수 없는 이 '뒤안'에서 시인이 궁여지책으로 찾아낸 것은 바로 '그늘'이다.

여기에서 우리가 주목해야 할 것은 그늘에도 그늘의 원인이 있다는

점이다. 이 그늘의 현상을 통해 시인은 삶의 무수한 주름을 폈다 접는다. 이 과정에서 수거되는 성찰은 시인만의 존재의 접합 지점에서 소용돌이를 이룬다. 무수한 주름이 침잠하는 그 망각의 그늘 속에서 김영석 시인은 비로소 자신의 본연의 모습을 목격하고 있는 것이다. 그래서 시인은 "아, 기억만 거울처럼 비치는 것이 아니구나/ 망각은 더 맑고 고요한 거울이구나"(「거울」)라고 자백한다. 시인의 자백 속에는 "아득한 기억의 저편에서/ 제 얼굴을 찾으러/ 제 이름을 찾으러"(「봄비」) 오는 것들과 '제 존재에 맞는 색깔을 찾아 주는 아이'(「바람의 색깔」)의 모습이 응축되면서 시인만이 지닌 도가적 사유의 휘장을 친다.

이렇듯 김영석 시의 생성과 귀결의 중심점은 아슴아슴하고 아롱아롱한 이미지들로 채워져 있다. 비어감으로써 채워지는 무수한 주름 속에서 시인은 기억 뒤편의 망각을 선택한다. 망각의 현상은 시인의 시적 도정을 지탱해 주는 중요한 원인으로 제시되면서, 동시에 도의 시학을 결정 짓는 중요한 경험 구조를 잉태한다. 또한, 시인은 인위적이고 기계적인 것들에서 비롯되는 폭력적이고 이분법적 사유(「흙덩이가 피를 흘린다」, 「아스팔트 길」, 「기계들의 깊은 밤」 등)에서 벗어나 우주와 자연의 생명 원리에 제 존재를 맡기는 질서와 조화에 시선을 집중한다.

종국적으로 김영석 시인은 '자신의 눈이 상수리나무의 눈'이며, '자신이 본 것은 상수리나무가 본 것'(「내가 본 것은 상수리나무가 본 것이다」)이라고 명명하는 도가적 성찰을 통해 자신만의 호접지몽을 성찰해 낸다. 그의 시심이 '흰 백지' 위에서 '아우성'치는 절대 경지의 고요함으로 우리에게 기억되는 것은, 시인 자신이 이미 '무릎까지 빠지는 그 눈밭을 끝없이 걸어/ 아득한 소실점'(「흰 백지」)이 되어 버렸기 때문인지도 모른다.

2. 덜미 잡힌 사내의 쓸쓸한 뒷모습

큰 창고에서 오래 묵어 붉은 곡식을 축내고/ 쥐구멍에서는 먹다 남은 썩은 고기 찾았네./ 이미 승상의 한탄을 자아내고/ 또 정위의 노여움을 유발하였다오./ 살은 찢겨 주린 고양이에 먹히고/ 수염은 나뉘어 흰 토끼털과 섞여 붓이 되었네./ 서가에 꽂으니 칼과 창처럼 굳세고/ 종이에 쓰니 용과 뱀이 달리듯 하여라./ 사물의 이치를 쉽게 따지기 어려우니/ 때 만나면 곧 좋은 시절 되는데/ 담을 뚫을 적에 어찌 그리 비천하였나./ 이 붓에 의탁하여 아름다운 명예를 얻누나.

—소과의 「서수필(쥐수염붓)」 전문

소과의 「서수필」은 비천한 쥐에게도 자신의 재능과 그 쓸모에 따라 명필로 거듭날 수 있음을 상기한다. 요 근래 만난 안성덕 시인의 첫 시집 『몸붓』 또한 소과의 시문에서 느낄 수 있는 감동과 크게 다르지 않다. 그 감동을 지탱하는 힘은 보잘것없는 삶일지라도 최선을 다해 살아가는 쥐수염붓 같은 사내들을 통해 유지된다. 총 58편의 시 중 대부분이 '사내'의 시선인 것을 보면, 시집 『몸붓』은 비유컨대 '사내의, 사내에 의한, 사내를 위한' 시집이라 해도 무방하다.

다만, 시집 『몸붓』에서 우리가 주목해야 할 것은 시인이 호명하고 있는 사내가 우리가 사전적으로만 알고 있는 개념이 아니라는 사실이다.

단순한 생물학적 성의 구분으로 인식되는 사내가 아닌 것이다. 시인은 '실업자, 노숙자, 건달'부터 '구두 닦는 금자 씨, 소 키우는 봉수 씨, 뽕브라 수정 씨, 중앙시장 고무타이어 신은 방물장수' 등등을 모두 '사내'로 내세운다. 달리 말해, 시인에게 사내란 '자신의 삶을 묵묵히 견뎌 내는 모든 존재'로 인식된다. 비록 비루하고 가난하고 외롭고 쓸쓸할지라도, 자신에게 주어진 삶을 성실하게 살아 내는 사람들의 대명사가 바로 시인만의 '사내'이다.

1

지렁이 반 마리가 기어간다

허옇게 말라 가는 콘크리트 바닥에

질질 살 흘리며 간다

촉촉한 저편 풀숲으로 건너는 길은

오직 이 길뿐이라고

토막 난 몸뚱이로 쓴다

제 몸의 진물을 찍어

평생, 한일 자 한 자밖에 못 긋는 저 몸부림

한나절 땡볕에 간단히 지워지고야 말

한 획

2

고무 타이어를 신었다

중앙시장 골목,

참빗 사세요 좀약 있어요 고무줄도 있어요
삐뚤빼뚤 삐뚤빼뚤
좌판에 널린 밥줄을 풀어서 쓴다
바싹 마른 입에 거품을 물려는 듯
붓 끝에 진땀을 찍으려는 듯
제 몸 쥐어짜 내며 기어가는 사내
몽당연필 같은 몸뚱이
한 줄 더 써내려 필사적으로 끼적댄다
한 자 한 자 몸뚱이가 쓴 바닥을 지우며
기억뿐인 다리가 따라간다

—「몸붓」 전문

만약 시집 『몸붓』 속에 등장하는 사내들의 수염을 모아 붓 한 자루를 만든다면 어떤 붓이 탄생할까. 아마도 서수필을 능가하는 외롭고 높고 쓸쓸한 '몸붓'이 될 것이다. 이 몸붓의 초가리에는 가난과 고독이 섞여 있으면서도, 절대 절명의 상황을 필생의 힘으로 견뎌 내려는 자들의 뼈 속 깊은 소회가 담겨 있을 것이다.

인용 작품 「몸붓」에서 주목해야 하는 것도 바로 이 지점이다. 작품 속에 등장하는 '토막 난 지렁이'와 '고무 타이어를 신은 사내'는 외형적으로도 불안한 모습이다. 그럼에도 필생의 힘으로 자신의 생활을 견뎌 내고 있는 모습에서 삶의 진귀함과 숭고한 태도를 엿보게 된다. "평생, 한 일 자 한 자밖에 못 긋는 저 몸부림"을 통해 시인은 어쩌면 자신의 삶을 반성하고 있는 것인지도 모른다. 지렁이의 모습과 고무 타이어를 신은 사내를 통해 얻은 완곡한 깨달음은 "제 몸 쥐어짜 내며 기어가는 사내", 즉 시인의 삶의 신념으로 전이된다. "허옇게 말라 가는 콘크리트 바닥에 질질 살 흘리며" 기어가는 지렁이의 필체가, "중앙시장 골목 어귀"에서 '참빗과 좀약' 그리고 자신에게는 필요 없는 '구두 깔창'을 파는 사내의 진땀 서린 필체가, 시인의 삶의 태도에 집약되면서 「몸붓」은 시를 쓰는 자의 한 폭의 유언으로 각인된다. '한 자 한 자 몸뚱이'로 써 내려간 몸짓의 모든 글자가 시인에게는 무엇 하나 빼놓지 않고 화룡점정인 셈이다.

이 화룡점정의 분위기를 타고 스미는 것은 '쓸쓸함'이다. 이 쓸쓸함의 연원에 적극적으로 개입하는 것은 다름 아닌 사내의 '등'이라 할 수 있다. 안성덕 시인에게 등은 존재의 뒷모습을 관장하는 중요한 장소이면서 동시에 쓸쓸한 감정을 만들어 내는 진원지로 이해된다. 평생 자신의 등을 직접 보지 못하는 시인에게 등이란 '지나간 시간에 대한 회한과 아쉬움'으로 재발되는 것이다. 이러한 쓸쓸한 감정의 파편은 '청춘에 대한 회한'과 '밥이 주는 외로움', '실직에 대한 두려움', '사회의 구조적 부조리'로 환기된다. 특히, 안성덕 시인에게 등은 '실직'에 대한 은유인 동시에 사내의 삶을 대변하는 주둔지 역할을 수행한다.

대표적으로 「덜미」와 「등을 읽다」는 '등'과 직접적으로 관련된 작품들이다. 「덜미」에서는 사내로 묘사되는 시적 화자가 '게시판 정리 해고 명단에 끼어' 있다는 진술을 통해 그의 처지가 대변된다. 덜미 잡힌 사내는 '갈고리에 꿰어 푸줏간에 걸린 흔적'처럼 어떤 희생의 산물로 묘사되기도 한다. '빳빳한 와이셔츠 깃이 미안해지는 출근길'과 '뜬금없이 나이를 묻던 인사부장'의 압박 속에서도, 사내는 능청스럽게 못 본 척 현실을 외면하기도 하지만, 그 능청이야말로 정리 해고를 당한 사내의 쓸쓸함이며, 그 쓸쓸함이야 말로 '생의 물음표 같은 덜미'로 요약된다.

「등을 읽다」 또한 이러한 사유의 연장선상에 놓여 있다. 공원 벤치에 앉아 있는 사내는 예술 작품의 일종인 청동상을 주시한다. 이 청동상은 '어깨에 녹청이 내릴' 정도로 이미 색이 바랜 대상이다. 시인은 이 청동상을 통해 '세상을 향해 백기를 들고 있는 또 다른 사내', 다시 말해 시인의 자의식을 확인받는다. 자신이 청동상의 처지를 확인하듯 '누군가도 하릴없이 자신의 등이나 읽고 있지나 않을까', 혹은 '자신도 청동상처럼 세상의 칼날과 창끝을 오롯이 견뎌 낼 수 있을까' 자문하면서 말이다.

'등'의 이미지에서 발현되는 고독과 쓸쓸함은 '청춘'의 기억과도 맞물리면서 생의 활로를 개척한다. 우선, 시인에게 청춘은 "앞 장강 물이 뒷물에 밀려나듯"(「봄날은, 갔네」) 지나간 것으로 인식되는 과거의 사건일 뿐이다. 기껏해야 '밥이라는 말을 통해 안부를 묻거나'(「밥 한번 먹자는 말」), '반 어거지로 짝 맞춰 앉아 밥을 먹고'(「소문난 가정식 백반」), '집 소파에 앉아 무료하게 짜장면을 먹는'(「섬」) 고독한 일상으로 귀결되는 원인으로 작용할 뿐이다. 하지만 그 청춘은 왕년을 등에 업고 자신만만히 세상과 맞설 줄 알았던 시기라는 점에서 흥미롭다. "사나이로 태어나서 할 일도 많다"(「진짜 사나이」)라는 노래를 목청껏 웅얼거리거나, "세월 한 번 움켜쥐지 못했다고 넋두리"(「엽서」)를 늘어놓는 것도 어쩌면 청춘을 잘 견뎌 낸 자의 회한이다. 물론 시인 자신에게 청춘은 언제나 뒷모습으로 대변되는 생이었는지도 모른다. 생이란 본디 "한마디 대사 없이 지나가는 사람 1, 동네 아저씨 2, 망토 없는 슈퍼맨

3"(「동네 아저씨」)이거나 "풀려 나간 요요가 제 목줄 감아올리듯 스스로 계절조차 되돌아"(「입춘」)온다는 것을 억지 위안 삼아 살아가는 것이기 때문이다.

결국 시인이 시적 화자로 내세운 사내들의 인생은 "닦고 조이고 기름칠"(「패션의 완성」)해 가며 완성해 나가야 하는 존재들의 쓸쓸한 뒷모습으로 집약된다. 그 쓸쓸한 뒷모습은 '뱃속 사람꽃을 두 손으로 감싸 안은 여자'(「친정 오라비처럼」)를 만난 '친정 오라비'의 모습처럼 아득하고 따뜻하게 우리의 시심을 사로잡고 있다. ■

4부

예의를 향한 침묵의 기투

지극과 지독 사이의 시적 균형감

—안차애 · 안현미 · 박판석 · 이동욱 · 유계영의 시

팬데믹의 현상이 지속될수록 '위리안치(圍籬安置)'라는 단어를 떠올리게 된다. 어릴 적 책상에 놓아 두거나, 성인이 된 후 자동차의 방향제로 곧잘 사용하던 탱자나무 열매와 집 주변을 둘러쌌던 탱자나무 울타리의 풍경도 덩달아 떠오른다. 가시로 뒤엉킨 탱자나무 울타리는 지금 우리가 사는 이 팬데믹 세상을 은유적으로 대변해 준다. 신종 코로나 바이러스가 확산하면 할수록 거리 두기 혹은 외출 자제를 촉구하는 목소리는 높아지고, 바이러스 확진자 또는 밀접 접촉자들에게는 자가 격리 방침이 다양한 방식으로 내려진다. 코로나-19 바이러스 혹은 변이 바이러스에 대한 불안감이 서로의 관계를 단절하고, 그 과정에서 우리는 저마다의 격리를 통해 죄와 벌이 없는 외로움과 불안을 스스로 감내하기도 한다.

예로부터 위리안치는 죄인을 '격리'라는 방법으로 가장 널리 사용되어 왔다. 죄의 경중에 따라 그 조치는 달랐지만, 왕족이나 고위 관리의

경우 집 주위에 탱자나무 울타리를 둘러 외부와의 관계를 적극적으로 차단하는 형벌을 내렸다. 얼핏 보면 크게 고통스럽지 않을 것 같은 위리안치의 형벌은 실제 격리된 사람에게는 죽음보다도 더 큰 고통을 체감케 했다. 오죽하면 '탱자나무 울타리는 귀신도 뚫지 못한다'.라거나 위리안치 자체가 '산 자의 무덤'이라는 말이 공공연하게 떠돌았을까. 귀양 혹은 유배를 당한 죄인의 관점에서 보자면, 격리를 당한 사람에게 유일하게 허락된 일은 오직 혼자서 하늘을 바라보는 일 밖에는 없다. 세상의 이치를 깨달은 사람일수록 그 격리의 형벌은 더 가혹하다. 자의든 타의든 간에 우물 안 개구리 신세가 되어 바깥세상을 떠올리는 일은 예나 지금이나 우리 모두의 몸과 마음에 큰 고통을 안겨 준다.

역설적인 말이지만, 어쩌면 시는 세상과의 단절과 격리를 통해 생성되는 문학 장르란 생각이 든다. 또한, 외부와의 불협화음을 통해 자신의 내부로 더욱더 깊게 침잠해 가는 낯설게하기의 일종일지도 모른다. 외로움과 불안이 엄습할수록 세상과의 변별은 더 짙게 발생한다. 물론 현재 우리가 경험하는 격리의 감정은 팬데믹 이전의 집콕 정서와는 분명 다른 시의 무늬를 형성한다. 팬데믹 시대의 격리는 그 옛날 죄와 벌의 관점에서 벗어나 있지만, 그 심리적 박탈감은 우리 모두를 지극한 감정으로 내몰거나 혹은 지독하게 외로운 존재로 재탄생시키기도 한다.

홍어가 홍어의 길을 알고
가오리가 가오리의 길을 알 듯

바다가 검정의 색을 알고

검정이 바다의 농도가 되는 것일까

흑백 앵글 가득히 검정이 밀려올 때
바다의 발걸음은 우선과 멈춤 사이에 있다
순간의 산맥처럼 굳어지거나
찢어진 돌의 자세로 숨을 죽인다

검정은 출렁거려도 액체가 아니라서
자산에 묻는다
약용과 약전의 차이처럼
검정을 밭으로 삼는 자의 어족(魚族)들이 쏟아지고,

비린내가 검정의 표면을 찢듯
물컹한 방향에서 지느러미가 돋아나듯
가오리는 가오리의 길을 연다
청어는 청어의 노래를 부른다

섬의 뼈가 물결 문양으로 촘촘해지고
지극과 지독 사이에서
길을 묻지 않는 자의 길이 탄생한다
처음 보는 검정이다

—안차애, 「자산(玆山)」 전문[50]

---

50 안차애, 「자산(玆山)」, 『학산문학』, 2021년 겨울호.

비록 지금과 같은 팬데믹 시대는 아니지만, 여기 가장 지극하게 세상과 단절한 사람이 있다. 바로 다산 정약용의 둘째 형인 정약전이다. 신유박해로 인해 형 정약전은 흑산도로, 동생 정약용은 강진으로 각각 유배된다. 정약전과 정약용은 말 머리를 나란히 하여 귀양길에 나섰으나, 전라도 나주의 성북 율정점에 이르러 서로 인사를 나누게 된다. 이는 단순히 바깥세상과의 단절을 뜻하기도 했지만, 피를 나눈 형제와의 영원한 헤어짐을 의미하기도 하였다. 이 둘은 각자 유배된 공간에서 서로의 관심사에 맞게 책을 저술한다. '자산(玆山)'은 흑산의 다른 말로 정약전이 유배지에서 집필한 『자산어보』의 배경지를 뜻한다.

이 작품에서 화자가 바라보는 풍경이 섬과 검은 바다인 것도 그런 연유에서이다. 약 18년간 '자산'에서 유배를 당한 정약전은 그곳에서 "지극과 지독 사이에서/ 길을 묻지 않는 자의 길"이 수없이 많은 '어족(魚族)'을 통해 쏟아지고 있음을 깨닫는다. 비록 화자는 "섬의 뼈가 물결문양으로 촘촘해지"는 흑산도라는 섬에서 위리안치와 비슷한 성격의 절도안치(絶倒安置)를 체감하지만, 오히려 그 감정을 "처음 보는 검정"이라고 표현함으로써 시에 낯선 감각을 불러들인다. 화자가 말하는 '감정'과 '검정' 사이에는 어쩌면 '처음 보는'이라는 수사가 자연스럽게 연결됨으로써, 마치 모든 색(감정)을 섞으면 검정이 된다는 평범한 의미를 다시금 상상하게 만든다.

정약전이 흑산도에서 처음 보는 '검정'은 지금까지 자신이 겪었던 모든 '감정'의 총집합된 자산인 셈이다. 그런 관점에서 본다면 "홍어가 홍의 길을 알고/ 가오리가 가오리의 길을 알 듯" 정약전 또한 자신이 가야할 길을 흑산에서의 삶으로 직감했는지도 모른다. 주지하다시피 정약전의 아우였던 다산 정약용은 형과는 달리 어떻게든 다시 가문을 세우고 언젠가는 한양으로의 복귀를 꿈꿨지만, 정약전만큼은 달랐다. '자산'으로 불리는 그 흑산도에서 "검정을 밭으로 삼는 자의 어족(魚族)"을 『자산어보』라는 책으로 기록하고, 끝내 자신의 삶은 세상과 단절하기에 이른다. 그렇게 약전은 "가오리가 가오리의 길을 열 듯", "청어는 청어의 노래를 부"르듯 흑산 바다의 발걸음을 통해 "우선과 멈춤 사이"에 스스로를 놓게 된다. 어쩌면 그것이 '약용과 약전의 차이'이면서, 세상과 단절한 사람과 그렇지 않은 사람의 근본적인 차이인지도 모른다.

> 스피노자는 생계를 위해 렌즈를 갈았다는데 나는 어쩌다 생계를 잃고 쑥을 뜯고 밤을 줍고 잣을 까고 은행을 모으며 밤나무의 밤은 향나무의 향은 어떻게 오는지 궁금한 사람이 되고 말았다
>
> 낮에 저주받을 것이며 밤에 저주받을 것이다 잠잘 때 저주받고 일어날 때 저주받으리라*
>
> 스피노자는 생계를 위해 렌즈를 갈았다는데 나는 어쩌다 생계도 잃고 기꺼이 저주받더라도 생의 고통을 갈고 닦으며 우는 사람들은 누구이며 지옥 속에 지옥을 사주하고 가난 속에 가난을 저주하는 자들은 누구인지 묻는 사람이 되고 말았다
>
> *스피노자가 유대 공동체로부터 파문당하며 들었던 저주
>
> —안현미, 「생계」 전문[51]

51 안현미, 「생계」, 『청색종이』, 2021년 겨울호.

팬데믹 상황에서 인간의 삶을 가장 괴롭게 하는 것 중 하나는 바로 생계이다. 사람과의 접촉이 급격하게 줄어들수록 경제 활동은 마비되고, 자영업자의 삶은 여러모로 고단해지기 일쑤다. 그렇다면 작품 속의 화자는 어쩌다가 생계마저 잃게 되었을까. 그 힌트는 17세기 네덜란드에서 주로 활동했던 스피노자의 삶을 통해 짐작할 수 있다. 알다시피 스피노자의 직업은 '렌즈 세공사'였다. 지금으로 치면 일종의 현대판 자영업자인 셈이다. 그런 그가 유대인 공동체에서 파문을 당하고 저주를 받은 이유는 매우 단순하다. 신과 인간 그리고 우주에 대해 합리적으로 사유하고, 17세기 후반 서구 사회를 약 2000년 동안 지배해 온 유대-기독교 문화를 비판했기 때문이다.

이 지점에서 우리는 스피노자가 그 시대에 심리적인 유배를 당하고 거대한 공동체에 격리되었던 한 사람임을 짐작하게 된다. 이 작품에서 화자는 스피노자가 당시 체감했을 세상과의 단절과 심리적 격리의 외로움을 '나'에게 적극적으로 반추함으로써 '궁금한 사람'과 '묻는 사람'으로 동시에 거듭난다. 스피노자가 자신의 생계를 위해 렌즈를 갈았다면, '나'는 그보다 한 발 더 나아가 생계마저 잃고 "쑥을 뜯고 밤을 줍고 잣을 까고 은행을 모으며 밤나무의 밤은 향나무의 향은 어떻게 오는지"를 궁금해하는 시인이 된 것이다. 따라서 유대 공동체의 저주는 곧 작품 속 화자에 대한 저주로 전이되기도 한다.

언제나 그렇듯 시인이란 늘 기존의 타성과 고정된 사유에 대해 궁금해하는 사람이다. 묻는 사람이다. 어쩌다 생계를 잃고 살아가는 사람이 될 수도 있지만, 스피노자처럼 그 과정을 통해 더욱더 자유로워지는 존재이기도 하다. 그러지 못할 때 육체적으로 먹고사는 생계의 문제는 해

결될 수 있지만, 인간이 지닌 영혼의 생계를 책임지지 못하는 경우도 발생한다. 그러니 시인으로서 생계를 잃는다고 해도 낮과 밤을 가리지 않는 그 저주는 어쩌면 시를 업으로 삼는 시인에게는 지대한 축복이 되기도 한다.

아침이다, 저녁이다
태양 앞에 벌떡 일어서고
달 앞에 기꺼이 몸을 눕힌다
우리를 싣고 가는 밥그릇처럼

종세를 말하지만 다시 오는 거다
어디가 시작이고 어디가 끝이란 말인가?
시작과 끝을 말한 자는 사라지고
그가 죽은 다음
끝은 시작이 되어 우리 곁에 와 있다

틈바구니에서 왔다 가는 건
우리가 만든 강물
흐르는 강물의 책장을 넘기며 죽은 글자들을 세어 본다

물장구 한 번 치고
공기 한 모금 마시고 사라지는 물고기
물고기에게 생사가 어디 있겠는가?

침병 소리를 기억할 수 있는

황금의 시간표는 가고

녹음기는 햇살에 녹고 어둠에 눌려

여지없이 부식된다

사라진다는 사실만 잠깐

우리 곁을 지키다

눈을 떴다 감는 매듭을 풀고

처음과 끝을 말할 뿐

—박판석, 「처음과 끝」 전문[52]

끝이 나면 다시 시작한다는 종이부시(終而復始)의 성어가 눈에 어른거린다. 주자학의 입문서이기도 한 『근사록』의 한 구절 "천하의 이치는 끝나면 다시 시작된다.(天下之理, 終而復始)"와 『손자병법』 '세편 1'에서 언급하고 있는 "끝났다가 다시 시작하는 것은 해와 달과 같다. 죽었다 다시 살아나는 것은 사계절과 같다.(終而復始,日月是也.死而復生,四時是也.)"라는 글귀도 귓바퀴를 맴돈다. 기본적으로 이 작품 또한 모든 만물은 끝나는 곳에서 다시 새롭게 시작한다는 인식을 공유한다. 꽃이 지고 나면 그 자리에서 다시 꽃봉오리를 맺기 시작하고, 해가 지면 반대편에서는 해가 뜨기 시작하는 원리다. 가을이 끝나는 곳에서 새로운 겨

52 박판석, 「처음과 끝」, 『문예연구』, 2021년 겨울호.

울이 시작되고, 낮이 끝나는 순간 밤이 생긴다. 모든 존재와 현상은 고정되어 있지 않으며 끝없이 변화하는 가운데에 있을 뿐이다.

주목할 점은 작품 속의 화자가 그 시기를 중세로 한정한다는 점이다. 시대를 구분하는 관점에서 중세란 고대에 이어 근대로 선행하는 시기를 지칭한다. 유럽의 역사만 놓고 보면, 5세기부터 15세기까지의 시기이다. 고대로부터 중세에 이르기까지 지동설보다는 천동설이 더 우세했던 사실을 상기하자면, 어쩌면 화자가 호명하고 있는 중세는 합리적인 사고보다는 상상과 시적 사유의 중심의 중세일 가능성이 높다. 그래서 화자는 그 중세를 '다시 오는 중세'로 명명한다. "태양 앞에 벌떡 일어서고/ 달 앞에 기꺼이 몸을 눕힌" 사람들이 다시 살아가는 지금의 또 다른 중세이다. 화자는 다시 오는 중세를 매일 반복되는 '아침'과 '저녁'으로 구분한다. 그래서 그 중세는 어디가 시작이고 어디가 끝인지 알 수 없다. "시작과 끝을 말한 자는 사라지고/ 그가 죽은 다음/ 끝은 시작이 되어 우리 곁에 와 있"기 때문이다. 말하자면 화자가 포착하고 있는 중세는 화자의 심리적 기제로서의 시적 투사이지, 시간을 구분하는 역사적 개념이 아님을 방증한다.

주지하듯 이 작품 속에는 시작 속에 끝이 있고 끝 속에 시작만 있을 뿐이다. 또한, 우리가 이 세상에 나고 죽는 것은 일종의 '편린'에 가깝다. 그래서 모든 존재는 "첨벙 소리를 기억할 수 있는/ 황금의 시간표는 가고/ 녹음기는 햇살에 녹고 어둠에 눌려/ 여지없이 부식된다." 화자의 인식에 생각을 공조하면 "공기 한 모금 마시고 사라지는" 것들이 어디 물고기뿐일까. 그 사라지는 순간에서조차 끝은 끝없이 다시 시작되고 있어서, 우리는 모두 "흐르는 강물의 책장을 넘기며 죽은 글자들을" 반복하여 세어 보는 그런 존재가 되는 것이다. 따라서 우리는 "사라진다는 사실만"을 기억할 뿐이다. 그 편린과 찰나 속에서 수미쌍관으로 "눈을 떴다 감는 매듭을 풀고/ 처음과 끝을 말할 뿐" 자신이 갇혀 있던 시간의 처음과 끝을 직접 목격하지는 못한다. 그러니 물고기처럼 살다 가는 우리에게 "생사가 어디 있겠는가?" 잠깐의 유배와 격리의 감정만 있을 뿐이다.

그렇다면 오늘날과 같이 몸과 마음이 수시로 격리되는 시인들은 어떤 마음으로 이 팬데믹의 시대를 건너가고 있을까. 다음 작품에서 그 상징적 민낯을 확인할 수 있다.

> 거실 천장 불을 끄고 조명을 켰다.
> 조명을 켜자 공간이 생겼다. 그 안에는
> 책장과 선반과 식탁과 사진과 내일 먹을 간식과
>
> 모든 것이 드러났다.
> 우리는 나는 그 밖에 있었다.
> 똑딱. 똑딱.
> 이렇게 간단하구나
> 손가락을 튕기며 웃었다.
>
> 너무 많은 얘기들은 진심을 외롭게 하지
> 네가 떠나지 못하게, 나는 더 우울해져야 할까.

시계 바늘은 여전히 같은 자리다.

창밖 어딘가에서 세계의 책이 차르르,

책장 넘기는 소리가 들렸다.

분명히 들었다고 생각했는데, 기억나지 않았다.

한 번 들으면 곧 잊혀질 소리가 세상에 있는 것이다.

비가 내리자 거리는 더 촘촘해졌다.

오늘 나는 머그컵을 들고,

그 자리에 남은 둥근 흔적을 물끄러미 바라봤다.

무슨 일이라도 벌어질 것 같은 오후였다.

옷을 다 입고 나서야

단추를 잘못 채웠다는 걸 알았다.

다시 단추를 풀고

다시 단추를 채우며

달라진 것은 아무것도 없는데,

모든 것은 이미 한 번 바뀐 것 같았다.

—이동욱, 「격리」 전문[53]

---

53 이동욱, 「격리」, 『현대시학』, 2022년 1-2월호.

지금 우리 사회는 자가 격리의 시대라 해도 과언이 아니다. 바이러스에 감염이 되었든 아니든 간에 격리는 또 다른 격리를 부른다. 이 작품은 그 감정의 격리를 내면의 안과 밖의 풍경을 통해 새롭게 재구성한다. 화자는 거실 천장의 불을 켜고 그 공간에서 자신만의 거처를 눈으로 확인한다. 그 공간에는 "책장과 선반과 식탁과 사진과 내일 먹을 간식"이 놓여 있다. 말하자면 최소한의 생계를 유지할 수 있는 공간이 마련된 셈이다. 얼핏 마음으로는 어렵게 느껴지는 그 격리의 과정은 시간이 지날수록 더 간단하고 진행된다. 다만, 그 안과 밖의 풍경은 화자에게 보다 더 복잡하게 인식된다. 눈여겨볼 점은 화자인 '나'는 "너무 많은 얘기들은 진심을 외롭게 하"고, 누군가를 떠나지 못하게, 우울해하고 있다는 부분이다. 내가 속한 공간은 마치 시곗바늘이 같은 자리를 멈춘 것처럼 여전히 정지되어 있지만, 바깥의 세상은 그런데도 아랑곳없이 시시각각 변화를 불러들인다. 따라서 그 세상에 속하지 못한 화자만이 더 철저하게 혼자서 격리된 감정을 마주하게 된다. 그래서 화자는 "한 번 들으면 곧 잊혀질 소리가 세상에 있는 것"처럼 스스로 세상과의 단절을 생각하기도 한다. 하지만 그보다 더 중요한 것은 세상과 화자와의 격리나 단절이 아니라, 자신도 자각하지 못했던 스스로와의 단절일 것이다. 지금껏 스스로 격리되어 왔다는 사실을 인지하지 못했던 자신의 심리 상태를 파악하는 일이다. 그런 이유로 화자는 "옷을 다 입고 나서야/ 단추를 잘못 채웠다는 걸" 뒤늦게라도 깨닫는다. 지금 당장은 "무슨 일이라도 벌어질 것 같은 오후"이지만, 결국 이 세상은 "달라진 것은 아무것도 없는데,/ 모든 것은 이미 한 번 바뀐 것 같았다."라는 화자의 고백으로 귀결된다. 그렇게 세상은 늘 시시각각 변화하지만, 우리의 마음은 그 변화를 쉽게 받아들이지 못한다.

오후엔 산책을 예상합니다. 골목이 형성되고
마로니에가 두껍게 자라고
예고 없이 비

십 초쯤 뒤에는 웃고
머리를 쓸고
손가락의 개수만큼 갈라졌다 모이는
젖은 머리카락
장담하지 않기로 했는데

역시 너구나?
그런 사람을 만나면
기분에 끌려 하염없이
함께 걷겠습니다.

레버를 내리면 땅콩이 나오는
까마귀를 위한 자판기 아시죠?
내부에는 돌멩이가 반짝거리고

학교 가는 길에는 아저씨들이
매일 다른 걸 꺼내어 보여 주었죠.

어린이의 나무 그림은 복잡해져 갑니다.

길은 좁을수록 멀리 가기 때문인데

나는 굼뜨고 느릿느릿합니다.

학교에서도 직장에서도 혼나기 일쑤예요.

내가 느리다는 이유로

고양이들은 나를 좋아해 주죠.

평평하지 않아서

자꾸 쏟아지는구나.

이리 와 조금만 더

작은 물접시에

작은 혀끝이 닿았다가 떨어지면

작은 물결이 일고

고양이 눈동자에 비친 고양이

울다가 웃는 건

작은 창문에게

와지끈

벼락을 보여 주려던 거구요.

골목은 다음을 예상합니다.

벤치에 칠 주의 경고문이 붙고

까마귀가 발자국을 찍고

가 버리고

—유계영, 「두 번의 여름」 전문[54]

세상과 격리되고 단절될수록 인간의 마음은 고립될 수밖에 없다. 그럼에도 인간은 놀라울 정도로 그 상황에 맞게 적응하며 살아간다. 팬데믹의 상황을 빗대어 비유하자면, 우리는 분명 격리 이후의 'With'의 세상으로 나아가고 있다. 단절되고 격리된 세상 속에서 '함께'하고자 하는 마음이 시적인 인식으로 투영된 결과이다. 그것은 마치 골목이 골목을 잇대어 가듯이, 까마귀가 어떤 문제 상황에 봉착했을 때 자신의 존재감을 알리고 적응해 가듯이, 어쩌면 우리는 그 상황에 자신의 삶을 잇대가면서 'With'의 시대로 나아가고 있는 것이다.

그런 관점에서 볼 때, 이 작품의 제목이기도 한 '두 번의 여름'은 그동안 우리가 무엇에 적응하며 살아왔는지를 되묻게 된다. 우선 작품의 이해를 돕고자 그 내용을 전체적으로 살펴보면, 이 시는 언젠가 우리가 TV에서 한 번쯤 보았던 '까마귀 자판기'의 실험을 적극적으로 차용하고 있다. 해당 영상을 복기하면, 까마귀 자판기는 까마귀가 지닌 높은 지능과 독특한 습성을 이용하여, 문제를 문제로 해결하는 방식을 보여 준다. 일종의 스키너가 개발한 행동주의 이론을 적극적으로 착안한 것이

54 유계영, 「두 번의 여름」, 『현대시』, 2022년 1월호.

다. 까마귀는 자판기에서 땅콩을 얻기 위해 맨 처음에는 동전을 사용하지만, 나중에는 동전이 사라지면서 그 대신 돌멩이를 사용하게 된다.

이 작품이 전체적으로 까마귀 자판기 실험의 과정을 적극적으로 활용하는 이유는 인간의 내면과 외면에 깃든 가변성을 강조하기 위해서이다. 가령, 지능이 높고 머리가 좋은 사람들이 가득한 이 세상에서 화자는 "오후엔 산책을 예상"한다. 화자의 산책은 골목을 형성하고, 그 이후의 과정으로 지속된다. 문제는 "예고 없이 비"가 내린다는 것이다. 그렇다. 삶은 늘 뜻하지도 않게, 우리의 생각과는 달리 다른 방향으로 흐른다. 따라서 화자는 지금까지 자신이 장담했던 모든 것을 쉽게 장담하지 않기로 한다. 학교 가는 길에 마주치는 아저씨들이 매일 다른 것을 꺼내어 보여 주듯 아이들의 행동 또한 까마귀 자판기와 같이 제 나름의 변화를 시도하고 흡수한다.

화자가 지닌 이러한 시적 사유는 종국에는 어린아이가 성장하면서 겪게 되는 평범한 현상으로 확장된다. 하지만 화자는 쉽게 그 상황에 적응하지 못한다. 오히려 까마귀와는 달리 "굼뜨고 느릿느릿"한 자신의 모습을 목도했기 때문이다. 그러다 보니 당연히 학교에서나 직장에서도 화자는 혼이 나기 일쑤이다. 시시각각 변해 가는 이 세상에서 화자는 세상과 발맞춰 적응하지 못하지만, 오히려 "느리다는 이유로/ 고양이들은 나를 좋아해" 주는 특이한 현상도 체험한다. 그 상황 속에서 여전히 "골목은 다음을 예상"한다. "벤치에 칠 주의 경고문이 붙고/ 까마귀가 발자국을 찍고" 간 이후에도 세상은 변하지 않고 우리만 그 세상에 적응하며 살아가는 모습과 무척 닮았다.

팬데믹의 시대를 유배 혹은 격리의 감정으로 접근하다 보면, 모두가 지극하고 지독한 외로움에 점철되어 있다는 생각이 든다. 아리스토텔레스의 말처럼 전체는 언제나 시작과 중간과 끝이 있지만, 팬데믹 상황이 끝날 기미가 보이지 않을 때 우리는 스스로의 마음을 유배하고 격리하기도 한다. 영화「컨텍트」의 대사처럼 추억은 이상하고, 늘 생각과는 다르게 기억되고 전개될 뿐이다. 시간에 매여 살고 있기에 결국 처음과 끝은 별 의미가 없이 사라지기도 한다. 그러니 지금 우리가 애써 적응하고 의지할 것은 지극과 지독 사이에 놓인 시적 균형감뿐이란 생각이 든다. ■

없음과 있음이 공존하는 중첩의 세계
—장옥관 · 박가경 · 윤지영 · 황성희 · 박숙경의 시

컴퓨터에 사용되는 프로그램의 기본 단위는 '비트(Bit)'다. 비트는 0 또는 1로 이루어진 정보의 기본 단위다. 그래서인지 비트의 프로그램 구현 방식은 간단명료하다. 전류가 흐르면 '1', 흐르지 않으면 '0'이 된다. 비트는 아무리 복잡한 정보를 인식하더라도 특정 순간 0 또는 1 가운데 하나의 숫자만을 갖는다. 인류 역사에 가장 큰 영향을 준 '컴퓨터'를 생각하면, 비트로 처리되는 이 프로그램의 세계는 가히 혁신적이고 파격적이다. 그러나 인간의 복잡하고 다단한 세계가 단순히 0 또는 1로 처리된다는 것은 왠지 모르게 슬픈 생각이 든다. 이런 마음 약한 사람들의 섭섭함을 알아챘는지, 1980년대 물리학자 데이비드 도이치는 이 비트의 세계에 양자 역학의 개념을 끌어들이기도 한다. 말하자면 0 또는 1 가운데 하나의 숫자만을 허용하는 이 비트의 세계에 '중첩'이라는 기이한 현상을 허용한 것이다. 쉽게 설명하면 0과 1을 동시에 갖는 것도 가능하다는 논리다. 물론 이러한 현상은 현실에서는 불가능한 것으로 인

식된다. 심증으로는 이해하지만, 물증은 입증할 수 없는 상태와 비슷하다. 그런데도 인간은 0 또는 1로 대변되는 비트가 동시에 존재할지도 모른다는 상상을 꽤 오랫동안 해 온 듯싶다. 굳이 물리학의 양자 역학을 들먹이지 않더라도, 시는 꽤 오랫동안 0 또는 1의 중첩을 상상해 왔음을 부인할 수 없다.

일찍이 노자는 이러한 0과 1의 물음에 대해 자신만의 독특한 사유를 펼쳐 온 철학자다. 그는 0과 1의 비트의 세계를 묘한 경계나 영역을 나타내기 위한 '무(無)'로 해석한다. 맨 처음의 '무(無)'를 하나의 범주로 채택한 후, 그 무는 '비어 있음'의 의미이며, 비어 있는 공간은 구체적인 사물을 비로소 존재하게 하고 가능하게 하는 '교차점' 같은 것으로 이해한다. 동시에 유(有)는 인간이 구체적으로 볼 수 있는 모든 것, 자신만의 경계선(徼)을 가지고 존재하는 모든 범주로 구분해 낸다. 노자가 언급한 의미상 반대되는 무와 유는 단순히 이분법적으로 구분되는 것이 아니라, 서로 공존하고 협력하는 관계로 정립된다. 그래서 노자는 이 세계의 무와 유는 모든 만물이 들락거리는 '문(門)'이라고 지칭한다. 문은 들어가고 나감이 교차하는 '묘한 공간'으로 시작 혹은 종점이 아닌 환승(Trans)의 의미로 거듭나게 된다. 물리학적인 양자 역학이 허용되는 중첩의 세계든 시작 혹은 종점이 하나로 연결되는 환승의 세계든 상관없이, 시를 읽고 쓰는 사람의 입장에서는 모두가 시적이고 문학적인 상상력으로 읽힌다. 다소 엉성하게나마 규정하자면, 없음과 있음이 공존하는 중첩의 세계에서는 내면과 외면 혹은 안(In)과 밖(Out)의 의미를 연결하는 것만으로도 하나의 시적 사건을 발생시킨다. 시는 그렇게 없음과 있음, 나아가 없음의 있음, 있음의 없음 등의 중첩된 비트를 인식해 냄으로써 독자적인 시적 개성을 확인받기도 한다.

작은아버지 돌아가신 지 서너 해가 지났다

명절마다 고기 두어 근 끊어 찾아뵀지만 이젠 갈 수가 없다

부재 때문이라지만

딱히 부재라고도 할 수 없다 그 낡은 아파트 찾아가면 당장이라도 뵐 수 있기 때문이다 대신 고기는 드실 수 없다

몸이 없기 때문이다

허나 몸이 없는 건 아니다

사촌이 자기 아버지를 고이 빻아 제 방에 모시고 있으니 말이다 빚 피해 필리핀으로 도망간 아우들 돌아오면

예 갖추어 보내 드린다지만

끝내 돌아오지 않을 거란 건 저도 나도 다 안다

경제보다 섭섭함이 형제를 갈라놓았을 거라

짐작한다 섭섭함이 어디에 서식하는지 알 수 없다 섭섭함은 워낙 복잡한 얼굴 지녔기 때문이다

아내도 아이도 없는 사촌은 치매에 빼앗긴 노모를 모시고 산다 아니 노부도 함께 모시고 산다

노모가 노부와 말 주고받는지

알 수가 없다

따져 보면 내가 뭘 아는지 알 수가 없다 나라는 게 있는지 없는지 알 수가 없다

—장옥관, 「유무(有無)」 전문[55]

---

55 장옥관, 「유무(有無)」, 『청색종이』 2022년 봄호.

시 자체가 컴퓨터에서 사용되는 비트는 아니지만, 가끔 수학이나 컴퓨터 프로그래밍에서 이야기하는 숫자 1과 0을 대입하여 독해하는 순간이 있다. 가령 「유무(有無)」 같은 작품이 이에 해당한다. 수학에서의 숫자 1은 절대적인 수를 의미한다. 숫자 0이 붙으면, 1과 0은 완벽한 수의 단위를 형성한다. 보통의 경우 숫자 1은 '있음'을 뜻하고, 숫자 0은 '없음'을 뜻한다. 0으로 표기되는 숫자는 '없다는 것'을 표시하기 위해 만들어진 대표적인 무(無)의 표지이다. 하지만 숫자 0은, 아이러니하게도 '없음'을 표시하는 동시에 '있음'으로 전이되는 유무(有無)의 세계로 읽히기도 한다. 다소 말장난처럼 보이지만, '있음의 없음' 혹은 '없음의 있음'이다. 이는 숫자 0이 단순히 없음으로만 표시되지 않고, 없음 이후의 있음으로도 존재하기에 가능한 상상력이다. 시의 이해를 돕기 위해 잠시 이야기의 구조를 살펴보면, 작품 속 화자는 서너 해 전에 돌아가신 작은아버지를 떠올린다. 현실적인 논리로 판단하자면 작은아버지는 이미 돌아가셨기 때문에 '부재(不在)'하는 무의 존재이다. 하지만 화자는 그렇다고 부재라고도 할 수 없다고 말한다. 다만 이곳에 있지 아니한 것이라고 표현하는 것이다. 그러니까 화자에게는 작은아버지가 "당장이라도 뵐 수 있는" 중첩의 존재인 셈이다.

이후 화자의 시적 인식 또한 비슷한 양상으로 전개된다. 작은아버지는 몸이 없지만, 몸이 없는 것은 아닌 것으로 인식된다. 그 형태만이 바뀌었을 뿐이다. 비록 외형은 바뀌었지만, 의식의 본질은 그대로 유지되고 있음을 암시한다. 주목할 점은 부재하거나 형태가 바뀐 작은아버지를 화자는 끝내 보내 드리지 못할 수도 있다는 인식이다. 그 인식은 죽은 자의 인식이 아닌 산 자들의 의식에서 파생된다. 가령 인간이 쉽게 지닐 수 있는 '섭섭함' 같은 것 말이다. 하지만 그 섭섭함조차도 "워낙 복잡한 얼굴을 지녔기 때문"에 그 속내는 화자조차 가늠하기에는 역부족이다. 결국 노모와 노부는 아내와 아이가 없는 사촌이 모시고 산다. 그런 점에서 보면 이 시의 마지막 부분은 꽤 흥미롭게 다가온다. 노모와 노부는 함께 살지만 서로 말을 주고받지 않는다. 노모와 노부를 '치매'에 빼앗긴 결과이다. 결국 노모와 노부는 그 누구도 아닌 '치매'가 모시고 사는 아이러니한 상황이 발생해 버린 것이다. 따라서 그 알 수 없음은 끝내 내가 알 수 없다는 사실로 이어진다. 그래서 화자는 "내가 뭘 아는지 알 수가 없다"고 고백한다. 더군다나 "나라는 게 있는지 없는지 알 수가 없다"는 화자의 회한 속에서 인간 존재의 유무는 더욱 복잡하고 불투명한 상태로 전이된다. 이는 결국 화자가 인식하는 존재의 '없음'은 기본적으로 무(無)에 해당하지만, 아무것도 아닌 것이 아닌 '없음'으로 인해 다시 명백하게 내게 존재하는 '없음의 있음' 상태로 확장된다. 말하자면 없음은 무(無)의 상태인 동시에 '없는 상태'가 존재(有)하는 나의 반성과 시적 모순성을 동시에 갖는 셈이다.

창밖에는 눈이 내리고요, 아주 많이 내리고요

창가의 화분에서는 만손초가 막 돋아나요
만 개의 손들이 흔들리는 사이로
공중에 뿌리를 내리고 있었어요
나는 화분 안으로 들어갔어요

이곳은 혼자 생각하기에 좋았는데요

누가 오는 발소리를 들을 수 있고요
누가 오는 발소리를 듣지 않을 수 있고요

화분 속 어둠은 편안하고 따뜻해요
가장 멀리까지 갈 수 있는 마음이겠지요
뿌리들은 어디로든 가요
이 모든 건 살아서 할 수 있는 친절
그런 다정일 텐데
모든 건 그림자 속 이야기일 뿐이죠

공중 뿌리는 아름다워요
만날 수 없으니까요
그게 오늘을 살아가는 방식이라면
오늘의 이야기가 무엇인지 아실까요

나의 필담은 당신의 계절보다 앞서 지나가죠
나는 지금의 계절을 물어보려다 말았어요
잠이 쏟아질 것 같아서

그러니까
우리들은 서로 모르는 척 잘 살아요

모르는 척하는 거랑 모르는 거랑은

서로 반대말인데

반대말과 거짓말이 비슷한 말인지 궁금했어요

궁금할 땐

딸꾹질이 자꾸 튀어나와요, 나는 얼굴을 찡그리지 않았어요

시치미는 아주 능숙하게 나오죠

그럴 때마다 나는 옆구리가 가려웠어요

박박 긁은 손톱에서는 무표정이 쑥쑥 자라요

—박가경, 「동상이몽」 전문[56]

시라는 장르는 늘 동상이몽을 꿈꾼다. 하나의 의미보다는 낯선 균열을 선호하고 사유의 다양성을 추구한다. 문제는 다른 이와의 동상이몽과 자기 자신과의 동상이몽의 차이에서 발생한다. 이 작품은 하나의 의미로 개체화되지 않는 상상력을 보여 주는 작품이다. 말하자면 시의 중첩과 환승이 적절하게 어우러진 작품 중 하나다. 우선 이 작품은 '동상이몽'의 의미와 '만손초'의 이미지가 한데 뒤엉키면서 시 의미를 전개시킨다. 이해를 돕기 위해 동상이몽의 뜻을 잠깐 살펴보면, '동상이몽'

56 박가경, 「동상이몽」, 『시와 편견』, 2022년 봄호.

은 겉으로는 같은 생각을 하고 같은 행동을 하는 것처럼 보이지만, 속으로는 다른 생각을 하고 다른 행동을 하는 것을 말한다. 같은 입장이지만 추구하는 바가 서로 다른 사람들을 비유할 때도 쓰이는 말이다. 그 동상이몽을 구체적으로 가시화하고 이미지를 대상화하는 사물이 바로 만손초다. 만손초의 꽃말은 보통 '잊을 수 없는 당신의 향기, 설렘'으로 알려져 있다. 번식력도 워낙 강해 자손 번창의 의미로도 자주 해석된다. 재미있는 것은 하나의 개체가 번식하면 번식할수록 서로의 반경에서 벗어나는 개체가 된다는 점이다. 그런 까닭에 만손초는 "공중에 뿌리를 내리"기도 하고, 화자조차도 "화분 안으로 들어갈" 수 있는 계기로 작동한다. 오히려 서로 닮은 만손초로 가득한 공간이 "혼자 생각하기에 좋은 공간"으로 전이되는 것이다.

그 공간에서는 모든 것이 있거나 없을 수 있게 된다. 있음과 없음은 오직 화자의 의식으로 결정할 수 있는 중첩의 세계이나 환승의 세계이기도 하다. 그래서 화자는 "누가 오는 발소리를 들을 수도 있고", "누가 오는 발소리를 듣지 않을 수도 있"게 된다. 화자에게 "이 모든 건 살아서 할 수 있는 친절"인 동시에 "다정"으로 인식되기도 한다. 만손초의 뿌리의 특성상 번식력이 무척 강하다 보니, 오히려 공중의 뿌리는 서로에게 관여하지 않는 상태로 화자에게 자주 투사된다. 화자는 그것이 아름답다고 말하면서, 그 이유를 "만날 수 없음"에서 찾기도 한다. 그만큼 화자가 인식한 이 현실은 많은 것이 한데 뒤엉켜 살아가지만, 서로의 삶에 관여하지 않는 방식으로 "오늘을 살아가는 방식"으로 이해되기도 한다. 다른 사람의 눈치를 보지 않고도 오직 자기 생각에만 집중하며 살아갈 힘으로 파악한다. 그래서 "우리들은 서로 모르는 척 잘 살" 수 있는 것인지도 모른다. 이 점에 주목해서 보면, 이 시에서 말하는 "모르는 척하는 거랑 모르는 거랑"은 분명 다른 의미로 해석할 필요가 있다. 모르는 것은 없는 존재를 없는 것으로 인식하는 것으로 이해된다. 모르는 척하는 것은 있음에도 불구하고 그 존재를 없는 존재로 인식하는 것이다. 화자는 그 둘의 성질을 반대말과 거짓말로 묶어 낸다. 자신의 인식을 반대말과 거짓말이 들락거리는 '문(門)'으로 바꿔 시적 인식의 중첩과 환승에 탑승한 것이다.

이제는 있는 것들조차도 없는 듯 모르는 척하는 능청스러움이 화자에게도 생겨난다. 시치미를 뗄 줄도 안다. 하지만 그럴 때마다 이 시의 핵심 이미지로 등장하는 번식력 강한 만손초는 화자의 옆구리를 다시 뚫고 나와, 어느새 또 하나의 개체를 형성한다. 자신도 인지하지 못하는 자신을 보면서, 그 무표정으로 동상이몽의 사유를 박제해 나간다.

나는 그대의 말을 들어 주는 사람

바위에 떨어지는 빗방울처럼
바가지에 흘러넘치는 붉은 수수처럼
반지하 장롱 속의 곰팡이처럼
그대를 가득 채운 말을 내게 옮겨 담으며

그대가 가벼워지기를
노래가 되기를
노래로 가득 차 둥실 떠오르기를

지구의 중심으로 가라앉지 않기를

소원하며
들어 주던 그 말은 영원히 가라앉고

바위에 떨어지는 빗방울처럼
바가지에 흘러넘치는 붉은 수수처럼
반지하 장롱 속의 곰팡이처럼
사실 그대는 나를 가득 채운 사람
끊임없이 내게 말을 건넨 사람

둥실 떠올라
우주 천장 너머로 사라지지 않게
나를 채워 준

그대는 가라앉고, 그대는 구조되고
나는 떠오르고, 나는 흩어지고

—윤지영, 「데칼코마니」 전문[57]

동상이몽이 같은 자리에 있지만 서로 다른 생각을 끌어낸다면, 데칼코마니는 같은 장소에서도 같은 생각을 하는 모습으로 이해될 수 있다.

---

57 윤지영, 「데칼코마니」, 『시와사상』, 2022년 봄호.

이 작품은 우리가 흔히 아는 미술 기법 중 하나인 데칼코마니를 통해 나의 '있음'과 또 다른 나의 '있음'의 차이를 시각적으로 현현한다. 일반적으로 데칼코마니는 프랑스어로 '옮긴다'는 뜻을 지닌다. 가끔 구기 종목에서는 사고성 플레이를 비유할 때 쓰는 말이기도 하다. 그러니까 데칼코마니는 서로의 닮은 모습을 설명해 주는 말인 동시에 서로 충돌하여 의사소통에 실수가 발생하는 상황을 에둘러 표현하는 말이기도 하다. 이 작품에서도 데칼코마니의 이중적인 의미는 그대로 투영된다. 또한, 시의 제목답게 2연과 5연의 의미를 하나의 데칼코마니의 이미지로 겹쳐 놓는다. 2연과 5연에서의 이미지는 모두 차고 넘치는 의미로 구현된다. 특히, 이 두 연은 1연의 "나는 그대의 말을 들어 주는 사람"과 연결되어 있어, 화자인 '나'는 이미 수동적인 자리에 위치한 존재로 규정해 볼 수 있다. 말하자면 있음 이후에 나타나는 또 다른 있음인 데칼코마니인 셈이다. 하지만 처음의 의미가 나에게로 전이되는 과정이 그리 순탄치만은 않아 보인다. "소원하며/ 들어 주던 그 말은 영원히 가라앉고" 있기 때문이다. 그래서 화자는 그 불안한 심리적 전이 과정을 마지막 두 연을 통해 다시 해결하고 있는데, 그것은 "둥실 떠올라/ 우주 천장 너머로 사라지지 않게/ 나를 채워 준" 그대를 기억하는 것으로 귀결된다. 그러면서 "그대는 가라앉고, 그대는 구조되고/ 나는 떠오르고, 나는 흩어지고"를 반복한다. 말하자면 내가 존재하지 않고서는 그대의 존재조차 장담 받을 수 없는 것이다. 이 말은 어느 쪽이든 복제된 상대가 없으면, 데칼코마니의 존재는 형성되지 않는다. 결국 있음을 의식하는 '나'와 '그대'의 상대적인 차이 속에서만 나의 존재는 온전한 데칼코마니를 형성할 수 있다.

가만히 생각하면 나는 아무 내장도 없이
불안과 두려움만으로 채워진 것 같다

그 어떤 심오한 줏대와 절개와 고독도 없이
오직 공포와 수치만으로 중심을 곧추세우고
함부로 꺾어지는 무릎을 지뢰처럼 매복한 채

내가 살아온 시절은 뚜렷하긴 했지만
누구도 그 앞으로 불러 세우지 못했다

산책을 나갈 때마다
아랫도리를 틀어막지 않으면

너무 흥분해서 꼭 싸기 직전처럼
불안이 튀어나오려고 했다

나는 명랑한 사람이었지만
양손으로 비는 일에 능했다

내가 사랑한 사람은
나를 때리거나 안 때리거나 두 종류였고

여태 살아 있다는 게 뭔지 모를 잘못 같아
어머니께는 아직 전화하지 못하고 있지만

창밖으로 쏟아지는 햇살을 보면
무엇이 아름다운 것인지는 알 것 같다

그 아름다움이 어디서 오는 것인지는 몰라도
그 아름다움을 보는 것이 누구인지는 몰라도

그 햇살이 모두에게 공평하다는 건 알겠다

—황성희, 「태양 아래의 성찰」 전문[58]

일찍이 노자가 말한 만물의 근원적 사유는 '있음과 없음이 서로를 낳는다.'라는 뜻의 '유무상생'에서 비롯된다. 유(有)와 무(無)는 대립적 성질을 지니고 있으나 동시에 상생(相生)의 형태를 유지한다. 높음과 낮음, 어려움과 쉬움, 긴 것과 짧은 것이 함께 존재하는 것이다. 무엇이 먼저라 칭할 수 없으니 의미는 서로의 모습 속에서만 발견된다. 하지만 어느 한쪽만이 발견되거나 존재한다는 것은 한 인간에게 얼마나 가혹하고 혹독한 일이 될까. 이 작품에서 포착되는 인간의 모습은 공평의 이미지를 둘러싸고 있지만, 그 안에서 겪는 불안과 두려움은 모두 자신의 아름다움을 발견하지 못한 상태에서 비롯됨을 말해 준다. 그래서 화자가

58 황성희, 「태양 아래의 성찰」, 『POSITION』, 2022년 봄호.

현재 겪고 있는 태양 아래의 모든 성찰은 모두 과거의 일인 듯 보이지만, 오히려 현재의 고통으로 재인식된다. "가만히 생각하면"으로 시작되는 이 작품에서 화자는 아무런 확신도 없이 자신의 과거에 대해 "아무 내장도 없이", "어떤 심오한 줏대와 절개와 고독도 없이/ 오직 공포와 수치만으로 중심을 곧추세우고" 자신을 증명해야 하는 존재로 인식한다. 그 두려움은 이미 과거가 된 시절을 뚜렷하게 기억한다고 해도, 그 누구도 대신할 수 없기에 "그 앞으로 불러 세우지 못하는" 삶으로 규정된다. 그런 이유로 화자는 확실한 불안(있음)을 감추기 위해 오히려 불확실한 것들(없음)에 대해 매달린다. 그 과정에서 화자는 "명랑한 사람이었지만/ 양손으로 비는 일에 능한" 사람이 되기도 한다. 양손으로 비는 대상이 나보다 강한 사람일 수도 있지만, 다른 의미로는 불확실한 자기에게 스스로를 구원받고자 하는 양가적 존재의 의미를 형성하기도 한다. 문맥만을 놓고 보면 그 대상은 어쩌면 내가 한때 사랑했던 사람일 것이다. 그 사람은 화자에게 "나를 때리거나 안 때리거나" 하는 두 종류의 모습으로 구분된다. 말하자면 내게 두려움과 불안을 주는 그 대상이 아름다움과 추함을 동시에 갖는 대상임을 말해 준다. 하지만 화자는 자신이 겪고 있는 그 불안과 두려움에 대해 아무런 확신도 갖지 못해 "어머니께는 아직 전화하지 못하고 있"음을 고백한다. 그것은 결국 자신이 자신에게 해야 하는 고백이기도 하기 때문이다. 마치 죽지 못해 사는 삶도 있지만, 그 모든 절망의 끝에서 화자는 다시 새롭게 시작하는 아름다운 무의 삶을 선택했는지도 모른다. 그래서 화자는 "창밖으로 쏟아지는 햇살을 보면/ 무엇이 아름다운 것인지는 알 것 같다"고 말한다. 죽음 직전의 감정에서 느끼는 그 서러움과 불안의 감정을 막아선 것은 결국

"함부로 꺾어지는 무릎을 지뢰처럼 매복"하는 태양의 공평함에 대한 성찰이다. 이제 화자는 "그 아름다움이 어디서 오는 것인지는 몰라도/ 그 아름다움을 보는 것이 누구인지는 몰라도// 그 햇살이 모두에게 공평하다는 건" 알게 된다. 같은 햇살을 보고도 불안과 두려움과 공포와 수치 그리고 모든 것을 아우르는 무의 아름다움은 결국 자신의 존재를 모두 비워 낸 자의 명랑한 시의 경첩이 된다.

카페인에 덜미를 잡힌 잠이 흔들리자
신이 난 초침들이 저벅거리며 방 안을 휘젓는다
엎드렸던 적막이 흩어진다

가랑이 사이에 자리를 잡은 노묘(老猫)
색이 바랜 분홍 코를 앞발로 감싸고
뒷다리를 한껏 뻗어 깊은 잠이 들었다
나는 누운 채로 몸을 일으켜 앉아
등을 쓰다듬은 후 이마에 뽀뽀를 한다

따뜻해진 손으로 짚은 이마는 싸늘하다

괜히 가려운 손가락은 어디에 둬야 할까
오늘 밤 나를 스쳐 지나간 별의 이름은 무엇일까
허기진 시간을 비켜 가는 방법은 있을까
자, 이쯤이면 꼬리가 꼬리의 꼬리를 무는 시간

그래도, 살아 숨 쉬고 있으니 얼마나 다행이야

나름 긍정적인 밤의 고요와

이미 자정의 모퉁이를 돌아온 쓸쓸한 생각은 반비례

문득 나에게 다가왔던 말과

내게서 멀어져 간 말을 떠올리며

비바람 치던 종달리를 생각한다

—박숙경, 「종달리 수국을 생각하는 밤」 전문[59]

여기 "오늘 밤 나를 스쳐 지나간 별의 이름은 무엇일까"로 집약되는 시가 있다. 시의 언어는 놓이는 위치와 맥락에 따라 그 의미가 다르게 읽히기도 하고, 정반대의 진폭을 형성하기도 한다. 윤동주는 「서시」에서 "오늘 밤에도 별이 바람에 스치운다"로 노래했지만, 이 작품에서는 오늘 밤 나를 스쳐 지나간 별의 이름을 다시 묻는다. 바람에 스쳤던 별의 입장에서 나를 스쳐 간 별의 이름으로 전이된 독특한 상상력이 눈에 띈다. 그래서일까. 이 작품은 처음부터 끝까지 화자의 몽상적인 의식에 무게를 두고 읽을 때 시가 더욱 재미있어진다. 우선 화자는 "카페인에 덜미를 잡힌 잠"에서 이 시의 내용을 전개한다. 이 작품에서 카페인은 잠과 상반된 긴장감을 형성한다. 일반적으로도 카페인이 다량 함유된 커피나 차, 코코아 등의 알칼로이드 성분은 각성 효과를 일으키는 의

59 박숙경, 「종달리 수국을 생각하는 밤」, 『문예연구』, 2022년 봄호.

약품으로 분류된다. 물론 카페인의 민감도에 따라 다르겠지만, 어쨌든 화자는 지금 그 카페인으로 인해 어떤 불안감을 경험하고 있다. 그 불안한 감정은 2연에서 집약되어 나타난다. “가랑이 사이에 자리를 잡은 노묘(老猫)”는 화자의 상태와는 별개로 “뒷다리를 한껏 뻗어 깊은 잠”에 빠져 있다. 그러니까 화자와 노묘는 얼핏 서로 다른 혼몽을 형성하는 것이다. 화자는 노묘가 잠에서 깨지 않게 “누운 채로 몸을 일으켜 앉”는다. ‘누운 채로 몸을 일으키는’ 행위 자체가 문법상 서로 양립할 수 없는 행위이지만, 어쨌든 화자의 정신과 몸은 그렇게 분리된 상태로 독자에게 인식된다. 그런 이유에서 보면 “따뜻해진 손으로 짚은 이마는 싸늘하다”라는 표현 또한 같은 맥락에서 해석된다. 마치 몸살과도 같이 뜨겁고 추운 모순의 육체를 화자는 지금 경험하는 것이다. 주목할 점은 그 감정의 모순이 어디에서 발생하는지에 대한 화자의 물음이다. 그 시적 논리를 따라가다 보면, 어느새 “비바람 치던 종달리”가 나온다. 종달리는 제주도 구좌읍에 위치한 마을이다. 예로부터 인재가 많이 출생한다고 하여 마을의 물혈을 의도적으로 끊어 놓았던 곳 중 하나다. 진시황의 수하였던 고종달이 제주에 내려와 자신의 이름과 같은 마을 이름을 전해 듣고는, 몹시 화가 난 상태로 종달리의 물혈부터 끊었다는 이야기가 이곳 마을의 대표적인 전설로 전해지기도 한다. 화자는 그 물혈이 끊긴 종달리에서 ‘물을 담은 항아리’라는 꽃말을 지닌 수국을 생각한다. 화자는 옛 전설이 스민 종달리에서 “그래도, 살아 숨 쉬고 있으니 얼마나 다행이야”라고 되묻는다. 이것은 마치 “색이 바랜 분홍 코를 앞발로 감싸고” 깊은 잠에 빠진 노묘의 이미지로 다시 연결되면서, 결국 카페인에 덜미 잡힌 화자와 노묘가 사실은 하나의 개체이자 시의 중첩을 이루고 있음을 암시해 준다. 이제 화자는 독자들의 걱정과는 달리 "나에게 다가왔던 말과/ 내게서 멀어져 간 말"을 떠올리며, 비바람 치던 종달리를 빠져나온다. 있어야 할 것들은 있는 곳으로, 없어야 할 곳은 없는 곳으로 되돌아가는 중이다.

이렇듯 없음과 있음이 공존하는 중첩의 세계는 일상생활 속 자아의 균열과 다양성을 확보해 주는 매개가 되기도 한다. 컴퓨터의 비트나 물리학의 양자 역학 또는 노자의 유무상생의 원리를 굳이 언급하지 않더라도, 그렇게 시는 있어야 할 곳에 있고, 없어야 할 곳에서는 없음의 있음 방식으로 존재한다. 그 과정에서 파생되는 중첩과 환승의 방식이 비록 우리에게 고달픈 삶이 될지라도, 어쩔 것인가. 길고 짧은 것은 언제나 대어 보아야 아는 것을. 그런 다음에라야 길고 짧은 것 또한 하나의 삶이란 사실을 알 수 있는 것을. ■

예의를 향한 침묵의 기투

—김박은경 · 안규봉 · 이병률 · 안성덕의 시

예의와 관련한 설문 조사를 신문에서 본 적이 있다. 그 신문 기사에서 "나는 예의 바른 사람이라고 생각하는가."라는 문항에 절반 가까운 응답자가 '그렇다.'라고 대답했다. 반대로 '아니다.'라고 말한 사람은 전체 응답자 중 7.7%에 불과했다. 덧붙여 "평균적으로 남들은 예의 바르다고 생각하는가."라는 물음에 '그렇다.'라고 답한 비율은 3분의 1로 급감했다. 말하자면 자신은 타인에 대해 예의를 지키는 편이지만, 상대는 자신에게 무례하다고 생각하는 사람이 많다는 의미다. 이런 현상은 일반적으로 예의란 상대방이 나에게 먼저 베풀어야 하는 의미로 받아들이기 때문에 나타난 결과다.

동양에서의 예의는 보통 인간의 '마음가짐' 중 하나로 받아들인다. 그렇다고 도덕이나 윤리의 개념에 쉽게 종속되지 않는다. 그러니까 예의는 관습이면서 동시에 문화적 환경에 따라 그 의미의 가변성을 무한히 확장해 내는 심리의 영역이다. 말하자면 사회적으로 예의가 있다고 하어 문학적인 예의를 담보 받는 것은 아니다. 구체적으로 시라는 장르 또한 마찬가지다. 시를 쓰는 방식에도 예의가 있다. 이 또한 사회적인 예의와는 분명 다른 태도를 취한다. 예의와 관련한 신문 기사의 설문 결과를 보면서, 시를 쓰는 방식에도 예의가 있다는 다소 엉뚱하고도 재미있는 상상은, 어쩌면 사회적인 예의에서 벗어난 시인의 특권인지도 모른다. 시인에게 예의란 때로 인간 존재가 영위하는 최소한의 시적 기투란 생각이 든다.

이래저래 시의 예의에 대해 언급하다 보니, 문득 영화 〈예의 없는 것들〉이 생각난다. 이 영화에서 '킬라'는 혀 짧은 소리를 내며 쪽팔리게 사느니 차라리 말없이 살기로 결심한다. 킬라는 자신의 혀 수술을 위해 많은 사람을 해치는 삶을 살지만, 그때 나타난 '발레'는 '킬라'에게 '나름의 룰을 정하라.'고 충고해 준다. 이후 '킬라'는 이왕 죽일 거면 예의 없는 것들만, 불필요한 쓰레기들만 골라서 깔끔하게 분리수거 하기로 마음먹는다. '혀 짧은 킬라'의 모습은 짐짓 상투적이고 식상한 세계에 대해 반기를 드는 요즘 시가 지닌 침묵의 기투란 생각이 든다.

몽골의 유목민은
도축할 양의 목에 작은 상처를 낸 뒤
손을 천천히 집어넣어 심장을 쥔다
양은 잠자듯 눈을 감는다

그 전에 먼저 양을 안아 주어야지
작은 음성으로 속삭여야 한다

미안하다거나 용서해 달라거나
고맙다거나 안녕이라거나

양은 무릎을 꿇고 쓰러졌겠지
유목민의 품에 안겼을 수도 있다

배신은 흔한 일이다
후회는 더욱 흔하지만
예의는 유효한 태도

척박한 삶,
거처도 없이 떠돌다가
따스함이 그리워질 때마다
심장을 찾는 습관

누군가 한 마리 양처럼 굴 때마다
조심해, 다짐하는 말들

별이 너무 많아서 무서운 밤
없는 집을 향해 가는 길은
병의 목처럼 좁아지고

심장이 사라진 양들이

작게 울기 시작한다

—김박은경, 「양들의 밤」 전문[60]

목축의 삶은 언제나 지난하다. 더군다나 유목하는 삶에서 하나의 규칙을 정하고, 그것에 따르는 일은 지리멸렬하게 보이기도 한다. 그래서일까. 시의 중간 부분에 등장하는 "배신은 흔한 일이다/ 후회는 더욱 흔하지만/ 예의는 유효한 태도"라는 구절이 유독 시선을 잡아끈다. 유목의 삶에서 배신과 후회는 흔한 일이지만, '그 과정에서도 어떤 예의는 끝까지 유효해야 하지 않을까'라고 반문해 준다. 그 예의의 첫 시작을 따라가다 보면, 1연에서 몽골 유목민의 이야기가 나온다. 이해를 돕기 위해 시의 내용을 인용해 보면, "몽골의 유목민은/ 도축할 양의 목에 작은 상처를 낸 뒤/ 손을 천천히 집어넣어 심장을 쥔다"고 묘사한다. 몽골 유목민의 이 행동으로 인해 양은 잠자듯 편안한 자세로 눈을 감게 된다. 시의 내용만으로 그 현상을 유추해 보면 유목민의 손길은 양을 편안하게 하는 일종의 의식처럼 여겨진다. 하지만 화자는 진짜 이유를 2연에서 밝힌다. "그 전에 먼저 양을 안아 주어야지/ 작은 음성으로 속삭여야 한다/ 미안하다거나 용서해 달라거나/ 고맙다거나 안녕이라거나" 같은 구절로 말이다. 이러한 유목민의 의식과 행동이 실제 양에게 어떤 영향을 미치는지는 알 수 없다. 하지만 그 행위는 단순히 양을 향해서만 이뤄지는 것이 아니다. "척박한 삶,/ 거처도 없이 떠돌다가/ 따스함이 그리워질 때마다/ 심장을 찾는" 몽골 유목민의 습관이다. 그러니까 유목

60 김박은경, 「양들의 밤」, 『Poem People』, 2022년 여름호.

민에게 양은 소중한 동반자인 동시에 언제든 배신과 후회로 점철될 수 있는 수단 혹은 도구가 되기도 한다. 그리고 시의 마지막 부분에서 언급한 것처럼 그 행위는 단순히 양에만 한정되는 것이 아니다. "누군가 한 마리 양처럼 굴 때마다/ 조심해, 다짐하는 말들"로 그 의미가 확장되기도 한다. 시적 화자는 그러한 감정에 대해 목에 난 작은 상처를 바라보듯 "별이 너무 많아서 무서운 밤"을 떠올린다. 거기에 더해 노마드적 삶으로 귀결되는 "없는 집을 향해 가는 길"은 마치 내가 당도해야 할 마지막 삶의 유효한 예의인 것처럼 아련하고도 위태롭게 인식되기도 한다. 그러니 "심장이 사라진 양들이" 아직 죽지 않고, 최선을 다해 '작게 울기 시작할 때' 유목의 귀는 떠도는 삶에 대한 예의를 향해 더욱 귀를 기울이게 된다.

> 선거는 승리가 예상되는 쪽으로
> 막판에 투표 의사를 바꾼대
>
> 애가 셋이나 딸린 홀아비에게 간다고, 미친 거 아냐?
> 아무리 취직이 어려워도 그렇지 저건 아니지
>
> 오레오 바날라와 그란테 라떼를 시킨다
> 허기를 달래는 국적 불명의 얼굴로
>
> 우리의 식감은 너무나 형편없어서
> 나는 신영배 시를 속으로 읽는다

말의 색은

물처럼 분명하다

시간이 갈수록 검은색은 더 검게

흰색은 더 희게

구분되어진 채 빙빙 돌아오는 말의 색

숨겨진 의도가 클수록 침묵하는

나선의 밤

변덕스러운 천사가

슬픔과 기쁨을 번갈아 넣고 휘젓는다

돌풍 속에서도

별들은 흔들림이 없다

—안규봉, 「침묵의 나선」 전문[61]

시의 제목으로 언급된 '침묵의 나선'은 1970년 독일의 사회과학자인 엘리자베스 노엘레-노이만(Elisabeth Noelle-Neumann)이 발표한 여론 형성의 과정을 직접적으로 드러낸 말이다. 이 작품에서는 '침묵의 나

61 안규봉, 『침묵의 나선』, 『시사사』, 2022년 여름호.

선'이라는 표제를 통해 인간이 얼마나 고립을 두려워하는지를 우회적으로 말해 준다. 그러니까 사람들이 형성한 여론과는 달리, 그 결과는 언제든지 정반대로 나타날 수 있음을 알게 된다. 이 작품의 1연에서는 "선거는 승리가 예상되는 쪽으로/ 막판에 투표 의사를 바꾼대"라고 말하면서, 노엘레 노이만이 언급한 '침묵의 나선' 이론을 직접적으로 설명한다. 곧이어 2연에서는 참과 거짓을 명백하게 구분할 수 없는 사실 문제에 대해 언급한다. 그러니까 "애가 셋이나 딸린 홀아비에게 간다고, 미친 거 아냐?"라는 문장은 한 사람의 의견인 것처럼 보이지만, 결국은 사회적으로 고립을 두려워하는 인간의 속마음이 그대로 투영된 여론 형성의 문장이기도 한 것이다. 사회적 고립을 두려워하는 인간들은 이제 "국적 불명의 얼굴"을 하고서 "오레오 바닐라와 그란테 라떼를 시킨다." 그러니까 그 행위 자체도 자신에 대한 주관보다는 사회적인 분위기나 여론에 따라 형성된 가식 행위로 이해된다. 이때 시적 화자는 일종의 시적 반성을 불러일으킨다. 이 작품에서 그 시적 반성을 자기 삶에 대한 예의라고 바꿔 읽어도 좋다. 이즈음에서 화자는 "우리의 식감은 너무나 형편없어서" 신영배 시인의 시를 자기 작품 속으로 끌고 들어온다. 화자가 이야기하는 신영배 시인의 시가 무엇인지 정확히 짚어 낼 순 없지만, 아마도 「입과 지느러미」라는 작품이 아닐까 상상해 본다. 그 작품에서 화자는 "입은 흔드는 것인데/ 그 저녁엔 입을 너무 많이 써서 가슴이 다 닳았다"(신영배, 「입과 지느러미」 부분)라는 구절을 연상시키면서, "숨겨진 의도가 클수록 침묵하는/ 나선의 밤"을 동시에 떠올리게 한다. 신영배 시인의 시 속에 등장하는 입을 흔드는 행위는 곧 자신이 나아가는 의견의 방향성(지느러미)인 동시에, 이 작품에서 말하는 의미의 궤를 메타적으로 함께하게 만든다. 결국 화자는 언어의 지느러미를 잘 흔드는 사람만이 "돌풍 속에서도/ 별들은 흔들림이 없다"라는 시적 예의를 독자에게 확인시켜 준다.

나는 한 사람의 대역이었지요
사람들은 나를 보고 그로 알아보기도 했습니다
나도 그 사람인 척했지요

내가 누릴 수 있는 것은 특권이었고 나였어요

배경을 골라 준다는 사진관에 가 본 적이 있나요
배경만으로 다른 삶을 살게 될 것 같은 기분이 샘솟았죠
질문받기를 좋아했습니다
사실인지도 모를 답변들을 하는 재미만으로도
새 옷을 입고 미지의 나라로 출장 가는 울창한 기분

돌아오지 않아도 될 것 같은
한배를 탔습니다

나여도 되고 그여도 좋겠단 생각을 할 때마다
인생의 테두리를 뒤집을 수 있을 것만 같은 열쇠를 가진 나는
한 번만 더 그가 되겠다고 다짐하고말고요

아름다워지기도 했을 겁니다
사람들이 따르려는 것이 그의 아름다움의 위엄이었다면
나는 어쩌면 미안하리만치 의외의 안락함에 손을 대고 있습니다

헐하게 헛되지 않고 싶어 자처한 대역이었습니다
나는 언제까지
이 알몸으로의 권리와 황홀함을 지속할 수 있을까요

—이병률, 「나로 살아가는 것에 대하여」 전문[62]

이왕 '침묵의 나선'에 대한 이야기를 꺼냈으니 조금 더 사족을 붙이자면, 인간이 지니는 고립에 대한 두려움은 예상보다 큰 내상을 입힌다. 특히 공공의 문제에 있어서 영향력을 지닌 사람의 의견에 반대하기란 쉽지 않다. 그러다 보니 누구라도 개인적인 의견을 표명하기보다는, 지배적인 의견에 편승하여 자신의 의견을 내비치거나, 그 반대의 경우라면 자신의 의견을 감추어야 한다는 심한 압박감에 시달리기도 한다. 인용한 작품의 첫 구절에서는 "나는 한 사람의 대역이었다"라는 표현은 일종의 자아가 상실되는 경험을 여러모로 상기시킨다. 그러면서 사람들 또한 '나'와 '타자'를 구분하지 않고 있음을 말해 준다. 시적 화자인 '나' 또한 오히려 "그 사람인 척"을 하게 된다. 시적 화자는 2연에서 곧바로 "내가 누릴 수 있는 것은 특권이었고 나였다"라고 그 속내를 내비친다. 그리고 3연에서는 내 의견을 버리고 타인의 배경이 되는 기분에 관해

62 이병률, 「나로 살아가는 것에 대하여」, 『문학과사회』, 2022년 여름호.

기술한다. 시적 화자는 그 감정에 대해 반성보다는 오히려 "새 옷을 입고 미지의 나라로 출장 가는 울창한 기분"이라고 표현한다. 우리가 관용적으로 말하는 "한배를 타기도" 했다고 고백한다. 물론 이 작품은 '침묵의 나선'과는 본질부터 그 의미를 달리하고 있다. 하지만 한 인간이 "나여도 되고 그여도 좋겠단 생각을 할 때마다" 인간이 지닌 스스로에 대한 예의는 알게 모르게 희미해지게 된다. 그러면서 자신이 택한 대역이 절대 헛되지 않기를 소망한다. 그 소망 속에는 어쩌면 나로 살아가는 것이라고 믿는 것들이 오히려 '헐하게 헛될 수 있다는' 시적 화자만의 역설이 담긴다. "알몸으로의 권리와 황홀함을 지속할 수 있을까요"라고 묻는 시적 화자의 물음 속에서, 한 인간이 스스로를 위해 남겨 둔 예의가 무엇일까를 다시 궁구하게 만드는 작품이다.

운다
숨바꼭질하던 손녀가
꼭꼭 숨어든 네 살배기가

눈물범벅 콧물 범벅
하얗게 질려 있다 깜깜
지워진 세상 헤어나지 못한다

고래 뱃속 같은
어둠이 두려운 지니야
더 무서운 건 환한 세상이라는 걸

속속들이 발가벗겨지는 거라는 걸
알지 마라

네 눈동자 속 까만 머루알이
내 눈엔 없구나

못 찾겠다 꾀꼬리,
제 알몸 애써 안 보고 싶은
벌거벗은 임금님처럼 지니야 나는
눈을 감는다
깜깜

—안성덕, 「깜깜」 전문[63]

이 작품의 표제로 사용된 '깜깜'이라는 단어는 사전적으로 볼 때, 아무것도 안 보일 정도로 매우 어두운 상태를 지시한다. 작품의 내용을 잠깐 들여다보면, 네 살배기 손녀와 할아버지는 숨바꼭질하고 있다. 하지만 첫 행에서 '운다'라는 표현을 통해 그 울음의 주체가 손녀로 귀결되지만, 그 속뜻을 살펴보면 이미 그 울음을 경험한 할아버지의 감정이 양가적으로 스민다. 그 울음 속에는 제목에서 말하는 깜깜한 감정이 복합적으로 작동한다. 네 살배기 아이의 절망감일 수도 있고, 앞으로 경험하게 될 인생의 막막함에 대한 표현이기도 하다. 그렇게 울고 있는 손녀에

63 안성덕, 「깜깜」, 『리토피아』, 2022년 여름호.

게 할아버지는 격려의 메시지를 전달한다. "고래 뱃속 같은/ 어둠이 두려운 지니야/ 더 무서운 건 환한 세상이라는 걸/ 속속들이 발가벗겨지는 거라는 걸/ 알지 마라"라고 말이다. 이 부분에서 시적 화자는 손녀가 결코 세상의 두려움과 마주하지 않기를, 모르기를 염원한다. 그리고 손녀에게 남아 있는 "눈동자 속 까만 머루알" 같은 어떤 순수함에 대한 할아버지의 예의를 선물해 준다. 사실 이 작품을 읽으며, 영화 「미나리」에서 보았던 할머니와 손자의 대화가 오마주로 스치기도 하였다. 그 영화에서 할머니는 미나리를 심은 숲에서 만난 뱀을 보며 이런 대사를 전한다. "보이는 게 안 보이는 것보다 나은 거야. 숨어 있는 것이 더 무서운 거란다." 시적 화자는 여기에 더해 자기 손녀 이름이 '지니'라고 호명한다. 아랍 전승에 등장하는 초월적인 존재의 이름과 같다. 이제 네 살배기 손녀는 할아버지의 소원을 들어줄 마지막 시적 예의의 보루가 된다. ■

거부되는 일상, 찬연한 일상

—김종미 · 황주은 · 김경인 · 강회진 · 휘민의 시

"종교는 말해서는 안 되는 것을 말하려는 것이며, 철학은 말할 필요가 없는 것을 말하려는 것이며, 과학은 말할 수 있는 것만 말하는 것입니다. 그런데 문학은 꼭 말해야 하는 것을 말하는 것입니다." 우리가 익히 아는 소설가 조정래의 말이다. 그러니까 종교와 철학과 과학, 그리고 문학은 어떤 식으로든 그 차별성을 유지하고 있다는 의미다. 하지만 종교 철학 또는 시의 철학과 같은 단어가 어디서든 쉽게 쓰이는 것을 보면, 어쩌면 그 차별성 또한 칼날이 무뎌졌다는 생각도 든다. 언젠가 읽었던 책에서는 이런 말도 한다. 종교나 철학 그리고 과학을 시를 보듯이 봐라. 다소 무책임한 말 같지만, 나는 다음 구절을 보고 손을 들 수밖에 없었다. "훌륭한 시에 대한 회답은 역시 더 훌륭한 시밖에 없다." 이 말을 한 사람은 현존하는 미국의 기업 투자가인 크리스토 메이어다. 경영학자의 입에서 나온 말이라서 더 놀랍다.

사실 종교나 과학 그리고 철학을 시의 한 대상으로 본 사람은 많다.

가령, 소설 『검정 고양이』를 쓴 미국의 작가이자 아마추어 천문가인 에드거 엘런 포(1809~1849)가 대표적이다. 그는 우주에 별들이 고르게 분포돼 있다면, 밤하늘은 그 별빛으로 가득 메워져 밤에도 환해야 하는데 그렇지 못하다는 것에 의문을 품었다. 그리고 밤하늘이 어두운 이유를 자신의 산문시 『유레카』(1848)에 이렇게 남겼다. "광활한 우주 공간에 별이 존재할 수 없는 공간이 따로 있을 수는 없으므로, 우주 공간의 대부분이 비어 있는 것처럼 보이는 것은 천체로부터 방출된 빛이 우리에게 도달하지 않았기 때문이다."라고. 그다음에 오는 문장은 글을 쓰는 작가로서의 자신감이 묻어난다. "이 아이디어는 너무나 아름다워서 진실이 아닐 수 없다."라고. 과연 시인다운 직관이라 하지 않을 수 없다.

그런 점에서 보면 어쩌면 시는 확률 게임에 가깝다. 이미 개념화된 것들에 대해 적정한 거리를 두고 그 확률을 유지해 나가는 게임이다. 철학은 말 그대로 개념의 학문이다. 철학을 뜻하는 '필로소피아(Philosophia)'의 말뜻만 보더라도, '사랑하는, 좋아하는'이라는 뜻의 그리스어 필로(ΦΙΛΟ)와 '지혜'라는 뜻의 소피아(ΣΟΦΙΑ)가 합쳐져 있다. 그러니까 철학은 곧 지혜를 사랑하는 일이 된다. 문제는 이 철학은 자신이 개념화하지 못하는 사유를 학문의 곁에 두지 않으려 한다. 그래서 우리 곁에는 시가 필요하다. 단순한 철학의 개념에서 벗어나, 시라는 장르는 한 존재의 독존(獨尊)을 회복시킨다. 일반적으로 개념화된 '소외된', '찍혀 나온' 것들이 시의 새로운 의미 영역으로 탐색되는 것이다.

산다는 것은 치열하게 몸부림치는 거란 걸 이제야 알았다는 듯
심하게 발버둥 친다
다리가 많은 것일수록 절박해 보이지만 절망에 대해서는
다리의 수는 별문제가 안 되는 것 같다

누워 있는 내 옆에 3이 누웠다
3개의 다리를 버둥거리다가 나를 바라보며 말했다
넌 다리가 네 개구나

세 개든 네 개든 난 일어날 수 있어

난 좀 오만해졌다 아무려면
벌레보다는 낫지 않은가

벌떡 일어나 책을 펼치는데
3페이지 3번째 줄에서 걸려 넘어져 아직 일어나지 못하는
나를 만난다 버둥거리며

방바닥을 살펴본다 버둥거리던 3이 없어졌다
치열하게 싸워야 할 전선이 아직 두껍게 남은 책
이제 시작인데 자꾸 뒤집혔다 일어난다
그러다 발버둥치는 3을 툭 건드렸는지도 모르겠다

3은 빠르게 달아났을 것이다 치욕을 내게 넘겨주고

—김종미, 「3」 전문[64]

우리는 일상에서 숫자 3에 대한 개념을 자주 목도한다. 인생을 과거와 현재 그리고 미래로 구분하기도 하고, 하루를 오전과 오후 그리고 저녁으로 구분하기도 한다. 삼세판이나 세 번의 기회 혹은 성부와 성자와 성령 같은 종교적 의례까지도 이러한 숫자 개념을 포섭한다. '3'은 완벽한 도형을 의미하는 삼각형은 Tri(Triangle)와 존재의 Be(Being)의 합성어로 '세상에서 가장 완벽한 존재'라는 뜻도 함의한다. 오죽하면 라틴어 명언 중에 "3으로 이루어진 것은 모두 완벽하다."라는 말이 있을까 싶다. 그만큼 숫자 '3'은 동서양을 막론하고 그 의미의 완벽성을 개념적으로 공고히 지켜 왔다.

「3」은 숫자에 대한 시적 감각과 사유로 점철된 작품이다. 시적 화자는 숫자 3의 개념적인 인식을 넘어서서 "수는 별문제가 안 되는 것 같다"라고 고백한다. 어떤 불온한 것들이 오히려 더 시적일 수 있음을 상기한다. 가령, "누워 있는 내 옆에 3이 누웠다/ 3개의 다리를 버둥거리다가 나를 바라보며 말했다/ 넌 다리가 네 개구나" 같은 부분을 통해서 말이다. 마치 우리가 익히 아는 '처용가(處容歌)'의 한 대목 "서울의 좋은 철 밝은 밤에(동경명기월랑, 東京明期月良)/ 밤 깊어 거닐며 놀다가(야입이유행여가, 夜入伊遊行如可)/ 집에 들어와 보니 이불자락에 보이는(입랑사침어견곤, 入良沙寢矣見昆)/ 검은 다리 맨발이 네 개여

64 김종미, 「3」, 『상징학연구소』, 2022년 가을호.

라.(각오이사시랑라, 脚烏伊四是良羅)"의 문학적 상상이 자연스럽게 스며든다.

만약 그게 아니라도 이 시의 상상력은 더 재밌게 전개된다. 그 지점은 "세 개든 네 개든 난 일어날 수 있어"라는 부분부터 시적 전회를 일으킨다. 우리가 일상생활 속에서 개념화된 숫자 '3'의 일상을 시적 화자는 의도적으로 전복시키는 것이다. 그러면서 "난 좀 오만해졌다 아무려면/ 벌레보다는 낫지 않은가"라고 반문한다. 이 반문은 시적 화자 자신과의 독백이기도 하고, 시를 읽는 독자를 향한 방백이기도 하다. 나아가 숫자 3을 통해 확장되는 상상력은 마치 동양의 전통 놀이 중 하나인 가위 · 바위 · 보의 상대성을 비틀어 다양한 사유의 매듭을 형성한다. 예로부터 동양에서는 바위를 뜻하는 주먹은 돌[石], 물[水] 또는 바닥을 위로하는 것은 보, 그리고 손가락을 접은 것은 가위의 사발[碗]로 인식했다. 물은 돌을 이기고(물에 떠내려가므로) 동시에 물은 사발에 지기도(사발에 담기므로) 한다. 그러나 돌은 다시 사발을 이기기도(깨뜨리므로) 한다. 이와 비슷한 형태의 닭 · 벌레 · 몽둥이 놀이도 있다. 벌레는 닭에게 먹히고, 몽둥이는 벌레에 구멍을 뚫으며, 닭은 몽둥이에 맞는다. "난 좀 오만해졌다 아무려면/ 벌레보다는 낫지 않는가"에서 시적 화자의 전투력이 느껴진다.

그 전투력이 극대화는 사물은 바로 책이다. 시적 화자는 지금 "3페이지 3번째 줄에서 걸려 넘어져 아직 일어나지 못하는/ 나를 만난다"라고 묘사한다. 문학이 그리고 시가 일상의 개념과 의미를 해방하는 일에 일조한다는 것을 전제한다면, 다음에 오는 구절은 자연스럽게 시적 화자에게 의미의 주도권을 넘긴다. 나도 책을 통해 늘 버둥거리지만, 의미를 고정해 놓은 책 또한 자꾸 뒤집혔다 일어나기를 반복하기 때문이다. 그러니까 이 세상은 고정된 것들과 고정되지 않으려는 것들이 서로의 의미를 바꾸기 위해 심하게 발버둥 치는 곳이다. 결국, 완벽하다고 믿었던 숫자 '3'의 세계는 시인의 말처럼 "빠르게 달아났을 것이다 치욕을 내게 넘겨주고".

이런 것을 좋아하게 되었다

매주 화요일
새들의 운영위원회에 참석하는 것

소파 옆에 찾아든 노을에 한쪽 다리를 올려놓는 것

죽은 나무가 꽃과 잎을 피울 때
관찰 일지는 쓰지 않는 것
시인의 편지로 배를 접어 새벽을 향해 띄워 보내는 것

순수와 평행으로 걷던 당신이
나를 거쳐
기쁨의 샘물이 되는 것

먼 곳의 목소리로 커다란 원을 그리고
그 안에 들어온

당신이라는 바람을

하늘로

힘껏 밀어내 주는 것

—황주은, 「풍차로 살기」 전문[65]

때로 세상은 '과하지욕(跨下之辱)'일 지라도 견뎌야 하는 곳일까. 시인들의 사유는 그렇게 호락호락하지 않다. 가랑이 밑을 기어가는 치욕을 감내하지 않는다. 오히려 훗날을 기약하지 않고 현재의 상태에서 이기는 감정을 선택한다. 불필요하다면 수시로 타자화된 것들을 밀어내 버린다. 「풍자로 살기」 또한 그런 맥락에서 읽힌다. 우선, 풍차라는 사물의 스토리와 맥락을 짐작해 보면, 시적 화자는 자기 삶에 규정되어 있던 것들을 모조리 전복시킨다. '풍차'라는 사물을 적절하게 상징화함으로써 인간 삶에 스며드는 자유의 밀도를 강력하게 추진한다. 특히 풍차가 서 있는 공간을 시인 자신으로 내면화하고, 이를 노드 삼아 나름의 시적 맥락을 펼침으로써 사물을 의인화한 스토리를 만들어 낸다. 이 스토리에 의해 시적 중층성이 확보된다. 이를 기반으로 시 작품을 다시 읽어 본다면, 풍차로 산다는 것은 마치 세르반테스의 소설 속 '돈키호테'의 모습이 그대로 연상된다. 물론 돈키호테는 풍차를 향해 달려들었지만, 이성에 기초한 사고와 행위를 강조하는 합리주의자들에게 반기를 들었던 돈키호테의 모습은 시적 화자가 풍차의 이미지를 통해 균열시

65 황주은, 「풍차로 살기」, 『문예바다』, 2022년 가을호.

키고자 하는 일상의 개념과 질서에 맞닿아 있다.

이제 시적 화자가 풍차로 살기로 마음먹으면서 좋아하게 된 목록은 그래서 위계적 사유보다는 위상적 사유로 흐르게 된다. "매주 화요일/ 새들의 운영위원회에 참석"하고, "소파 옆에 찾아든 노을에 한쪽 다리를 올려"놓는 일에 더 큰 흥미를 느낀다. "죽은 나무가 꽃과 잎을 피울 때/ 관찰 일지는 쓰지 않는"다. 오히려 특별한 일상을 기록하지 않음으로써, 그 일상은 더 특별해지기 때문이다. 이처럼 「풍차로 살기」는 앞에서 살펴본 작품 「3」과는 조금 다른 결을 선보인다. "순수와 평행으로 걷던 당신이/ 나를 거쳐/ 기쁨의 샘물이 된다는 것"이다. 한 발 더 나아가 "먼 곳의 목소리로 커다란 원을 그리고/ 그 안에 들어온// 당신이라는 바람을/ 하늘로/ 힘껏 밀어내" 준다. 결과론적으로 의미의 결은 다르지만, 「3」의 작품과 같은 시적 맥락을 형성한다. 그것은 무엇이든 고정된 것들에 안주하는 것들은 찬연할 수 없다는 점이다. 그래서 시적 화자는 자신이 늘 풍차를 좋아함으로써 '기쁨'을 느끼고, 다시 풍차를 바람처럼 떠나게 됨으로써 자기 삶의 위상을 회복하기도 한다.

> 잠이 들면 어디선가 삽 하나가
> 나를 푹 떠서 데려다 놓는다
> 가느다란 핏줄을 닮은
> 서리 낀 유리창 너머
> 나 어릴 적 엄마 아빠가
> 고장 난 시계 종처럼
> 시도 때도 없이 울리는 거기

나는 지하실보다 어두워져서

어린아이처럼 뛰노는

마당가 햇빛을 끌어당긴다, 그러면 집은

커다란 비닐하우스처럼

무럭무럭 부푼다, 나는 잘 익은

꽈리 빛깔로 열린 단어 몇 개를 따서

바구니에 넣는다, 모르는 척,

떨어져 썩은 엄마아빠도

주워 담는다, 집이 늘어뜨린 어둔 넝쿨에 감겨

내가 구물구물 더 깊은 꿈에 빠지면

누군가 삽으로 나를 깊이 떠서 잠 밖으로 퍼낸다

다시 보니 늙은 오이다 나는

쓸모없는 날들을

으스러지도록 꼭 짠다, 채칼로

그림자도 슥슥 벗긴다

온몸의 물이 다 빠져나가도록

늙은 오이가 운다

얘야, 너무 아프구나

잠이 들면 어디선가 삽 하나가

나를 푹 떠서 데려다 놓는다

나 떠나올 때 꿀떡 삼킨 그것

허물어지고서도 여전히 두근거리는 그것

태어난 적 없어

죽을 수도 없는

집 한 채

—김경인, 「집 한 채」 전문[66]

누구에게나 삶은 만만하지 않다. 인간의 일상을 이성과 지성에 맡기지 않으면 그 삶은 그만큼 고달파지기 때문이다. 그렇다고 다분히 감성적이고 시적으로만 살 수도 없다. 그래서 우리는 앨프리드 히치콕 감독의 영화 〈나는 비밀을 알고 있다〉에서 도리스 데이가 부른 노래처럼 '케세라세라(Que sera sera, 될 대로 되라)'를 끊임없이 외치고 사는지도 모른다. 케세라세라는 스페인어로 '이루어질 일은 언제든 이루어진다.'라는 의미를 담고 있지만, 우리 삶이 어찌 될 대로만 되어지는 것일까.

「집 한 채」의 시에서는 "잠이 들면 어디선가 삽 하나가/ 나를 푹 떠서 데려다 놓는다"라고 말한다. 삶의 모든 일상이 운명보다는 숙명에 가깝다. 바꿀 수 있는 것들이 별로 없다. 시적 화자의 생활은 표현 그대로 음울하기만 하다. "나 어릴 적 엄마아빠가/ 고장 난 시계 종처럼/ 시도 때도 없이 울리는 거기"가 바로 내가 존재하는 곳이기 때문이다. 그래서 시적 화자는 자신이 늘 "지하실보다 어두워"진다고 표현한다. 심지어 그 집은 내가 쉽게 탈출할 수 있는 공간도 아니다. 깊은 잠과 꿈을 통해 탈출한다고 해도, 그 줄기는 음울한 집의 뿌리에 연결되어 있다.

그런데도 시적 화자는 그 집 한 채의 공간이 불러오는 상상을 쉽게 포기하지 않는다. "나는 잘 익은/ 꽈리 빛깔로 열린 단어 몇 개를 따서/

---

66 김경인, 「집 한 채」, 『문학과 의식』, 2022년 가을호.

바구니에 넣는다"와 같은 과정을 통해서 스스로 음울한 일상으로부터 감정 탈출을 시도한다. 지속해서 "누군가 삽으로 나를 깊이 떠서 잠 밖으로 퍼"내 주길 기대하기도 하지만, 이제 그것은 시적 화자에게 중요한 일이 아니다. 시적 화자는 집 한 채에서 "허물어지고서도 여전히 두근거리는 그것"으로 기억되길 원하기 때문이다. 말하자면 무의식의 원형이라고 볼 수 있는 집 한 채의 공간에서, 화자는 맨 처음과는 다른 어떤 원형의 두근거림을 경험한다. 그동안 학습되어 왔던 두려움이 원초적 떨림의 순간으로 전회되는 지점이다. 그래서 "태어난 적 없어/ 죽을 수도 없는/ 집 한 채"의 공간은 이제 혼란과 진동을 통해 새로운 감정을 품게 하는 느낌의 공간으로 변모한다.

이른 아침 적막 속
햇귀에 단단해진 고인돌 성혈에
새가 왔다
전생에 풀지 못한 고집의 흔적
가녀린 부리로 콕콕

새는, 오늘치 할 일 마쳤다는 듯
이파리 무성한 사과나무 안으로
가볍게 날아올라
순하게 두 발 모은다

고인돌에 몸 말리던 한 사람 떠나고

붉은 심장 지닌 사과나무는

비밀로 커져만 간다

무엇을 견디는 듯

무엇을 기다리는 듯

마치

이제야 내게 도착할 전언

지상으로 올라온 어떤 전언들

미리 짐작하는 것은

중요하지 않지

—강회진, 「고인돌은 새가 되고 나무가 되어」 전문[67]

하나의 개념에 의미를 고정하지 않는 일은 시의 큰 미덕 중 하나다. 그런 점에서 보면, 「고인돌은 새가 되고 나무가 되어」라는 작품은 비교적 쉽게 그 의미의 지점을 풀어 나간다. 시적인 전개는 평범한 듯 보이지만, 곳곳에서 문득 단단한 시적 표현도 눈에 띈다. 작품을 대략 살펴보면 이른 아침 맨 처음의 햇볕을 쬐는 고인돌은 그 햇볕으로 인해 단단해진다. 그 고인돌에 새겨진 성혈은 새를 부른다. 일반적으로 고인돌의 성혈은 선사 시대 사람들이 농경을 위하여 별자리를 파 놓은 것으로 추정하기도 한다. 아직은 뚜렷한 학문적 해석이 정립된 것은 아니지만, 일설에는 고대인들의 기원이 담긴 신앙의 표시로 보기도 한다. 어쨌든 이

67 강회진, 「고인돌은 새가 되고 나무가 되어」, 『문예연구』, 2022년 가을호.

작품의 시적 화자는 고인돌에 남겨진 그 성혈에 대해 “전생에 풀지 못한 고집의 흔적”이라고 단언한다. 그 성혈은 새 한 마리가 “가녀린 부리로 콕콕” 찍어 낸 기억의 자리이기도 하다. 마치 새의 부리질은 한 방울, 한 방울 떨어지는 물방울이 단단한 바위를 뚫는 수적천석(水滴泉石)을 방불케 한다. 그 “가녀린 부리로 콕콕” 바위에 홈 구멍을 뚫고 “새는, 오늘치 할 일 마쳤다는 듯” 다시 “이파리 무성한 사과나무 안으로/ 가볍게 날아”오른다. 단단함과 가벼움의 조화 속에서 이내 고인돌은 사과나무와 내통하는 살아 있는 존재가 된다. 시적 화자가 에둘러 표현한 문구처럼 이제 고인돌은 한 마리의 새가 되고 “붉은 심장 지닌 사과나무”로 전이되어 자신의 비밀을 키워 나간다. 그 비밀에 담긴 의미는 화자에게는 크게 중요치 않다. “미리 짐작하는 것은/ 중요하지 않”기 때문이다. 돌이켜 보면, 우리네 삶도 “무엇을 견디는 듯/ 무엇을 기다리는 듯”도 알 수도 없고, 또 모른 채 살아간다. 죽기 살기를 반복할 뿐이다. 삶이 드러나는 자리에는 늘 죽음이 도사리고, 죽음이 도사리는 곳에는 언제나 삶이 그 이면을 차지한다. 그 사이에는 어느 쪽으로든 시의 확률이 자리할 뿐이다.

수은주가 체온까지 올라도
적란운 사이로
파란 하늘이 보여도
일영에는 비가 내립니다

오후 세 시가 되자 하늘에서 물이 쏟아지고

아이들이 앞다투어 그 속으로 뛰어듭니다

빨강 파랑 노랑 연두
줄지어 펼쳐진 우산들이
알사탕 같은 그늘을 드리우고 있습니다

이곳에선 모두 젖습니다
어린 순서대로 젖습니다

웃음이 맑은 아이들의 얼굴이 젖고
사진을 찍는 부모들의 발등이 젖습니다

카페에 앉아 있는 나도 젖습니다
우산도 없이 소나기를 맞습니다

아이들은 돌아갔는데 일어나지 못합니다
유리창 너머로 다시 햇살이 일렁이는데

바닥까지 젖은 마음을 일으키지 못합니다

—휘민, 「비 올 확률」 전문[68]

68 휘민, 『비 올 확률』, 『열린시학』, 2022년 가을호.

드라마 〈기상청 사람들〉에는 이런 대사가 나온다. "내가 살다 보니까 틀린다는 게 정답을 맞힌다는 것보다 훨씬 더 좋은 경험치를 줄 때가 많더라고. 그러니까 수없이 틀리고 경험치를 쌓아 가다 보니 어느 순간 정답이 보이고. 그러니까 자연스럽게 적중률이 올라가는 거지. 역대 예보 적중률 1위의 비결은 어떻게 정답을 맞히느냐가 아니고 얼마나 많이 틀리냐는 거야." 이 드라마에서는 수없이 틀리고 경험치를 쌓아 가다 보면 정답이 보인다고 말한다. 그러나 우리의 생활 속에서의 정답이란 사실 확률에 기댄 믿음뿐이다. 날씨의 예보만을 믿고 우산을 챙기고 집을 나선다. 만약 일기 예보의 확률을 믿지 않는다면 상황은 달라질 수도 있다.

「비 올 확률」의 1연에서 시적 화자는 "일영에는 비가 내리"고 있음을 목격한다. 그 비는 소나기를 가득 머금은 적란운과 파란 하늘의 교차점에서 내리게 된다. 시에 등장하는 '일영'은 햇빛이 비쳐서 생기는 그림자 혹은 해의 그림자로 시간을 헤아리던 기구를 뜻한다. 그러니까 시적 화자가 현재 마주한 현상은 해는 떠 있지만, 비가 내리고 있는 상태다. 적란운과 파란 하늘이 교차하고 있으니, 어쩌면 비 올 확률은 반반이다. 그러나 "오후 세 시가 되자 하늘에서 물이 쏟아"진다. 날씨는 비가 오는 확률 쪽으로 기운 것이다. 그때 아이들이 앞다투어 그 빗속을 뛰어든다. 그것을 지켜보는 어른들은 형형색색의 우산을 펼쳐 들고 서 있다. 확률을 믿는 어른들은 우산을 챙겨 와서 비에 젖지 않고, 확률 따위를 생각하지 않은 어린아이들은 비에 "어린 순서대로 젖"는다. 그러면서 부모들은 웃음이 맑은 아이들의 젖은 얼굴을 사진에 담는다. "사진을 찍는 부모들의 발등이 젖습니다"라는 부분에서 "발등이 찍힌다"라는 의미로 다가오는 것은 아이들이 장차 겪게 될 확률에 대한 두려움 때문이다.

그런 이유로 카페 창밖 풍경을 지켜보는 시적 화자도 젖는다. 우산도 없이 소나기를 맞는다. 앞다투어 빗속으로 뛰어든 아이들과 동등한 감정을 형성한다. 시적 화자는 아이들이 돌아간 이후에도 혼자서 비를 맞는다. 일어서지 못한다. 햇살이 다시 일렁여도 "바닥까지 젖은 마음"을 쉽게 일으키지 못한다. 시적 화자의 이런 마음 상태는 「비 올 확률」이라는 제목과도 맞닿는다. 어쩌면 화자는 아이들처럼 우산을 챙겨 나오지 못했을 수도 있다. 이 세상에 확률에 적응하지 못하는 한 시적 인간의 모습일 수도 있다. 시를 읽고 쓰는 존재라면 누구라도 그러하듯이 말이다. ■

오픈 AI와 온몸의 시학

—오주리 · 이장욱 · 김복희의 시

한 신문에서 이런 시를 읽은 적이 있다. “시를 쓰는 이유를 묻지 말아 주십시오./ 그냥 쓰는 것입니다./ 쓸 수밖에 없기에 씁니다./ 무엇을 쓰는지는 중요하지 않습니다./ 시를 쓴다는 것은 세상에서 가장 짧은 말을 하는 것입니다./ 말을 줄이는 것입니다./ 줄일 수 있는 말이 아직도 많이 있을 때 그때 씁니다.” 이 시는 인공지능 AI ‘시아(SIA)’가 창작한 「시를 쓰는 이유」라는 작품이다. 시아는 카카오브레인이 미디어아트 그룹 슬릿스코프와 함께 개발한 AI 모델로 알려져 있다. 여러 매체의 기사를 찾아본 결과, 인공지능 시아는 1만 2천여 편의 시 작품을 읽고 시를 창작한다고 한다. 2022년 10월에는 첫 시집 『시를 쓰는 이유』가 출간되어 세간의 화제를 불러 모으기도 했다.

일찍부터 우리는 인공지능이 시를 쓰고 그림을 그리고 음악을 하는 미래에 대해 상상해 왔다. 그 상상은 날로 진화하여 현실이 되었다. 실제로 2016년도에는 이미 일본의 유명 SF 작가 호시 신이치를 기념하는

'호시 신이치' 문학상에 소설을 창작하는 인공지능 AI가 작품을 출품해 1차 심사를 통과하는 놀라움을 보여 주었다. 이후 인공지능 AI는 다양한 예술 분야에서 인간의 창작 능력을 위협하고 스스로 두각을 나타낸다. 이런 점에 비추어 볼 때 인공지능 시아의 시집 출간은 사실 그리 놀랄 일만은 아니다. 다만, 인공지능 AI가 창작해 낸 작품에서 우리는 어떤 미학적 감동을 얻을 수 있는지 혹은 시라는 영역을 통해 우리 인간의 창작 세계에 어떤 메시지를 전하고 있는지에 대해 범박하게나마 숙고해 보고 싶을 뿐이다.

가끔 사람들은 'AI'와 '시'가 그 모양새부터 닮았다고 말한다. AI가 시의 자리를 끊임없이 위협하고 있다는 말처럼 들리기도 한다. 이에 발맞춰 요즘 유행하는 오픈 AI Chat GPT라는 '초거대 AI'의 등장은 또 다른 메시지로 다가온다. 단순한 창작을 넘어, 대화를 통한 창작 기능까지 고려해 본다면, 시인이 갖는 기우는 단순한 염려에서 그치지 않는다. 이럴 때마다 오픈 AI의 고도화된 기술력 이면에서 우리는 어쩌면 김수영 시인이 일찍이 언급했던 '무의식의 힘'과 '온몸'으로 밀고 나가는 어떤 시적 의지를 되새겨 봐야 하지 않을까 생각해 본다.

1

피아노에 기대어 편지를 쓴다 눈물의 푸른 잉크로

나의 고백, 저버리지 않으시리라, 당신은

5월의 빗방울과 아이리스가 조우(遭遇)하던 기억으로

건반에 내림 마단조의 화성 펼친 멜로디 시작된다

2

나의 손끝에서 피아노 사라지면 무엇에 기대어 울어야 하나

아름다움의 절정이란 다가올 죽음을 위한 준비 의식임을

새에 악보를 물려 당신에게로 날려 보낸다

나의 얼굴선이 빛에 산화하여 음악이 됨을

3

하혈(下血)의 악몽이 침대에 흑장미를 죽음으로 피워 올리는 밤

녹턴이 연주되기 시작한다, 느리고 또 여리게, 표정을 풍부하게

입맞춤에 뜯긴 상처는 피비린내 향긋하여 이내

신음으로 떨리다 숨이 끊일 즈음, 당신은 나 받아들이니

나에게서 나 사라진다

그 사라짐의 자취, 아름다운가

음악은 사라짐의 예술이다

나는 당신의 음악이어야 한다

—오주리, 「사라짐에 대하여」 전문[69]

인용한 작품은 크게 3부분으로 나누어져 있다. 1에서는 피아노에 기대어 편지를 쓰는 화자가 등장한다. 편지의 재료는 눈물로 구성된 푸른 잉크다. 그 과정을 통해 진행되는 편지는 "5월의 빗방울과 아이리스가 조우(遭遇)하던 기억으로" 연결된다. 시적인 이미지만 놓고 본다면 5월의 빗방울은 마치 자연을 연주하는 피아니스트의 손가락의 움직임처럼 느껴진다. 그 빗방울은 아이리스를 연주한다. 추측한 내용이 맞는다면, 아이리스(Iris)는 그리스어 '이리스'에서 유래한 말로, 무지개를 뜻한다. 그러니까 화자의 눈물은 5월의 빗방울이 되고, 그 빗방울은 무지개의 이미지를 불러들인다. 여기에서 재미있는 점은 그 무지개는 마치 음악가의 오선지처럼 느껴진다는 점이다. 화자는 그렇게 무지개로 된 오선지의 악보를 보며 "건반에 내림 마단조의 화성 펼친 멜로디"를 시작한다. 일반적으로 음악에서 단조가 장조에 비해 어둡고 우울하다는 점을 돌이켜 보았을 때 현재 화자가 지닌 심정은 충분히 짐작하고도 남는다.

2에서는 1에서의 우울한 감정이 모두 사라지며 화자는 "무엇에 기대어 울어야 하나"라고 자문한다. 화자는 그에 대한 대답을 아름다움의 절정에서 찾게 되는데, 그 의미는 "아름다움의 절정이란 다가올 죽음을

69 오주리, 「사라짐에 대하여」, 『시사사』, 2022년 겨울호.

위한 준비 의식"이라는 문장으로 치환한다. 그 후 "새에 악보를 물려 당신에게로 날려 보낸다". 1연에서 우리가 보았던 감정의 선은 "나의 얼굴선이 빛에 산화하여 음악"이 되기에 이른다. 이 지점에서 우리는 이 작품에 오마주 된 아이리스의 전설을 살짝 떠올려 볼 수 있다. 이야기의 내용을 간략하게 정리하자면, 그 옛날 이탈리아에는 아이리스라는 여인이 살고 있었다. 착한 심성을 지녔으며, 더군다나 명문 귀족 출신이었다. 그녀는 곧 로마에 거주하는 왕자와 결혼하게 된다. 하지만 얼마 지나지 않아 왕자는 병으로 세상을 뜨고 만다. 혼자 남게 된 아이리스에게 수많은 남성이 청혼했으나, 그녀는 누구에게도 마음을 주지 않고 왕자만을 마음속에 그리며 살았다고 전한다.

아이리스의 이야기는 3의 내용에서도 그대로 연결된다. 화자는 "하혈(下血)의 악몽이 침대에 흑장미를 죽음으로 피워 올리는 밤"에 녹턴을 연주한다. 정확하게는 '녹턴이 연주된다.' 음악이 자발적 행위에서 비롯된 것이 아님을 알게 된다. 이후 내용에서는 "입맞춤에 뜯긴 상처"를 언급하는데, 이 또한 아이리스 이야기의 연장선으로 읽힌다. 실제 아이리스 이야기의 말미에는 이런 내용으로 끝을 맺는다. 아이리스는 산책길에 젊은 화가를 만났고, 화가 역시도 아이리스를 사랑하게 된다. 화가는 아이리스에게 진심을 전했고, 결국 아이리스는 화가에게 "살아 있는 것과 똑같은 꽃을 그려 주세요."라고 요청한다. 화가는 온 정성을 다해 꽃그림을 그렸고, 아이리스는 꽃 그림을 본 순간 감동하게 된다. 하지만 그녀는 그 꽃 그림에는 향기가 없음에 실망한다. 그때 어디선가 노랑나비 한 마리가 날아와 그림에 살포시 내려앉아, 꽃잎에 키스하는 광경을 목격한다. 이후 아이리스는 꽃 그림에 담긴 키스의 향기를 그대로 간직하게 된다는 이야기이다.

이러한 작품을 배경으로 시인은 시의 말미를 통해 말한다. "음악은 사라짐의 예술이다"라고, "나는 당신의 음악이어야 한다"라고. 그러고 보니, 음악은 늘 사라짐의 예술이었다. 어떤 불협화음 속에서 사라지는 음을 붙잡는 예술이기도 했다. 가령 '4분 33초'를 작곡했던 존 케이지는 연주 시간 동안 아무 소리도 내지 않아 유명해졌다. 그는 자신이 죽을 때까지도 소리는 남아 있을 것이라고 말한다. 자신이 죽은 후에도 그 소리는 지속할 것이라 했다. 그러니 음악의 미래에 대해서도 두려워할 필요는 없다는 게 존 케이지의 생각이다. 4분 33초 동안 아무 소리도 내지 않았지만, 절대적인 무음은 없다는 게 그의 주장이다. 결국 이 작품에서도 화자는 음악은 사라져야 예술이 된다는 점을 강조한다. '내'가 당신의 음악이 되기 위해서는 '나' 또한 사라져야 한다. 그래야 나는 당신의 음악이 될 수 있다. 마치 드라마 '아이리스'의 OST '잊지 말아요'의 노랫말처럼 들리기도 한다.

오늘은 종일 방에서 지냈는데도
실수를 저질렀네.
나는 혼자였고 어디다 전화를 하지도 않았고 SNS도 안 하는데 그러고도
실수를

인생은 이불 속에서…… 습관 속에서…… 소문 속에서…… 시위도 안 하고…… 지나가는데 매일
실수를

실수에 대해 생각을

가령 내가 당신에게 인사를 안 했다.

소주를 퍼마시고 무례한 말을 했다.

남의 남이 퍼뜨린 소문을 믿고 너만

알고 있어, 이건 확실한 애긴데 말야……라고 말을 꺼냈다.

사실 나는 인사를 잘하는 사람이고

술은 입에도 못 대고

입에서 입으로 건너다니는 이야기는 다

아니 땐 굴뚝의 연기라고 생각하는 사람인데

그런 사람인데

제가 무슨 실수를 한 거죠?

제가 왜 경찰서에 있죠?

내 존재 자체가 실수라는 뜻이야?

내일은 출근을 못 하겠다고 전화를 했다.

해가 지다가 멈춘 하늘을 바라보았다.

거기서 깊은 위로를 받았다.

왜냐하면 만물이

나와 같은 실수를 하는 것 같아서

나는 전화를 걸어 당신에게 말했다.

아무래도 제가 실수를 저지른 것 같군요.

저는 하루 종일 혼자였고

친구도 없고

침묵을 지켰고

심지어 당신이

누군지도 모르는데

—이장욱, 「내가 저질렀는데도 알지 못한 실수들」 전문[70]

인간은 왜 실수를 하게 되는 것일까. 심리학자 제이슨 모저는 우리가 실수할 때 나타나는 잠재적 반응에 관해 관심을 보인다. 큰 줄기 중 첫 번째는 올바른 반응과 그렇지 못한 반응 사이에서 인간의 뇌에 축적된 경험들이 갈등을 일으킬 때 발생하는 것으로 설명한다. 재미있는 점은 이때의 인간은 자신의 실수에 대해 알든 모르든 상관없이 나타나는 현상이라고 말한다. 두 번째는 뇌의 신호 차원의 생각에서 발생하게 된다. 이런 경우에는 실수가 발생함과 동시에 인간은 그 실수에 집중하고 있다는 것을 뇌가 알아차렸을 때 나타난다는 것이 모저의 전언이다. 우리는 실수했다는 사실을 인지할 때만이 인간은 실수하게 된다는 논리다.

어쨌든 「내가 저질렀는데도 알지 못한 실수들」은 모저의 심리학적 관심에서 본다면 첫 번째 사례에 해당할 것이다. 하지만 나는 '알지 못한 실수들'이라고 말하면서 그 실수를 인지하고 있다는 점에서 두 번째 사

70 이장욱, 「내가 저질렀는데도 알지 못한 실수들」, 『시와반시』, 2022년 겨울호.

례에도 적용된다. 다시 말해 이 작품의 매력은 그 양가적 감정에서 파생된다. 내가 저지른 실수지만 내가 알지 못하고, 역설적으로 그 알지 못한 실수를 현재 내가 인정하고 있다는 점에서 진짜 실수가 되는 그런 상황 말이다. 그렇다면 시인이 말하고자 하는 시적 인식의 실수는 어떤 의미를 내포하고 있을까.

어림짐작하여 이 작품에서 실수는 사회적 관계에 의해 형성되고 만들어진다. 개인적인 관계일 수도 있고, 사회적 구조에 학습된 관계일 수도 있다. 아니면 자기 혼자서 저지르게 되는 무의식의 사고일 수도 있다. 그래서 시의 화자는 처음부터 "오늘은 종일 방에서 지냈는데도/ 실수를 저질렀다"라고 말한다. 여기에서의 방은 이불과 습관, 소문에 포섭됨과 동시에 다양한 사회적 관계를 벗어난 장소로 연결된다. 더군다나 화자는 인사도 잘하고 실수를 유발하는 술도 못 하고 그렇다고 뒷담화도 잘 못 하는 그런 존재이다. 이 부분만 놓고 본다면 얼핏 사회성이 높은 사람처럼 느껴지기도 하지만, 오히려 그렇기 때문에 고지식하고 융통성이 없어서 사람들에게 실수를 저지르는 그런 존재로 화자는 인식하고 있다. 앞에서 언급한 것처럼 그런 사람들은 자신이 저지른 실수가 진짜 실수인지를 모른다. 따라서 "하루 종일 혼자였고/ 친구도 없고/ 침묵을 지켰고/ 심지어 당신이/ 누군지도 모르는데" 그게 치명적인 실수가 되기도 한다.

실수(失手)의 의미를 한자로 보면 '손을 놓치는 것'이다. 손에서 어떤 것을 놓치는 경우도 실수라 부른다. 따라서 실수는 자연스럽게 당황스러움의 감정까지 내포한다. 그러나 이 작품의 화자를 응시해 보자. 자신이 실수해 놓고도 절대 당황하지 않는다. 작품의 표제처럼 "내가 저질렀는데도 알지 못한 실수들"은 결국 자신의 실수가 아니란 뜻이 된다. 이때의 실수는 상대나 관계가 사라진 곳에서 발생하는 또 하나의 시적 의지로 표명될 뿐이다. 여기에서 우리는 한가지 깨달음을 얻게 되는데, 그것은 바로 화자가 "해가 지다가 멈춘 하늘"을 바라보았을 때이다. 이 지점에서 우리는 어쩌면 깊은 시적 위로를 받는 줄도 모른다. 화자는 그 위로의 지점을 "만물이/ 나와 같은 실수를 하는 것 같아서"라고 고백하는데, 이는 마치 고대 희랍의 프로타고라스가 '인간은 만물의 척도'라고 말했던 것처럼, 나의 실수는 곧 세상의 모든 존재의 실수가 되기도 한다.

빛이 있는 곳에

그림자를 두리

빛이 시작되는 곳과

빛이 희미한 채로 도달하는 곳, 빛이 거의 없는 듯 보이는 곳에도

그림자를 두라

그림자가 통과하지 못하는 곳, 그림자가

절룩이는 듯 빛에 베인 듯

흐르는 곳에도

빛을 두라

끊이지 않는 것에

다가가

참여하라

참여하라

반쯤 물이 채워진

유리컵에

빛이 구부러지는 것을

그림자 휘는 것을

보라

일렁이라

—김복희, 「무주지」 전문[71]

---

71 김복희, 「무주지」, 『시와반시』, 2022년 겨울호.

'무주지(無主地)'라는 말이 반갑다. 사전적 의미 그대로 무주지는 누구에게도 속하지 않은 땅을 지칭한다. 라틴어로는 '테라 눌리우스(Terra nullius)'로 표기된다. 국제 공법에서는 어떤 국가의 주권도 미치지 않은 영토 또는 그 이전에 주권을 행사했던 어떤 국가도 명시적 또는 암시적으로 주권을 포기한 영토를 지칭한다. 이런 무주지에서 화자가 포착하고 있는 세계는 그림자의 영역이다. 그림자가 지닌 살아 있는 감정이다. 그래서 화자는 "빛이 있는 곳에/ 그림자를 두"고, "빛이 시작되는 곳과/ 빛이 희미한 채로 도달하는 곳, 빛이 거의 없는 듯 보이는 곳에도/ 그림자를 두라"고 주문한다.

그림자는 어떤 형태나 물체에 드리워진 보조적인 현상 중 하나일 것이다. 사람의 흔적이나 자취를 의미하기도 한다. 그러니까 일반적인 관점에서 보면 반드시 형태나 물체가 있을 때만이 나타나는 그런 현상 중 하나인 것이다. 하지만 시인은 그림자의 존재를 지키기 위해 "빛을 두라"라고 반복하여 주문한다. 한발 더 나아가 "다가가/ 참여하라"라고까지 외친다. 그렇다. 빛이 그림자를 만드는 것이 아니라, 그 빛에 그림자가 '참여'하는 것이다. "반쯤 물이 채워진/ 유리컵에/ 빛이 구부러지는 것을/ 그림자가 휘는 것을" 보듯 그림자는 누구에게도 속하지 않은 무주지에서 자신의 존재를 자발적으로 입증하고 탄생시키는 것이다.

이 작품을 읽으면서, 문득 김수영의 「하…… 그림자가 없다」라는 시가 떠올랐다. 혁명을 확신하지 못한 자의 외침이 읽혔다. 김수영식으로 말해 "하늘에는 그림자가 없다". 모두 죽은 목숨이기 때문이다. 그때 우리는 인공지능이 아닌 살아 있는 시인처럼 외쳐야 할지도 모른다. "빛이 있는 곳에/ 그림자를 두라"고.

인공지능(AI)의 기능과 특성을 마음에 두고 시를 읽다 보니 여기까지 왔다. 현재 우리 곁엔 오픈AI Chat GPT가 거대한 그림자처럼 현실을 장악하고 있다. 시를 쓰고 짓는 시인들이 Chat GPT가 만든 그림자의 또 다른 그림자일지도 모르겠다는 생각이다. 그러면서 김수영 시인이 말했던 「먼 곳에서부터」라는 시의 한 구절이 의미있게 다가옴을 느낀다. "나도 모르는 사이에/ 내 몸이 아프다". 자신도 모르는 사이 몸이 아플 수 있는지에 대해 곰곰 생각해 본다. 뒤집어서 보면 내가 인식하지 못하는 이 세계에 속한 몸을 내 몸이라고 부를 수 있는지에 대해서도 고민하게 된다. 어쩌면 김수영은 그 무의식의 세계를 향해 '온몸의 시학'이라는 말로 일괄했는지도 모른다. 그래서 우리는 뚜렷한 의식으로는 한 번도 도달해 본 적이 없는 시의 경지를 향해, 그 무주지를 향해, 오늘도 온몸으로 밀고 나가는 것이다. 기존의 정보와 의식의 논리 그리고 다양한 알레고리로 형성된 인공지능 AI는 이 깊고 융숭한 시심을 알런지 모르겠다. ■

인생이 당신을 실망시킬 것이라는 사실
—남현지 · 서경온 · 황수아 · 고주희의 시

때로 작가들이 무심코 던진 문장에 오래 매료당할 때가 있다. 이곳저곳에서 자주 인용되는 로리 무어(Lorrie Moore)의 『애너그램』에 등장하는 주인공 베나 카펜터의 언사가 그렇다. "문학의 유효한 주제는 하나뿐이다. 인생이 당신을 실망시킬 것이라는 사실."(데이비드 실즈, 『문학은 어떻게 내 삶을 구했는가』) 삶이 실망을 무기로 삼는다는 부분에서 왠지 모를 위로와 안도가 찾아든다. 이 전언에서 두려움과 동시에 문학이 건네는 기쁨을 확인하는 것은 우연이 아니다. 『에너그램』 속 주인공 베나는 이런 이야기도 풀어놓는다. "나는 늘 말실수하는 사람들에게 끌린다. 임신이나 알코올 중독이 그렇듯, 그것은 숨겨진 깊이의 징후처럼 보인다." 로리 무어의 문장에 무척 반하게 하는 부분이다.

정도의 차이는 있지만, 시라는 장르도 마찬가지라는 생각이 든다. 다양한 말실수가 모여 실수하지 않는 하나의 시적 질서를 이루고, 현실을 끊임없이 격리해 가며 끝내 가장 순수한 언어의 시원으로 초대하는 것.

다시, 로리 무어의 『애너그램』에 문장에 기대어 설명을 덧붙이자면, 주인공 베나의 전남편이 말다툼을 벌이다가 "난 널 다시 보고 싶지 않아." 라고 말할 때, 이 말을 "난 널 다시 보고 싶어."로 듣게 되는 베나의 모습. 이 잘못된 의사소통이 순간이 오히려 순수한 사랑과 시적 언어로 이끄는 것은 아닌지 짐작하게 된다.

어쨌든 시는 가변의 언어를 통해 인간의 감정을 구원한다. 질서로 무장한 삶에 새로운 힘을 생성시킨다. 그 과정에서 시가 되는 언어와 시가 되지 못한 언어의 차이는 숨겨진 깊이의 징후를 통과하느냐 그렇지 못하느냐의 차이 정도이지 않을까 가늠해 본다.

네가 운이 참 나빴다고
누가 통화를 하면서 지나갔다

우리는 장례식장 안으로 들어가지 못하고
유리문 앞에서
이 형식을 안다고 생각한다
검은 옷을 입고 향을 피우고 절을 하고
그다음은

걔가 얼마나 착했는지
모른다 어떤 삶을 살았는지
사실 다들 잘 모른다
하지만 저 문을 열고 들어가서

우리가 같은 영혼을 가졌다고

지금부터 믿어 버릴 것이다.

그 영혼의 고통을 모를 리가 없다고

며칠 내내 눈앞에서

숲이 불타고 있는 것처럼

말해 버릴 것이다

밖으로 나온 아이들이 끝말잇기를 한다

사람 이름은 안 된다

나라도 안 된다

들어가자

더 해 볼 수 있을 것이다.

—남현지, 「하나의 문만 열린다면」 전문[72]

한 시인을 통해 '하나의 문'이 소통의 체계라는 것을 알게 된다. 아니, 존재의 경계가 됨을 깨닫는다. 마치 일찍이 김수영이 「병풍(屛風)」에서 노래한 시적 사유처럼 우리는 "유리문 앞에서/ 이 형식을 안다고 생각한다." 물론 이 형식은 장례의 조문 절차에 따른 외적인 것과 고인의 내적인 삶에 혼용 모두를 포함한다. 그래서 화자는 "개가 얼마나 착했는지/ 모른다/ 어떤 삶을 살았는지/ 사실 다들 잘 모른다." 상대방에 대해 잘 모른다는 것은 얼마나 위대한가. 죽은 고인의 삶을 '모른다'고 규정할 때 "우리는 같은 영혼을 가졌다고/ 지금부터 믿어 버릴 것"이기 때

72 남현지, 「하나의 문만 열린다면」, 『창작과비평』 2023년 봄호.

문이다. 모르기 때문에 너무 잘 아는 것들이 있고, 또 그렇기 때문에 시적 화자는 "숲이 불타고 있는 것처럼/ 말해 버릴" 수 있는 것이다.

하나의 유리문을 사이에 두고 온갖 추측을 확신으로 몰아가는 삶은 어떤가. 그래서 이 작품의 맨 처음은 마치 회전문처럼 우리의 시선을 잡아끈다. "네가 운이 참 나빴다고/ 누가 통화를 하면서 지나"가게 된다. 여기에서의 운(運)은 의지나 노력과는 상관없이 발생하는 일을 뜻한다. 다만 살아 있기 때문에 누군가에게 '운이 참 나빴다'라고 위로받을 수 있는 중성 지대가 형성된다. 문 하나를 사이에 두고 가장 극적이고 역동적인 장소가 구성된다. 모리스 블랑쇼의 말처럼 "작품이 절대적으로 사라지는, 작품보다 더욱 중요한 그 무엇이, 작품보다 주요성이 더욱 떨어지는 그 무엇이 예고되고 긍정되는 유일의 순간"(『문학의 공간』)이 찾아든다. 이쯤 되면 끝말잇기 같은 인간의 경계는 모두 사라지고, 모든 것이 새로 태어나는 죽음이 운을 달래 가며 장례식장 앞을 서성거리는 우리의 감정을 한통속으로 만든다.

그대는 나에게 벽(壁)이 아니며
그대는 나에게 문(門)이 아니며
그대는 나의 슬픈 창(窓)이다

만나면 벽이 되고
돌아서면 문이 되는
풍경 속의 설운 길이다

—서경온, 「창(窓)」 전문[73]

73 서경온, 「창(窓)」, 『시인시대』, 2023년 봄호.

언제봐도 '창'(窓)이란 소재는 매력적인 시적 오브제다. 넓게는 벽이지만, 안과 밖을 동시에 투영한다는 점에서 벽의 개념을 넘어선다. 이 작품은 비록 소품이지만, 창 하나를 사이에 두고 인식의 전환을 불러온다는 점에서 재미있게 읽힌다. 우선, 시인은 창을 '그대'라는 대상으로 의인화시킨다. "그대는 나에게 벽(壁)이 아니며/ 그대는 나에게 문(門)이 아니"라고 말한다. 다시 말해 그대는 벽과 문이 지닌 인식의 지평을 뛰어넘는 존재로 투사된다. 대신 "그대는 나의 슬픈 창(窓)"으로 묘사된다. '벽'과 '문'과 '창'이라는 세 단어 사이에서 전해지는 시적 간극이 적당한 드러남과 감춤으로 교차한다.

본래 의미의 드러남이란 사물이 지닌 지평에 가까운 인식이다. 반면 의미의 감춤이란 '슬픔'으로 다양하게 파생되는 오류의 개념으로서, 인간이 쉽게 규정할 수 없는 가변의 감정들로 구성된다. 그래서 화자는 2연을 통해 그대를 "만나면 벽이 되고/ 돌아서면 문이 되는/ 풍경 속의 설운 길이다"라고 '그대'를 정리한다. 만남과 벽, 그리고 돌아섬과 문은 그 자체로 인간관계에 대한 '좌절 불편감의 척도'가 되는 것이다. 그래서 그런지 인간은 늘 서럽다. 창문으로 바라본 바깥 풍경처럼 "설운 길"이 된다.

이 설움의 요인이 인용한 한 작품을 통해 온전히 설명될 순 없지만, 일반적으로 인간은 타인과의 관계 속에서 단절되고 소외될 때 그 감정을 느낀다고 한다. 이때의 감정은 긍정과 부정의 이중적인 태도로 나타나기도 하는데, 이때 인간은 내면적 갈등으로 끊임없이 고뇌하는 자아의 모습으로 그려진다. 일찍이 김수영 시인이 그랬고, 이 시를 쓴 시인도 그럴 거라 두루뭉술하게 짐작해 본다.

봄이 쉬폰 원피스를 입고 집 밖으로 나왔다
마음이 시위대처럼 거리로 쏟아져 나왔다
아무것도 알고 싶지 않고
다만 쉽게 희망 차고 싶었다

목련이 어두운 길목에 떨어졌고
봄의 쉬폰 원피스에 꽃의 그림자가 스몄다
외로움이 만개하고
벚꽃이 긴장을 놓아 버리는 순간에도
마음은 호숫가로 행군하며 그 풍경이
장관이라고 했다

틀에 박히게 틀어박힌 히키코모리가
세상의 비극은 봄에 시작된다라고 쓰는 동안
나무는 꽃을, 꽃은 계절을, 계절은 사람을
쉬운 방식으로 놓아 버렸다
고봉밥 밥알들처럼 숫자를 셀 수 없는 꽃잎들이
계절의 소화기관으로 녹아들며
사라지고 있었다

봄은 마음에게
외롭지 않은 하루에 대해 의논하고 싶다고 했다
그리고 쉬폰 원피스가 펄럭이지 않게

조심히 걸었다

—황수아, 「히키코모리의 쉬폰 원피스」 전문[74]

'쉬폰 원피스'라는 말에 주목한다. 쉬폰(Chiffon)은 얇고 가벼운 뜻의 프랑스어를 지칭한다. 넝마 조각 또는 여자의 옷가지라는 의미도 지닌다. 문제는 그 쉬폰 원피스를 입고 나온 대상이 '봄'이다. 얼핏 '몸'으로도 읽힌다. 나오고 싶어서 나온 것이 아니라, "마음이 시위대처럼 거리로 쏟아져" '봄(몸)'이 나온 것이다. 그렇다고 세상과 타협한 것도 아니다. "아무것도 알고 싶지 않고/ 다만 쉽게 희망차고 싶"을 뿐이다. 여기까지만 보면, 단순히 내성적이고 소극적인 화자를 특정한 것으로 보인다. 하지만 이 시의 주체는 이미 표제에도 언급되어 있듯이 '히키코모리'다.

일반적으로 히키코모리는 사회생활에 적응하지 못하고 집안에만 틀어박혀 사는 사람들을 뜻한다. 사회생활을 거부하는 은둔형 폐인이라는 점에서 다소 병적인 사람을 일컫는 용어이기도 하다. 이 작품 속의 화자가 바로 그런 히키코모리 중 하나다. 하지만 그저 그렇고 그런 히키코모리만은 아니다. 주지하듯 '봄'과 동일화되는 대상이다. 사회생활에 적응하지 못했을 뿐, 마음만은 늘 계절의 변화에 민감하게 반응하는 '몸'의 존재다. 그래서 "외로움이 만개하고/ 벚꽃이 긴장을 놓아 버리는 순간에도/ 마음은 호숫가로 행군"한다. 더군다나 "그 풍경이/ 장관이라고" 자신의 감정을 표현한다.

74 황수아, 「히키코모리의 쉬폰 원피스」, 『시로 여는 세상』, 2023년 봄호.

시적 주체가 되는 이 히키코모리는 "세상의 비극은 봄에 시작된다"라고 인식한다. 범박하게 추측하자면, 이 시의 화자가 세상과 단절하게 된 이유가 봄이라는 계절에 있음을 암시한다. 어쩌면 트라우마를 안겨줄 만한 '몸'의 사건일 수도 있고, 아닐 수도 있다. 아무튼 그 봄의 비극은 화자에게 쉽게 잊히지 않는 기억이다. 그래서 화자는 "나무는 꽃을, 꽃은 계절을, 계절은 사람을/ 쉬운 방식으로 놓아 버렸다"고 자조한다. '봄(몸)'의 꽃잎들도 "계절의 소화기관으로 녹아들며/ 사라지고" 있음을 인식한다.

'봄(몸)'으로 대변되는 화자는 이제 자신의 마음에 묻는다. "외롭지 않은 하루에 대해 의논하고 싶다"고 말한다. 그리고 얇고 가벼운 "쉬폰 원피스가 펄럭이지 않게" 조심히 걷기 시작한다. 몸과 마음이 하나가 되는 순간이다. 세상과의 소통에 첫발을 내딛는 히키코모리에게 몸과 마음이 쉬폰 원피스처럼 하나가 되기를 희망한다. 쉬폰 원피스를 입고 걷는 동안 계절이 사람을 쉬운 방식으로, 부디 놓아 버리지 않기를 응원하게 된다.

싱싱한 민들레처럼 살아 있는 표지석 지나
붙들린 다리로 거기 온전한 야자수 지나

최소 텍사스나 하와이의 하늘
제주에 와서도 끝나지 않는 날씨

밤새 어둠 속을 직진한 바람
아침은 얌전히 석곽묘 아래 놓이고

오랜 착란의 방에 웅크린 책장을 넘기면
아직 이곳에 산다는 것이 믿기지 않아

네 손이 닿으면 뭐든 귀해져
주로 남겨진 자가 듣는 말

나쁜 기억으로만 가득한데도 집이라 부를 곳은
늘 필요하지

사철 방식으로 당신을 꿰어
내 옆에 정본인 채 오래 붙들어 두어도

십자고사리 포자 양치류처럼
종이 냄새를 풍기며 당신은 흩어지지

나무 한 그루 수직으로 자라지 못하는
돌을 품은 뿌리처럼

알아?

너랑 재회한 지 십 분 만에 내 인생이 허구처럼 느껴져

—고주희, 「돌의 비망록」 전문[75]

---

75 고주희, 「돌의 비망록」, 『문예연구』, 2023년 봄호.

기록하지 않는 것들은 모두 사라진다. 세상의 이치다. 이때 나타나는 망각의 힘은 제힘을 발휘한다. 그러나 '비망록'에 기록되는 것들은 고스란히 남겨져 기억된다. 그런 점에서 이 작품의 마지막 연 "너랑 재회한 지 십 분 만에 내 인생이 허구처럼 느껴져" 버린다는 시구는 매력적이다. 우선 '비망록'은 어떤 일을 잊지 않으려고 기록하는 중요한 기록을 뜻한다. 바꿔 물을 수 있겠다. 마지막 연의 문장이 중요한가 중요하지 않은가? 누구에게는 중요하고 또 누구에게는 중요하지 않을 수도 있다. 하지만 이 시의 화자에게는 무엇보다 중요한 사건이 된다.

작품을 이해하기 위해 조금 더 구체적으로 살펴보면 세상에는 많은 비망록이 존재한다. 화자가 보기에는 "싱싱한 민들레처럼 살아 있는 표지석"이나 땅에 붙들려 있는 "온전한 야자수" 모두가 비망록이다. '텍사스'나 '하와이의 하늘' 그리고 '제주의 날씨'도 모두가 한통속인 거기서 거기다. 다만 우리가 어떻게 인식하고 기억하느냐에 따라 그 현상은 다르게 읽힐 뿐이다. 화자는 그런 자신에 대해 "오랜 착란의 방에 웅크린 책장을 넘기면/ 아직 이곳에 산다는 것이 믿기지 않"는다고 고백한다.

마치 프랙탈의 구조처럼 이 작품은 비망록에 대해 반복적으로 묘사하면서 기억에 대한 전체 구조를 만들어 나간다. 그러니까 '나쁜 기억으로만 가득한 집'도 화자에게는 '자기 유사성(Self-similarity)'과 '순환성(Recursiveness)'이라는 특징을 담보하는 비망록인 셈인다. 또한, 그 집에 사는 화자조차도 비망록이다. 그러니 "사철 방식으로 당신을 꿰어/ 내 옆에 정본인 채 오래 붙들어 두어도" 그 비망록에 새겨진 기억들은 "종이 냄새를 풍기며" 흩어진다. 그 흩어짐은 다시 상대와 재회한 지 십 분 만에 '인생의 허구'를 선물한다. 가변적인 것들 사이에 진짜 돌에 새겨진 '돌의 비망록'이다.

시를 읽으며, '동병상련(同病相憐)'이라는 말을 곱씹는다. 비슷한 처지에 놓인 사람끼리 서로 가엾게 여겨 동정하고 돕는다는 의미다. 로리 무어의 말을 다시 상기해 보자면, "문학의 유효한 주제는 하나뿐이다. 인생이 당신을 실망시킬 것이라는 사실." 그 실망 속에는 늘 언어가 가져다주는 거짓과 오해가 꿈틀거린다. 하지만 그 실망을 실망으로만 기억하는 것은 동병상련의 마음이 아니다. 제우스에게 거짓말을 밥 먹듯이 했던 헤르메스의 말을 떠올려 보라. 왠지 모르게 시와 닮았다. "거짓말은 하지 않겠습니다. 다만 진실을 덜 말할 수도 있습니다." 우리가 기억해야 할 것은 헤르메스는 제우스의 전령 신이자 심복이었다. 헤르메스가 어떤 거짓말을 해도 결국 제우스의 의중에 있었던 것. 그러니 시를 읽는 독자는 늘 '인생이 당신을 실망시킬 것이라는 사실'을 명심해야 한다. 그게 문학이고 또 시다. ■

사이클로이드(Cycloid)의 시선들
—정재율 · 이예진 · 강윤미 · 김소형 · 박현주의 시

치통을 견디는 가장 좋은 방법은 무엇일까. 근대 프랑스의 수학자이자 철학자인 블레즈 파스칼(Blaise Pascal, 1623~1662)은 치통으로 잠을 이루지 못하는 밤이면 사이클로이드(Cycloid)의 곡선에 몰입했다고 한다. 이를 통해 자신에게 찾아든 치통을 견뎠다고 한다. 물론 그 통증을 잊으려다 두통까지 덤으로 얻었다는 우스갯소리가 전해지기는 하지만, 그가 사이클로이드의 곡선에 몰입하는 동안 치통을 잊을 수 있었다는 전언은 왠지 모르게 시적으로 읽힌다. 어쩌면 가장 수학적인 순간이 가장 시적인 순간과 맞닿아 있어서 그럴지도 모른다는 생각이다. 한 시인의 시구처럼 "임의의 한 점에서 다른 점에 이르는/ 점들의 집합을 선이라고"(강연호, 「길」 부분) 하는 수학적 정의에서 우리가 유레카적 기쁨을 뛰어넘는 어떤 기쁨[悅]을 느끼는 이유도 여기에 있지 않을까 싶다. 그 옛날 파스칼이 사이클로이드의 곡선을 통해 마주했던 어떤 법열도 이와 같지 않았을까. 점과 점 사이에서 그려지는 어떤 곡선의 정점이

시의 감정을 불러들이지는 않았을까 곰곰 궁구해 본다. 요즘에는 파스칼과 더불어 수없이 많은 철학자와 수학자가 몰입하고 골몰했던 사이클로이드의 곡선을 통해 현대를 사는 시인들이 다시 그 수학적 감동에 동참하고 있다는 생각이 든다. 사이클로이드의 파선에는 '보이는 것'과 '숨겨진 것', '아름다움'과 '선택의 순간'이 늘 시적으로 도사리고 있기 때문이다.

> 놓친 풍선을 잡으려고
> 있는 힘껏 손을 뻗는 사람이 있었다
> 구름이 펜스 바깥으로 나가도
> 이곳이 놀이동산이라는 사실엔 변함이 없었고
> 인형 탈을 쓴 무리를 쫓아가는 아이들과
> 벤치에 앉아 사진을 찍는 연인들 사이로
> 퍼레이드가 길게 이어졌다
> 이렇게 많은 인파 속에서도
> 사랑하는 사람을 한 번에 찾을 수 있다고
> 너는 그것이 바로 사랑이라고
> 높은 곳에 있던 보트가 물살을 가르며 내려올 때
> 물이 묻을까 봐 얼굴을 가려 주는 것처럼
> 서로에게 손차양을 만들어 주고
> 어떤 장면은
> 영원을 살게 했다
> 나뭇잎들이 원을 그리며

천천히 내려왔다

많은 것을 놓쳐 본 사람만이

많은 것을 쥐고 있다는 사실을 너는 알고 있었을까?

새가 다른 새에게 모이를 주는 장면에서

한참 동안 머물러 있다가

우리는 어느새 퍼레이드 줄을 따라

함께 걷고 있었다

인파 속에서

무언가를 놓쳐 본 적 있는 손들이

서로를 놓치지 않으려고

꽉 붙잡고 있었다

펜스 안쪽으로

구름이 다시 넘어오고 있었다

—정재율, 「영원성」 전문[76]

사이클로이드라는 개념을 마음에 담고 시를 읽다 보니, "많은 것을 놓쳐 본 사람만이/ 많은 것을 쥐고 있다는 사실"에 생각이 오래 머문다. 불교에서 흔히 말하는 '공수래공수거'(空手來空手去)처럼도 읽히지만, 이 시작품은 단순히 빈손으로 왔다가 빈손으로 간다는 불교적 사유를 넘어서는 다른 감정이 읽힌다. "무언가를 놓쳐 본 적 있는 손들이/ 서로를 놓치지 않으려고/ 꽉 붙잡고 있었다"라는 문장으로 귀결되는 시의

76 정재율, 「영원성」, 『문학과사회』, 2023년 여름호.

감정 때문이라고 생각한다.

그런 관점에서 본다면 시인이 시 작품의 표제를 '영원성'이라고 붙인 이유가 쉽게 납득된다. 시간이라는 유한한 개념은 언제나 인간의 영원성을 결핍시킨다. 하지만 그 영원성을 확보할 수 없을 때 인간은 오히려 영원성을 간절하게 목도한다. "놓친 풍선을 잡으려고/ 있는 힘껏 손을 뻗는 사람"의 간절함은 바로 이 지점에서 파생된다. 영원하다면 붙들 필요가 없는 순간의 간절함과 시간성이 시적으로 표면화되는 것이다. 그래서 시의 화자는 "이렇게 많은 인파 속에서도/ 사랑하는 사람을 한 번에 찾을 수 있고", "높은 곳에 있던 보트가 물살을 가르며 내려올 때/ 물이 묻을까 봐 얼굴을 가려" 주기도 한다. 영원하지 않기에 보살펴 줄 수 있는 시간이다. 말하자면 영원성과 대비되는 이러한 시간성은 오히려 시적 화자의 감정을 가변적이고 순간적인 것들로 바꾸어 "어떤 장면은/ 영원을 살게" 만든다.

이 시에서 특히 재미있게 읽힌 지점은 "나뭇잎들이 원을 그리며/ 천천히 내려왔다"라는 부분이다. 의도치 않게 이 시구를 통해 사이클로이드가 지니는 곡선의 아름다움을 가장 깊게 읽는다. 사이클로이드는 일종의 에움길로 묘사되지만, 오히려 지름길보다도 더 빠른 수학적 길이기도 하다. 놓친 풍선을 잡으려는 사람의 열망과 "구름이 펜스 바깥으로 나가도 놀이동산이 변함없이 존재한다는 사실"에서 우리의 빠르게 변화하는 삶 속에서도 순간순간 찾아드는 느리고 더딘 간절함을 기억하게 된다. 높은 곳에 있는 보트가 물살을 가르며 내려올 때 서로에게 손차양을 만들어 주는 마음은 그래서 만들어지는 것은 아닐까. 사랑은 영원하지 않기에 우리 인간은 순간을 만들어 서로를 보살피는 감정에 충실하게 된다. 그럴 때 사라진 것이라고 믿었던 순간의 감정들도 "펜스 안쪽으로/ 구름이 다시 넘어"오듯 우리의 소유가 된다.

길에서 말을 건 사람은
학교에서 배우지 않는 것을 바지에서 꺼내 보여 주었다
누구에게도 말하면 안 된다고 했다

종종 옥상에 올라가
널어 둔 고추들이
누워 있는 것을 지켜보곤 했다

죽어서도 집에 못 가는 언니들이 있었다 키우는 개가 집을 잘 못 지킨다고 아빠는 개를 뒷산으로 데려갔다

그해 여름에는 초경을 했지만
누구도 바지에 생긴 얼룩을 말해 주지 않았다

나는 축구를 좋아하고 지는 것을 싫어하는 열두 살이었는데
아빠를 따라갔던 개가
우리 집 마당에서
내 신발을 물어뜯고 있는데

엄마는 서울에 갔어요

언니들은 그늘도 없는 옥상에서

나를 지켜 주겠다고 약속했지

여름이 집 위로 무너져 내릴까 봐

나는 나의 목소리로 이루어진 집을 또 허물었다

—이예진, 「방학」 전문[77]

라틴어로 '비어 있다'라는 뜻은 영어의 '방학' 혹은 '휴가'를 뜻하는 'Vacation'과 어원을 같이 한다. 그러니까 누구에게나 방학은 비우는 일이다. 비우고 몸과 맘을 쉬는 일이다. 하지만 「방학」이라는 표제를 달고 있는 이 시에서는 'Vacation'의 본래 뜻과는 다른 양상으로 묘사된다. 왠지 모르게 소란스럽고 어수선한 풍경들이 주를 이룬다. 말하자면 시적 화자는 오히려 방학을 맞이하여 심리적으로 더 분주한 날들을 보내는 것이다. 가령, 길에서 말을 건 사람은 어떤 가르침이나 지식을 "학교에서 배우지 않는 것을 바지에서 꺼내 보여" 주기도 하고, "그해 여름에는 초경을 했지만/ 누구도 바지에 생긴 얼룩을 말해 주지 않는" 날들을 경험하게 된다. '누구에게도 말하면 안 되는 일'과 '누구도 말해 주지 않는 일'은 표면상 다르지만, 같은 감정을 공유하고 있음을 암시한다. 시적 화자는 개인적인 경험과 지식은 누구에게도 말하지 말아야 한다는 메시지를 지속해서 강요받음으로써 '방학'이라는 공동체의 일원으로 귀

77 이예진, 「방학」, 『아토포스Atopos』, 2023년 여름호.

속된다.

그러한 일들은 마치 "종종 옥상에 올라가 널어 둔 고추들이/ 누워 있는 것을 지켜보는" 일처럼 흔한 일상의 풍경으로 전이된다. 자신도 모르게 성인이 된 열두 살의 화자는 이제 스스로가 스스로를 지켜야 하는 상황을 마주한다. 나를 돌봐 주던 엄마는 서울에 갔고, 아빠를 따라갔던 개는 내 신발을 물어뜯고 있어 결국 모든 보살핌은 자신의 몫이 된 것이다. 어떤 보살핌도 받을 수 없는 상황에서 열두 살의 화자를 지켜 주겠다고 나선 대상들은 '언니들'이다. 하지만 그 "언니들은 그늘도 없는 옥상에서/ 나를 지켜 주겠다고 약속했지"만, 어쩌면 스스로도 자신을 지키기 어려운 존재일지도 모른다. 이제 어린 화자가 선택할 수 있는 일이란 "여름이 집 위로 무너져 내릴까 봐", 자신의 목소리로 이루어진 집을 자진해서 또 허물는 일 밖에 없다. 어떤 보살핌도 받지 못하는 사람들 속에서 방학이란 늘 그렇듯 마음을 텅 비게 만든다. 방학의 시간만큼이나 시적 화자가 해결해야 하는 숙제도 늘어나게 마련이다.

엄마, 눈이 와?
막 잠에서 깬 아이가 창문을 보며 묻는다

여름에 아이는 눈을 생각하고 나는 아이의 물음을 헤아린다

지구 어느 쪽의 아이는 겨울이 무엇인지 모른 채 살아간다
겨울이라는 질문은 평생 하지 않아도 되겠다

겨울은 내 아이와 닮은 아이를 비추는 거울 속에 살아 있다

흐르는 강을 얼게 하고
가지만 남은 나무의 얇은 살을 덮어 준다
입김을 불어 넣으면
거울 속 겨울은 환해지며 다시 태어난다

엄마, 바닥으로 떨어진 눈은 어디로 가는 거야?

네가 크면 같이 마시려던 커피는 식었고
너는 엄마보다 키가 큰 아이가 되었지

폭설은 눈의 집으로 돌아간 눈만 불러 다시 물음을 만든다

아이와 여름은 언제든 자랄 준비가 되어 있다

—강윤미, 「마음의 근원」 전문[78]

유치원 아이들의 학습지에서 간혹 이런 질문을 마주하곤 한다. "얼음이 녹으면 무엇이 될까요?" 당연히 얼음이 녹으면 물이 되겠지만, 가끔 우리는 '봄이 와요'라는 시적인 대답과 마주하기도 한다. 얼음이 녹아 봄이 오는 과정을 과학적으로 이해하지 않고, 시적으로 이해하고 향유

78 강윤미, 「마음의 근원」, 『시산맥』, 2023년 여름호.

한다면 그 감정은 어느새 시로 전이된 것이다. 어쨌든 인간에게 무엇이든 묻는 행위는 마음의 근원을 찾아 나서는 일과 같다. 직접적으로 답을 구하지 않는 시간에 편성되는 느림의 시간 혹은 에움길의 시간이 되기도 하다.

인용한 작품 「마음의 근원」에서도 엄마와 아이는 계절의 변화와 순환을 '눈'이라는 대상으로 함께 사유한다. 눈은 시각적으로 어떤 사물을 보는 일이기도 하지만, 어딘가에 쌓이는 물질의 행위 대상이 되기도 한다. 보는 행위(시각)를 통해 질문이 쌓이면 그 둘은 마치 하나의 거울을 공유하듯 서로를 닮아 가게 된다. 하지만 이때 아이가 묻는 끊임없는 물음은 시각적인 지식에서 벗어나 형이상학적인 질문으로 확대되기도 한다. 이제 엄마에게 아이의 물음은 단순히 질문에 대한 답이 아니라 존재에 관한 마음의 근원으로 자리하는 것이다.

문제는 그 둘의 대화 속의 물음이 "바닥으로 떨어진 후" 이내 방향을 달리한다는 점이다. 시의 화자는 "네가 크면 같이 마시려던 커피는 식었고/ 너는 엄마보다 키가 큰 아이가 될 것"이라고 말한다. 눈처럼 쏟아지는 아이의 질문이 뜨거운 커피를 식게 만들었다는 사실만으로도 어른이 되면 마주해야 할 현실이 냉담하게 읽힌다. 어쨌든 엄마에게 질문 세례를 퍼붓던 아이는 어느새 엄마보다 키가 더 큰 아이가 된다. 그 순간부터는 엄마는 아이에게 더 많은 것을 물어야 할지도 모른다. "지구 어느 쪽의 아이는 겨울이 무엇인지 모른 채 살아가듯" 점점 마음의 근원에서 멀어지게 될지도 모르겠다. 하지만 언제나 그렇듯 인간에게 있어 질문이란 "입김을 불어 넣으면/ 거울 속 겨울은 환해지며 다시 태어난다." 이 시에서 마음의 위안을 받는 지점이다.

화난강을 지나
우리는 툇마루에 앉았다

참외를 쥐고 있는 손

예전부터 칼이 무서웠지
그러나 무서운 건 칼을 쥔 자의 마음

사람의 마음에서 일어나는 일을
칼은 알아야 한다

여름의 창이 빛나고
열차는 북쪽으로 움직이고

강가에서
사람은 말을 잃고 있었다

가늘게 깎인
빛의 성유

곤충은 화려한 군무를 추고

어느새
침묵이 들린다면

중요한 것은

신념일 것이라며

뜨거운 굴에 물 붓는

그림자를 구경했다

나이프는 능숙하게

막을 헤집고

꿰뚫어 보다가

놀라운 걸 발견했다는 듯

들끓었고

내가 악을 지르는 순간

칼을 쥔 손이 다가와

달콤한 살을

입에 얹어 주었다

—김소형, 「여름의 칼」 전문[79]

---

79 김소형, 「여름의 칼」, 『문학과사회』, 2023년 여름호.

'칼을 쥔 자 마음대로'라는 말이 있다. 한자 성어로 보면 '유인유여'(遊刃有餘)쯤 되겠다. 칼날을 놀리는 데 여유가 있을 정도의 마음가짐을 지시한다. 때론 한 분야에 숙련되어 힘들이지 않고 여유롭게 일을 처리하는 것을 나타낼 때도 쓰인다. 양(梁)나라 때 소 잡는 기술이 능수능란했던 포정(庖丁)의 모습이 떠오르기도 한다. 어쨌든 어디서나 칼을 쥔다는 것은 주도권을 잡는 일이다. 문제는 그 칼을 잡지 말아야 하는 사람이 칼을 쥘 때 문제가 된다.

그렇다면 「여름의 칼」은 어떤 칼인가. 전적으로 "참외를 쥐고 있는 손"에 의해 좌우된다. 그 손은 '화난'이라는 지역에 거주한다. 화자는 지금 화난강을 지나 어떤 툇마루에 앉아 있다. 모르는 사람의 손에 들린 칼을 마주하고 있다. 시적 화자는 참외를 쥐고 있는 손을 보며 칼이 무섭지만, 더 무서운 건 "칼을 쥔 자의 마음"이라고 고백한다. 소통이 여의찮은 화난 강가에서 화자가 믿고 기댈 수 있는 것은 알 수 없는 사람의 마음뿐이다. 곤충들이 "화려한 군무를 추듯" 칼을 쥔 손과 화자는 서로 마음을 알았는지 통한다. 침묵의 힘이다.

또 하나, 화자는 생소한 이국의 풍경과 낯선 경험으로 인해 경직된 자신의 마음을 발견한다. "뜨거운 굴에 물 붓는/ 그림자를 구경"하다가도 소스라치게 놀란다. 그때 자신도 모르게 악을 지르게 되는데, 이때의 감정은 두려움보다는 낯섦에 대한 환희에 가깝다. 그 감정을 전복하듯 칼을 쥔 손은 달콤한 살(참외)을 깎아 화자의 입에 얹어 준다. 그 여름날 시적 화자가 경험한 풍경은 전화위복일까 아니면 무지몽매에서 비롯된 것일까. 만약 여름이 아니고 참외가 없었다면, 과연 칼끝은 어디를 향해 있을까. 칼은 알고 있을까. 칼을 쥔 자의 마음을.

건천에 물이 차오르고

이제 우리는 서로 다른 시간을 살아간다

가꾸어 줄 사람이 벌판의 꽃으로 진다

두 눈을 감고 있는

야윈 어깨 위의 배낭

마음을 품고 지금은 죽은 듯 어디 살아 있나

그토록 아름다웠던 광야

—박현주, 「서랍에 넣어 둔 이야기」 전문[80]

가스통 바슐라르의 『공간의 시학』에 따르면 '서랍'은 기억의 증폭과 확장을 불러들이는 공간 중 하나이다. 그곳은 무한의 관념인 동시에 보편적 내면성의 관념과도 연계된다. 나아가 그곳을 중심으로 외부 공간으로 확장할 수 있는 상상의 매개가 되기도 한다.

추측하자면, 「서랍에 넣어 둔 이야기」는 시적 화자의 내면 혹은 무의식과 관련된 무의식의 공간일 것이다. 조금만 가물어도 이내 물이 마

80 박현주, 「서랍에 넣어 둔 이야기」, 『문예연구』, 2023년 여름호.

르는 건천에서 물이 차오르면, 화자의 내면과 외면은 철저하게 스스로를 구분한다. '우리'로 명명되는 '나'는 "서로 다른 시간을 살아"가게 되는 것이다. 눈에 띄는 것은 화자의 무의식이 외부 공간으로 지속해서 확장한다는 점이다. 바슐라르는 소로의 글을 인용하면서 이와 비슷한 감정을 "자기 영혼에 새겨진 들판의 지도"로 묘사한 바 있다. 서랍에 넣어 둔 이야기는 그 이미지와 상상의 힘만으로도 인간에게 지도가 되어 준다. 그래서 "비어 있는 서랍은 상상할 수 없다. 그것은 오직 생각할 수만 있는 법"이 된다. 그로 인해 시인이 서랍을 통해 이야기하는 시적인 상상력은 "두 눈을 감고 있는/ 야윈 어깨 위의 배낭"처럼 우리의 이야기 속으로 더 큰 확장을 불러들인다.

일찍이 노자는 '도덕경'을 통해 '곡즉전'(曲則全)에 관한 사유를 널리 알렸다. 구부리면 온전할 수 있다. 곡즉전은 지름길이 아닌 에움길의 시선이기도 하다. 단순히 점과 점을 이어 최단 거리를 찾아가는 것만이 아니라 최대한의 에움길을 찾아 점과 점을 잇는 것이다. 시의 에움길은 수학의 사이클로이드의 곡선이기도 하다. 멀리 돌아가는 것 같지만 가장 빠른 길이 된다. 삶이 복잡하고 더디지만, 에돌아 갈수록 선명해지는 이유가 여기에 있다. 우리가 더디게 시를 읽고 쓰는 이유도 마찬가지다. 마치 서랍 속에 넣어 두었던 이야기를 마음에 품고 더디게 상상할 때 시를 읽는 사이클로이드의 아름다움은 '지금은 죽은 듯 어디나 살아 있다.' ■

아포페니아(Apophenia)를 향한 시편들

—고선경 · 김석영 · 김분홍 · 김효선의 시

인간의 인식과 감각은 때때로 예상치 못한 방향으로 우리를 이끈다. 심리학자 크리스토퍼 차브리스와 대니얼 사이먼스가 쓴 『보이지 않는 고릴라』(김영사, 2011)는 이러한 현상을 인지 심리학적 관점에서 탐구한다. 이 책에서는 사람이 한 가지 일에 집중할 때 나타나는 인간의 감각과 날것 그대로의 현상을 소개한다. 실험 과정을 대략 요약하면 당시 대학원생이던 차브리스와 조교수인 사이먼스는 학생들을 두 팀으로 나누어 이리저리 움직이며 농구공을 패스하게 만든다. 그러면서 이 장면을 찍어 짧은 동영상으로 제작한다. 이후 두 사람은 실험 대상자에게 검은 셔츠 팀은 무시하고 흰 셔츠 팀의 패스 수만 세어 달라고 주문한다. 특이점은 동영상 중간에 고릴라 의상을 입은 여학생이 약 9초에 걸쳐 무대 중앙으로 걸어와 선수들 가운데에 멈춰 서기도 하고 카메라를 향해 가슴을 치고 걸어가기도 하지만, 놀랍게도 실험 대상의 절반 정도는 흰 셔츠 팀의 패스 수를 세는 데에만 정신이 팔려 여학생(고릴라)의 존재를 인식하지 못한다. 이러한 현상은 우리에게 '무주의 맹시(Inattentional blindness)'라는 이름으로 기억되어 있다.

인간은 누구나 보고 싶은 대로 보고, 듣고 싶은 대로 듣고, 믿고 싶은 대로 믿는 존재다. 심리학에서는 이를 '확증편향'(Confirmation bias)이라는 말로 에둘러 표현하기도 하지만, 대부분의 경우 사람들은 스스로가 무척 합리적이고 이성적인 판단을 한다고 착각한다. 시를 쓰고 읽는 사람이라고 해서 예외는 아니다. 오히려 자신만의 착각과 믿음이 시의 독특한 개성을 형성하기도 하고, 논리적으로 전혀 인과 관계를 형성하지 못하는 사유들이 되려 시적인 현상을 파생시키기도 한다. 특히 자신의 감각과 타인의 감각 사이에서 벌어지는, 전혀 연관성이 없는 두 사건 사이에서 존재하지도 않는 논리를 찾아내는 시인의 심리는 일상의 감각을 벗어난, 낯설면서도 색다른 시적 감각으로 확장해 나가기도 한다.

그 관점을 조금 더 적극적으로 파고들면, 두 사건 사이에 존재하지 않는 자신만의 논리를 찾아내거나 무질서한 세상에 스스로 의미를 부여하는 아포페니아(Apophenia)적 관점과 마주하게 된다. 여기에서 말하는 아포페니아란 서로 연관성이 없는 현상과 정보 속에서 규칙성이나 연관성을 추출하려는 인지 작용을 칭하는 심리학 용어를 뜻한다. 스위스의 신경심리학자 페터 브뤼거가 말한 하위 범주의 '파레이돌리아'(Pareidolia) 혹은 변상증(變像症)과도 연계되며 흔히 착각, 착시가 일어나는 원인 중 하나로 분석되기도 한다. 하지만 시인들에게 있어 아포페니아 혹은 파레이돌리아의 현상은 오히려 새로운 시적 창조와 낯섦을 선물하는 인지 심리로 작용하기도 한다. 시인은 대부분 무질서하고 연관성이 없는 정보 속에서 일정한 규칙과 의미를 찾으려고 노력하는 존재들이기 때문이다.

어떤 믿음은 난간 같았어

야경이라는 건
어둠이 밀려날 수 있는 데까지를 말하는 걸까
이 도시는 사람들의 소원으로 빼곡해

아무도 없는 곳으로 놀러 가면
내 손바닥에 밴 아오리사과 향기
그러나 압정을 한 움큼씩 쥐고 있는 기분

우리는 목이 마르고 자주 등이 젖지

리듬을 이해하지 않으면서
리듬에 대해 얘기했어

등이 젖은 사람을 따라 걷다가
저마다 웅덩이가 있구나
퐁당퐁당 생각했어

아무것도 훼손하지 않으면서 훼손되지 않고 싶다

너와 손을 맞잡고 싶지만
내 손안의 압정을 함께 견디고 싶지는 않다

깊은 바다로 다이빙하는 것과
작은 물웅덩이로 다이빙하는 것
어느 쪽이 더 위험할지

그딴 건 모르겠고 물수제비나 뜨자
나는 요령이 없어

내려다본 골목에 채소를 가득 실은 푸른 트럭이 서 있다
누군가가 몰래 무 하나를 훔쳐 간다
희고 싱싱해서 그냥 먹어도 맛있을 것 같다

방수가 잘되는 페인트를 엎지르고서
우리는 온몸이 젖고 있었다

—고선경, 「우리는 목이 마르고 자주 등이 젖지」 전문[81]

시는 자신만의 패턴을 인식하는 행위와 다름없다. 일종의 아포페니아인 셈인데, 「우리는 목이 마르고 자주 등이 젖지」란 작품을 보면 그 특징이 크게 도드라진다. 가령 이 시의 마지막 구절을 보자. "방수가 잘되

81 고선경, 「우리는 목이 마르고 자주 등이 젖지」, 『문학동네』, 2023년 가을호.

는 페인트를 엎지르"는 행위와 "우리는 온몸이 젖고 있었다"는 표현은 일상적인 논리를 벗어난 문장이다. '방수'와 '젖는다'라는 표현은 이질적으로, 서로를 비논리의 영역으로 연결하기 때문이다. 하지만 되려 그런 시인의 감각이 오히려 독자에게는 낯선 시의 감각으로 초대하기도 한다.

이 시에서 "어떤 믿음은 난간 같았어"라는 말에 붙들리는 이유가 여기에 있다. 뒤를 이어 나오는 다음 연의 "이 도시는 사람들의 소원으로 빼곡해"라는 구절은 마치 김수영의 시 「사랑의 변주곡」에서처럼 인간의 욕망을 은유적으로 재해석하기도 한다. "어둠이 밀려날 수 있는 데까지" 밀려난 도시에서 난간과 같은 소원에 매달려 있는 사람들은 어쩔 수 없이 자신의 행위를 '믿음'으로 승화시킨다. "아무도 없는 곳으로 놀러 가면" 금세 존재감이 사라지고, 허무해진다. 도시가 아니면 그 무엇도 소원할 수 없거나 믿을 수 없는 사람들로 형상화되기도 한다. 시적 화자는 그런 시적 감정을 "압정을 한 움큼씩 쥐고 있는 기분"으로 명명해 낸다. 프랑스의 소설가 폴 부르제가 언급했던 말처럼 "생각하는 대로 살지 않으면 결국 사는 대로 생각하는" 그런 존재들로 속속 등장하게 된다. 화자는 그런 감정에 대해 "리듬을 이해하지 않으면서/ 리듬에 대해 얘기했어"라고 자조한다.

그런 소원과 욕망으로 가득한 도시에서 시의 화자가 결국 마주하게 되는 것은 무엇일까. 그것은 '나'에서 '우리'로 확장되어 가는 믿음의 감정일 것이다. 그래서 화자는 "우리는 목이 마르고 자주 등이 젖는다"고 표현한다. 그 갈증을 해결해 줄 수 있는 것은 결국 '난간에 매달려 있는 믿음'뿐이다. 그런 이유로 시의 화자는 "등이 젖은 사람을 따라 걷다가/

저마다 웅덩이"가 있다는 새로운 사실을 발견한다. 일종의 시인만의 착시일 테지만, 돌이키기에는 너무 늦었다는 것을 알기에 "아무것도 훼손하지 않으면서 훼손되지 않고 싶다"라고 말한다. 동시에 자신이 감각하고 있는 그 믿음과 소원의 통증을 "너와 손을 맞잡고 싶지만/ 내 손안의 압정을 함께 견디고 싶지는 않다"라고 서로의 감각을 소외시킨다.

이제부터 시인에게 중요한 것은 현실을 직시하기보다는 믿음으로 점철된 착각의 편에 서서 삶을 관조하기를 원하는 것이다. "깊은 바다로 다이빙하는 것과/ 작은 물웅덩이로 다이빙하는 것" 중 "어느 쪽이 더 위험할지" 모르겠지만, 어느 쪽이 되었든 그 선택은 중요하지 않다. 대신 요령 없이 "물수제비나 뜨자"라고 말한다. 시인은 이러한 행위 자체에 "내 손바닥에 밴 아오리사과 향기"나 "누군가가 몰래 훔쳐 먹는 무하나"에도 똑같이 갈증을 해결해 줄 헛것의 기분과 감정이 존재한다는 것을 잘 알고 있다. 그게 도시의 믿음이자 착각이며, 동시에 또 누군가의 소원이 된다는 것을 시인은 "방수가 잘되는 페인트를 엎지르고서"야 재차 깨닫게 된다. 자기 등에도 이미 웅덩이가 생긴 줄도 모르고.

거인은 접혀 있는 지도와 같다

펼쳐야 비로소 볼 수 있는 것처럼
펼쳐야 비로소 접을 수 있는 것처럼

눈에 띄지 않는다
너무 커서

너무 접혀 있다

주머니가 불룩하다
손을 넣었다 뺐을 뿐인데

그 발과는 무관하다
신발을 담았던 주머니는 신발주머니
단 한 번으로 결정되는 것이다

주머니에 들어 있는 것:

신발의 크기로 가늠할 수 없는 것
지진과는 아무 상관 없는 것
해변에 떠밀려 온 범고래와도 무관한 것
천둥과 번개를 싫어하는 것
밤에 잠을 자는 것

나는 신발과 함께 넘어진다
신발 없이 넘어지는 게 힘들다
신발과 함께 땅이 조금씩 커진다
그의 눈으로 원근법을 배운다

언젠가 그의 셔츠 주머니 속으로 들어간 날

종이 안에서 수많은 점이 목격된다

확대하고 확대해서

나는 겨우 발견된다

—김석영, 「과학적 관심」 전문[82]

1676년 아이작 뉴턴이 현미경으로 세포를 처음 관찰한 후 로버트 훅에게 보낸 편지의 한 문장을 떠올리게 된다. "내가 더 멀리 보아 왔다면, 그것은 거인들의 어깨 위에 서 있었기 때문이오."라는 문장이다. 이 문장은 과학을 비롯한 문명 전체가 그 이전에 이루어진 성과 위에 새롭게 구축되는 일련의 과정에 있다는 점을 언급해 준다.

인용한 시 「과학적 관심」은 이러한 상상력이 적극적으로 투영된 작품이다. 시인은 첫 행부터 "거인은 접혀 있는 지도와 같다"라고 표현한다. 누군가의 관심에 따라 그 지도는 펼쳐지기도 하고, 접히기도 한다. "펼쳐야 비로소 볼 수 있는 것처럼/ 펼쳐야 비로소 접을 수 있는 것처럼" 결과와 과정을 동시에 수락한다. 하지만 그 과학적 관심은 일반적인 시선과 관점으로는 쉽게 파생되지 않는다. "너무 커서/ 너무 접혀 있기" 때문이다. 또한, 과학자에 의해 "신발을 담았던 주머니는 신발주머니/ 단 한 번으로 결정"되기도 하는 과학의 논리는 시적 화자에게 고리타분한 인식으로 포착될 뿐이다. 그래서 시인은 자신만의 과학적 관심을 통해 새로운 정의를 내리길 원한다.

82 김석영, 「과학적 관심」, 『창작과비평』, 2023년 가을호.

가령, 기존의 과학적 이론이나 논리로 대변되는 "주머니에 들어 있는 것:"에 대해 "신발의 크기로 가늠할 수 없는 것/ 지진과는 아무 상관 없는 것/ 해변에 떠밀려 온 범고래와도 무관한 것/ 천둥과 번개를 싫어하는 것/ 밤에 잠을 자는 것" 등의 시적 사유로 다양한 정의를 형성해 낸다. 시적 화자에게 과학적 관심이란 고정된 것이 아니라 예측할 수 없는 어떤 형태로 지각되는 것이다. 그런 좌충우돌한 삶의 움직임 속에서 시인은 누군가가 설정해 놓은 과학적 사유를 다양한 착각과 오해를 통해 더욱 부자연스러운 시적 논리로 확장해 나가게 된다.

이러한 모습은 시적 화자가 추구하고자 하는 시의 방향성을 제시해 주기도 하며, 동시에 자신이 믿고 있는 '과학적 관심'의 토대로 작용한다. 그래서 시인은 "나는 신발과 함께 넘어진다"라고 고백하면서, 자신보다 앞서 살았던 과학자(거인)와 동료들의 과학적 관심을 그대로 받아들이지 않았음을 다시 강조하게 된다. 그런 이유로 "신발 없이 넘어지는 게 힘들다/ 신발과 함께 땅이 조금씩 커진다"라고 묘사하기에 이른다.

더욱 주목해 볼 부분은 시인 스스로 "그의 눈으로 원근법을 배운다"라고 고백하는 점이다. 거인으로 상징화되는 "그의 셔츠 주머니 속으로 들어간 날" 시인은 오히려 "종이 안에서 수많은 점"을 목격한다. "확대하고 확대해서/ 나는 겨우 발견된다"라고 말하고 있지만, 사실 시인이 발견한 것은 기존의 관성으로 점철된 '내'가 아닐 것이다. 나를 발견할 줄 아는 또 다른 시의 착각이자, 자신이 믿고 끊임없이 추구해 나가는 과학적 관심의 또 다른 부정일 것이다.

버진로드를 행진하던 날

흘러내리는 웨딩드레스를 벗어 던지고
지난 일을 고해하지 못했지
물구나무를 서면 감추고 있던 내가 쏟아질 것 같아
관계를 오염시키는 유리의 투명한 척하는 자세와
담아 두기만 하는 대화는
명백한 나의 과오지만 애써 숨기려 하는 이유는
무덤이 되기도 하고
모자가 되기도 하는 받침의 이중생활에 대해
내성이 생겨서일 거야
수납장을 열면
마주 보고 있는 컵들
어떤 모양으로 담겨야 할지 망설이던 나는
아무 데나 잘 담기는 거짓말을 따르다가 엎지르곤 했어
항상 마주 보고 있으면서도
투명해 본 적이 없다는 사실이 믿기지 않겠지
온갖 비밀이 쏟아질까 봐
물구나무 자세는 사절
그러니까 끝까지 감추려면
부르카를 벗을 수가 없는 거지

*컵과 사람의 옆모습을 이용해서 착시 효과를 표현한 루빈의 그림

—김분홍, 「루빈의 컵」 전문[83]

---

83 김분홍, 「루빈의 컵」, 『시와사람』, 2023년 가을호.

「루빈의 컵」은 이색적이게도 "버진로드를 행진하던 날"이라는 문장으로 시작된다. 일반적으로 '버진로드'(Virgin road)는 결혼식장에서 신부와 신랑이 걷는 길을 뜻한다. 일종의 콩글리시로, 사실 영어식 표현에는 버진로드라는 단어가 없다. 이 단어는 일본에서 파생되어 우리나라로 넘어온 일본식 영어 표현으로 보이며, 한때 1984년 일본에서 제작된 한 영화의 제목으로 알려져 있기도 하다. 아울러 버진로드라는 단어 속에는 '처녀성'이라는 의미도 함께 내포되어 있는데, 영어식 표현인 'Virgin'의 의미와 동양의 문화가 강하게 접착된 결과로 예측된다.

이러한 단어의 특징을 두루두루 예측해 볼 때, 시적 화자가 "흘러내리는 웨딩드레스를 벗어 던지고/ 지난 일을 고해하지 못했지"라는 표현은 하나의 관념이나 통과의례에 사로잡히길 거부하는 시적 포즈로 이해된다. 그 포즈 속에는 "물구나무를 서면 감추고 있던" '나'와 "어떤 모양으로 담겨야 할지 망설이던" '내'가 혼용되어 나타난다. 시적 화자는 보는 사람에 따라 "무덤이 되기도 하고/ 모자가 되기도 하는 받침의 이중생활에 대해" 스스로 내성이 생겼음을 고백한다. '처녀성'으로 함의되는 버진로드를 걸으며 "명백한 나의 과오"와 "투명해 본 적이 없다는 사실이 믿기지 않는" 그런 감정들은 시적 화자에게는 마치 루빈의 컵과 같은 착시 효과만을 상기할 뿐이다.

인용한 시 「루빈의 컵」에서도 그러한 착시 효과를 통해 인간 내면에 깊숙이 자리한 이중적인 관점에 대해 강조한다. 게슈탈트 심리학에서도 자주 언급되는 '루빈의 컵'은 검정과 하양의 대비를 통해 마주 보는 사람의 얼굴 혹은 컵을 이미지화시킨다. 그 이미지는 사람마다 각자 보는 방식에 따라 지각되기 때문에 시인은 이를 두고 "아무 데나 잘 담기는 거짓말을 따르다가 엎지르"기도 한다고 표현한다. 솔직하게 말하면 모두가 '투명'하고 '명백'해질 것 같은 타자와의 대화도 시인에게는 마치 물구나무를 서는 일처럼 더디고 힘든 일이 된다.

그런 관점에서 볼 때 시적 화자가 인식하고 있는 결혼식은 루빈의 컵처럼 지각 조직화를 통해 자신에게 먼저 보여지는 현상을 우선 인식하게 된다. 이 과정에서 인간은 브렌티노의 말처럼 "어떠한 물리적 현상도 목적을 갖고 있지는 않으나, 모든 정신 현상은 의도를 갖게 마련이다."라는 의미를 상기시킨다. 그렇다면 시인이 이야기하는 '부르카'(여성의 얼굴이나 피부를 가리는 망사 형태의 복장)는 목적에 가까울까, 의도에 가까울까. "부르카를 벗을 수가 없다"라는 시인의 다짐은 어쩌면 끝까지 불투명의 자세를 추구하는 동시에 삶의 이중적인 태도를 함의하고자 하는 시적 의지는 아닐까 생각하게 된다. 행여 그것 모두가 인간의 착각이자 거짓으로 점철된다고 할지라도 말이다.

우린 곧 낡고 허물어질 테니
어제는 버리고 오늘은 수거해 가세요

삼 년 동안
한 번도 입지 않은 옷은
평생 입을 일 없으니 버려야 한다고
모서리엔 늘 별들이 숨는 장소가 있고

모퉁이를 돌면 버릴 수 있는

모퉁이를 돌면 사라지는

모퉁이를 돌면 서 있는

수거함 밖으로 튀어나온 눈빛과 마주친다

사람을 너무 오래 입어서 사람의 허물로 태어난

무릎이 튀어나온 얼굴에

이미 길들인 장미의 우울을 섞어

울타리를 만든다

허물은 가시에 찔려도 허물인 것처럼

혼자 이죽이 웃는다

옷에 배어 있던 웃음이 실밥처럼 튀어나와

나도 그런 웃음을 입고 다니던 때가 있었다

왼쪽 가슴에 보풀이 인 채로

몇 해가 지나도

도로 개켜 놓는 약속처럼

무심코 툭,

허물을 걸치고 나갔다가

허풍만 잔뜩 들이마신 에어 풍선처럼

기억에 땀이 맺히도록 떠들다 돌아오면

간도 쓸개도 없이 적막만 부려 놓는

당신은

당신을 수거해 가세요

나는

나를 아주 멀리 버리고 올 테니

—김효선, 「당신을 수거해 가세요」 전문[84]

인용한 시에서 언급하는 '수거함'은 참 묘한 물건이다. '버림'과 '수거'가 동시에 이루어지는 장소로 인식된다. 누군가는 버리지만, 또 누군가는 그 버린 물건을 수거해 가는 이중적인 공간이다. "어제는 버리고 오늘은 수거해 가"는 비논리적인 장소이다.

우선, 이 작품에서의 수거함은 양가적인 장소로 표명되지만, 대체로 시인에게는 버림의 장소로 포착된다. 통상적으로 사람들이 이야기하는 버림의 조건처럼 "삼 년 동안/ 한 번도 입지 않은 옷은/ 평생 입을 일 없으니 버려야 한다고" 인식한다. 이 문장 속에 담긴 시적 사유가 단순히 옷에만 한정될까. 시인은 "수거함 밖으로 튀어나온 눈빛과 마주치"며 깨닫는다. "사람을 너무 오래 입어서 사람의 허물로 태어난" 것이 바로 '옷'이라고 말이다. 이때부터 시인에게 옷은 의인화된 대상이자 인간의 허물로 변모하기 시작한다. "무릎이 튀어나온 얼굴에/ 이미 길들인 장미의 우울을 섞어 울타리를 만들"기도 하고, 가시에 찔려도 아무 감

84 김효선, 「당신을 수거해 가세요」, 『문예연구』, 2023년 가을호.

정 없는 사람처럼 "혼자 이죽이 웃기"도 한다. 그 모습은 타인의 모습이자 곧 시인의 모습으로 은유화된다. "옷에 배어 있던 웃음이 실밥처럼 튀어나와/ 나도 그런 웃음을 입고 다니던 때가 있었다"라고 고백한다.

그러면서도 시인은 "삼 년 동안/ 한 번도 입지 않은 옷"과 "몇 해가 지나도/ 도로 개켜 놓은 약속처럼" 이 둘을 떼어 놓지 못한다. 습관처럼 다시 "허물을 걸치고 나갔다가", "기억에 땀이 맺히도록 떠들다 돌아오"기도 한다. 그때의 감정을 시인은 "간도 쓸개도 없이 적막만 부려 놓는" 쓸쓸한 감정으로 귀결시킨다. 그러면서 시인은 "당신은/ 당신을 수거해" 달라고 요청한다. 동시에 "나는/ 나를 아주 멀리 버리고 올" 것이라고 다짐한다. '당신'과 '나' 사이의 거리와 간극은 멀고 멀지만, 삶이라는 공간의 수거함은 언제나 그 둘을 동시에 수행한다. 중요한 것은 수거함은 버림이라는 과정이 있어야만 수거라는 목적이 발생하게 된다. 그러니 '당신'이나 '나'나 평생 입을 일 없는 옷(허물)을 벗고, 서로를 버리거나 스스로를 수거해 가길 원한다.

「당신을 수거해 가세요」에서도 알 수 있듯 시인은 착각을 무기 삼는 존재이다. 다른 것을 전혀 보지 못하고 본질을 놓치기도 하고, 보고 싶은 대로 보고, 듣고 싶은 대로 듣고, 믿고 싶은 대로 믿는 '확증편향'에 시달리는 존재이기도 하다. 하지만 인간이 지닌 다양한 착각과 존재하지 않는 것을 이미지로 형상하고, 낯선 감각으로 포착하려는 시인의 심리는 때로 창조적인 시적 능력으로 재해석되기도 한다. 이렇듯 시인은 얼핏 무관해 보이는 것들의 연결 고리를 끊임없이 찾아 방황함으로써 시가 받아 낼 수 있는 감정을 더욱 극대화하기에 이른다. 그런 헛것의 힘과 착각으로 점철된 '아포페니아(Apophenia)'의 힘이 있기에 시인은 오늘도 "도로 개켜 놓는 약속처럼" 자신만의 시적 사유를 스스로 버리거나 스스로 수거해 오기를 주저하지 않는다. ■

부록

발표 지면

제1부

■ 치명적으로 붉은, 검정(어둠)의 세계 : 박완호, 『누군가 나를 검은 토마토라고 불렀다』(시인동네, 2020)

■ 반듯하고 작고 아름다운 시의 모듈 : 김늘, 『롤리팝을 주세요』(모악, 2021)

■ 사무치는 소리의 변증들 : 권달웅, 『휘어진 낮달과 낫과 푸른 산등성이』(시인동네, 2021)

■ 사랑의 노래가 담긴 함제미인의 약속 : 정영숙, 『나의 키스를 누가 훔쳐 갔을까』(시인동네, 2022)

■ 시적 화학 반응에 대한 명암과 실존의 번짐 : 계간 『파란』 22호(2021년 가을호)

제2부

■ 생활이라는 게임 : 월간 『시인동네』(2019년 11월호)

■ 허튼층으로 쌓아 올린 시의 절창들 : 계간 『가히』(2023년 여름호)

■ 이상하게 아름다운 시의 불협화음 : 『강원작가』 통권 26호(2023년)

■ 시적 절경을 통한 삶과 죽음의 명랑 : 계간 『문예연구』(2021년 겨울호)

■ 울음과 가난의 시학 : 계간 『문예연구』(2014년 여름호)

■ 공동체 의식의 추구와 공간에 대한 시적 성찰 : 계간 『문예연구』(2012년 가을호)

■ 소리의 미학과 돈의 상상력 : 계간 『문예연구』(2016년 봄호)

■ 불교 생태학에서의 시적 구현 방식 : 계간 『문예연구』(2016년 겨울호)

제3부

■ 아득한 사랑의 거리와 흉터 없는 아픔들 : 계간 『문예연구』(2020년 봄호)

■ 흰 맨발의 언어와 부끄러움의 윤리 : 계간 『문예연구』(2016년 여름호)

■ 반향과 회향을 통한 서정의 새로운 정초 : 계간 『문예연구』(2014년 가을호)

■ 시의 메토이소노 : 계간 『문예연구』(2015년 겨울호)

■ 아슴아슴 아롱아롱 덜미 잡힌 것들의 아우라 : 계간 『문예연구』(2014년 겨울호)

제4부

■ 지극과 지독 사이의 시적 균형감 : 계간 『문예연구』(2022년 봄호)

■ 없음과 있음이 공존하는 중첩의 세계 : 계간 『문예연구』(2022년 여름호)

■ 예의를 향한 침묵의 기투 : 계간 『문예연구』(2022년 가을호)

■ 거부되는 일상, 찬연한 일상 : 계간 『문예연구』(2022년 겨울호)

■ 오픈 AI와 온몸의 시학 : 계간 『문예연구』(2023년 봄호)

■ 인생이 당신을 실망시킬 것이라는 사실 : 계간 『문예연구』(2023년 여름호)

■ 사이클로이드(Cycloid)의 시선들 : 계간 『문예연구』(2023년 가을호)

■ 아포페니아(Apophenia)를 향한 시편들 : 계간 『문예연구』(2023년 겨울호)

무너지는 성 일어서는 폐허

초판 1쇄 발행 2024년 2월 29일

지은이 김정배
펴낸이 이계섭

책임편집 박찬세
디자인 이라희

펴낸곳 (주)백조
주소 경기도 화성시 남여울3길 19 201호
출판등록 2020년 8월 14일
전화 031-8015-0705
팩스 031-8015-0704
E-mail baekjo1120@naver.com

ISBN 979-11-91948-19-6(03810)
값 22,000원

*이 책은 (재)전라북도문화관광재단의 2023년 지역문화예술육성지원사업에 선정되어 보조금을 지원받은 사업입니다.